额田女王

ぬかたのおおきみ

いのうえやすし

［日］井上靖 著

陆求实 译

浙江出版联合集团

浙江文艺出版社

目 录

白 雉
1

海 神
44

有间皇子
86

月 明
128

鬼 火
190

水 城
273

近江之海
310

兵　鼓
360

白　雉

一

大化六年（西历六五〇年）二月，穴户（即后来的长门，位于今山口县）的国司①向朝廷进献了一只全身纯白的野雉。据说是那年的正月九日在穴户一个叫麻山的地方捕捉到的，因为全身纯白，没有一丝杂色，非常珍贵，所以便进献给朝廷。朝廷捉摸不透这白雉的出现究竟有何寓意，于是召来熟谙这方面掌故的人问询。

作为质子②，来自朝鲜半岛百济国的王子丰璋答："在下查了查史书记载，后汉明帝永平十一年，各地陆续发现多只白雉。"除此以外，王子再没有说其他话，白雉的出现到底是祯祥还是凶兆却不置半语。话说这丰璋平生小心谨慎，多余的话从

---

① 国司：日本古代律令制下由中央派往地方诸国主持政务的地方官员，掌管一国的行政、司法、警察和军事等，由守（主官）、介（辅官）、掾（属官）、目（秘书官）四等官员以及史生（誊写员）等组成。一般情况下，国司即专指国守。——译者注，以下同

② 质子：古时候派往别国作人质的人，多为一国的王子或诸侯之子。

来不说半句。丰璋作为人质来到日本已经有十多年了。

朝廷又向僧侣们问询。僧侣们商量之后回答道:"白雉这种东西,我等不要说从没见过,连听也从未听过。朝廷不妨恩赦天下罪人,以悦民心啊。"

这个回答也不能令朝廷满意。如果寓意吉祥,赦有罪人也无不可,但倘若是凶兆呢,这样做岂不是反而会招来大祸?

无奈,朝廷只好再征询国内"十师"之一、被誉为高僧的道登的意见。道登曾留学高句丽,归国后担任元兴寺住持,深得朝廷的信任。

道登说:"昔日,高句丽凡建造伽蓝之际,必先物色祥瑞之地,假如看见白色的鹿出没,则即在其地造寺,并名之为'白鹿园寺';假如看见白色的麻雀在寺庙内踱步,国人也都会认为是吉祥之兆。此外,本朝遣往大唐的使者曾经携回一只一脚三趾的乌鸦,也被视为瑞祥之象。何况这回乃是纯白的雉啊,怎么能不是祥瑞之兆呢?"

接下来又征询国博士[①]僧旻的看法。他可是大化改新[②]之后,与高向史玄理一道被公认为是全国最有学问的人。

[①] 国博士:原为日本律令制下设立的国学教官,大化改新之后成为专设的朝廷政治顾问,是制定制度和政策的核心人物。

[②] 大化改新:狭义的"大化改新"指日本在公元七世纪中叶大化年间(645—650)围绕中央集权而进行的一系列变革。始于645年的这场变革运动以中大兄皇子和中臣镰足等打倒苏我氏、拥立孝德天皇为起点,逐步建立了以律令制为基础的中央集权制国家,次年发布诏书公布四项改革方针:废除私有地与私有民、集中地方行政权于朝廷、实施班田收授法、统一税制。但日本学术界对于大化改新的诏书的可信性、当时的日本建立在公民制基础之上的国家理念是否已经萌生以及改新的历史地位等等仍存在很大分歧,并未形成统一认识。

僧旻回奏道："这绝对是大吉大祥之事，且不是轻易能遇见的吉事啊！我听说，王者恩泽遍施天下之时才会有白雉出现；另外，王者虔诚地祭神祀祖、国中食丰衣足之时，会有白雉出现；再有就是王者的德惠符合圣人之道的时候，也会有白雉出现。"

说了这样一通仍嫌不足，僧旻又援引周成王及晋武帝时的故事加以详细说明："总之，这的的确确是吉象，朝廷应该恩赦天下罪人以谢天瑞。"

如此一来，朝廷当即将白雉饲于皇园内，同时决定改年号为白雉，并实行大赦。二月十五日，朝廷当着参列的百官之面宣布了这一决定，以明日为正月元日，同一天还举行了盛大的改元仪式。

时间距皇极四年（西历六四五年）的那场政变已经五年了。中大兄皇子与中臣镰足铺谋定计、于大极殿斩杀专横跋扈到了无法默忍的地步的苏我入鹿之举仿佛还近在眼前，谁料想岁月竟已过去了整整五年。

苏我入鹿的父亲虾夷在入鹿被诛的第二天自杀。随着他的死去，可以说，一时权势无两的苏我氏一族的势力也顷刻间灰飞烟灭，由荣至枯仅仅不过两天而已。

政变发生后，皇族长老之一轻皇子即位为新天皇，也就是孝德天皇。老天皇皇极天皇本想让位于政变第一功臣中大兄皇子的，但中大兄皇子与镰足商议后，却推举了轻皇子即位，自己出任皇太子。谁都明白，中大兄皇子是为了更加自在自如地甩开膀子推进改革，才选择卑栖于皇太子这个位子的。与此同时，新天皇任命阿倍臣仓梯麻吕为左大臣，苏我仓山田臣石川麻吕为右大臣，中臣镰足为内大臣，僧旻和高向史玄理二人则为国博士。新的朝廷首脑部成立后，便接连不断地发布了一系列新的法令和制度，这些统统被视为大化改新的一部分。

政变至今的这五年间，社会陷于剧烈的震荡之中。每当一项新的法令颁布，全国为之震动，不仅仅是在中央的豪族中间产生震动，地方上的族长、百姓中也震动不小。中央豪族被任命为地方国司的，络绎不绝地前往地方赴任，但被任命为国司究竟对自己有利还是不利，谁都是心中一点也没底。被派往地方的各级官吏，则只知道测量耕地面积、造册编制户籍等等，至于做这些事情有什么意义、会产生什么样的结果，不要说他们本人，就是地方的族长和百姓也都一无所知。虽说懵懵懂懂的什么都不知道，但是有一点却是谁都清楚的：那就是，自己正面临着一场巨大的变化，只要是被要求的事情自己就不得不尽力去完成。有人觉得这是一个好时代，也有人觉得这真是一个坏时代。

即使是佛教界，也同样被卷入这样的剧烈变化中。为了统制僧侣，任命了"十师"；为了管理寺院，甚至全国从上至下任命了无数的寺司、寺主、法头。今后将会是个什么样的时代？这一点连僧侣们也不知道。皇族及豪族们之前逢到丧事都要建造规模宏大的坟丘或石墓，现在这种盛大的葬仪风俗被禁止了。殉葬或祓除等遭到禁止人们觉得还能够接受，可现在连葬仪形式都要受到干预，大多数人都认为似乎有点过头了。对墓穴也规定了六个等级。

墓穴都有等级，冠位制度自然也少不了改革，新的冠位制度规定了十九等级，朝廷各级官吏全部必须依照指定的布料和颜色制作新的冠帽以区分不同位阶，同时制定了繁多的位阶，官吏的身份高下变得一目了然。

在时代急速变迁、社会剧烈震荡之际，发生了几件大事。首先是政变发生当年，也就是大化元年的年底，国都从飞鸟迁到了难波。由于正值政变引发的社会大震荡，此次迁都理所当然遭到了大规模的抨击，几乎到处都可以听到对于迁都的非难，尤其是当时难波尚未建有宫殿，因而人们觉得没有必要将国都迁往那里。中大兄皇子和镰足则认为，新政理应从新的国都开始施行，为了使得人的精神面貌焕然一新，必须强力推行这样的措施，不过迁都仍然引发了不小的混乱。

而就在迁都引发混乱稍早的时候，政变之后从皇太子位子上退下、隐居在吉野的古人大兄皇子因为企图谋反被斩杀。古人大兄皇子是中大兄皇子同父异母的哥哥。关于这件事情有各种各样的传说，有人说古人大兄皇子是受了苏我氏残余势力的挑唆，有人则说他是受那些对新政心怀不满的人挑唆，还有人认为古人大兄皇子其实何罪之有，完全是政治的牺牲品。

但随着迁都风波兴起，古人大兄皇子事件的影响很快便烟消云散了。对大多数朝廷大小官吏来说，古人大兄皇子事件和自己没有任何关系，远远达不到影响自己正常生活的程度，而迁都却实实在在地与自己有着直接的关系，因为他们眼看就要抛却生活习惯了的家，挈妇将雏搬到一个完全陌生的地方去。

第三件大事则是迁都之后朝廷首脑部内部发生的事情。

这件事情发生在迁都之后三年、难波作为国都各方面都渐渐趋于完备的大化五年（西历六四九年）。这一年的三月，左大臣阿倍仓梯麻吕病殁，紧接着，右大臣石川麻吕身边暗影蠢动：有人告发他意图刺杀中大兄皇子。告发者不是别人，竟是石川麻吕的亲弟弟苏我日向。

石川麻吕意识到身处险境，于是逃出难波，投奔到其长子兴志所在的飞鸟山田寺。第二天，在众多追捕者杀入寺院之前，与妻子等八人相继自刃，结束了自己的性命。因为这一事件，石川一族共有二十三人被杀，另有十五人被处流放才算了结。

这样一来，难波朝廷相继失去了左右大臣，接替他们的是巨势臣德太和大伴连长德，分别被任命为左大臣和右大臣。

石川事件在世间造成了强烈的震撼。仓梯麻吕明明是病故，照理没有任何话好说，但由于随后就发生了石川麻吕事件，于是便传出说两者之间有着某种联系。除此以外，还有人暗地里冷言冷语地暗示道，虽然两人的死之间没有关联，但是仓梯麻吕之死使得左大臣的位子空缺，干脆右大臣的位子也空出来岂不是更称人心意？更有人绘声绘色地表示，仓梯麻吕和石川麻吕二人一向对新政抱有反感，其证据就是，这两人都坚决不肯戴新冠，一直戴着旧冠出入朝廷，想来早晚会跳出来反对新首脑部的。尽管大家心里都清楚，但中大兄皇子和镰足一时难以下手，而仓梯麻吕的突然去世正好提供了一个绝好的机会，自然要动手除掉石川麻吕了。

事实上，这次事件的真相谁都不清楚。仓梯麻吕和石川麻吕二人执着于旧冠不肯在朝堂上戴新冠是事实。大化改新之后，左右大臣的地位下降，权力受到大幅度削减，考虑到这个因素，二人对于新首脑部的做法心里有些想不通也不是不可能。

另一方面，中大兄皇子的妃子苏我造媛是石川麻吕的女儿，换言之，石川麻吕是自己的岳父大人，除非有天大的事情，否则他绝不会轻易对石川麻吕刀兵相向的。如此想来，就只能认为石川麻吕的确有叛心。但不管怎样，此次事件对于中大兄皇子而言，不能不说也受到极大的伤害，因为苏我造媛妃受父亲之死的刺激，竟抛下两个皇女和才生下不久的年幼皇子，一命呜呼撒手人寰了。

总之，石川麻吕事件是个令人痛心的事件。事情还不止于此。当事件稍稍平静下来之后，朝廷宣称，经查石川麻吕并无叛心，于是告密者苏我日向被左迁为大宰府。处置一经公布，人们即使不信也只得信了，不过心里却总残存着一丝难以拂去的东西。

从最终结果来看，大化改新后最后残余的旧势力，经过此次事件彻底从新首脑部中消失得无影无踪，尤其是石川麻吕之死以及苏我日向的左迁，使得苏我氏一族最后仅存的一点根芽也被拔除得干干净净。

石川麻吕事件过去之后，坊间还流传起了另一个蜚语，大意是说，政变之前圣德太子之子山背大兄王死于苏我入鹿之手，其实中大兄皇子与这一事件也有干系。关于这一事件，之前不管是谁都只是单纯地认为，入鹿为了将流淌有苏我氏血统的古人大兄皇子推上太子之位，就必须将当时最有力的候任者山背大兄王除掉,故而入鹿铤而走险付诸行动,在斑鸠宫①攻袭了山背大兄王。

然而现在,中大兄皇子竟然也莫名地被卷入其中,事件虽已过去了数年,但还是有人认为即使中大兄皇子没有示意入鹿动手,但他也没有采取措施防患于未然,等于是坐视不救,间接害死了山背大兄王。之后,中大兄皇子利用世人对苏我一族的反感,突然出手,诛杀入鹿,毅然发动了政变。尽管没有一个人对这种流言蜚语往心里去,但流言还是在四处流布。

大凡听者心里都在寻思:或许中大兄皇子不小心在什么地方的确犯了点小疏忽吧。人们这么想,但是却始终不明真相。山背大兄王也好,苏我父子也好,古人大兄皇子也好,所有牵涉进事件漩涡中的当事人,如今一个个都死于非命,不可能开口了。

这样的蜚语背后,反映出石川麻吕事件后,世间对于中大兄皇子的看法,和过去相比发生了突如其来的急转。虽说散布流言者无疑是对中大兄皇子和中臣镰足的新政抱有不满的人,但是流言得以流布,则说明了当时的社会正处于一个人心非常不稳的时代。

地方向朝廷进献白雉,正是这类流言和无端猜测大肆横行的时期,距离石川麻吕事件发生恰好整一年。

二月十五日,庆祝白雉进献及改元仪式盛大举行。虽说从

---

① 斑鸠宫:位于今奈良县北部的生驹郡斑鸠町,圣德太子在此建有太子宫殿,现存法隆寺据说即其宫殿旧址的一部分。

节气上已进入春天,但是两三天前起气温骤然回落,刺骨的冷风劲烈地穿过国都的大小道路。

这天,离预定举行仪式的时刻午前十点还有四分之一时辰,皇城门外,左右大臣及以下百官以及众多兵勇已经分成四列,整整齐齐地列队等候了。左大臣巨势臣德太和右大臣大伴连长德二人心想,自己理应在皇城内侍立在天皇身边,一同迎接白雉到来的,但是这天却没被允许。二人正想入城门,被城门守卫拦住了:"请两位大人在外稍候!"话虽客气得体,但态度却是不容违抗的强硬。二人官拜左右大臣时日尚浅,还以为像这种仪式大概就是这个规矩哩。

时刻一到,天皇的御前侍臣粟田臣饭虫等一行人护卫着载有白雉的轿子过来了。也不知道哪里来的那么多人,队伍排了长长一列,轿子在队伍的最后,等轿子通过总共花了好长时间。巨势大臣以为轮到自己为轿子先导了,待那轿子刚到面前便迈步上前去,结果护卫轿子的一名侍臣冲他说道:"请随轿子进城。"左右大臣二人只好跟在轿子后面,从紫门入得皇城。二人身后是百官相随,百济王子丰璋、来自高句丽的御医毛治、来自新罗的侍学士等人的身影也在队列中。

载有白雉的轿子来到紫门与御殿之间开阔的中庭,停了下来。饭虫等侍臣朝着轿子鞠了一躬,随后转身离开,紧接着,皇别氏族①中的三国公麻吕、猪名公高见、三轮君瓮穗、纪臣乎麻

---

① 皇别氏族:日本古代氏族来源之一,是对由皇族降为臣籍的家族的称呼,与神别、诸番同为"三体"。

吕岐太四人上前，接替侍臣抬起轿子向御殿前进。

被接替的侍臣走到巨势和大伴面前说道："请吧！"

左右二大臣意识到接下来才轮到自己登场，于是连忙向轿子的方向赶上几步，将手搭在前面的轿杠上，轿子后面则是三国公麻吕等人。

轿子被抬至玉座前。孝德天皇招呼中大兄皇子一同上前朝轿子里面张望。天皇见了白雉甚觉新奇，中大兄则只是摆摆样子礼节性地看了看，便转身朝着玉座恭敬地颔首致谢，随后回到自己的座位。

左大臣巨势臣德太迅即进入自己的角色：负责致辞表示祝贺。至于贺词内容，是两天前镰足送来的已经写好的。

> 老拙谨代表公卿百官，在此颂祝：主上以明德治天下，故天降瑞祥、白雉西现，可喜可贺！……愿主上垂统千秋，万代永治大八岛。我等公卿百官黎民百姓唯竭诚忠君，以报主上之恩德！

致辞完毕，左大臣对着玉座行再拜之礼，然后才回到自己的座位上。

接下来是宣敕。

> 闻道天子高德，白雉现于世，昔周成王之世、汉明帝之时，白雉屡现，本皇既无其德而今白雉降祥于世，实赖诸位公卿、臣、连、伴造、国造等忠诚事天方得此吉

象,今后尔等尤当敬神祇、洁吾身,共期天下繁荣。

再接下来是宣读诏书、布告天下:为庆祝白雉现世,即日实行大赦,并改年号为"白雉"。同时,对进献白雉的穴户国司草壁连丑经给予晋位加禄,以示褒赏。

仪式的时间并不长。午后,还在皇居内为公卿百官举办了祝贺宴。参加祝宴的每个人都来到中庭一隅的轿子前,观觑轿内的白雉,随后颔首微笑着,回到宴席上。从早晨起就刮得非常猛烈的狂风,此时仍未停歇,参加宴席的人全都不约而同地被冻得鼻头通红,嘴唇发紫,浑身不住地打着哆嗦。

第三天,白雉被置于中庭,供人从紧邻中庭的一间屋子外的廊檐上观赏。这天前来观赏的,除了数名朝廷高官,其余的都是皇族。天皇因患伤风没能出席,中大兄皇子坐上了主座。

中大兄皇子向中庭的白雉望去。从只能在中庭里一个劲地踱步却腾飞不起来的白雉身上,他实在看不出有什么美秀之处。恰好此时,白雉停下脚步来,支棱起脑袋,朝四下环视着。中大兄觉得白雉的这个动作,暴露出了它非常不安、时刻战战兢兢。

之前的山背大兄王走起路来好像也是这副样子。不光是山背大兄王,古人大兄皇子也一样。猛地,中大兄发觉自己不知怎么联想起了山背大兄王和古人大兄皇子,于是赶忙强使自己岔开去。他不愿去想这两个人。

这时候,孝德妃间人皇后在一群侍女的簇拥下出现在廊檐一端。发现皇后驾到,人群间顿时发出一阵轻微的骚动,走下廊檐的人立在原地颔首致意，站在廊檐上的屈身施礼。

"真是全身纯白的呢。"

间人皇后启口说道，声音又轻又脆。皇后是中大兄的妹妹，比二十五岁的中大兄小四岁，芳龄二十一。间人皇后似乎注意到了中大兄皇兄在场，她随即从廊檐走入屋子。

"我今天没有受到邀请。"

间人皇后用低低的声音说道，一旁的人几乎觉察不到她是在和中大兄皇子说话。容貌秀丽、身材窈窕的皇后向来如此，而且说话时脸孔也并没有转向中大兄，视线完全盯着另一个方向，因此从第三者的角度，还以为皇后是在自言自语。

"这白雉一点也不美。"

"但是极其珍稀，听说是国之瑞祥啊。"

"是的，或许真是瑞祥吧。"

"你对什么事情都怀疑，"皇后说道，"除了自己的能力。"

"如果连自己的能力都信不过，那还能做什么？"

间人皇后无声地站起身来，她自始至终都没有朝皇兄的方向瞥上一眼。数名侍女迅即起身，像一团漩涡似的尾随在后，消失在廊檐尽头。

间人皇后对皇兄的感情是众所周知的。父亲舒明天皇去世时她才十二岁，自那以后，她就将对于父亲的爱全部转移到了皇兄身上，不管什么事情，她都唯皇兄的话是从。大化元年她十六岁，这年她成为了时年五十岁的孝德天皇的妃子，坊间纷纷猜测，这也是中大兄皇子的主意，所以才促成皇女下此决心。

镰足坐在靠近廊檐的地方，注视着白雉的一举一动。瑞祥、瑞祥——他仿佛觉得,眼前踱步挪移着的就是瑞祥本身。不像中大兄皇子,镰足并没有觉得白雉显得有什么不安、有什么战战兢兢的,镰足觉得白雉看上去的确很美。

庆祝白雉现世的仪式全部由镰足策划安排。这场仪式,一如镰足所希冀的那样,盛大而庄重,甚至有人觉得庄重过头了。镰足却认为,不这样就不足以向所有人——无论豪族也好平民百姓也罢——宣示,一个崭新的时代业已大幕揭开,而且将永远传承下去,即使遭遇种种阻挠,也不可能再回复到政变以前的旧时代去了。他要让所有人知道这一点,男女老幼,所有人都必须清楚地知道。实行大赦、改年号,都是实现这一目的的一环,并且应该已经起到了这个作用;此外,让左右大臣以及百官列队于紫门外迎候白雉、让重臣高官抬着载有白雉的轿子步入紫门,也统统是出于这个目的。中央豪族以及地方上的皇室宗族可以随意置喙政治、滥用权力跋扈自恣,或者凭借权力中饱私囊的时代,一去不复返了。

镰足一边注视着白雉的举动,一边在想,有多久没有安安心心坐下来了?政变以来,这么些年一直忙忙碌碌、宵旰忧劳,今天总算可以坐下来安稳地歇息一下了。虽说天下还远没有达到彻底安定的程度,接下来要做的事情多到数不过来,但以白雉出现为标志,也算是告一段落了,所以此刻自己才能安心地坐在这里。这几年里,所有令人忧烦的事情都一一得到了解决。假设古人大兄皇子的身影也在观赏白雉的人群中的话,自己又怎么能够放心地坐在这里呢?还有,那两个新政的绊脚石仓梯麻吕和石川麻吕也已消失得干干净净。

镰足转过脸望向中大兄皇子。自己精心挑选的这位天下最贤明的年轻皇子身边，现在再也没有阴影蠢动了，必须除去的障碍统统除掉了。接下去，中大兄皇子将放手推行一系列新政，带领这个国家走进繁荣进步的盛世。他就是为了实现这个使命而降临世间的，而自己之所以比皇子早十年出生到世上，则是为了帮助皇子一起去实现这个使命。

忽然，镰足看见有间皇子和大海人皇子手牵着手，朝白雉那边走了过去。有间皇子是当今天皇与仓梯麻吕之女小足媛生下的皇子，和中大兄皇子是表兄弟的关系，这才刚迎来人生的第十一个早春，踏入少年未几，脸上的表情以及个头体格，都还没有脱去稚气；不过，论到聪明伶俐，则是同年龄皇族中出类拔萃的，人人称道。大海人皇子是中大兄皇子的胞弟，年方十九，已经长得是魁梧结实，无论从哪方面看，作为现政权首脑的一员，他都已然具备了堂堂的威仪。他既是中大兄皇子最得力的助手，也是最重要的商议对象。过去且不说了，从今往后，按照镰足的想法，即使自己发生什么意外，只要有大海人皇子在身边，中大兄的执政之路应该就不至出现大的偏差。好像口头禅一样，中大兄皇子动不动就将皇弟的名字挂在嘴上，有什么事情总喜欢和他商议，而大海人皇子对皇兄的尊敬，或者说倾倒，也绝非常理所能想象。

看着大海人皇子和有间皇子二人仿佛追逐着白雉似的，手挽手、肩并肩地跟在白雉后面亦步亦趋，镰足不经意间冒出一个从未有过的念头，不由得心头一凉：这是白雉当然不存在任何问题，可如果是别的东西呢？

镰足暗自想到，将来由中大兄皇子接替现天皇即位，早已是既定的事实,但到那一天,围绕皇太子之位,大海人皇子与有间皇子之间的关系可就微妙了。问题不光来自大海人皇子,更可能来自有间皇子,眼下有间皇子虽然年方十一,但想象一下再过十年的话,说不定有间皇子就会和中大兄皇子并肩追逐"白雉",这么想一点也不奇怪。

然而,十九岁的青年和十一岁的少年哪里会知道镰足正在为遥远的将来杞人忧天,两个年龄相去八岁的表兄弟之间的对话更是大大出乎镰足的意料。

"她就是那个众口交传的额田?"

"是啊。"

"听说她很擅长吟诗咏歌?"

"没错。"

"我从没见过这么美的女人。间人皇后算得美了,但是刚才看到那个女人跟随在身后,皇后的美简直就不值一提了。"

"她的手也很美。"

"我还没说完呢,不要打岔!"

大海人皇子不小心踩到了白雉的尾羽,白雉扑扇着翅膀,发出一阵慌乱的声响。

二

进献白雉的这年春天,位于半岛的新罗派了使者前来献上贡品。同在半岛的高句丽和百济也纳贡了，但是这两国没有派使者前来。

新皇宫的营造工程按部就班地进行着。在新皇宫完工之前，暂将昔日与半岛往来频繁时期的官舍改建，作为临时的皇居。几乎在迁都的同时，新皇宫的营造就全面铺开了，但是真正开始取得明显的进展，则是大约一年之前的事情。为了建造新宫，还毁坏或迁移了许多古墓，为此，这一年朝廷根据蒙受损失的不同程度向那些古墓的主人进行了赐恤。

第二年，也就是白雉二年的春天，为庆祝前一年开始制作的高达一丈六的刺绣大佛终告完成，举行了盛大的法会。六月，白济、新罗派来使者进献贡品。然而，围绕新罗的朝贡使者却发生了一点问题：使船停泊于筑紫①的新罗使节团，个个身穿唐服。朝廷对于新罗未经许可擅自改服非常震怒，便将他们赶了回去，不接受进贡。

为这件事，巨势大臣上奏道："如果不膺惩一下新罗，将来势必追悔莫及。假如主上此次放过新罗，只怕新罗会进一步屈服于大唐的威势而轻视我朝，所以膺惩新罗无须迟疑。臣奏请主上准允，派兵船配置于难波津至筑紫之间洋面上各要冲之处，再召新罗使臣前来问罪！"

虽说朝廷对新罗慑服于唐之事绝不想置之不顾，不过也无法采纳巨势大臣的建议。因为这样首先必须建造数量庞大的

---

① 筑紫：一般指位于九州岛的福冈县全境，但古时候则指的是更加广域的九州岛全岛。

兵船,再者这笔费用从哪里来呢?当然非要筹措的话也不是凑不出这笔费用,但由此会派生出一系列的国内问题,令人头痛,毕竟推行新政才没有多少年啊。

这些道理巨势大臣不是不明白,但是有些话在朝堂上不说没什么好处,说了则没什么坏处,这点他是很清楚的。当然并非所有人都愿意听这样的话,中大兄皇子和镰足就默不作声,只当没有听见。从道理上讲,巨势大臣的话一点也没说错,但论起符合实情,也是十年或者十五年之后的事情了。

这一年最大的事件,莫过于大年三十于建造至一半的新皇宫御苑内张灯结彩举行的声势浩大的奠基仪式。当日,两千一百余名僧尼汇集在与新宫比邻的味经宫里齐诵《一切经》,晚上则在新宫的御苑点燃两千七百余柱香火,诵读《土侧经》和《安宅神咒经》。

距离新皇宫的建成时日尚远。入夜,天皇从位于大郡的临时皇居临幸此地,等到第二天元日仪式结束,再乘车驾返回大郡宫,这堪称是新政权成立以来最为盛大的一次活动。新宫被命名为难波长柄丰埼宫。

当晚,为迎候天皇临幸,中大兄皇子率领左右大臣、镰足一众人等,来到张灯结彩的新宫御苑。新皇宫建于台地之上,居高临下,可以将难波的街衢市景尽收眼底。近处的街道虽然暗黢黢的,但远处的海湾却在月光照射下泛着明亮的白光。海湾仿佛伸展出胳膊从侧旁揽住这个城市似的,它的湾头一直延伸至新宫所在的台地脚下。平时听不到海浪声,但是海风猛烈时却能将海浪声一直送上台地。此刻没有一点海浪声,只有诵经声,听上去忽远忽近。

从新宫所在的台地上面看去,下方的道路一片漆黑,然而整个街市并没有沉睡,家家户户男女老幼不约而同地走出家门,或汇集在路口,或行走于道路,个个兴致勃勃,尤其是儿童,早将睡意不知丢到哪里去了。百姓们从未见过如此华美的景色,台地上方被无数的灯火包裹着,将夜空映得半边通红。然而百姓是不可以随意走动的。一个人影也没有的道路蜿蜿蜒蜒通向台地,沿途多处还有兵士把守。那是天皇的车驾将要经过之处,只有那边可以听到海浪声。

百姓们自然不清楚如此华美盛大的仪式对自己意味着什么,只是隐约感觉到,一个崭新的时代正渐渐以自己看得见的形式呈现在眼前。巨势大臣在朝堂上关于伐罪新罗的进奏,不知怎么也传到了坊间。百姓想,是嘞,原来讨伐异国也并非不切实际的夸夸其谈。就像在这难波,马上就要矗立起之前想都不敢想象的豪华壮丽的宫殿一样,假如有必要,同样自己想也不敢想象的强大兵力和雄厚财力也会登时展示出来。舳舻相连、帆樯交映,兵船从难波津一直排到筑紫海面也绝不是凭空做梦啊。

预定的时刻一到,天皇驾临。灯火与灯火之间,数百人汇成一簇簇的人群,开始向前蠕动,其中还夹杂着不少妇人,人人都穿戴得艳丽夺目。人流穿过台地,沿着平缓的斜坡向味经宫方向涌去,撇下身后闪烁的灯火和寂寥的夜空。不知过了多少时间,夜深了,人流又从味经宫朝相反方向的台地这边涌来,此时既能听到热闹的说话声,还能听到嘈杂的脚步声。人群三三两两、一组一组地从灯火之间现出、隐去，但是人流始终不断，一组消失了，后一组又出现。这时候，灯火开始逐渐稀落，有的熄灭了也没人管它，于是夜空的黑暗便逐渐扩大了自己的领地。

大海人皇子在台地上行走着。准确地讲，他是在徘徊。由于人潮涌动无法疾行，他只好在潮流的缝隙间尽量快步穿行，不过他会时不时停下脚步，而且视线在人群中扫来扫去，急于锁定自己所寻觅的对象。而他寻觅的人，每每在他匆匆的掠视中，总会在某处灯火之下倏然闪现，有时稍远，有时候又出乎意料的近。对方今宵过后才刚满十八，但却似乎有着中年妇人的沉着劲儿。

她在那儿！大海人举步朝那个方向走过去，可对方的身影迅即消失在了黑夜中。令人恼火的是，一旦人影消失在黑夜中，然后会在何处再出现是完全无法估摸的。大海人满以为对方趁着夜幕闪得远远的了，根本没承想，她却在近旁一处灯火下露出了身影。大海人马上又朝那里走去。

大海人觉得，对方似乎有意在戏弄自己。假如不是戏弄，绝不会如此倏然闪现又倏然消失的。可是，从她的举止中却分明看不出一丝一毫戏弄的态度。灯火旁的身影，顶多就像是漫无目的地走着，待来到灯火亮处，略略停下歇一口气的样子，一边走一边俯瞰一下台地下方的街市，或朝远处被月光映白的海面远眺一下，有时还抬起头望一望天空的那轮月亮。

大海人屏住呼吸立定，对方也站立在原地不动，可当他一迈开步子走动，对方似乎敏感地察觉到这边的动静，也迈出步子，随后便消失在夜幕下。大海人竖起耳朵仔细辨听，却捕捉不到半点她的脚步声。

　　难得的机会却始终无法抓住，大海人皇子不免有点沮丧。今晚的确是个绝无仅有的好机会。大海人皇子第一次见到她，是在白雉被置于皇宫中庭接受皇族们观赏的那天。在簇拥着间人皇后的众位侍女中间，大海人目睹了她的身影。自那以来，已将近两年了。由于对方的身份是宫中女官①，所以轻易没有照面的机会，甚至连递一句话也无法如愿。大海人曾经通过别人多次向她传话，想试探她的心，却毫无反馈。两年来，关于对方，大海人皇子获知的信息只有一点，就是她的名字：额田女王②！

　　对了，还有一点，身为宫中的女官，具体来讲，额田是专门主持神事的女官，也就是巫女，因擅长歌咏，甚至经常奉天皇之命代天皇咏歌作诗。

　　大海人皇子过了今宵就满二十一岁，作为中大兄皇子的胞弟，已经在新政权中无可争辩地占有了一席之地。只要他想做的事情，大抵不会有任何障碍即可达成，唯独对这个额田女王，他却一筹莫展。问题的棘手之处在于，他完全不清楚对方的底细。主持神事这种事他就已不甚了了，不要说依诏深入天皇的内心、咏出天皇的心声、代天皇作诗这样的事情了，那更不是他所拿手的。

　　大海人皇子想象不出额田这个特殊女性拥有怎样一种精

---

① 女官：日本古代对侍奉于皇宫内十二司的女性的统称（后来扩大至公卿贵族家中的侍女也称为女官），高位女官称为女房。
② 女王：与"王"同样，为日本古代律令制下对第二代到第五代皇室后代的敬称。

神构造。将自己的心声吟咏出来已不是件容易的事,遑论深入别人内心、代替别人吟诗作歌呢,感觉这简直就是自己这种人无法企及的。何况代天皇歌咏时,不单单是传达出一个作为人的天皇的心声,而且时时刻刻还要倾听神的喻示、将其转为天皇的心声,再通过自己的歌咏将其传达出来。由此想来,她应该拥有特殊的灵力,能够倾听到并且理解神的声音。换句话说,她既是神与人的媒使,也是天皇的代言人。在大海人皇子眼里,额田女王就是这样一个特殊的女性。

对于巫女或通灵人这种可怕的存在,大海人皇子从小就抱着一种信念,就是尽量避而远之,这样才不至于招来莫名其妙的灾祸。可糟糕的偏偏就是,他被这本该避而远之的人深深吸引了。

有一次,他曾迂回地向镰足打听过,主持神事的女官究竟是什么样的女人?

"皇子和女官怎么了?"镰足毫不掩饰地露出好奇的眼神,饶有兴致地反问道。本来,像镰足这样的人是最最应该忌避的,可大海人皇子还是一不小心说漏了嘴。

"什么也没有啊,我只是随便问问。"

"皇子既然这样问,一定是有非问不可的理由吧?"

"没有什么非问不可的理由。"

"如果确有必要,那我问清楚了回复你;如果没有非问不可的理由,则还请皇子收回这个问题。因为镰足也不很清楚,但既然是主持神事之女,那么她一定能够听得见神的声音吧,而且一定是个心清体洁的女子。如若不然的话,她必定会失掉灵力的。"

"失掉了灵力会怎么样？"

"就变成普通女子了啊。"

变成普通女子就变成普通女子好了——大海人心里想。可是，在变成普通女子之前，她仍然不是个普通女子，依旧是个拥有灵力的特殊女子，自己又该如何同她搭讪，如何才能抓住同她对话的机会呢？大海人皇子还是一筹莫展。

除了镰足，大海人还向巨势大臣打听过，这次则是直截了当地提到了额田女王的名字。

"谁是宫廷第一美女？"大海人皇子先是问。

"臣不知道谁是宫廷第一美女，不过，新罗的美女可是多得数也数不清呐，"巨势大臣答道，"只要征伐新罗，美女自然全都跑到宫廷里来了。因为天下的美女都集中在新罗嘛。倘使不尽早征伐新罗，只怕那些美女一个不剩全都要被大唐掳了去哪。"

大海人没有接他的茬，继续问道："我听说有个叫额田的女官美貌出众……"

巨势大臣立刻接口说："唔，她就是有点新罗人模样的美女呀。不过可惜的是，她虽说是很美，却不能算在美女里啊。"

"为什么？"

"哎呀，她是个特殊女子哩。如果只把她当普通女子会惹出大麻烦的，即使只是在心里念想也会遭到神的惩罚！"

可是，我已经念想她好久了呀——大海人暗想——也没见遭到什么惩罚啊。

就这样又过了两年，终于在今宵盼来对大海人皇子来说一个绝好的机会。走出味经宫之后,大海人皇子便盘算着在路上截住准备回家的额田女王。

大海人皇子在黑暗中停住脚步,一动也不动。一旦走到灯火下,对方就会知道自己的动静,他不想让对方察觉到。消失在黑暗中的额田女王,一定还会在其他地方出现,大海人皇子在等待。

然而,对方的身影却久久不出现,好像早已看破大海人的心思,故意躲在黑暗中似的。这大概便是主持神事的巫女的不平常之处吧。

大海人皇子不想再重演多次的失败。即使对方不出现,自己也不会走进灯火里。他耐心坚持着。灯火渐渐稀疏,随着黑幕不断扩大着自己的领地,星星露出了清冷的幽光,夜空中到处是星星闪耀,仿佛铺天盖地要从天穹罩下来一样。已经无人穿行于新宫所在的台地,离开味经宫的人们已经各自返回,现在,完全听不到人声以及脚步声了。

大海人皇子思忖,此刻仍然伫立在黑暗中的会不会只剩自己一个人?也许额田女王早已离开了台地。这样想非但没什么奇怪,而且更加合情合理。像这样漆黑且寒冷的夜晚,指望一个女人会长时间地独自徘徊在台地,反倒思路不太正常。

即使心里开始动摇,但大海人皇子仍旧站立在那里。台地斜坡上的密林中松涛澎湃,起风了。大海人皇子侧耳倾听,还能分辨出松涛声中夹杂着海浪声,刚才一直都没听到。

忽然,大海人皇子挺直了身体,他听到了脚步声,就在不远处！没错,正是脚步声,"咯咯"地敲击着地面。脚步声越来越近了,然后,突然停住了。

大海人皇子屏住呼吸。他感觉到对方也屏紧了呼吸,站立不动。霎时间,黑夜仿佛充满了色彩,变得妖媚起来。大海人皇子右脚向前迈出一步,张开两手在黑暗中摸索着,他多么想将长时间以来渴求的东西一举攫获到自己怀中,深沉的夜色令他大胆起来。可是,两手空空什么也没触到。于是他再向前跨出一步,并且鼓足勇气试着低声呼唤道:

"额田!"

这是他第一次喊出对方的名字。但是,依然毫无回应。

"额田!"

大海人皇子又喊了一声,与此同时,他稍稍感到一丝不安。

大海人皇子往后退了一步。他猛地感受到了一种杀气般的氛邪,在夜色深处犀锐而猛烈地蠕动着。他赶忙再退一步,手按佩刀,在黑暗中盯视着前方。此时,额田女王的身影早已飞出九霄云外。现在站在自己面前的,绝对不会是额田,两者相差了不止十万八千里。一种令人毛骨悚然的紧张气氛支配着黑夜。

来吧!大海人皇子全身神经紧绷,静静地等候变被动为主动的那一瞬间到来。浓重的夜幕中,只等一根汗毛的动静也能够感觉得到的时候,皇子单膝跪地,一只手紧握佩刀,使出浑身力气朝前方横劈过去,闪电般地劈开夜幕。夜幕碎成一地,散乱四处。那一刻,栽倒在地的要么是对方,要么就是自己。

不知过了多久。倏忽间,紧张氛围不攻自破,杀气戛然消失,黑夜剧烈震颤着。大海人皇子又听到了脚步声,对方似乎转身背朝向自己,"咯咯"的脚步声砸在地上,渐渐离自己远去。

大海人皇子从极度紧张中放松下来,大口呼出一口气。是谁?虽然只有短暂的一刻,但对方显然对自己怀着加害之心,这是根本不容怀疑的事实。大海人皇子继续细听着脚步声,脚步声还在敲击地面发出"咯咯"的声响,并且,对方显然是一副根本不在乎被自己听见的逞势样子,一步一步扬长而去。

皇子没有追上去。为什么对方会对自己怀着加害之心?对方不可能知道自己是谁的呀。自己只是短促地叫了两声"额田!"假使对方知道自己是谁而仍然心怀敌意的话,那就更加叫人无法理解了。

大海人皇子之所以不去追那人,是不想让任何人知道,自己在奠基仪式之夜为了一个女子而深夜在新宫台地独自徘徊。一来没有必要故意让对方看到自己,再者考虑到莫名其妙的宫廷争斗,他也不会将自己陷于危险的境地。他没有那么愚蠢。

大海人皇子在黑暗中继续站立了一会儿。夜幕比刚才更加幽深,灯火已经全部熄灭,风声和浪声又来冲荡台地。大海人皇子迈步朝味经宫方向走去。他"咯咯"地踏在地面上,现在不用再担心脚步发出响声了。他寻寻觅觅的人早已不见踪影,心怀敌意、令人悚然的对手也已经离他而去。

徒步走到台地尽头很是疲累,等走到那里,透过斜坡上的杂树林可以看到味经宫那边的灯火。不只是味经宫里的灯火,还有燃着通红火光的篝火,原来彻夜不眠的值夜士兵在树林中扎下营,点起了篝火。

大海人皇子借着远处的火光,向斜坡下走去。巨势大臣说过,胆敢碰一碰额田女王,必定会遭到神罚。看来真是如此啊。不要说触碰了,仅仅在黑暗中试着追寻她的踪影,便让自己陷入了杀气腾腾的危险境地。

不过,大海人皇子还是想弄明白,在黑暗中窥图自己的究竟是什么人?为什么要对自己那样?对方知道自己是谁还是不知道?大海人皇子想不出有谁明明知道自己是谁却仍充满敌意地图谋算计自己,只能认为对方不知道夜幕下的自己是谁,也许是突然听到自己压低声音叫了两下,猝然没有防备,所以一时间才会表现出那样的态度吧。再说了,这件事发生在新皇宫所在的台地上,平日里如何不得而知,但至少今夜,除了参加奠基仪式的人以外,不可能有任何人进入这一区域。兵士们环绕着台地在各个要地都配备了守卫,可疑的即使是一只老鼠都绝不会放过的。

大海人皇子忽然停下脚步,用手扶住一旁一棵小树的树干,糙裂的树干有点扎手。他脑海里忽然冒出一个令他心寒的猜疑:会不会今夜在台地追寻额田女王踪影的,不止自己一个人?那个意图偷袭自己的人,说不定是准备趁着黑暗掳走额田女王。

如此一来,自己在黑暗中叫的两声"额田!"就产生了意想不到的作用。因为自己的叫声,大概已经让对方将自己视为了情敌。这个人会是谁呢?是谁对额田女王暗地里拳拳在念?想到这里,大海人皇子将好几张脸孔在脑海中浮想了一遍。远远不止三两张呢,大凡年轻男子看上去个个都似乎对额田女王别有用心。不光年轻男子,中年甚至老年男子,想得出来的脸孔也全是一副渔色家的嘴脸,包括镰足、巨势大臣,也同样不可掉以轻心呢。

大海人皇子继续向下走,脚下的路越来越陂陀难行,之前向上登上台地的道路比这要好走多了。

哼,既然如此,无论如何必须尽快将额田女王揽入自己怀中,再这样鲁莽率然的话,势必酿成无法挽回的后果。可是——大海人皇子将手扶在糙裂的树干上——说对方也在暗中追求额田女王,这只不过是自己一厢情愿的假想。这种事情可能存在,也可能根本不存在。假如对方知道自己是谁仍暗揣杀意,那绝对非同小可,意味着有人不希望自己继续活在这世上。

这个夜晚,大海人皇子第一次想了这么多,这么深。幸亏当时自己没有露出任何破绽留给对方机会,同时做好了准备伺机反戈一击,最终对方可能是见无机可乘才抽身离去,不然,如果没有觉察到对方的杀意,很可能会遭到对方的算计。可对方究竟是谁?大海人皇子朝四下窥察了一遭。之前为什么从未往这方面想过呢。想到这里,脑海里立即浮现出几张脸孔来,自己的死去似乎对其更加有利。要命的是这些脸孔一张接一张浮现出来,竟然五六张还不止。

在大海人皇子即将跨入二十一岁的岁末之夜,他第一次用一双锐敏的眼睛对自己所处的周遭环境进行了一番审视。

额田女王站在台地尽头的夜色之中,虽然身体已经冻得像冰一样,但她一点也感觉不到冷。新皇宫奠基仪式之夜的庄严气氛,令她由衷地很想高歌一曲。今夜,神祇降临大地,为了永远守护这片土地,也为了守护即将建成的簇新的宫殿,各路神祇自天而降,潜身于此。额田女王打算用神的感触来吟咏这一切,而用神的感触来吟咏就必须聆听神的声音。额田女王来到台地就是为了倾听神的声音的。

当众多僧侣集中在味经宫诵读经文时,和声越来越洪亮。就在此时,众神从天穹的一隅降临到了台地。因为人们都在味经宫举行法会活动,所有人聚集在那里。台地上只有灯火,一个人影也见不到,众神便陆续降临。

额田女王本想在法会进行当中登上台地的,但一直到法会结束,她都无法离开,只得等法会结束后,才独自一人登上台地。平素,她总是只要兴起便能听到神的声音,随后转成歌声,从口中自然而然流淌出来。但是今晚她却做不到,因为她听不到神的声音。有令人讨厌的东西妨碍了她。

额田女王走出味经宫,很快就察觉到自己被两个人尾随了。如果对方只有一人,她还有办法将其甩掉,可避开了一个人,另一个便马上出现,避开那个,刚才这个又跟了上来,两人都紧追不舍。对方是谁、什么身份,额田女王不清楚。她只得不顾一切地故意暴露在灯火之下,果然对方没敢靠近。二人像是商量好了似的,不约而同地试图躲在黑暗中将她掳获。

虽然不清楚对方的身份,但其中一人额田女王大概能猜出是谁,那个人可能就是大海人皇子。因为之前大海人皇子曾托人前来传话,说是新宫奠基仪式之夜希望和自己碰面,说上几句话。

不仅如此。在这一年当中,大海人皇子对自己展开了热烈而持久的追求，已经不止一次两次通过中间人向自己表示爱慕，而对此额田女王一概未予理会。作为一名从小具有能够倾听神祇声音的特殊的女子，怎么能听从一个普通凡人的声音呢？她毕竟做不到既能倾听神祇的声音，又能够倾听普通凡人的声音。

是倾听神的声音，还是倾听凡人的声音？如果要从中进行选择，毫无疑问，自己选择倾听神的声音。一旦聆听过神的声音，对人间普通凡人的声音早就毫无兴趣听了，她也毫不关心凡人的声音。自己吟咏的歌，传达的统统是神的声音，不论是这个国家的悲喜，还是生活在这个国家的人们的悲欢喜怒，都是自己将其传达给众神再以神的声音吟咏出来的。自己必须用滔滔的大河逝水一样的韵调咏唱出来，因为，自己的诵咏与这个国家以及所有百姓的命运紧紧相连着。

额田女王甩脱了两个求爱者后，站在台地尽头的黑暗中，开始努力倾听神的声音。一种大海人皇子根本不可能想象到的凝思，正渐渐将这位年轻又美丽的巫女包蕴起来。

三

自白雉三年正月起，新皇宫的营造日夜兼行，速度明显加快。三月九日，朝廷从之前临时征用的大郡宫迁入建造至一半的新宫。尽管坊间议论纷纷，认为没必要这么匆忙地迁入建造至一半的新宫,但朝廷似乎另有原因:天皇要皈依佛教,这自然是件大事情,而从大郡宫迁入新宫,应该就是听从了部分僧侣的建议。

翌年的四月十五日,新宫又响起了槌声,这次是请来了法师惠隐前来讲读《无量寿经》,法师惠资则扮演提问的角色。两名高僧一问一答,吸引了一千名僧侣聚集来听讲。这场讲经一直持续到二十日,共五天,并且不分昼夜。讲经结束时,外面下起了雨,由于干旱已持续多日,这场降雨令所有人都很高兴。可不知为何,这场雨却持续很久,下个不停,不仅毁坏了房屋、冲垮了田地,还造成人畜溺死者不在少数。这下,坊间又开始议论起新宫来,照例将这一切归罪于迁宫。

到了九月,新皇宫彻底建成,其豪华壮丽让观者无不叹为观止。宫城内石板道路纵横交错,道路之间错落着无数宫舍,其间回廊蜿蜒,中央则是一座垒有台阶并装有扶栏、石板铺就的大广场。

就在新皇宫的营造刚刚结束,便开始了大规模的街巷建设。环绕新皇宫,周围陆续建起了朝廷官员们的宅邸。除了大量宅屋,还空余着不少空阔的荒地,这些是准备留待日后建造寺院用的。

当宏大的新皇宫姿影呈露于台地之上时,台地周边也变得一天比一天热闹起来。港湾里来自异国的船只密密挤挤、连舳接舻。码头附近耸立起成片的仓库,百姓的宅屋更是列列森森铺排开来,那一带从早到晚挤满了从事各样营生的男男女女。

随着新都逐渐建成,这期间各种新的政令也陆续颁布。其中最令人瞩目的当数户籍制度的实施。新令规定,不论官民每家每户设家长一名,作为法律上的户籍责任者;每五户编为一伍,设伍长一名,又每五十户编为一里,也设里长一名,全权处理里内所有事务。全国各地还一处不落地进行了耕地面积调查。大化改新之后没多久就公布了"班田制"①,为了田地分配更加精确、实施更加彻底,现在又进一步规定了凡耕地三十步为一段,十段为一町②,每段征收一束半、合计每町征收十五束的租税。

新皇宫即将营造完成那年的十二月月末之夜,一如前一年,天下僧尼齐聚于新宫禁中举办法会。宫中灯火辉煌,数不胜数。大街小巷的百姓眺望着台地上的灯火盛典,只觉得华美而又庄严,之前的灯火盛事和今年的简直无法相比。男女老幼们奔出家门、站在路旁,陶醉地观望着、赞叹着、说长道短,从身边的起居琐事聊到异国进贡使者的传闻,一直到台地上最后一盏灯火熄灭,待感觉到刺骨的寒风直侵肌肤,才三三两两回到各自破敝的家中睡觉,准备迎接不知道会给自己带来什么的新的一年。

时间转瞬翻到了白雉三年。这一年中,额田女王身上发生了一件改变她命运的大事。

那是圣驾亲临尚未落成的新宫之事正式定下的二月。额

---

① 班田制:也叫"班田收授法",是日本在公元646年(大化二年)公布《改新诏书》推出的一种耕田分配制度,系仿照中国唐朝的均田制而来。
② 步、段、町:均为日本旧度量衡制中的土地面积单位。1步约合3.306平方米,1段约991.7平方米,1町约合9 917平方米。

田女王预先来到新宫,并很快投入到祭典的各种准备,每天忙碌得不亦乐乎。当所有准备告一段落时,大海人皇子派人来向她发出了邀请。来人是服侍于大海人皇子身边的一位中年女官。

"四天王寺内的梅林开得正盛呢,皇子殿下打算去赏梅,定于本月最后一日酉时举办赏梅宴。额田女王若是方便的话,也请移步一同赴宴赏梅。"女官面无表情地说。那张面孔,宛如一张能乐的面具。

说是四天王寺内,可是四天王寺的林苑还未建成呢。工匠们都被征召去营造新皇宫了,寺庙应该建到一半就被置之不顾了。林苑未成,庭园自然也不可能建成,皇子所说的赏梅宴应该就是在附近的天然梅林中举办吧。

之前,大海人皇子通过中间人也向她发出过各式各样的邀请,这次是第一次非常正式的邀请,而不是偷偷摸摸向她发起求爱式的邀请。

"当天如果没有什么不便的话,我会很高兴赴约前往的。"额田女王回答道。

以往的每次邀请都婉拒了,但此次这样的场合她只能答应下来。对方是皇太子中大兄的弟弟,况且又是正儿八经的赏梅宴,倘若断然拒绝,一定会被视为非常的失礼,再说,她也很想观赏梅花。在老家大和,她从小到大每年都会观赏梅花,但自从进入宫廷后就没有机会再观赏梅花了,因为毕竟还谈不上天下太平,缺少举办赏梅宴的氛围,再者在这个新都城难波,除非跑到很远很远的僻郊,否则根本见不到梅林。

"皇子殿下听了一定很高兴。当天,轿子会过来接你的。"

女官说罢郑重地行了个礼,然后转身离去。

事情看上去似乎并没有什么其他企图。然而,没过多久,额田向别人打听四天王寺的梅林时,得到的回应却是,谁都没有听说过那里有什么梅林。

"那里再过去一里两里的就不知道了,但至少那个地方眼下就是一个施工现场。一大片杂树林刚刚被砍掉,到处堆满了木材什么的,乱七八糟。听说一到黄昏尽是狐狸出没呢!"

差不多每个人的回答都是如此。

还有人反问道:"根本就没有梅林,怎么举办赏梅宴啊?"

不过,额田女王还是选择相信大海人皇子的赏梅宴计划。作为使者前来的那位女官看上去让人感觉像个知书达理而且非常贤淑的人,怎么可能煞有介事地睁着眼睛瞎说呢?

距离赏梅宴还有两天,额田女王的姐姐镜女王从老家大和上京来了。镜女王数年前成为了中大兄皇子的爱人,不过这事只有极少数人才知道。

也许是在这方面粗枝大叶的缘故,一直到与姐姐这次会面,额田女王对此事竟然一无所知。话说回来,额田自小离家,被从事宫中祭祀相关杂务的额田乡的额田家收养。正因为这层关系,现在的她也得以在宫中从事奉持神祇的相关事情,但也因为这样,她对姐姐镜女王身边发生的事情毫不知晓。当她从姐姐口中得知此事时,情不自禁凝视着姐姐那张典雅大气的美丽的脸庞。镜女王从小就因容貌出众而远近闻名,姐妹二人正如人们常说的"韶秀姐儿俏丽妹",认识的人都对她们赞不绝口。

再看现在的姐姐,韶秀之中似乎又多了点别的东西,显得严正凛然,大概这就是矜贵之气吧。额田感觉有点耀眼。中大兄皇子的爱情,让姐姐的美丽更加无以复加了。

姐姐还向额田透露了她和中大兄皇子之间互赠的和歌。

"皇子殿下赠我这样一首……"镜女王说。

　　日日思妹家,
　　只恨山隔路又远;
　　安得同爿天,
　　大岛之岭山野傍,
　　从此大和是我家。

大意是说,我想常去你家看你,可是你家太远了,实在无法如愿;假如我也在大和、在那大岛山岭之上安一个家多好啊。

的确是首不错的爱情之歌,表面看不出炽烈的情感表示,而是委婉地传达出深深的系恋,这样反而更显得典雅。镜女王回赠给中大兄皇子的和歌则是:

　　秋山绿树葱,
　　绿树丛中秋水藏;
　　秋水盈盈涨,
　　贵人勿羡秋水长,

我共秋水情更长。

大意是说，我对殿下的思恋犹如掩覆在秋天山岭树下的潺潺流水，一天比一天积涨，即使和殿下的相比，我的思恋也只会更多。这首和歌很好地体现了镜女王的性格，恭谨的语气之中也融入了炽烈的感情。

"哎呀你看看，我竟然没羞没臊把这个也说出来了……"

镜女王低下头不好意思地说道。

然而，镜女王此次前来，并不仅仅是探视许久未见的亲妹妹额田女王。

"我这次上京，其实还有一件难以说出口的事……"说到这里镜女王顿了一下，随后鼓足勇气继续说道，"现在外面有种说法，说中大兄皇子殿下想把妹妹你收在自己身边，所以一直不肯让我来京城。这不，这传言都传到老家那边了……"

额田女王简直怀疑自己的耳朵出了毛病。

"什么什么？你再说一遍！"

"这样难以启齿的话还要我再说一遍？"镜女王用凄怨的口吻回敬道，随即又说，"传言无根，人家说的到底有几分真谁知道呢，所以我原本也不相信，可是不止一两个人和我提到这件事情……所以，我不是想和你说不要这样，因为这种事情放在谁身上都会不知所措，不知道怎么办才好。可是……可是假如事情真这样的话，那多叫人难过呀！"

额田女王听着姐姐说话，视线却转向了别处。晚冬的阳光静静地照在庭院内，夯土墙边的低矮灌木丛中大概有鸟儿潜躲在其中，无风吹过枝叶却在微微颤动。额田女王屏住了呼吸。姐姐镜女王所说的事情她完全没有头绪，中大兄皇子对自己心存爱意？这怎么可能嘛。

蓦地，额田女王想起了此前在黑夜中听到的那串脚步声。那脚步，自己向左躲闪它也往左去，往右躲闪它也往右去，显得非常沉着自信。这和大海人皇子的脚步截然不同。大海人皇子的脚步更加凝重，有种不容分说的咄咄逼人气势，但也听得出带着几分紧张。而另一个脚步声则自始至终都那么从容，不急不躁，那节奏仿佛在说：你想跑？那就跑啊，反正早晚都跑不出我的掌心。夜幕下，额田猜不透那个人究竟是谁，然而此刻听到姐姐镜女王说出令她大吃一惊的话来，她霎时间将他与之联系在了一起。那个步履从容而坚定的人，除了斩杀苏我入鹿的人之外，再也想不出第二个来。

可是，当额田从白日梦境中清醒过来，立刻恢复了冷静。冷静下来一想，又觉得这一切简直太滑稽可笑了，或许是大海人皇子对自己的爱慕，在世人的口口相传中被误传成了中大兄皇子吧。拥有数名妃子的中大兄皇子，怎么会对自己、况且还是侍奉于天皇侧近的自己产生爱慕之情呢？这怎么可能呢？

额田女王抬起头。

"姐姐你千万不要相信刚才说的事情，因为根本就没有这样的事啊！我如果做出那种伤害姐姐、陷姐姐于不幸的事，我一定毫不犹豫地辞去宫中之职，和姐姐一道回到大和老家去。我和姐姐是在同一个屋檐之下，每夜枕着同样的风声雨声入眠，每天听着鸟儿扑扇翅膀的同样声音醒来，我们不是这样一块儿长大的吗……"说到这里,她掉转话头继续说道,"大海人皇子屡次三番地向我表示爱慕,我想大概是因为这个被人误传了吧?不过,有一点我可以声明:我既为奉持神祇之身,不管来自谁的爱慕我都不会理会的!"

说罢,额田女王站起身来。那神情似乎在说,让我一个人好好想一想。

自接到大海人皇子的邀请,到二月末举办赏梅宴,额田女王以有生以来从未有过的复杂心情挨过了两天时间。

姐姐镜女王在几年前就成了中大兄皇子的爱人,额田这是第一次才得知,这件事情她得好好消化一下。他知道中大兄皇子已经拥有数名妃子,姐姐镜女王想要独占皇子的爱情是不可能的。

镜女王盼望离开老家大和,来到皇子的身边,这种心情可以理解。不消说,即便中大兄皇子心里记挂镜女王,但毕竟无法经常离京前往大和。作为朝廷新首脑的中大兄皇子身处的是什么样的环境,与远在大和的镜女王想象的几乎天差地别,离开皇子斟酌裁断就无法进行的政务多到几乎从早晚将他拖住。姐姐在赠答的和歌中说自己的思恋比起皇子殿下来只会更多更深,这绝对没错,皇子的思恋与她的思恋简直不可同日而语。镜女王可以不分白天黑夜地沉浸在对皇子的思恋中,可以为此劳心焦思,但皇子却做不到,因为有其他更重要的事情逼着他去劳心焦思，外国来的使者他要与之会面，虾夷地①虾夷人的动静他要时刻关注。当然，每到入夜，他还得回到对皇子的思恋一点也不输于镜女王的妃子的住所，尽夫君之责。

镜女王自从成为中大兄皇子的爱人，变得愈加美丽和自信，和以前比起来焕然一新。虽然身在大和，日日夜夜沉浸在对皇子的思恋中，她相信皇子真正爱自己，并且爱的只有自己一个人。然而，当她这次终于如愿移住到京城来之后就会发现，事情完全不是那样，镜女王引以为傲的美貌又将会如何呢？也许，那些她想都不曾想到过的悲楚，有朝一日会彻底改变她的星眸、她的丰颊、她的樱唇、她的柔肩……将它们变成另外的模样，就像其他妃子的境况一样，镜女王毫无例外也会将悲楚深藏在内心，只剩脸上令人捉摸不透的冷冷表情。

正想着姐姐镜女王可能面对的遭遇，额田女王的脑海中忽然又浮出了另一件事情，那就是姐姐说的中大兄皇子想将自己收入帐中的坊间传言。假如镜女王说的是真的，已经不止一人在姐姐耳旁喋喋，说明此事早已成为别人口中的谈资，自己倒必须认真对待了。

中大兄皇子喜欢自己！这明摆着是搞错了嘛。和第一次从姐姐口中听到的那个瞬间一样，即使此时脑海再次划过此事的影子，仍仿佛有种可怕的东西将自己紧紧裹住，她只觉得一阵阵的发冷和晕眩。

---

① 虾夷地：日本古代对虾夷人生活居住的地方的蔑称，其地域大致相当于北海道、今属于俄罗斯的千岛群岛、萨哈林岛（库页岛）一带。

有别于其他女子,自己的使命是倾听神的声音,任何亵渎神灵的东西她都不会去接近,也不可以接近。可是,中大兄皇子竟然还对自己怀有企图!

中大兄皇子与大海人皇子有所不同,中大兄皇子只要启口,自己是无法拒绝的,那会产生什么样的后果?估计再也听不见神的声音了,只能听到普通人间的声音,且伴着各种粗秽猥贱之声,向自己逼涌过来;小时候领受的神圣的咒语被解开,非但听不见神的声音,只能听到凡人的声音,还会不由自主地或同情或反感、或喜或悲、或嫉妒或痛恨。啊,自己将变成一个极其普通的女子……中大兄皇子会用他那双有力的手,将长期以来束缚着自己的咒语一丝一丝地剥解掉。

忽然,额田女王从恍惚中清醒过来。自己在胡思乱想什么啊?这么自轻自贱,这么没皮没脸!她只觉得浑身直打寒战,她害怕得不得了。

这一天,额田女王把自己打扮得漂漂亮亮的。她从未像今天这样花心思打扮过。不是为了大海人皇子打扮,而是想让自己清晰地意识到,自己是一个倾听神灵声音的特殊女子。

小时候,给额田女王梳妆打扮的老妪给她讲过一个故事,说异国有位年轻的妃子,把自己打扮得貌美如花,使得敌兵不敢靠近她一步。年逾八旬的老妪齿缝间漏着风,用低弱的声音说着。额田一边听,一边仿佛觉得那位妃子就栩栩如生地站在自己面前。额田曾经数次央求老妪,给她重复讲了好几遍这个故事。

"……金簪子、玉颈饰,全都是女人的武器。就是眉间那小小的一点花钿①也是女人的武器哩。女人打扮得漂亮些,就可以变得更加有力、更加强大,因为神就是这样创造女人的呀。"

老妪每次讲完故事都用这样一段话作结束,额田现在还清楚地记得。她觉得,打扮得漂漂亮亮之后,自己能否像那位异国的年轻妃子一样,拥有超常的力量不得而知,但至少内心这份自尊不能没有。

约定的时刻一到,迎接她的轿子便来到门前。额田乘坐的轿子在前,侍女乘坐的轿子跟在后面。出了院子,气温开始回落,太阳渐渐落山,天空中一片清澄碧绿,数条略带红色的长条云彩斜在西北角。

街道只建成了一半,道路还没有修筑完备,两旁供朝中官员居住的房屋有的已经造好有的还未造好,稀稀拉拉。路上行人也很少。眼下虽说已经入春,但暮冬早春的寒意,加上时刻已近黄昏,除非有要紧事,一般人都窝在家中不出门。

离开街市中心,路旁散布着若干百姓村落,其中多数是为朝廷做工的工匠居住的窝棚,过不了多久他们又得搬往别处,所以单从外面看上去便感觉冷冷静静的,缺少日常生活的气息。村落和村落之间是荒野,让人简直想象不到这儿竟然还是京城的一部分。然而路上的行人倒是较街市中心部多,有农夫、猎人、兵士、衙役、苦力等,也不知道他们从哪里来要到哪里去,只是三三两两地从路上走过。

---

① 花钿:古代妇女脸上的一种小装饰物,以金银等制成,多为花形,贴于双眉之间额上,在唐代颇为盛行。

将近四天王寺的时候,轿子停了下来,前面有数名兵士和一名衙役模样的人站在路中间迎候。

额田女王从轿上下来,留下侍女,独自一人跟着那名衙役向前走去,衙役殷勤地在前面为她引路开道。果不其然,寺院的林苑尚未建成,只有几处用木板临时围起来的工地。

绕过坑坑洼洼的泥地,来到一堵夯土墙前,额田女王随衙役停在了一座门前。

"外面冷,您请到里面等候吧。"

衙役说罢,自己便转过身往回走了。

额田女王依言推开门扉踏进夯土墙内,却只见围着墙,里面并无房舍,只有杂草丛生。

额田女王心中稍觉不安,在那里站立了许久。不知不觉间,天色已黑了下来。

她走到墙外,朝四下张望着,忽然听见一阵马蹄声,但辨不清是从哪个方向传来的。马蹄声越来越近,长长的夯土围墙尽头出现了一个身影,是大海人皇子。

额田女王默默地低下头。

"今晚不想让你回去,你不会反对吧!"

她好像听到大海人皇子说了这么一句。大海人皇子手上握着缰绳,站立在马旁边。

额田女王依然低头不语。

"轿子马上就会来接的,你乘上轿子走。"

额田感觉大海人皇子似乎又要翻身上马,她终于抬起头,眼睛直望着大海人皇子,问道:"赏梅宴在哪里举行呢?"

对方似乎觉得有些奇怪，吃吃笑着回答说："赏梅宴取消了。"

"赏梅宴取消了，但至少让我观赏观赏梅花吧。"

"不好意思，梅花已经谢了。"

"太遗憾了，我是接到赏梅的邀请才来这里的呢。"

大海人皇子没有接茬，却看着她说："你今天比平常更美。"

额田女王心想，皇子可能误会了以为自己是为了他才如此精心打扮的吧，于是解释道："我还以为一会儿要站在树下好好观赏梅花呢，所以才化了点妆。既然赏梅宴取消了，那我就失礼先回了。"

大海人皇子连忙说："没错，今天的额田要是往梅花树下一站，简直美得没话说了。既然你是为了这个而来，我当然一定要满足你。"说罢，他一纵身跨上马背，"有个梅花盛开的地方，只不过离这儿稍有点远……"话音刚落，额田女王只觉得自己的身体呼地一下离开地面腾到了半空。

事情来得太突然。接下去会发生什么，她不知道。金簪子掉落了，玉饰也倒垂在脸上，她被抱着横在马背上，不敢动弹，只能看着地面在眼睛下匆匆闪退。过了不知多久，地面停止不闪退了，她被扶起坐在了马背上。

"放松点，没什么好害怕的。"大海人皇子的声音在耳畔嗫嚅。

说放松，可眼下哪里是放松不放松的问题，额田女王简直觉得自己像昏死过去了一样。

马继续奔跑。夜幕越来越浓重，原野感觉好像无边无际老也跑不到头。额田女王侧坐在马背上,恍恍惚惚,分不清这一幕到底是梦境还是现实。她想逃脱,可是逃不脱,手持缰绳的大海人皇子两只胳膊将她紧紧夹住了。她只知道被强行带着往哪儿去,却不知道会被带去什么地方。途中,马儿闯入了先前看到过的村落,村落中央燃着小山包一般高的熊熊篝火。篝火周围全是兵士,其中几骑乘马兵士拍马上来将大海人皇子围住,但随即又散开去。这一切是在做梦还是真的现实?

不知过了多久,额田女王被抱下了马。双脚站到地面,刚走了两三步便一个趔趄差点摔倒,大海人皇子一把将她扶住。

眼前是一片广袤的梅林,林中亮着几处灯火,灯火周围则盛开着多得数不清的白色的花。

出了梅林,来到一座像是农家的豪阔的庭院,院内照例也点着灯火。额田总算自己向前走去,两旁排列着众多男女,恭敬地向自己鞠躬行礼。穿过泥地的外屋,再往里就是房子的内室。看样子,这是当地的一户豪族人家。大海人皇子不知什么时候不见了人影,一位农妇模样的中年女子在前面引导着额田女王,途中她一度停顿下脚步,但随后继续抬步朝前走去。一切的一切都像是在梦中一样,此刻自己要往哪里去,额田已经没有气力去思考了。

海 神

一

额田女王的身子渐渐显出了异样,那是在白雉三年的仲秋。有关额田女王的风言风语首先在孝德天皇的朝廷侍臣和侍女间开始传开了。

乍闻此事的人无一例外都怪讶道:"哎,不会有这种事情吧?是不是哪里搞错了?"

人们想不到额田女王身边竟然有人会做出此等事情来。然而,即使是不相信会有这种事情的人,当在回廊口见到处于风头的本人、与之擦肩而过的时候,不管愿不愿意却不得不承认传言属实。她的腹部的确有些异样,显然只有一种可能:腹中已经有了小生命。

显得异样的不止腹部,擦肩而过之际谁都会忍不住回头张望的那份美貌,如今也多了点不同寻常的内容:双颊日渐丰腴,眼神变得越发温静慈祥了,而且不光是脸颊,额田的胸部也愈加丰满起来。

人们同额田女王相遇,会情不自禁颔首低头,因为她身上就是拥有这样的魅力,但是颔首低头时,视线便很自然地落到她显出异样的腹部。

众人开始议论令额田女王腹部发生异样的本家儿会是谁。有说是中大兄皇子,也有说是大海人皇子,甚至有人对孝德天皇也生出狐疑。然而,即便是怀疑这些显贵之身的人自身,也不敢轻易相信自己的猜测,因为他们觉得这些人是不会不将自己的爱人纳入后宫,而一直任其在宫中侍奉别人的。此外,还有几位年轻的贵族以及侍臣也被列为了怀疑对象,统共有五六人之多。总之只要年轻且相貌出众都被怀疑上了,但最终比较来比较去,又一个个被排除掉,毕竟作为额田女王的爱人似乎总还差了那么一点点。

自从传言四起,额田女王仿佛便已经察知了一样,差不多同时她的身影也从宫中消失了,后来得知是一位年长的女官对额田提出了警告,命令她离开宫中。而关于这件事情,也有各色各样不同版本的传说。据说女官问她爱人的名字,额田女王开心地一笑,说:"这也是我想知道的呢,究竟是谁让我的身子变成这样的。不过,现在已经是这样子了,没办法我只有先生下孩子再说了。等孩子生下后再去追究是谁吧。"

年长女官当然不会相信额田女王这套哄骗小孩的回答,不过据说也没有再深究下去。女官的询问到此为止,人们觉得在那样的情况下也只好姑且接受这样的说辞。事实上,额田女王平常的举止中,一点也没有让人可以窥破端倪的疏漏,所以众人自然无从猜起,种种猜测中少不了夹杂着一丝嫉妒和恶作剧。

姐姐镜女王也不例外。尽管额田女王自己说出那个人的名字,镜女王仍不相信。额田女王告诉了姐姐大海人皇子向自己求爱的事实,但镜女王觉得她腹中的生命仍可能是大海人皇子以外的人种下的。

"恭喜你啊!如果生下来是个小皇子的话,一定会像大海人皇子一样英俊魁伟;如果生下来是皇女的话,会像你一样俏丽呢!"镜女王向额田女王恭喜道。

额田女王脸上没有一丝阴影,她绽开笑颜,开心地说:"你真的这么想?我做了一个梦,梦见我的身子整晚上被梅花瓣包裹着,然后身上就发生了这样的变化。以前听说汉国也有类似的传闻,女人的身体真是不可思议呀。"

这种场合,姐姐镜女王毕竟不同于宫中的女官。

"你是说是梅花的精灵栖宿在你身上了?也罢,你这样说那就算是吧。不过,大海人皇子如果不觉得梅花精灵是他的小皇子的话……"

镜女王这样一说,额田女王脸上现出娇嗔的表情说道:"如果那样的话,梅花精灵可要伤心了。姐姐,你不相信我说的话?真的,铺天盖地的白色的梅花花瓣向我压来把我裹住……"

镜女王心想妹妹你不是在犯傻吧?她轻轻将手搭在妹妹肩上说道:"做一个梦怎么就会有了孩子?哪有这种事情……"

话只说了一半,额田女王接口道:"姐姐你放心,我没有疯。我知道,这是神要在我身体内孕育一个梅花精灵的孩子,而不是普通凡人的孩子,但我是个人,所以我生下来的只能是人的孩子。不过,要生的话我希望最好生个男孩。"

话既说到如此地步,镜女王也像宫中的老女官一样,没辙了,于是她不再作声。

就是大海人皇子对此也心中有疑。当他有力的胳膊将额田女王紧紧抱在怀里的时候,他还是不敢相信,自己抱着的真是额田女王吗?在卧榻之上是这样,在卧房之外就更加没有自信了。这个女人对自己来说究竟意味着什么?他不时怀着这样的疑惑望着额田女王,直截了当地问道:"你喜欢我吗?"

"我只想一直都呆在皇子殿下身边,只要这样我就会感到快乐,这算喜欢吗?"额田女王答道。这个回答令大海人皇子非常满意,这也是大海人皇子必须为她做的事。但与此同时,他仍有一丝忐忑不安:假如将额田女王作为妃子迎入后宫的话,面对时刻虎视眈眈的魔爪,说不定额田哪一天就会脱离自己的手掌。

"为什么要将我幽禁在那样的地方?什么地位啊身份的,我统统都不要。我只想以一个自由之身,陪伴在您身边。"

面对额田女王的这个问题,大海人皇子一时觉得不好回答。纯真无瑕的爱情。对于这个期望,自然必须满足她。尽管如此,大海人皇子心里还是有那么一点不敢大意,额田口口声声说一直呆在自己身边,可总让人觉得似乎不大真实。自从在梅花盛开的乡间二人共度良宵那天起,迎来了春天、送走了夏天,如今秋色也已过半,但二人说过的悄悄话加在一起屈指可数。有时向她提出幽会的要求,总是被她委婉又狡猾地岔开去。即便是选定了满月之夜、七夕之宵,她也没有拒绝,但马上又说秋风已起,胡枝子花已经散尽了吧,最终幽会之事还是眼睁睁地泡汤。

要说额田女王对自己毫无感情，却又不是。难得二人拥有一个温馨的夜晚时，她会说，多么想见到自己啊，等待这一天等得多焦心啊，等等，而且床笫之间，她也极其娇娜悦人。

或许是不知不觉，大海人皇子竟然最后一个注意到额田女王的腹部有异。宫内到处在交头接耳传布着关于额田的风言风语，直到好久以后，大海人皇子才听到传言。他这才发现额田的身子果然不一样了。

大约十天后，大海人皇子捉住了额田女王——用"捉"这个词一点也不滑稽，非常的贴切，正是捉拿的捉。地点是在专为接待外国来的使者而新建的位于半山腰的异人馆①一个房间里。屋内有数名女佣在忙碌着，全都身着洋服，说着异国话。

这晚，额田女王对大海人皇子说的话和她对镜女王说的大致相同，只有一处稍有差异，对镜女王她说肚里怀的是梅花的精灵，而对大海人皇子则说怀的是神的精灵。

"你这样说谁会相信？明明怀的是我的孩子！"大海人皇子说。

额田女王柔情蜜意地偎依在大海人皇子胸前："是我的肚里怀了东西啊，为什么我都这样说了，殿下您还不信呢？您既然不相信，我也没什么好说的了，殿下您就那么坚信好了。相信什么不相信什么，是每个人的自由。相信什么都无所谓了，反正我就相信我刚才说的。"

于是，二人之间有了下面这段奇妙的对话。

---

① 异人馆：日本旧时对在日外国人居住的西洋风格的建筑的统称。

"是我的孩子。"

"不是,是神的精灵……"

"不要一口咬定什么神啊神的。你如此坚决地否认这是我的孩子,难不成你还和别的男人有私情?"

这下,额田女王忽的生气了。

"您是真的这么想的吗?要是那样,您干脆将我赐死好了!假如您不赐我死,我就只好自我了结一死以证清白了!"

话说到这个份上,大海人皇子心知不妙,开始担心这世上最美的东西真的要离自己而去了,不由得打了个寒战:她要真的钻起牛角尖来就糟了!于是,他不得不将刚才自己一时情急说错的话收回。孰料话一收回,额田女王的态度却更加娇痴,说的话也更加没遮拦了:

"您既然这么想有自己的孩子,您随时随地可以有啊,想为皇子殿下生个孩子的人有的是嘛。"

"……"

"名字您不想提的话,我可以替您说出来。"

"行了,你不要说了!"

"尼子娘,还有……"

额田说到这里将头埋进大海人皇子的怀中。他思忖着,她双颊上一定挂着眼泪。虽然不能够托起她的脸来确认,但是他看见了额田脸颊上闪着晶亮。隔了片刻,额田抬起头来,出乎意料的是,她并没有哭,脸上的表情是温柔的、灿烂的,泛着健康的光泽。

"请原谅,我没有怀上殿下的孩子,倒是不小心怀上了神的孩子。"

"你如何知道是神的孩子呢?"

"因为我听到神的告谕了,神说:你是为了倾听神的声音而降临人世间的,所以你必须终身洁身自好。怎料你竟然陷入同世间凡人无异的男女关系之中,本来不可以原谅,但念你事不得已……"

"好了好了,不要说了。"

大海人皇子情不自禁打断了她,他不想听下去。

"可是,我还没有说完呢,让我说完吧,请殿下耐心听到最后。"

"说了不想听嘛。"

"本来不可以原谅,但念你事不得已,所以就赐你一个没有父亲的孩子——神就是这样说的。神还说了呢,怀了神的精灵,你就不可同任何人产生感情,即便想也不会有感情的。对任何人都不可产生感情,这是怎么回事呢?我左想右想都没想明白。"

"嗯。"

大海人皇子心里是明白的,只是他不愿意说出来。

"正像神的告谕所说的,我身体里真的有了神的精灵。想想也会像神说的那样,我今后对任何人都无法产生感情了吧。"额田女王说。

额田女王仰起她那张娇媚的脸说道,一对瞳仁望向空中。大海人皇子看着额田艳丽的脸,却从未像现在这样强烈地感觉到自己无法真正占有她的身体和心,心中不由得涌起一种空虚感。美丽得举世无双的爱人此刻就被揽在自己臂中,却抓不住她的身体和心。虽说自己可以不容分说地拥紧她的身体,但她却不能生一个属于自己的孩子,所以说身体也抓不住。

"你究竟爱我吗?"

这个疑问大海人皇子已经发问过好几次,但此时他仍忍不住再次问出同样的问题。

"只要能一直呆在您身边,我就感觉很满足,这算是爱吗?"额田答道。

又是同样的回答。作为不容许心里对任何一个凡人产生感情的特殊女子,她也只能够如此回答吧。

白雉四年春天,额田女王产下一名女儿,取名叫十市皇女。没有人问她孩子的父亲是谁。其实即便有人问起,她也只会回答这是神的孩子,但因为她的特殊身份,竟无人问起,所以她也无须作答。人们前来探望额田女王,向她道贺,脸上看不到一丝疑忌。而人们向她道贺的态度,再想想之前对她的态度,简直郑重到了无法对比的程度。因为大家心里清楚,虽说猜不出父亲是谁,但这孩子说不定是某位尊者的孩子,甚至大多数人都认定她就是某位高贵之人的孩子,也有个别人想到之前额田对老女官说起的妊娠奇谈,便信以为真。换作其他女子自然无人会相信,但放在额田女王身上,她们觉得也不是没有可能。再有额田女王对大海人皇子说的神的孩子之事,不知怎么的好像泄露出去了,一些人便私底下咬耳朵,认为奉持神祇的特殊女子,她身上说不定真的就会发生这样的事情。

但有一次,有人却因为这个婴儿而遇到了麻烦,是年轻的侍女。当时,额田女王将婴儿从乳母手中接过,盯着婴儿的脸细细端详了好一会儿,忽然开口问道:"你说这孩子像谁呢?"

乳母离开了,额田跟前只有年轻的侍女一个人,她无法枉顾左右而不答。

"啊?"侍女答不上来。

额田女王笑吟吟地朗声说道:"不好说?没关系的,说说看,她像谁?"

"呃……"

侍女感觉自己腋下渗出了汗。

"你仔细看看孩子的脸然后说说看。你看看,好像某个人呢,可看着像某个人,我就是想不起这个人是谁,你替我想想。多像啊,这眼睛也活脱脱就是个翻版,嘴巴也一模一样是不是?眼看差一点就快想起来了,可就是怎么也想不起来。究竟像谁呢?不要害怕,你说说看到底像谁。"

说不要害怕,可这事毕竟不是轻易可以说出口的。侍女心里揣着一个男人的名字,就是忍着不敢说。额田女王说的没错,眼睛和嘴巴都像极了那个人,就是大海人皇子。可是,侍女不敢说出这个名字,万一说出口,谁知道会招致什么无法收拾的后果呢?

"来,你就告诉我一个人,悄悄说吧!"

额田女王带着淘气似的笑容看着她。

侍女抬起头,她感觉自己的内心早已被额田女王全看穿了,没办法,看来不说也不行了。

"请您宽恕！"侍女说道。

"既然你要我宽恕，我就宽恕你。瞧你，胆子这么小——说吧！"额田女王说着又笑起来，笑声仿佛戛玉敲金般玲珑清润。

侍女从额田女王身边退下后，脑海里逐渐恢复了平静，但身子仍在不停地微微发颤。她弄不明白，自己为什么非要受这样的痛苦煎熬不可。正因为受了如此痛苦不堪的煎熬，侍女暗暗下决心：这辈子再也不会将大海人皇子的名字挂在嘴边了。

然而，这个年轻侍女虽然自己也不能理解为什么竟会做出这样的决定，但终于拗不过主人的执性，说出了大海人皇子这个名字，说额田女王诞下的婴儿像他。尽管侍女自己也不完全相信，但她还是说了。

就像是背书证明这个事实似的，初夏时节，额田女王所生十市皇女被送至大海人皇子身边的一个女官那里抚养。这件事情当然并不表示十市皇女的父亲铁板钉钉就是大海人皇子，因为一来知道此事的人不多，二来少数知道此事的人也没有将其视作解开疑团的重要突破口。额田女王依旧作为宫中奉持神祇的女子，得以保住自己的特殊地位。在国家一大事件遣唐船出发之前，许许多多的仪式活动在等着她哩。

派遣遣唐使船的消息白雉三年秋天就在坊间流传开了，差不多正是人们开始注意到额田女王的腹部出现异样的时候。

——听说要派几百人的使者前往唐国呢。

——怪不得在到处征召船员，还以为什么事呢，原来是为这个呀。

人们七嘴八舌地议论着。作为小道消息，再没有比派遣国使赴唐更让人们感兴趣的了。谁都想象不出大唐是个什么模样的国家，但至少知道，那是一个庞大而繁荣的国度，到处是宫殿、寺院，极其宏伟，比日本的这些建筑不知大了多少倍。不仅国家富强，百姓生活也非常富庶；京城有高大的城墙护卫，街衢宽阔井然，皇城和百姓居住的地域是分开的；京城内数以百计的寺院每天都有各种仪式活动，同时寺庙等地方也是学问交流的场所，僧人们在这里讲经论道。总之，只要踏入这样的大都一步，就会发现许许多多足以改变日本治国之本的新学问、新思想。遣唐使就是派往大唐学习这些先进知识和理念的人。问题是，谁会被选中登上遣唐船呢？议论纷纷的百姓一边传述消息，一边也在暗自猜测着。假如能够平安无事地归来自然皆大欢喜，但谁也无法保证平安归来，因为毕竟要远渡烟波浩渺的大海啊。即使有幸渡海登陆平安抵达大唐，可还得再一次渡海回来哩，朝廷要选的是这样敢于挺身冒险的人。先选出大使，再选副使，再选僧侣，再选留学生，最后还要选船员。所有被选中的人肩头同时都要承担着文明文化引进者的光荣和有可能再也无法踏上故国土地的危险。

　　关于派遣遣唐使的街谈巷议至白雉四年初，一下子变得热闹起来。虽然百姓明白此事与己无涉，但还是忍不住表现出极大的关心。

　　——听说这次要派两艘船去呢，两艘船只要有一艘能到达就是大大的成功啦！

　　——好像两艘船的船型还不一样，一艘是新罗船，另一艘是百济船。

议论者中竟然有人连这个都知道。

还有的人则说:"这次会有很多大人物一同去,到了那里学会人家的治国方策,等再回来,这个国家的国政也要彻彻底底地变样了!各种徭役会减到很少很少,让人不敢相信,半数的百姓都会出家去当僧侣呢。"

坊间传闻虽说大多毫无根据,然而,当政者对两艘遣唐船寄予了极高的期望,迫切希望从昌盛之国大唐带回时下最先进的治国方略,从而彻底改变本国的落后面貌,这点却是一点也没说错。以中大兄皇子、大海人皇子、中臣镰足等人为首的新政权首脑,从白雉三年的秋天起几乎每天都在忙于准备遣唐使之事,又要这样,也要那样,包括人员的编成、船种的选择、航路的决定等等。需要讨论商议的事情太多太多,有时候讨论了几天好不容易才商定的事,到了第二天又被推翻,这样的事情屡见不鲜。因为每一个决定,都事关庞大的费用和众人的性命哪。

此次将有关派遣遣唐使的议题重新提起来的,是中大兄皇子和镰足二人。对此,朝廷内有着各种不同的声音,有人觉得,新政才颁布没几年,如今应该集中心思充实内政;还有人认为,虽说颁布了新政,但从根本上讲并没有多少真正新鲜的东西,改革效果不明显,因此不如下决心汲取大唐先进的文明成果,真正落实到新政中去。

因为是自己先提起的,所以中大兄皇子和镰足始终站在后者立场上,坚决主张应该派遣遣唐使,而孝德天皇则比较慎重,认为时机尚不成熟,事实上持反对意见。朝中大臣们则分成了两派，互不相让，但最终中大兄皇子与镰足的意见占了上风，将其他人一一说服。概而言之，这是一场保守与改革的对立和较量，但中大兄皇子和镰足毕竟是新政权中的实力人物，二人的主张岂有通不过之理？就连先前反对派遣使者赴唐的大臣也改变了态度，站到了赞成者的队伍中。唯独有一个人直到最后仍反对，他就是孝德天皇，但他的意见未被采纳。正是庙堂之上这次关于派遣遣唐使的大讨论，让孝德天皇彻底明白、同时也让群臣知道了，孝德只不过是个名义上的天皇，而没有半点政治实力。

对中大兄皇子和镰足而言，派遣使者赴唐早已是既定之策，但是，作为一项举全国人力物力必欲实行而无后退之路的大事，他们仍希望能得到群臣的一致赞同。中大兄皇子也好，镰足也好，自然明白这是一件极其冒险的事。此外，前往大唐学习先进文明，并不是随便谁去都行，必须选拔既有学问又具备一定见识的人，且不止一个两个，要选就选各个领域的优秀人才。一艘船可以乘坐数十人。但一艘船还不够，考虑到航海途中的危险，至少得两艘船同往。当然船只越多越好，但照目前看限于人选、费用等，两艘船已经很勉强了。这两艘船，每船数十名优秀人才，将被送往汪洋大海的潮头之上。

——后面就看运气了。

中大兄皇子心中暗暗祈祷。为了平复心中的不安、不让自己动摇决心，他只能祈祷。自从遣唐使之事决定之后，他不分昼夜就会蓦地暗自祈祷起来。

正像在说服保守朝臣时所说的那样，眼下真的是太渴望人才了啊,对每个人才都必须好好珍惜。然而,这些宝贵的人才即将被装上船,送往大洋上去,而只能祈祷运气确保他们平安无事。船只能否顺利靠岸抵达唐国,谁也说不准。

——后面就看运气了。

这个念头每天好几回在他脑海中萦回。一次,中大兄皇子对镰足说起了这件事情。

"臣也一样,日日夜夜这个念头都在脑海里打转。闭上眼睛也是,走路的时候也是,就是此刻与皇子殿下说话时仍在脑海里浮现着。不管什么时候、什么地点,它都会毫无征兆地冒出来。不过,臣心里在想的,和皇子殿下您想的稍稍有点不一样,"镰足这样回答,"……尽管如此,此事非做不可!"

"……此事非做不可?"

"正是这样。皇子殿下认为后面只能靠运气了,但臣以为,不管靠不靠运气,这件事情都必须坚决做!"

中大兄皇子觉得自己被镰足深深打动了。没错,正如镰足所说,此次派遣使者赴唐,的确是一次将命运交给老天的巨大冒险,可却又是一次必须去冒的险。

自舒明二年①的遣唐使至今,已经过去了二十余年。要说引入唐的先进文明推行新政,那也是二十余年前的事了。这二十余年来唐国又发生了多么大的变化,不踏上其国土是无法知晓的。从来自半岛的朝贡使者的描述中可以窥知,大唐今天的

---

① 舒明天皇在位的第二年(630年)。舒明不是年号,日本是从645年开始仿效中国使用年号的,大化是其最早出现的年号。

昌盛和二十年前已绝对不可同日而语。

即使撇开汲取先进国度的文明这点不说,单单纯粹从治国角度来说,遣唐使同样意义重大,必须尽早实施,无视大国唐的存在去奢谈什么半岛,对于新罗、百济、高句丽三国的一切认识都不可能全面深刻。仅从这一点来说,正如镰足说的,无论付出多么巨大的牺牲,遣唐使这件事情都是非做不可的。

二

派遣赴唐国的大使等一行人的人选终于敲定,三月初予以公布。公布人选的同时,使者出发的日子也定下来了。五月中旬,趁着好风从难波津启程出发。

之前舒明二年的遣唐使,以及再早前的遣隋使,自人选公布到正式启程出发,都有一个准备期间,少则半年、多则一年。但是这次,被选中的人选从领命到启程,总共才只有两个月的时间。

如此令人感觉匆忙地出发也是迫不得已,人们也很容易猜测到。人选既定,便不再拖延时日,闭起眼睛尽快送他们登上船启程,这是上佳的选择。当政者自有其考虑,倘使像以前那样耽搁个半年甚至一年的话,一定会生出麻烦,被选中的人或是生病不得不辞退,或是拐弯抹角托关系要求退出,偶尔还会出现脱逃者,最终成行之日登上船只的早已不是当初选定的人了。

无疑是因为考虑到这些情况,新政担当者从人选确定到正式启程只预留了短短两个月时间。站在决策者的角度,这样做无可厚非,但是对那些被选中的人来说真的是够呛。才得知自己被选中,马上登船通知也随后而来,还没来得及好好消化领会自己被派往唐国去的意义,便要开始做出海的准备了。

此外,此次遣唐使一行分成两个团。之前也有过对外派遣使节团分乘两船的情形,但是这次不一样,这次共有两个遣唐使节团,各自领命乘船前往大陆,因而不是一个使节团分乘两艘船,而是同时派遣了两个使节团,从难波津登船出发。

朝廷方面的意图很清楚:两艘使船中不管哪一艘,只要有一艘抵达大陆目的便算达成,因此这可以说是一个万全的措施,不必承担因失败而遭非难的不利后果。但对于被选中的人来说却相当令人沮丧,朝廷的意图完全不加掩饰,换句话说,从一开始,朝廷方面就没指望两艘船同时平安无事地驶抵大陆。对于那些登船者而言,心里不免有些愤然。虽然他们都做好了献身的准备,但还未启程有人就估计到了他们将遭遇海难,自然让人心情无法平静。

吉士长丹被任命为第一遣唐使节团大使,吉士驹为副使,学问僧有道严、道通、道光、惠施、觉胜、辩正、惠照、僧忍、知聪、道昭、定惠、安达、道观等,留学生则有巨势臣药、冰连老人等,总共一百二十一人。

第二使节团的大使为高田首根麻吕,副使扫守连小麻吕,此外学问僧有道福、义向等人,共一百二十人。

作为学问僧被编入第一使节团的定惠是镰足的长子,安达、道观等均为名门之子，留学生巨势臣药、冰连老人等也都是当时有名的豪门子弟。遣唐使节团中的这些学问僧及留学生，大都是自愿赴唐的。看到告示得知自己被选中，终于能够得偿所愿，自然兴高采烈；而未被选中的则垂头丧气，例如学问僧知辩、义德、学生坂合部连磐积等几个，看到没有自己的名字，当即给朝廷上书，再三要求成为遣唐使一员。然而像这样甘冒生命危险也决心渡唐的人毕竟是少数，大多数人则是觉得自己运气不佳，才摊上这样危险的差使。

  自入选公布之日起，难波城内出现了大大不同于以往的景象，各处已建成的寺院以及尚在营造中的寺院，纷纷设坛做起了法事，祈祷出航安全。每天都能听到寺院的钟声此落彼起地响着，有时甚至从昼至夜一整天响个不停。春夏相交之际，京城的大街小巷变得热闹起来，各种各样的消息也在大街小巷中流传，什么被选中做遣唐船船员的青年精神失常啦，又有人说，不是青年精神失常，是他母亲，等等。就在这一类传言到处流传之时，寺院的钟声仍无情地在响着。从春天到初夏这段时间，京城几乎每天都刮大风。街道上尘土飞扬，而在飞扬的尘土之中每天都可以看见前往朝廷参谒的人群，从身上穿戴的服饰很容易看出他们都是遣唐使节团的成员。街道上的男女百姓都用好奇的目光看着他们。这些人是进宫参谒、接受正式任命，然后喝上一口御赐的送行酒，其中既有后生青年也有黄发长者。

  春天匆匆逝去，树枝上萌出嫩叶、街上吹过清爽的煦风时，渐渐地夏季的烈日也开始肆虐了起来。进入五月，两艘巨大的船只出现在了港口内，它们就是将要运载遣唐使一行前往唐国的使船。一艘是新罗样式,另一艘是百济样式,都是去年刚刚在播磨建造成的,于是码头上每天都挤满了来看热闹的人。人们望着大船,议论着究竟哪艘船更安全,有的认为新罗船安全,有的认为要航行那么远的海路非百济船不可。事实上,究竟哪艘船更加结实耐用,哪艘船更加抗得住风浪,谁也说不清楚,即使船员自己也不知道。

不过船员们可顾不上人们不负责任的议论,两艘船上每天都在进行祈祷活动。与此同时,除了船员,还有建造船只的工匠也赶了来,应该是船员提出了各种各样的建议,于是工匠们一会儿将船舷加厚,一会儿又将其刨薄、恢复原样;桅杆的长度也一会儿加长,一会儿又缩短,粗细也在不断更改调试。

遣唐使船定于十二日正式启航,九日这天朝廷贴出了公告。接下来的三天三夜,各寺院的法事更是一刻也没停过。

十二日一早,使节团成员陆续向码头拥来。为此,在码头上还特意搭起了许多座临时屋棚,使节团成员在这里与家人依依惜别,有的高高兴兴饮酒话别,也有的相拥而泣。码头上拉起了粗粗的绳子,禁止送行及看热闹的人闯入,并且每隔一段就站着一名兵士,将涌上前的人群向后推搡,同时还不断大声呵斥着。

午时一到,使节团成员开始登船,待到全部上船,日头已经渐渐西斜。人员全部登船之后,码头上绳子撤去,送行及看热闹的人群一哄而上,一齐拥到岸边。

两艘船各搭乘了一百多号人,拉开一定间隔停泊在波涛之中。港湾内近一半水面覆满了芦苇,另一半则满是黑乎乎的海水。芦苇丛中散布着许多截木扦(水路航标),黑乎乎的海水中也立着同样的木扦,而在不计其数的木扦中有数十截,上面栖停着小鸟,好像不约而同似的,完全不把码头上的喧闹当回事。

在送行人的目送之下,两艘大船开始晃动着解缆拔锚。人群中响起了欢呼。码头上的欢声传到船上,船上也应和着响起了欢呼,可是却被码头上鼎沸的人声盖住了,送行的人们听不到。

船虽然开始了划动,但仍一直在原地打转,过了许久还是没驶出港湾,码头上的欢呼声渐渐平息下来。人们等得有些不耐烦了,有人开始埋怨解缆动作太慢。正在此时,发生了两个小插曲:一个衣衫褴褛的中年妇女,口中发着奇怪的喊声,奔上了长长的码头防波堤,途中停下来,大声叫喊着什么,随即又向前跑去,跑到防波堤尽头才停下,站在那里将身上的衣物一件件脱下,全身赤裸,继续朝着海面上大喊,被三名兵士按住押走,妇女和兵士的身影渐渐变小看不见了。人们猜测可能她的丈夫或儿子乘在使节船上。

另一个插曲是由一位老人引起的。老人也是衣衫褴褛,被夹在送行的人群中,忽然,老人大叫起来:

"那艘船要沉了!百济船上的人,赶快下船啊,那条船要沉了!我看见了!刚才没看见,但是现在我亲眼看见了,旁边浪头打过来,船的侧面断成两截了,船头已经向海里下沉了!"

老人的声音异常怪异,引得附近的人都朝他望去,虽然很多人根本看不见老人的脸,但是叫声却听得见,那叫声带着阴森，令人不寒而栗。众人一开始不知道发生了什么事情，纷纷竖起耳朵细听，四下一片安静，只有老人的声音在头顶上振响。

"那艘船要沉了！船上的人，赶快下船啊！百济船遭到了诅咒，赶快下来啊！快看，它的桅杆断成了两截，船头朝海里下沉了！"

很快，老人陷入了愤怒的斥骂和痛殴。四五名兵士赶到才将被捶得半死的老人救出重围，拖至别处。

"那艘船就要沉了！"

老人一边被拖着走，一边仍阴阳怪气地大声喊着。正当人群骂骂咧咧地看着老人被拖走时，从远处传来一阵喧叫，人们一齐向两艘船的方向望去，只见吉士长丹大使乘坐的新罗船开始移动了，巨大的船体在木扦之间缓缓地向洋面驶去。隔了少许片刻，百济船也开始移动了。

码头上顿时欢声雷动，人群沸腾了。欢呼声此伏彼起，经久不息。与此同时，码头上的人们虽然听不见，京城各个寺院的钟声也齐齐地响起，城中所有僧尼在各自的寺院内，开始专心致志地诵读起经文来。

中大兄皇子、大海人皇子、镰足等朝廷首脑人物，站在紧邻码头北面一座山势平缓的丘陵山腰处，目送着两艘遣唐使船起航。

中大兄皇子始终一语不发，两眼盯着已经覆上一层暮色的海面。从山腰上看去，漂浮在海面的两艘巨船显得非常渺小，在波涛之中似乎很无助。这个国家的年轻人才，几乎无一遗漏，全都登上了这两艘看上去很渺小、很无助的船。他们也许能平安归来,也许就回不来了。望着两艘使船终于启航,中大兄皇子一方面松了口气,另一方面却又感觉到极度的不安和疲惫。

镰足却显得更加有信心。对于两艘使船上的派遣人选,镰足觉得稍稍有点失算,一样是冒着巨大的生命危险漂洋过海,或许应该让地位更高的人一起登船。假如可能的话,镰足很想自己一同前往,正因为自己无法如愿,所以才让长子代替自己前去,但是现在想想,似乎还应该派遣一位更加杰出的人一同出使才是。

"今年已经是后悔也没办法了,明年我们再派遣一艘使船去吧?"镰足提议道。

"再派遣一艘?"中大兄皇子有点吃惊。

镰足立即接口说道:"等开了年就早做准备,越早越好。臣建议高向史玄理……"他是想派遣高向史玄理出使唐国。

"的确如此。"

中大兄皇子大声地脱口而出,惹得周围的人一齐转头朝他看过来。似乎是受到镰足信心满满的感染,中大兄皇子一下子也变得信心十足了。在中大兄的眼里,几乎快要驶出视野而隐约不清的两艘使船,此刻看上去已经不再显得那么渺小和无助了。它们是奋不顾身驶向未知大陆采掘宝物的船,怎么可能渺小而无助呢。不管遇到多么大的风浪,没有任何东西可以阻挡两艘船的前进。

大概是听到了中大兄皇子与镰足充满激情的对话,大海人皇子在一旁忽然冒出来一句:"下次的使船,大海人也想上,单单玄理还是让人不放心哪!"

大海人皇子的话想必是出自真心。不过，也许他此时心里还想着，要将额田女王一起带上船吧。

两艘使船出发之后，京城就仿佛火势骤熄一样，一下子显得异常平静，平静得有点冷清寂寥。码头附近不再看到聚集的人群，街道上的来往行人也明显减少了。自遣唐使船出港，虽然各处寺院中仍不时传出祈祷航海安全的钟声，但这钟声听上去却好像小和尚念经一样，有声而无心，并且有气无力。也难怪，使船已经闯入万顷碧波，此地再怎么祈祷也力不能及了。钟声之所以让人觉得有气无力，是因为每次钟声在耳，人们便会情不自禁地在脑海中浮现出两艘使船的影子，就好像两片树叶，漂浮在浩瀚大洋的波涛之巅。

遣唐使船引发的骚动平静下来没几天，传出了旻法师病情恶化的消息。旻法师与高向史玄理同为国博士，是新政的指导者之一。天皇前往阿云寺的僧房探视旻法师，亲切慰问。这一情景被传成数个不同版本。其中一个版本是这样的——

天皇坐在旻法师的枕边，握着他枯瘦的手说道：

——倘若法师今日死，朕亦将追随法师而去，明日即死！

事实上究竟有无这样的事情自然无从知晓，但是听到此种传闻的人就会想，是啊，也许真是这样呐。这倒不失为一个妙不可言的传闻，毕竟，以遣唐使这件事情为契机，孝德天皇整天无所事事、郁郁寡欢。任何一个人都看在眼里，如今的天皇只不过是名义上的天皇而已，毫无实权。群臣间早已心知肚明，而天皇本人比任何一个人心里更清楚。即使被天皇视为心腹的亲随近臣，也不敢再像之前那样成天围着天皇转。他们知道，不经过皇太子中大兄和内臣镰足这二人，所有的事情都别想拍板定下来。

站在孝德天皇的角度看，身处如此尴尬立场，也只有旻法师才称得上是知己了。旻法师两年前开始染疾卧床，一直没有登殿上朝，对天皇与中大兄皇子之间的对立一无所知。再说即使知道，其态度也不会因为这而有所更张。所以说，谁都非常理解，天皇为什么对旻法师那么信赖，对他的病情又如此关切。

六月，百济、新罗的使者携贡品前来。朝廷正忙于接待半岛的朝贡使者，就在此时，旻法师撒手西归了。孝德天皇立即派人前往吊唁，厚赐了许多恤赏，并且像皇族去世一样派人参加其丧礼。不管怎样，毕竟他是大化改新以来位居国博士要职、为新国家建设发挥了巨大作用的一位了不起的人物。

为了给旻法师祈求冥福，孝德天皇还命画工狛坚部子麻吕、鲫鱼户直等人绘制了好几幅佛陀菩萨的画像，供奉在川原寺内。

宫中及坊间津津乐道地流传着此类不痛不痒的消息的时候，一则快报令整个京城产生了剧烈的震动：高田首根麻吕大使所乘坐的遣唐使船中那艘百济船在萨摩半岛以南的竹岛附近发生海难，船已经沉没了！当报信的使者奔入京城时，不知道为什么，大街小巷的狗围着使者一行人吠个不停，无论怎么赶都赶不走，最后竟然聚集了数十只野狗，前后左右地又跳又叫。从筑紫远道而来的使者，其相貌和衣着等皆异于京洛，大概是这个原因引得野狗也奇怪了吧。总之，事后人们闲聊的时候说起此事，都觉得这就是不祥之兆。

筑紫的使者走进做梦都无法想象的豪奢至极的宫殿，所到之处，都要煞费口舌地一一讲述一遍。最后，他们被带到皇宫深处一间宽敞的大厅，中大兄、大海人、镰足等人并排坐在面前。

"船上所乘者，只有五个人除外，其余全都溺亡于大海。这五个人，胸前抱着碎船板，顺海流漂到了竹岛。其中有个叫门部金的人用竹子制成筏子，从竹岛乘筏子转移到神岛，总算得到救助。因为在海上整整有六天六夜没有吃东西，所以被救上岛的时候，几乎都处于半死不活的状态。"使者说道。

所有人都不说话。使者跪拜在地，因此看不到端坐在面前的人的脸，只觉得过了好久始终没有听到问话，于是战战兢兢地抬起头向上觑看了一眼。走进大厅的时候分明看到有六七人并排坐在面前，等抬起头来的时候却只剩下两个人，其中一人是大海人皇子。

"被救起来的人什么时候回京城？"

听见大海人皇子发问，使者赶紧回答："毕竟还半死不活的……"

"明白了。你们下去吧，好生休养。这件事情不可告诉任何人！"

"是！"

"假如说漏了嘴小心你们的性命！"

"是！"

使者们面无血色地退了出去。说是不可告诉任何人，可是这一路上早已经讲给不知多少人听了。从筑紫通往京城的漫长路途上,只要看到人,也不管对方是否问起,他们便主动讲起此事,进入京城后自然也一如之前,来到宫殿后更是忙不迭地告诉别人自己上京是来做什么的,只有这样,他们才得以进入这宫殿深处。

使者一行当晚便动身离开了京城。只有尽快离开这里,他们方觉得人身多一分安全。一群野狗照例又围着他们狂吠一气。使者们靠拢作一堆,一边小心提防着执拗而警戒的野狗们扑上来,一边沿着海岸道路径直往西奔去。

筑紫的使者一行走后大约一个月,遣唐使船上的五名幸存者落魄憔悴地出现在了京城。门部金等五人返回后,朝廷并没有仔细问询一路出使的情形,而是立即赏给每人财物,并且加官晋爵,赐以厚禄,以示犒劳。幸存者们受到如此厚待,自然为自己的好运气感到高兴,然而等待他们的不只这等好运气,还得面对众多牺牲者的遗族。遗族们盯上了他们,因为他们不愿放弃最后一丝期望,祈祷着自己的丈夫、父亲、儿子也和门部金等五人一样,说不定漂流到了什么地方,总之仍活在世上。门部金等人根本不敢详述海难当时的情形,哭天抢地还算客气的,弄不好还要挨众人一顿痛打。

至于另一艘新罗船的下落,门部金等人自己也不清楚。但无论他们如何解释,人们都不相信。这种时候,又少不得挨一顿痛揍。

但更令这五名幸存者心惊肉跳的却是,秋天来临,大街小巷又开始流传着一个消息:朝廷还要再派遣一艘遣唐使船出航。

——明年头上还要派一艘使船去呢,听说这次的船更大。

——已经开始在征集船员了!

甚至还有人有鼻子有眼地举出好几个有名人物的名字。

——听说大使副使的人选都已经决定了!这次有高向史玄理、河边臣麻吕、药师惠日、宫首阿弥陀、冈君宜……

有道是无风不起浪。看来并非完全是空穴来风。前一次出使前人员构成迟迟不公布,但这一次说不定会和上一次相反,早早地就公布出人选名单。

几名幸存者心里明白,如果再次遣使赴唐的话,不消说自己一定会再次入选。九死一生之际,自己仅仅凭借运气得以逃脱死神的魔掌,这次为了给那些牺牲者的遗族们一个交代,是非得再次冒险登船不可了。想到这里,五个人不禁吓得脸色煞白,浑身战栗不止。

新罗船也好,百济船也罢,在那南面的汪洋大海之上,都不可能抗得住那滔天的风浪。虽然没有听到另一艘船遇难的消息,但五名幸存者相信,那些人乘坐的船和自己所乘坐的船遭遇到了同样的命运,不会有另一种下场。当然这话不敢说出口。尽管如此,朝廷还决心再派遣使船赴唐国,当政者心里究竟是怎么打算的,他们想不明白。将无数朝气蓬勃的生命载入一艘船,任他们在汪洋大海那青黑色的海水中挣扎吗?

对于再次派遣遣唐使船,心里感到不安的不仅仅是这五名幸存者。像前一次议论的时候一样,大殿上又分成了对立的两派。

高田首根麻吕大使乘坐的使船的下落已然清楚了,而吉士长丹大使等人乘坐的另一艘使船也没有任何证据表明已经安然驶抵大陆，那艘新罗船说不定也和百济船一样，沉入海中，成为海底一堆屑子。在这种状况下，再派遣使船赴唐究竟有什么意义呢？——不少人持这样的观点。

——至少等吉士长丹一行的下落清楚了之后再做安排如何？

众人纷纷提出这样的建议。

然而，中大兄皇子却坚持认为，不必考虑这一点，不管吉士长丹等人乘坐的船是否抵岸，都应该再派一艘遣唐使船出航。镰足自不待言，大海人皇子也支持这个观点。更新国政是十分迫切的事情，这一点除了向唐国派遣人才学习经验别无他途，而眼下更为紧急的一件事情是半岛情势，有必要摸清唐国对半岛三国的真实想法，然后在此基础之上摸索一套控制半岛三国的方针。

五月启航的两艘使船，不论沉没了一艘还是两艘，这一长远战略都不可能因之而受到半点影响。当然，这一战略面临着三方面的难题，一是人的生命，二是人才窘境，三是庞大的费用。无论针对哪一个问题来诘问，都没办法轻易挡回去。朝臣、宗族中有不少人因为此次派遣或是本人或是自己的手足至亲很可能不幸被选中，因而态度消极，也有的则已有亲人被派遣使唐、在海难中失去了性命，这些人的立场不可能随随便便一蹴了之。说到人才，眼下可是捉襟见肘、连猫狗都恨不得借来一用的时候；至于费用，同样不容轻视，每一次遣使无疑都是在加重百姓的负担。

前一次,中大兄皇子和镰足的主张没有费多大气力,最终获得了朝臣们的一致支持,但这一次却没有那么轻松了。在商议遣唐使问题的庙议中,虽然孝德天皇的身影没有出现,但他上一次商议时的态度此时却获得了多数人的支持。

一天,镰足向中大兄皇子进言:

"像现在这样朝臣们的主张分裂成两派,这样的话要派遣遣唐使太困难了。只要朝臣们没有结成一条心,没有认识到遣唐的重要意义,以及即使有诸多困难,也一定要克服困难去做,那我们派遣遣唐使这件事情是很难成功的。即使有一个人反对也不行,因为我们要做的是花费一笔庞大费用、将国家最优秀的人才,冒着生命危险送去唐国取经的伟大事业!此次倘若不成功,将给这个国家带来致命的打击,很长时间内也许都无法从这个打击中恢复过来!"

中大兄皇子听后默默不语。虽然他猜不透镰足接下去准备说什么,但是他知道,镰足既然这样开场,一定是已经想好了结论。因为镰足这个人,绝不会未等谋定就与人讨论重大事情。

"所以呢?"中大兄在催促镰足说下去。

"是这样的,我觉得有必要向所有朝臣还有百姓表明,这次的第三次派遣遣唐使船事关国家命运。无论遇到多少的困难、面临多么大的危险,也必须下决心去做,朝廷也一定会这样做的。这一点要很清楚地告知人们,含糊不清的话,朝臣也好百姓也好,都不会答应的。"

"所以说……"

于是,镰足凑近中大兄皇子的耳旁,低声说出一个短促的

词,中大兄听了脸色骤然一变,镰足接着说道:

"依眼前的情形,除了这个办法没有其他更好的办法了。要让人心齐,只能靠这个!先不去理会众人的主张分成两派,不管三七二十一,想法子使他们统一起来,凡是不赞成派遣使船的就留下!"

"……"

"这样一来,估计很多人会放弃自己先前的主张,向我们的主张靠拢了。"镰足说。

中大兄皇子仍旧不说话。刚才镰足在耳畔说出的那两个字,是自己不曾想到的,同样也不是轻易就能办到的。主从二人目不转睛地凝视着对方的脸,隔了好一会儿才不约而同地移开视线。就像以往每次商量重大事情时的情形一样,毫无疑问,镰足的进言正是中大兄皇子乐意采纳的。

中大兄皇子听到镰足的进言脸色骤变,是因为这两个字具有使人闻之色变的分量,不是轻易可以说出口的——"迁都!"原来镰足此时悄声奏请的是将国都迁往大和。

说起来,并没有什么理由非迁都不可。将旧都迁至难波津这儿、营造丰埼宫才过了多少时间?眼看一座新的京城正初显雏形、各个方面都逐渐像模像样。豪华的宫城建起来了,各官署、朝臣的宅邸都建到一半,寺院也大部分建起,眼下唯一不大满意的就是京城的道路还不尽人意。这不,正在夜以继日地铺设、整备中。

最重要的是,无论这里的气候还是风土,朝臣和百姓已渐渐习惯难波津的生活,对这里有了感情,开始下决心在这里扎下根来了。就在此时,突然又说要放弃这里,迁都到大和去,无论对谁来说,都不是件轻易能接受的事情。整个国家势必因为此事而人心动荡,甚至可以想见,国家政务也会因此而大受影响。之前迁都所耗费的庞大费用打了水漂就不去说了,经济、人力等等,又得再从头折腾一遍。想必,每个人听了都会觉得这人一定是疯了。

然而,"迁都"这两字从镰足口中说出、传入中大兄耳朵的那一刻,二人赋予这两个字的含义却完全具有另一层意思。从镰足的角度讲,是在比较了迁都的得失的基础上提出的建言,中大兄皇子也是在瞬间精确计算了这两者的得失后才接上话茬的。

"即使奏请迁都,主上也不会允诺的。"

中大兄皇子用凑在近处才听得见的低声对镰足说。

"没错,既然没有非迁不可的理由,主上自然不会允诺。"

镰足也用同样的低声答道。

"明明知道主上不会允诺,还是要奏请。"

"是的。"

"庙堂上一定会分成两派意见……"

"本来就已经分裂成两派了。"

"我们要迁都到大和去,主上留在难波京这儿……"

"没错。"

"群臣百官会和我们一起迁去……"

"没错。"

"也有不去的……"

"这个绝对不可能！要想将分裂成两派的庙堂统一到一股绳上，必须让所有人一个不落地随皇子迁都到大和去！"镰足斩钉截铁地说。

"这样才能……"

中大兄说到一半停住了。他想说的是，这样一来才能确保政令畅通、人心一新，至于孝德天皇，只好对不起，让他远离政治舞台了。原先只是想早晚会有这样一天，现在这个时刻终于到来。大化政变后，中大兄皇子没有登上本可以自己稳坐的皇位，而是推举孝德天皇即位，同时任命阿倍仓梯麻吕和苏我石川麻吕为左右大臣，说穿了，那只是临时的政治体制，只是迈出了改新的第一步。如今仓梯麻吕已经病死，石川麻吕因谋反罪而自刃身亡，现在，该轮到孝德天皇从政治舞台退场了。围绕着遣唐使问题，朝廷中撕裂成了两派，照此看来，今后造成撕裂的肯定不仅仅是一个遣唐使的问题。

"只有迁都去大和才能……"

不等中大兄说完，镰足立即接口道："没错！"不知他是明白了中大兄的话还是没有完全明白，总之，他一边说一边重重地点着头。

"这样一来……"

中大兄说到这里又停顿住了。他想说的是，这样一来，大和地方的豪族就可以完全置于自己控制之下了。迁都难波京以来，散布在大和地方的势力不凡的豪族们，对于朝廷推出的新政经常表现出冷漠不从的态度，已经成为新政下的一大难题，而随着迁都大和,这个难题将会迎刃而解。即使一时无法彻底解决,至少也可以加强对其控制的力度。当地豪族中不少人看不惯中大兄皇子和镰足等人的独断专行。

"没错。"镰足仍旧点头称是。

二人之间的对话只有他们两个人心里清楚,掐头去尾的一问一答旁人根本无法理解。

二人继续说着话,时不时地出现短暂的沉默。在一阵沉默之后,还是镰足打破了僵局。

"迁去大和之后,主上仍留在这里,所以这里仍旧是京城,大和那边只能作为行宫,这个还请殿下理解。所有官署、官员和百姓宅邸也都按照行宫的标准来营造。事实上,眼下必须节省每一笔费用,若想要抓住人心,就只能这样。"

"确实如此。"中大兄点了点头。

镰足继续说道:"眼前的国家大事就是派遣遣唐使,要将朝廷的决心清楚地传达给官员和百姓知道。这样一来,被选中出使唐国的人的精神面貌也会完全不一样。等到这一切准备工作都完备了,大船就可再次冲向大海,扬帆万里了!"

三

这年的秋天来得早,来得快。大街小巷照例到处都在议论遣唐使船的事情,但是有一天,突然一个令人不敢置信的消息在坊间传开了,并且像星火燎原一样,霎时间传遍了整个京城——不是关于遣唐使的。

——听说中大兄皇子奏请迁都大和,天皇没有允准,结果天皇独自留在难波京,皇子率领朝中百官迁去那里!

这次小道消息完全正确无误。它不是捕风捉影,而是那些大大小小的官吏在各处交头接耳的议论传到坊间去的。

官吏、兵士、百姓,人们只关心一件事情,就是:究竟是整个京城迁往大和,还是京城依然放在难波津,仅仅一段时间内将政权中枢即各种官府机构迁去大和?人们想进一步知道这个。倘若整体迁都的话,难波津今日的繁荣将一去不复返,仅仅沦落为一个港口而已。这可是件天大的事情!每个人走在街上遇见别人,都会忍不住慨叹几句。的确这是件天大的事情。随着这个消息传出,都城的营造也登时停顿了,那些以此为生的匠役一下子断了营生,无所事事地整日在街巷中乱转悠。

隔了两三天,又传出第二个消息。

——京城仍旧设在这里,只是所有官署都迁去大和。听说本来是想整个迁都到大和去的,但是天皇不愿意离开,所以迁都没有迁成。

人们听说难波津依旧是京城,心里松了口气。但是对于官署全部迁走之后这里将会变成什么样子,谁都是一片茫然。

又过了两三天,各种各样的说法开始传入人们的耳朵。

——造一个新的京城要耗费不得了的财物,为了这个,听说主上和皇子之间闹僵了呢。

——说起来,遣唐使船所以会沉没,还不是因为营造京城过于豪华，惹怒了神，所以听说这次新的京城不造了，等神息怒了再说，而且只有朝廷主要首脑迁去大和。

——哎呀，问题出在遣唐使上呀，因为接着还要在派第三艘遣唐使船呢。光是造船就要一大笔费用，还有带去献给唐国的礼物，听说都够造两个新京城了！这且不说，现在又要迁都大和，不是又要想方设法刮钱了吗！

此类耳食之谈不绝于耳。但每种说法似乎都与营造新都需耗费庞大的财物相关，同时又必定牵涉到遣唐使船之事。

不同于百姓的街谈巷议，最受震动和打击的无疑是朝中各级官员。冷不丁地，他们接到通知说，朝廷的中枢机构统统要迁往大和，各人要尽早做好准备。

接到这一通知后大约十天，一队先遣团便带着大批匠役离开难波津前往大和。过了大约十来天，第二批也出发了。差不多与此同时，传来消息说，大和地方从上到下陷入一片混乱。出乎意料地，朝廷首脑机关一下子统统迁往那里，引起混乱也在情理之中。

十一月末，朝廷机关分成数拨离开难波津。这些人群中，有的骑马，有的乘轿，还有的徒步行进，队伍排成长长一列。在很短的时间内，朝廷机关迁往大和这件难度极大的事情，居然就这么进行了。

城中的男女老幼，脸上露出茫然的神情每天站在道路旁观望着这些弃都而去的人们。大部队过去后，仍然每天有少则十来人、多则二十几人的队伍络绎不绝地朝着大和进发，其中既有朝臣、各级官员及其家眷，也有平头百姓。而像这样的小群体迁徙,这一年中始终没有间断过。

——虽说这里还是京城,可像这样每天每天都有人不停地离开,总有一天会变得一个人也不剩呀!

留在京城的人们,渐渐地也开始动摇了。人人心里在盘算:自己说不定哪一天也不得不离开这里迁往大和去吧?事实上,现在的京城一天比一天冷清,山冈上到处是人去屋空的空巢,道路上、空空的庭院里,一下子长满了杂草。皇宫四周有兵士把守,可是这些兵士也显得情绪低落,毫无生气。山冈上只有寺院里还住着人。寺院是无法轻易搬迁的,不论哪个寺院,往里觑一眼,仍能看到僧尼的身影。

京城显得空落落的时候,刮起了刺骨的北风,有时候从山冈上居高临下扑向街市,有时候也会反过来从平地卷起直冲山冈。朔风"呼呼"地发出很大的响声,将枯叶扫向高高的半空。留在京城的人们于是感觉到,变了样的不仅仅是京城,连风也开始与往常不同了。

在令人无法安生的日子中,迎来了岁暮,纪历翻到了白雉五年。正月朔日之夜,京城出现了异象。

最先注意到异象的是住在山冈上一间寺院中的尼僧们。起初是夜半听到正殿内有老鼠的动静,擎了烛台过去查看,发现正殿的墙板上、走廊上到处都是老鼠奔窜的声音,数量远远不止三两只。城中多处房屋人去室空,老鼠为觅食聚集到寺院来本也不足为奇,然而不可思议的是,不知为什么老鼠都往室外奔窜。

街市中最早发现老鼠的,是正月受朋友之邀喝醉酒后独自走在满是空屋的街道上的一个年轻人。准备回家的年轻人先是感觉有个小生物从自己脚边蹿过,一开始不以为意,当低下醉眼往脚下看去时,看见了一只老鼠,顿时一阵恶心,站在那里不走了。虽说深更半夜,看得不十分清晰,但他的确看到一大群老鼠成群结队地穿过街道。

翌日,有更多的目击者讲述他们看到了这一异象。不知是谁说了一句,老鼠都是朝着大和的方向而去。

"大化元年京城迁到此地的时候,不是也有好多老鼠从大和跑到这里来吗?这次正好相反,老鼠从这里跑向大和那边去,看来这是今年要正正式式地往大和迁都的前兆呢。"一位老人说道。

从新年开始,留在京城的人们心里就不太平。

孝德天皇独自一人冷冷清清地迎来了白雉五年的正月。大年三十夜里,请来众多僧尼聚集在宫城内,设斋①、诵经,但是这些仍无法令其心里得到宁定。侍立身旁的近臣一个也没有,连间人皇后也随同新政首脑们一起去了大和。

陪伴在孝德天皇身边的人只有区区几个,其中就有额田女王的身影。进入春天后,关于中大兄皇子、大海人皇子、镰足等人将率公卿大夫朝臣百官迁往大和飞鸟京的传闻便不绝于耳。难波津作为京城只剩下一个空名,日日幽寂无聊,而大和飞鸟京那边反倒成了事实上的京城,一天比一天热闹。虽然不曾听

---

① 设斋:指备办素食(斋食)施食僧众。

说那边开始营造新都,但是推古朝的小垦田宫、大化政变的舞台飞鸟板盖宫都依旧留存至今。虽说是旧都,但仍然拥有着京城应有的气势和体面。尽管稍有不便,但是并不影响政务的开展。空疏许久的旧都,正在一点点重返春天。

额田女王留在了日渐冷清的难波京,与大海人皇子相隔两地,反倒令她可以安下心来,过着闲静的日子。同住难波京的时候,隔三岔五就被大海人皇子叫去,她又不得不前往应付;即使大海人皇子不缠着她,额田也无法克制住自己不去想他。额田已经厌烦了这样自己与自己作对的痛苦。幸好朝廷机构统统迁去了大和飞鸟京,使得额田蓦地获得了自由,感觉就像获得了解放一样,也使得她回归了倾听神的声音的自己。

但有时候,大海人皇子会出其不意地悄悄回到他弃之不顾的京城。每次回来,不管额田愿不愿意,他都要用那结实有力的胳膊将额田紧紧揽在怀中。额田既无法逃脱,也无法拒绝。她享受着大海人皇子给予的毫无拘碍的爱,同时理所当然地回报以爱,似乎这就是自己背负的一种爱的形式。心灵归心灵,肉体归肉体,两者必须截然分开,并且是极为自然地将两者区分开来。不然,作为一名倾听神的声音的女子,她的自尊与矜庄势将难保。总之,额田极其小心地不让自己变成一个普通的女子。

一如从前,每次与额田幽会,大海人皇子都要求证她对自己的爱。他要用自己能够接受的方式,明白无误地听到额田说出她爱自己。

"你永远都不准离开我身边。"

"假如殿下希望我这样,那我就永远不离开您。"

"即便我离开你,你也不准离开我,必须永远紧随我。"

听到这句话,额田女王露出从未有过的惊讶说道:"您真的是这样想的吗?我可不是个随波逐流的女子。"

"可你已经有了我的孩子。"

"谁都可以为皇子殿下生孩子。如果说我有了您的孩子,那么除了我别人也照样可以为您生,这很简单。事实上,不是已经有人为殿下您生了孩子了吗?"

大海人皇子暗暗吃惊。尼子娘产下一名男婴,取名高市皇子,才不过是数天前的事情。

大海人皇子离去后,额田女王再一次自我确认,没错,那份爱的愉悦是确确实实的。可是,这种被爱的愉悦感究竟意味着什么呢?难道不是大海人皇子强行让自己与他建立起这种关系的吗?

想到这里,她脑海里不禁浮现出生活在宫中的那些美丽的妃子们的脸庞。大海人皇子只有两名妃子,而中大兄皇子的妃子数量就多得不能比了。除了已经死去的造媛,还有倭姬王、宅子娘、道君伊罗都卖。除此以外,自己不知道的一定还有数人存在,姐姐镜女王不过是这些妃子中的一个。数量众多的妃子被新政的当权者所围猎。此刻,额田女王的脑海里情不自禁浮现出她们美丽的脸。

为了不成为她们中的一员,额田感到大海人皇子对自己来说是个特殊的存在,因为他可以保护自己。大海人皇子冷不防地出现,在额田的身体和心里留下炽热的烙印,然后返回大和,留下额田独自与这炽热的烙印做斗争。在大海人皇子的脚步声消失前,额田必须将浑身的灼热殄熄下去。全身仿佛浸在夜光虫①形成的赤潮中似的,闪闪烁烁的光滴从身上滴落下来,不光是身体,心里也有光滴在滴落。这些光滴可以祛除大海人皇子留下的烙印。如果说,从二十岁的额田女王脸上能够窥觑出她心里近似不贞洁的念头,那就是在这个时候。

二月,两艘遣唐使船从难波津起航。因为这件事,难波京难得又热闹了起来。所有寺院都做起了法事,钟声从早到晚在早春的空中震响。

登船的前一天,遣唐使一行进入京城,来到宫中拜谒,并正式接受任命,然后赐饮送行酒。这次的遣唐使节人选,基本与街头小道消息中列举的名字一致。与去年的使节团相比,今年的成员更多了许多重量级的人物,高向史玄理为遣唐押使,河边臣麻吕为大使,药师惠日为副使,其他官员还有书直麻吕、宫首阿弥陀、冈君宜、置始连大伯、间人连老、田边史鸟等,这些人分成两团分乘两船。

此次出航不像前一次那样热闹。除了送行的亲属,其他人员被禁止进入码头,看热闹的人群只能站得远远地遥望,总之是一次低调平静的出航,连前一次听不见的寺院钟声这次也听得清清楚楚。

当日,中大兄皇子、大海人皇子、镰足等人也特意赶到难波

---

① 夜光虫:一种球状原生动物,直径仅1~2毫米,依靠一条长触手浮游,遇波动等外界刺激时会发光,大量繁殖时可以造成赤潮。

京来送行，使船离开后，他们没有在京城停留，当即又返回了大和飞鸟京。

遣唐使船的事一过，难波京愈显冷清，被视为国之重宝的人物分乘两艘船都走了，京城的空疏冷落怎么都掩饰不掉。

四月，来自异国的两男三女随海流漂至日向海岸。五月，这几名漂流者来到了京城。五人中有两男两女是吐火罗国①人，另一名女子则是舍卫国②人。

吐火罗国在什么地方？舍卫国又在什么地方？京城的官员们无人知晓，加上这几个人肤色、容姿和头发等都未曾目睹，令人感到十分奇妙。当这五人入宫拜谒的那一天，冷清已久的京城各条大路上挤满了看稀奇的人群。

额田女王侍立在孝德天皇身旁，也见到了被引至面前的五个异邦人。五人身上穿着本国人的衣服，但说的话却完全听不懂。这厢问话他们也毫无反应，只是忐忑不安地站在那里，一个劲儿地将视线在每个人身上瞟来扫去。五个来自异国的漂流者在京城呆了两三天，由大队兵士护卫着送往大和飞鸟京。

七月，京城接到消息报称，去年五月出航的遣唐使船中的一艘、吉士长丹大使乘坐的船回到了筑紫！京城立即派出使者火速前往飞鸟通报。照理，听到这个消息整个京城应当兴奋沸腾，但实际上并没有看到这样的情形。

---

① 吐火罗国：吐火罗既是民族名，也是古地名。其地大约位于今阿富汗北部乌浒水（阿姆河）上游。中国旧时称其为大夏国，自唐朝开始称吐火罗国。
② 舍卫国：中印度古王国，据推断在今尼泊尔拉波提河南岸沙赫玛赫地方，佛教圣迹祇园精舍（传说中释迦牟尼最著名的讲经遗迹）即位于该国南部。

吉士长丹一行人经陆路返回难波京已是初秋,马匹和舆车连成的长长的队列顶着秋日的朗朗阳光,走进人影稀少的京城。一行人入城后,首先前往宫中拜谒天皇,报告往返经过,随后在都内没有稍做停留,又马不停蹄地赶往飞鸟京。

无论是异国漂流者入京,还是遣唐使节团返回,难波京都没有显示出明显的兴奋,现在,京城已经变得徒有其名、不再像京城了,天皇也已经变得徒有其名、不再像天皇了。

可是,与京城的反应截然不同,听到遣唐使节团平安归来的消息,整个飞鸟京却群情高涨,人们奔走相告兴奋地传布着各种消息。使节团一行谒见了唐国天子,并且带回了数量繁多的各种文书、宝物,因此都得到了加官晋爵的褒赏。大使小山上吉士长丹被授予少花下的位阶,副使小乙上吉士驹则晋级为小山上,吉士长丹还被恩赐了姓氏,准其改氏为吴氏。接下来,几乎天天都有宴飨,以犒劳使节团成员。这些也被人们津津乐道地传来传去。

正是这样的日子里,某一天额田女王将一首和歌拿给身边的人看,说是天皇所咏:

吾有饲马驹,
笼套口衔加缰绳;
灿灿金饰驹,
拴在厩中不得见,
一任他人日日赏。

大意是感叹自己饲养的马驹自己不能自由地牵出来品鉴，却成天被别人品度着，似乎是在影射撇下天皇去了飞鸟京的间人皇后。间人皇后置自己的夫君于不顾，跟着哥哥中大兄皇子一同离开京城，仅从这件事情上也可以看出，中大兄皇子的一言一行在朝廷中具有多么大的左右力。

过了没多久，孝德天皇病倒了，卧榻不起。天皇病笃的快报传至飞鸟，一干人等也无法坐视不顾，于是，间人皇后、中大兄、大海人以及公卿百官蜂拥着回到难波京，探视孤寂无伴的天皇。十月十日，天皇忽然病情加重，终于殡天而去。停灵处设于宫中南苑，命百舌鸟土师连土德负责停灵相关事务；同年十二月八日，孝德天皇被葬于大坂矶的长陵。

葬仪期间，新政的首脑们自然都聚集在难波京，但是大葬一结束，就又都返回了大和的河边行宫。这样一来，随着孝德天皇驾崩，难波京事实上失去了京城的地位，政治中心自然而然转移至了大和。于是坊间七嘴八舌说开了，年初时难波津数不胜数的老鼠纷纷逃离街市，原来那就是迁都的先兆啊。

额田女王因为要为死去的天皇伴灵，和宫中另几个人一同留在了难波。这期间，额田得以有机会与已故天皇年仅十五岁的皇子有间皇子交集叙谈。她早就听说过小皇子天资聪颖，拥有成为一名优秀的和歌诗人的潜质。他从小聪明过人，在同年龄的皇族中头角峥嵘。额田与他交往多了，发现这些并非只是传闻。

有间皇子

一

孝德天皇驾崩后,由其亲姐姐,也就是中大兄皇子和大海人皇子的生母皇祖母尊即位。不用说,这位女帝便是先前的皇极天皇,因大化之变只当了短短几年天皇便不得不退位,如今经儿子中大兄皇子拥立重祚,改号齐明天皇。

世人都以为孝德天皇没后,将毫无悬念地由中大兄皇子即位,但出乎意料的是,皇祖母尊重祚,而中大兄皇子依旧保留其皇太子之位。当年大化政变时中大兄皇子也是出乎世人意料,拥立孝德天皇,此次又是故技重施拥立母帝,自己仍竭力避免冲到政治舞台前表演。两次拥立新帝时的做法完全相同,但是人们对此看法却有所不同,大化政变之时,中大兄皇子作为最有实力的政治人物,韬光养晦,不出头,大多数人对此是怀有好感,但此次人们却总觉得有些不自然。母帝已经年逾六旬,中大兄只有三十岁,正是年富力强的年纪。人们想象不出,中大兄皇子究竟忌惮什么而不敢即位呢?

——看样子今后这世道不好过呀。中大兄皇子不肯即位,就是希望以皇太子的身份,可以自由自在地推动做一些事情,干一番我等无法想象的大事哩。

——依我看,不是想用皇太子干一番大事,而是在谋划那些只有皇太子这个身份才能够做的事情吧。

街头巷尾人们在做着各色各样的揣测。但不管怎样,总之一涉及中大兄皇子究竟会做些什么这个核心问题,谁也不晓得了。人们能够想象到的也只能是,租税会越来越重,分配会越来越少得可怜。

还有人说:

——假如中大兄皇子即位的话,那谁来接皇太子之位呢?作为中大兄殿下,当然想立自己的孩子为皇太子,可殿下的孩子还没到那个年纪呢!

甚至有人语出惊人地说道:

——只要中大兄皇子还在皇太子的位子上,这日子多少还能太太平平过下去,一旦中大兄殿下即位当上天皇,我看立刻就会有人举兵谋反了!

处于舆论漩涡中的当事人中大兄皇子,以及皇子唯一能够打开天窗推心置腹商谈国事的对象镰足,对于事态都没有特别清醒确定的认识,然而二人却不约而同强烈地抱有一种别人所没有的预感。在孝德天皇驾崩、皇位继承者尚未决定下来之时,二人曾有一段单独相处的时间。

"皇祖母尊重祚?"中大兄冷不丁地劈头问道。

"臣以为这件事情最不需殿下为之担心了。"镰足毫不踌躇地答道。

"那样的话……"

"完全可以。"

"总比其他……"

"没错。"

一如往常，二人之间的会话只有他们自己才能明白。

"政变至今十年，不要说百姓了，就是各地的豪族、宗族中间对于新政不满的声音也开始越来越多，而就在这样的情势下，还要再建京城，还要营造宫殿等等，加之东北的番族不能再像以前那样放任不管了，还有半岛的问题也必须及早想定方案。再有，如果看看殿下的周边，绝不敢断定说内部就不会生出麻烦。从现在开始，可以说就是政变之后的多事之秋，各种问题会接踵而来。今后的十年，不，是二十年，将是最艰苦的一段时期，这期间但愿母帝能健健康康的……"

"二十年？再过二十年……我就是个垂垂老矣的皇太子了。"中大兄皇子笑着道。

"真要那样的话，那可是喜庆万分的好事情啊！身为皇太子而老去多好啊。殿下您想想，到那时候，这个国家一定大变样了。臣的眼前已经清晰地浮现出二十年后这个国家的样子：皇室一柱承天，任何人都无法动摇；豪族、宗族各安本分、各就其位；山川草木无一不是国家之财；街头巷尾不再有人发牢骚、泄不满；国家富强昌盛，百姓安居乐业；京城也像大唐之都一样三市六街、井然齐整；宫城飞甍从几里之外便能看到；国家兵力充实，四境番族全都被我朝恩德感化，异国朝贡使节争先恐后从难波津登岸、向大和进发，络绎不绝……等到那时候殿下再即位该多好啊!"

镰足滔滔不绝地说着。

事实上,此刻的镰足已经完全靠想象在眼前描绘出一幅二十年后国力昌盛、国家繁荣的景象。当镰足沉浸于大梦中的时候,他却会显得比平常更加冷静,说话时的声调也更加舒缓,眼神也更加严冷。

齐明天皇即位第一年,额田女王陪伴着她在难波宫殿里度过,第二年初新帝迁往飞鸟京,额田也侍候在新帝身边。额田与大海人皇子的关系,始终成为人们飞短流长的谈资,然而也只是传闻,究竟事实真相如何却依旧谁也说不清楚。尽管嚼着舌头说肯定不会错,然而始终也拿不出无可辩驳的证据来。

在飞鸟京,要说被额田女王深深迷住的人,那便是已故孝德天皇之子有间皇子。自从父皇驾崩,皇子与他的父皇一样饱尝了孤寂的滋味。父皇驾崩那年,皇子只有十五岁,从难波京迁至飞鸟京时已十七岁。由于额田侍候过先帝,时不时也会同有间皇子照面和接触,因而有机会了解聪明伶俐的年轻皇子的性格人品,有时候她只要想到皇子,便会感觉到心里霎时变得宁静净洁,仿佛在端详一块磨砺得十分清润的玉石一样。这种感觉不同于异性间的吸引,额田对年轻皇子似乎多少带着一种感官上的感觉,类似于明镜一般光洁的玉石所具有的魅力,以及触上去沁凉惬意的手感。

额田几乎每次同有间皇子交谈时都会对他说:"殿下如果写了新的和歌,一定要拿给我看看哟。"

"可是，我没有什么可以拿给你看的呀。不是我小气不想给你看，真的是拿不出手呢，等我下次写得稍稍有点样子了再拿给你看吧。"有间皇子回答道。

"在难波京的时候，我不是曾经读到过殿下写的和歌吗？写得很好啊。"

"那时我才刚刚学习写和歌呢。"

"虽然是刚刚学习写，但是已经很好了呀。"

"再有，那时候因为父皇去世我正深陷于悲痛之中。"

二人之间的对话经常是这样的。额田绝不是出于恭维，她真的想读年轻的皇子所写的和歌。她当然知道他差不多每天都会吟咏几句，然后抄录在什么上面，可不知为什么，有间皇子就是不愿意将它们拿给额田看。一次，有间皇子无意中说起了不愿意将自己写的和歌给额田看的理由：

"我发觉我只有深陷在痛苦中的时候才能写出好的和歌，否则就不行。人各有天分，有人善于吟诵欢愉之歌，有人善咏悲凉之歌，我想我只能写些悲凉的和歌。"这话听上去完全不像出自一个十七岁的少年。

"那样说的话，为什么我可以吟咏各种不同的和歌呢？"

额田刚刚说罢，有间皇子立刻接上道："额田你与普通歌人不一样呀。你是能倾听到神的心声，然后代替神将其吟咏出来的歌人啊。你不是普通人。我既听不到神的声音，也无法知晓神的心情，我只是这地上一介凡人，我只能吟咏我自己心里想象和感受到的东西。"

听了皇子的回答，额田的心情感到从来没有过的黯淡：有间皇子为了能写出一首优美和歌，竟然一门心思期盼种种不幸降临自己身上。

齐明天皇元年十月起，飞鸟京又重新开始了营造，在小垦田宫的原址上大规模兴建新的宫殿。新宫殿的屋顶采用瓦葺屋顶，因而成为了坊间一大谈资。为了将木材从深山幽谷砍下运至工地，大批百姓被征用充作劳力，然而被相中用作新宫建材的木材不知什么原因，或是槁枯，或是腐坏朽烂，营造工事不得不暂时中断了。

此事要说不吉确实有些不吉，但还有一件事情凑巧碰到了一起，更让人心中惶惶不安，就是齐明天皇目前居住的板盖宫竟失火被烧毁了。许多人认为是有人故意放火。有关营造新宫殿之事，坊间非难之声一直不绝，所以人为放火的疑念确实无法彻底排除。但不管怎样，对新政当权者们来说，寄托了许许多多思念的板盖宫殿宇已经化作灰烬，齐明天皇也因此不得不迁至与原先的板盖宫相邻的川原宫起居。

当然，这一年也不是光有糟心事，吉事自然也少不了。高句丽、百济、新罗先后遣使者来到飞鸟京，进献贡物，其中百济的使者团多达百余人，而之前像这样规模的使者团委实少有。同一年，北面的虾夷、西面的隼人①也相继率部臣服，虾夷、隼人各派使者团赴京朝贡。京城因为这一系列事件而数度热闹非凡。

---

① 隼人：日本对古代生活在本州岛南部的原住民部落的称呼。

齐明天皇二年的秋天，一时中断的营造工事再度复工。前一年在小垦田动工营造新宫殿，但这次将其废弃，重新在飞鸟的冈本建造，原先舒明天皇曾在此建有宫殿，名为飞鸟冈本宫，为了和它区别开来，新宫定名为后飞鸟冈本宫。

后飞鸟冈本宫的营造工事规模浩大，宫殿四周一望无垠的旷野都被圈入了预定宫殿工事区。工事围挡蜿蜒伸展，一直连上田身岭（多武峰），山背后也建起了两座高楼，这两座高楼因依傍着两棵高大的槻树（一种变种榉树），故而取名为两槻宫。

大张旗鼓营造宫殿的同时，都城的整备及扩建工事也到处在进行。飞鸟冈本一带一下子变得像战场般，整天喧闹声不断。在香山以西开凿了一条水渠直通石上山山麓，水面浮动着两百条舟船，将石上山上采掘的石料运至水渠终点宫殿营造工地的东侧。将石料装上舟船的是数以百计的百姓民工，而在终点还有数百甚至上千名百姓民工负责卸载石料，他们要将卸下的石料运上宫殿东面的山上，然后垒筑起一道石垣。

面对如此规模浩大、如此伤耗民力的工事，坊间当然有不少责难，且不仅仅是大街小巷，朝臣中对此也有批评之声。每天会集了众多百姓的人工水渠，被人在背后称之为"劳民伤财渠"。据说，为了开凿劳民伤财的水渠共动用了三万人工，而垒筑劳民伤财的石垣更是动用了七万人工。

——听说用来营造宫殿的树木不知道怎么的，全都腐朽了。山顶上到处都是这种烂掉的树木呢。

——我还听说，不管怎么弄，垒起的石墙总是从下面开始坍塌。也不知道中了什么邪了。

百姓中间到处流传着这类传言。

非难之声不可能不钻进中大兄皇子以及镰足的耳朵,但二人不为百姓的不解和非难所动,仍坚持推进工事。不管有多么难,新京营造这件大事决不能耽搁。近两三年,半岛三国的使者来朝变得频繁起来,为迎接这些异国客人的到来,确有必要营造一个有点模样的京城。从对于边境番族应该具有的雄威来说,也没有什么比拥有一个壮美的京城更重要了。镰足曾经说过,今后十年或二十年,将是新政面临的最为艰难的时期,果不其然,艰难时期真的到来了。

尽管谁都看得清清楚楚,眼下大小国事完全都由中大兄、镰足一手包办,但非难的矛头却只能指向齐明天皇。

——主上那里真是过意不去啊。

——但愿母帝再忍一忍。

中大兄皇子和镰足二人之间,几乎每天都要谈到这个话题。

京城营造热火朝天地进行中,高句丽、百济、新罗又派遣使者来了。朝廷在建造至一半的皇宫御苑内,支起硕大的帐篷,在帐下举行盛宴招待使者。

这一年的年末,天皇搬入新宫冈本宫,虽说还没有彻底完工,但总算可以在宫里举行新年飨宴了。搬入新宫两三天后,朝廷派往半岛的使者佐伯连栲绳、难波吉士国胜等人从百济远道而归。使者从异国带回了一只鹦鹉献给女帝,看到这一不曾见过的新奇可爱的鸟儿,人人都觉得似乎它会带来某种幸运。

"此鸟出现在本朝,这是祥瑞之兆啊!"朝臣们异口同声地赞道。

然而时隔不久,便证明此物的出现并非祥瑞之兆:刚刚建起的新宫很快遭遇了火光之灾。

就在新年旧岁即将更替之际,一天深夜,突然从新宫的一角蹿出火焰。宫内上上下下登时大乱,待到众多女官护拥着年老的女帝逃出宫殿,半个宫殿已经陷入火海中了。

额田与其他女官一起逃出避险,但隔了一会儿她又返回了火焰翻舞的宫内。她在心里祈祷:自己住的屋子没有被大火烧到就好了。她有两三件东西非得取出来不可。然而她很快就不得不放弃了这个念头,因为宫内到处都是通红的火舌,其势熊熊,她根本无法靠上前去。

额田站在尚未完工的人造假山上,眺望着吞噬宫殿的大火,不时听见材木烧裂折断的声响。虽然离开火场有很远距离,但熊熊大火依然将她的额头和脸颊烤得热烫热烫。脚下的地面忽明忽暗,每当火舌被风吹动飘向这里,四下就被照得一片明亮,连树木的每一片叶子都能看分明。但,这只是一瞬间,很快周围就又被黑暗笼罩。

"额田!"

听到叫声,额田向后退了一步。她听出这是有间皇子的声音。

"额田!"

"在呢!是皇子殿下吗?"

"是我啊。"

"殿下什么时候来的?"

"我一直站在这儿呢。"

"喔,我没看见,失礼了!"

此时,四下又是一片明亮,额田情不自禁地往周围张望,只见年轻的皇子站在灌木丛中,身子仿佛一半被埋住似的。

四下里的天地几度亮了又暗下,暗了又亮起,二人什么话也不说,默默地眺望着宫殿那方蹿得老高、通红的火焰。有一种说不出的美感。

"在难波时几乎从没失火过,到了这里已经失火好几次了。"

有间皇子忽然说道。他说话的声音极低,然而却清晰地传入了额田的耳朵里。额田不由恍然,还真是这样,只不过之前谁也没有说出口过。而这话从有间皇子口中说出来,不能不让人觉得别有一番含意。

假如年轻的有间皇子同样的话再说一遍,即便在只有两个人的场合私底下说说,额田也一定会忍不住责备他两句。可是他并没有,不只是同样的话,甚至没说其他任何话。

这时候,夹杂着树叶的摇曳声,参与灭火的嘈杂人声在远近响起。

"对不起了,皇子殿下您也请回吧!"

额田说着,离开原地,朝着远处的火场快步走去。一路上,她碰到许多人,有的站成一团在观望火势,有的在火场外来来回回地绕着圈子。

传来宫殿的大立柱轰然崩塌的声响,顿时溅起一团团火星,腾向夜空。额田停住了脚步,继续站在那里观察火情,熊熊的火焰袅袅缭绕,看上去形状煞是滑稽。

"额田!"

"哎!"

额田向后退步转身。这不是有间皇子的声音。

——在难波时几乎从来没失火过,到了这里已经失火好几次了。

蓦地,额田全身的血液仿佛冻结了一般。一瞬间,她还怀疑是不是自己的幻听。然而不是幻听,有人一字一句说得非常清晰,而且与刚才皇子说的话完全一样。

额田立在原地,一动不动。她呼吸急促,身体僵直,身子无法动弹。不知道过了多久。又或许,并没有过去多少时间。也许就在身旁的人说出那句话的同时,额田感觉对方似乎攥住了自己的手。她只得任对方攥着,全身一动也不能动。换作平常,额田会说一句"不好意思",然后迅速将手抽回来,然而此刻她却做不到。她听到有人说出与有间皇子刚刚说的完全一样的话,心里正乱作一团。

"呃……"额田只挤出一个字就不知道该怎么办好了。她感觉即使使劲甩动,也无法将自己的手从对方的手掌中抽出来。

大概是觉察到了额田的心理活动,对方轻声笑了,同时松开了握住额田的手,说道:"赶快回去!"

随着这一声,额田离开了原地。身后仍传来低低的笑声。对方是谁,额田自然知道,毫无疑问,一定是中大兄皇子。虽然她没有抬起头看一看对方的脸,但是,那个人除了中大兄皇子,不可能是其他人。

对住在京城的人们来说，没有什么事情比新宫被烧毁更让人害怕的了。不论朝野，所有的人都认为这一事件不会只是单纯的火灾。街头巷尾照例各种传言满天飞，很自然的，认为有人故意放火的看法占据了大多数。除此以外，也有人认为这次事件是神意主导的，甚至有人绘声绘色地说看到烧毁新宫的火焰中伴有异象出现。不止一两个人声称自己亲眼看见了异象：一只大鸟从火焰中飞出，而当火舌高高蹿向天空之时，不知从哪里传来一阵阵可怕的歌声，等等，说得煞有介事。火灾后第三天，朝廷专门贴出布告，试图扑灭这类谣传。然而，由于人心浮动，这份告示遭到了百姓的置之不理。

整个京城的人都因为这场宫殿大火受到不小惊吓，如果说有人丝毫也没有受到影响，那就只有中大兄皇子和镰足。发生这样的火灾也没有办法，宫殿既已毁于火灾，虽然平添麻烦，下一步更加棘手，但宫殿终归还是要重新营造的——二人的脑海中只有这样的念头，压根儿没有想过其他措施。

"应该是工事赶得过于急了才导致火灾的吧。看来下次得慢慢来。即使花费几年时间，工事也必须得小心谨慎呐。但同时，建成的新宫殿将比以前规模扩大数倍。"

"坊间传闻说是有人故意放火……"

"就算真的有人放火也没什么可大惊小怪的。从眼下开始，相当长一段时期都将处于这种人心混乱的时代，仅仅是放火烧毁房子已经算幸运的啦！"

"还是有人说因为惹恼了天神……"

"主要是说天神授意的。其中有说是因为大张旗鼓建造京城触犯了神意,有说是因为大张旗鼓营造宫殿触犯了神意。今后我们就不急不躁地花上几年,小心谨慎地做,只要不触怒天神就行了。"

镰足与中大兄皇子之间的对话并没有到此为止,而是很快就付诸实施了。根据街头巷尾的小道消息,此次重建的宫殿要比之前的大好几倍,俨然一片巨大宫殿。似乎是为了证实这一消息,连日来,难以胜数的百姓被编成若干组,从京城向城外进发。因为要从很远的地方运送建筑木材,据说又结实又耐火的上等木材出自近江的山林,所以这些百姓是前往那里采伐木材去的。

二

齐明天皇三年的春天,对额田女王来说,并没有春去匆匆的感觉。京城照例热火朝天地营造宫殿、重整街市,到处是一派热闹哄哄的气氛。人们既没有高高兴兴地迎接春天到来,也没有依依不舍地送别春天。春光一如既往的明媚、慵懒。

在火灾后临时建造的御殿,额田望着懒洋洋照射在庭院的阳光,心里反复涌起一个念头——啊,有什么事情将要发生!没错,一定的,它很快就将发生!额田能察觉到。她仿佛听到了神的声音一样,听到了某个将要发生的事情的噔噔足音。

新宫殿被烧毁的那个夜晚,额田从有间皇子口中听到的那句话,毫无二致地从中大兄皇子口中也听到了。一想到当时的情形,情绪就不由自主地掉落进绝望的深渊。

——在难波时几乎从来没失火过,到了这里已经失火好几次了。

这句绝对不可让别人听到的话,有间皇子漫不经心地说出口来,偏偏被中大兄皇子听到。当时额田和有间皇子站在人造假山上,以为附近没有别人,谁料想中大兄皇子就站在对面的黑暗中。除此以外,没有其他可能了。

难波宫殿不曾遭火毁坏,而在飞鸟却屡屡遭遇火灾。这句话从有间皇子的立场上说出来,毫无疑问,是对政局的批评。也许有间皇子并无此意,但听者绝对可以这样理解。而这句话极其偶然钻进了中大兄皇子的耳朵,作为新政当政者,不知他听了是何感想?左思右想,他的感受绝不可能心平气和。

想起来就可怕的是,中大兄皇子没有将它锁进肚子里,而是对着自己这个第三人又重复了一遍。这种态度,额田理解为是对有间皇子的挑战,是复仇宣言。即使没有这件事情,中大兄皇子一想到将来可能对自己构成威胁的令人厌嫌的对象,脑海中便只有有间皇子。自己对孝德天皇的态度和一些做法,作为天皇亲生儿子的有间皇子看在眼里是怎么想的,中大兄皇子想起来就心情糟透。他绝对是中大兄皇子一个不敢掉以轻心的对手,何况人人都知道年轻的有间皇子聪明伶俐。一般人对于新政的批评,自然会使得人心向其反对面,也就是拥有皇位继承资格的有间皇子倾斜。事实上,额田就已经不止一次听到了类似的声音。

吞噬新宫的熊熊火舌、怪模怪样摇曳升腾的焰影，还有中大兄皇子口中念叨的这句话，究竟那一夜发生了什么事情？想到这里，额田不由得感到一阵晕眩。她想起了手被中大兄皇子攥在手里的那种感觉，那是无论自己如何挣扎都不可能挣脱出来、磐石一般坚强的力量。

"啊！"

额田呻吟了一声。随即朝四下张望了一下，见自己的叫声没有引起任何人注意，这才松了口气。那只将有间皇子狠狠推倒的大手，随即又朝自己伸了过来，自己身不由己被拽过去。

"啊！"这声呻吟是向着自己内心发出的。

额田女王拼命挣扎着想逃脱，但随即明白，自己是绝对逃脱不掉的。恰在此时，额田从到底是梦境还是现实已经分辨不清的白昼梦中醒觉，渐渐回到现实世界。

像这样，当额田想起有间皇子的时候突然被其他意念打断并随之而去的事情，已经成为了常态。作为能倾听到神的声音的女子，她一方面有着关于有间皇子命运的某种预感，另一方面则有着关于自身命运的预感，两种命运虽截然无关，但中间却都有着中大兄皇子的身影。

额田从白昼梦中清醒过来，从榻上起身，走向洒满阳光的庭院。走到院内，额田立刻又恢复了作为能倾听到神的声音的女子的自信。不管什么样的命运降临，它算得了什么，不可能将自己做任何一点点改变。当今世上，无人能够对抗中大兄皇子。假如中大兄皇子对自己有什么逞性之想，恐怕连大海人皇子也无法抗拒。然而，即使中大兄皇子权力无边，却拿自己没有办法。自己能听见神的声音,凭什么要听从凡人的摆布呢?对自己来说,中大兄皇子是什么?自己已经有大海人皇子了呀。

额田在庭院里缓缓前行。有间皇子、中大兄、大海人,统统从她脑海消失而去。额田女王又重新恢复到从前的额田女王。啊,好想好想啊。没错,是迫切想要的感觉。虽然额田说不清楚自己究竟想要的是什么,但是她知道,它可以让自己全身心地投入其中,像春光一样欣悦,像海潮一悲愤涌,将燃烧的思绪尽情吟咏成一首首惊天动地的和歌。她想要的是这样的东西。

额田此时的强烈情感和炽烈的爱情有几分类似,但对大海人皇子也好中大兄皇子也罢,非常遗憾,这份恋情不是指向俗世的。额田的炽热情感所寄托的,是超乎个人小我,关乎国家命运、民众心声的大我,或者可以说,它就是神的欣悦、神的悒愤。

这年夏天,吐火罗国有二男四女一行六人从海上漂流至筑紫。他们最初先是被海潮冲上海见岛(今奄美大岛),随后又漂到筑紫。一行人奉召进入京城是在初秋时节。阴历七月十五日的盂兰盆会①之际,朝廷宣召吐火罗人一同参加,并且赏赐其酒食。酒宴是在有着高大槻树的旷阔地上举行的,这里之前就经常举行各种活动,招待外国使节大抵都是在这里。

这些异国漂流者到达会场的时候,发生了一个小插曲。当排成一列的吐火罗人出现在远处时,恰好额田陪伴着天皇走进

---

① 盂兰盆会:日本各地在阴历7月至8月15日举行的迎接和供奉祖先之灵的民俗性法会,起源自中国的中元节,中国自古有在阴历7月15日中元这天祭祀祖先亡灵的习俗。

会场，朝臣们也各就各位入席完毕，只见漂流者们装束滑稽、风情异样，一眼看过去根本分辨不出是男是女，每个人都显得惴惴不安。

"听说是男的二人、女的四人嘛，所以，走在前面的那两个一定是男的。"

额田听到身旁有人轻声说。

"不见得哦，后面那两个才是男的吧。"另一人接口道。

究竟谁看得更加真切，额田也不得而知。

等到一行人面向玉座朝前走来时，额田忽然心里咯噔一下：走在中间的那个人不是有间皇子吗？那人的服饰明显与其他人不一样，而且，吐火罗人应该是六人，而眼前一列人竟然是七个，其中一人越看越像有间皇子。

七人齐齐地俯首致敬。就在此时，有几个人走向这一行人，将其中一人向外拖。额田心里感觉好生奇怪，她默默地注视着这场小混乱。那个被拖出的人是有间皇子。皇子挥手拍打着拖他的人的手，口中还在不停叫喊。毕竟是皇子，拖人者也似乎心里七上八下的，不敢动粗胡来，一时间不知上前好还是后退好。

接下来额田看到了更加异样的光景。有间皇子忽然从漂流者的队列中冲出，不等人们反应过来，他两手拄地，来了个倒立。这招倒立确实做得漂亮，两脚笔直上举，以两手代足一步步向前走过来。事情到了这个地步，似乎人人都恍然明白了怎么回事。终于，有间皇子被数人按住，随后又拖又推地押出会场外。

——有间皇子疯了！

会场内人们到处在低声嗫嚅。

飨宴照常进行,似乎刚才什么也没有发生过一样。然而在场所有人的注意力都被有间皇子吸引了过去,眼见稀奇事物也没心思看热闹,几名吐火罗男女有着什么样的肤色、是什么样的发型,这些统统都不及有间皇子发疯了这件事情更加让人有兴趣。

这件事情发生之后,有间皇子便很少再离开自己的宫殿外出。他偶尔会在傍晚时刻在庭院周围散步,但那样子已经滑稽得不像正常人了,步履似乎完全没有了分量感,好像全靠风轻轻吹着向前行进似的。时不时地会停下来,口中发出古怪的笑声。

有间皇子发疯让所有人都觉得心痛。有人不由感叹,幼时那样聪明伶俐的一个人,为什么会变成这样子?也有人觉得,这样一来对有间皇子来说反而人身更加安全了。

额田不相信有间皇子真的疯了。她认为,皇子一定是装疯以便将中大兄的注意力从自己身上引开去。为了避免自身受到危害,有间皇子只能采用这种方法。额田觉得这位年轻皇子太可怜了。但额田也知道,即使有间皇子瞒过了天下所有人,有一个人却是瞒不过的,这个人就是中大兄。作为新政当权者,中大兄怎么可能因为这点小伎俩便放过自己最大的政敌呢?

有间皇子疯后,额田同他见过两次面。一次身旁有其他人,因此额田没有同皇子打招呼,还有一次周围没有别人,见皇子穿过旷阔的宫城禁苑向田身岭方向走去,额田便跟在他后面。这儿是一大片荒野,开满了胡枝子花,令人简直不敢相信这里是禁苑。禁苑的尽头连着一片杂树林。日头开始西斜,天色却尚未暗下来,秋天的阳光有点有气无力,疲怠地洒射下来。

"皇子殿下!"

额田喊了一声,有间皇子向后回转身来,他的头发散披在额前,衣服穿得也有些异样。

"殿下得了疯病,真叫人可怜哪!"

额田说罢,"气、气、气!"有间皇子口中发着古怪的声音,随即后退几步,转身跑开去。

"自从殿下得了疯病,人也瘦了。"

有间皇子听到,立即将两手捂住双颊,然后将手放在眼前端详。额田说他瘦了,所以他想确认下自己是不是真的瘦了,然而他的动作显然与常人不一样。

"牟娄(今纪州白滨)的温泉对殿下的身体有好处,同样是得了疯病,还是住到牟娄温泉去的好,至少可以放松一下,舒缓精神紧张。"额田说。

听了这话,有间皇子再次发出"气、气、气!"的怪声,同时显得很害怕,横穿过额田面前,沿着来时的路快步往回走。额田没有去追他。

——果然是疯了!

额田寻思道。

——虽然皇子殿下疯了,但不管怎样,有个人总是不会相信的。

额田心情沉重地走在有间皇子快步返回的原野上。她想无论如何也要让中大兄皇子相信,有间皇子是真的疯了,然而她知道,不管使出什么方法她都做不到。

有间皇子发疯的这年秋天,被派往新罗的沙门智达、间人连御厩、依纲连稚子等人归来了。沙门智达等一行本想通过新罗使者的协调进入唐国,但新罗方面没有答应其要求,因此没有达到目的,不得不回国来。新罗的这种态度虽然已经不是第一次了,但飞鸟朝廷上下仍对此深感不快。既然如此,也没有其他办法,只能不经由新罗而设法直接入唐。

就在沙门智达一行人归国前后,派往百济的阿云连颊垂、津臣伛偻等人也回国了,并带回来骆驼一匹、骡子两头作为土特产献给朝廷。骆驼和骡子在森严的戒备之下沿城中大道被运往皇宫。当日,观赏珍奇动物的百姓一大早便拥至骆驼将要经过的道路两旁,排成长长的队列。城中百姓对于这珍奇的动物漂洋过海来到京城都稍稍感到一丝不安,这到底是吉事还是凶事的先兆,人人心中都没有底。而就在对于骆驼的种种猜测挥之不去之时,忽然又有报告称在石见国发现了纯白的狐狸。白狐狸历来被视为祥瑞之象,于是,借白狐狸的光骆驼也得以分享了祥瑞之物的光环。街头巷尾都议论纷纷,说又是白狐狸出现,又是骆驼远道而来,来年一定会好事连连。

齐明天皇四年正月,左大臣巨势臣德太病故。自大化五年四月被任命为左大臣以来,巨势臣德太一直运筹帷幄,鼎力支持中大兄、镰足,如今终于去了他界,享年六十六岁。尽管有白狐狸、骆驼等吉象,但才跨入正月,百姓便目睹了长长的葬礼队伍顶着寒风行进在京城的街道上。

这一年的冬天特别长。进入三月,天空仍然飘落下雪片来。尽管从节气上说三月初旬已经是春天了,但寒冷一点也没有见衰。时隔许久,额田又一次见到了有间皇子。去年秋天以来,有间皇子一直住在牟娄温泉调养身子,现在身体和精神看上去都恢复了正常,因此又回到京城来了。当初劝说皇子去牟娄温泉修养的正是额田,因此见到大致恢复了正常、面容俊美的皇子,额田感到特别的高兴。

有间皇子拜谒天皇的时候,对令自己病情大有好转的纪伊国①的气候、风土等大大夸赞了一番:"是那里的美丽大自然,令我的病情痊愈了。"

女帝听了大为动心,表示自己今年也要去那里,好好调养一下自己老迈的身体。

额田在替有间皇子身体康复感到高兴的同时,却再次陷入一种无法形容的不安之中。同样是令人骇惧的魔怪在向皇子侵逼,但因为病魔的突发,多少阻延了另一个魔怪的逼近,而现在一旦康复,就无法再阻延了。

一次,当有间皇子与额田单独相处的时候,有间皇子曾这样说过:"我疯过一次,所以我下半辈子都将成为废人一个。除了躲在世界的某个角落独自吟咏和歌之外,已经没有什么人生可言了。"

额田听后轻轻摇了摇头。这位年轻皇子真是这么想的吗?不错,既然曾经犯过疯病,谁也不能保证今后不会再犯,因此世

---

① 纪伊国:日本旧国名,相当于今和歌山县和三重县南部一带。

间对自己应该不会再抱有任何期许。换句话说,自己已经被逐出了一切竞争场——有间皇子一定是这样考虑的。然而额田却不这样认为。也许大多数人的看法都和有间皇子一样,但同时肯定有人不是这样想的,至少有一个人绝对不这样想。

有间皇子似乎不明白额田摇头的含意。

"我下半辈子只要能安心作歌就心满意足了。"他又强调了一遍。

毋庸置疑,眼下的有间皇子除了写写和歌外,实际上已经对当今世道不再有任何瞻念。权力的宝座对皇子来说,变得是那样遥不可及。仅仅因为聪明伶俐、天禀出众,又是先皇之子,加上对于新政的不满,使得世人往往将目光聚焦在这位皇子身上。

额田依旧摇头。事态绝不像皇子所想的那样简单。她在想,怎么才能让皇子明白,即使两耳不闻窗外事,只顾自己本本分分地埋首写和歌,恐怕也很难做到啊。

不知有间皇子对额田的举止是如何领会的,只见他神情一变,愉快地说道:"在牟娄的时候,每天都看到大海,一看到海我就会有冲动想写和歌。不过还是没有写出能拿得出手给额田读的作品,真是遗憾哪。"

额田与有间皇子之间认认真真的对话只此一次。因为就在这次之后没有几天,便传来有间皇子再次犯疯病的消息。这一次,他整日把自己关在屋内,一步也不出门,只要看到人就吓得慌忙跑开找个地方藏起来。有间皇子到底是真的疯了还是假装疯了,额田也捉摸不透,既感觉像是装的,又感觉像是真的疯了。

额田有一次前去探视有间皇子。皇子一见到额田，口中念念有词地咕哝道："海太刺眼了！海浪太刺眼了！"随即用手遮在眼前，仿佛真的有一束强烈的光线向他射来一样，与此同时，满脸惊恐地朝后退缩着跑开了。一边跑，一边口中仍在咕哝："海太刺眼了！海浪太刺眼了！"

看着有间皇子躲进屋子角落，额田觉得，他不是躲避自己，而是在躲避强烈的光线，他把自己看成了一个强烈的发光体。

额田心想，有间皇子看上去绝不像是在假装，他的表情和动作，怎么看都不像一个正常的人。

四月，朝野都在议论，阿倍臣比罗夫率领数量众多的兵船，又踏上了征讨虾夷的征程。阿倍氏出身代代征讨异族、建有殊勋的家族。其先祖是曾奉崇神天皇之命征讨北陆、东海地方的大彦命。大彦命的后裔之中阿倍氏武功最为显赫，历经数世其势力不断向东北地方扩张，到比罗夫这一代出兵镇压虾夷的次数据说已经多到数也数不清。国中上上下下对阿倍臣比罗夫此次出征寄望很高，飞鸟京的大小寺院都举行了祈愿战捷的法会，并连日鸣钟。当然，毕竟战事是在遥远他乡，对京城的百姓来说似乎并无什么感觉。

五月，皇孙建王夭折，年仅八岁。建王是中大兄皇子与苏我石川麻吕之女造媛所生的皇子，不幸的是，生来就是个哑子，不能言语。造媛因父亲石川麻吕畏罪自戕而伤心过度，不久也离开人世。建王从小同两个姐姐大田皇女、鸬野皇女一起在祖母也就是齐明天皇身边生活。皇室在今城谷建了坟,建王的遗骸被葬在那里。齐明天皇对这个身世不幸的孙儿极为宠爱,他的死令天皇非常悲痛,以至旁人看了都要忍不住落泪。

齐明天皇诏告群臣,等自己死后,要将皇孙之灵与自己合葬一陵。对皇孙子之死,额田写了好几首和歌抒发悲痛之情,这让年迈的女帝大觉惊讶。

今城之丘上,
祥云纷出多采采;
祥云朵朵来,
劝君莫要空叹嗟,
劝君记取多欢哈。

意思是,可怜的年幼皇子长眠于斯的今城之丘上,飘来绚丽的祥云,那是惹人怜爱的人留下的纪念。它给人慰藉,它在祈愿人们不要叹息、不要悲伤,要像现在一样快乐地活下去。

河边青青草,
恰似大好青春人;
青草对白头,
我身已如中箭兽,
此心却无可寄人。

老身已如受伤的野猪,可怜的孙儿啊你是我唯一的寄托,你比河边的青草还要年轻,为什么却已不在人世间?

> 静静飞鸟川,
> 从夏到秋流不停;
> 从夏流到秋,
> 河水日日涨不停,
> 可似老身思汝情?

丰盈的飞鸟川一如往日静静流淌,流啊,流啊,片刻不休。我对死去的可怜的孙儿的思念,恰似川流一样片刻不停,从早到晚。再也看不到我的爱孙,唯有思念永远不会消失。

额田就这样尽心竭力地伴侍女帝。她代天皇所咏的和歌中,蕴含着之前她自己也未曾意识到的内心的某种强烈情感,那是从人与人互相依存的亲情中自然流溢出来的和歌,是年迈的女帝与年幼的皇孙之间情感的真实写照,是充满了人情味的心灵呐喊。

正如额田和歌中所表现的巨大悲痛,齐明天皇始终难以从皇孙建王之死的悲痛中振作起来。额田希望自己多多少少能成为女帝的慰藉,因而尽心竭力地伴侍女帝。在难波京,额田曾伴侍过日日思念丢下自己离京而去的爱妃的孝德天皇,现在,她又在飞鸟京伴侍因爱孙夭折而仿佛精神支柱被折断了的齐明天皇。

然而,不管何时何地,额田都决不让自己陷入二位主上独自啖尝的那种孤独和悲伤之中。她不写恋慕大海人皇子的和歌,也不写思念与大海人皇子生下的十市皇女的和歌,因为她不允许自己成为一个普通的女子,也不允许自己成为一个母亲。假如允许自己作为女子,那么她女子的自尊早就被刺得遍体鳞伤,肉体和心灵都已毁于嫉妒之火了;假如允许自己作为母亲,那么为了自己孩子的未来,她早就变得两眼血红、不顾一切地投入政治的黑色漩涡中去了。

嫉妒到让人忍无可忍的事情这一两年中接二连三地发生。建王的姐姐大田皇女于齐明天皇二年、鸬野皇女于翌年齐明天皇三年,先后被大海人皇子纳为妃子,二人都还只是少女般的年纪。中大兄皇子亲手将两个皇女送给了皇弟为妃。

假如额田承认自己是一名年轻女子,同时是位母亲的话,她又如何能以平静之心安度每一天?对两名皇女的嫉妒自不必说了,大海人皇子与两名年轻妃子之间早晚会生下孩子,而保护自己的孩子十市皇女更是她身为母亲的本能。正因为如此,额田命令自己自始至终都必须做一个倾听神的声音的女子,她可以将身体给了大海人皇子,但不允许将自己的心灵也交给他。对于十市皇女也一样,身从己出,额田自然能感受到对她有一种本能的爱,但她一直克制着,不让自己流露出一丝一毫母亲的情感。至少,她始终在努力克制自己。

这年秋天,即齐明天皇四年,来自北方前线的一个又一个捷报让京城沉浸在一片欢欣鼓舞中。

阿倍臣比罗夫于腭田(今秋田)、渟代(今能代)二郡与虾夷兵遭遇,大败对方,随即乘胜追击,将兵船屯列于腭田浦一带。

使者在殿前详细报告了当时的情形：

——腭田的虾夷酋长恩荷慑于皇威,举手发誓说：我等手上根本没握有与官军为敌的弓箭,现在手上拿的只是用来射杀野兽猎取食物的工具。假设要我等拿起作战的弓箭,那只有为朝廷效力、杀敌复仇才会那样做。我说的绝无半点谎诈,腭田浦的神可以明鉴。

对飞鸟朝廷的当权者们来说,这可以说是新政以来第一个朗报。于是朝廷授予恩荷小乙上的位阶,渟代、津轻二郡正式置于飞鸟朝廷支配之下,并确定了各自应缴纳的租税。同时传令阿倍臣比罗夫,命其大开筵席,在腭田浦海岸好生款待降服的虾夷兵,以巩固皇威。

三

齐明天皇四年初秋,喜事连连,出征东北的将士也传来捷报,不光朝廷为之振奋,受到这个消息的影响,大街小巷也弥漫着欣快的气氛。从前一直不肯降服的远方番族,如今尽数征服,百姓们能够想象到的事情便是,今后将有越来越多的贡物源源不断献来,自己的租税负担则会逐渐减轻,再挨上一阵子,日子就会变好了——人们高兴地议论着。

日子很快就会变好的、日子很快就会变好的。这永远是百姓的共同心声。人人将这句话挂在口上,说明眼下仍处于忍饥挨饿的困苦境地。虽说东北远征多是从别处征召兵员，与京城及周边的百姓无甚关系，可是重建京城、营造宫殿依旧没有停顿，而这些都要由京城和周边的百姓负担。眼下的营造工事正在有条不紊地推进，虽不像之前那样发狂似的紧张施工，节奏慢下来了，匠役人数也大约减少了一半，但另一方面工事的规模却扩大了数倍，庞大得简直令人难以想象。好不容易建成一栋宫殿，不想只是皇宫的极小一部分，还不是宫内的重要建筑。究竟设想中的宫殿要造到多大规模，普通百姓实在不明白。

不只是百姓，中大兄皇子、镰足还有大海人皇子也在不停的自我激励中坚持着。他们牺牲掉百姓的正常生活，对于百姓的不平不满充耳不闻，在重建京城、营造宫殿的同时，平定虾夷、远征东北，一切都依靠强力推行下去。

七月四日，二百余名虾夷人大举进京。这些都是新近归附的虾夷大小酋长，他们是来拜谒朝廷的首脑人物，同时携贡物来进献的。

在虾夷酋长进京之前，出征军总帅阿倍臣比罗夫将会先他们一步还都入京，一时间京城全都在议论着这件事情。虽然并不清楚他是如何征战的，但无疑是一位战功赫赫、勋绩闪耀的猛将，因此他的还京对百姓来说也是一桩大事件。

额田女王听到这个消息也显得很高兴。阿倍臣比罗夫乃是之前病逝的朝廷重臣阿倍仓梯麻吕的同族人，这从他的姓氏也能略略猜到一二。有间皇子的生母小足媛又是阿倍仓梯麻吕之女，由于这层关系，阿倍氏族如今出了这么一位功名显赫的将军，对有间皇子来说等于有了一个有力后盾，事实上人们已经意识到这一点了。自仓梯麻吕死后，阿倍氏一族还没有出现过一位强有力的政治人物，比罗夫可以说是这个家族唯一有资格成为皇子奥援的人。

额田觉得，阿倍比罗夫凯旋进京后头一桩重要事情，便是和他说一说犯有疯病的皇子的事，比罗夫应该有能力保护皇子。倘若是位健康的皇子，依比罗夫的能力或许未必保护得了，但现在只是一位患病的皇子。额田的想法是，将这位孤独无援的皇子托付给比罗夫照觑，使他重新恢复正常人的生活，然后遵从他自身的愿望，远离喧嚣，隐居某个僻静的地方，写写和歌，安静地度过后半生。

额田翘首期盼着阿倍比罗夫进京的日子。然而，光听见楼梯响，就是不见人下来。等啊盼啊，比罗夫总也不见进京，让民众和额田的期待落了空。最终，比罗夫率领的战捷军队没有等来，当大地吹拂起习习凉风的时节，反倒是二百上下风情异样的虾夷人浩浩荡荡地入城了。虽然凉风已起，但这一天像大伏天一样暑热难耐。在京城人眼里，虾夷人个个显得古怪异样，如今二百人结成一团，简直就是怪物群了。

京城因为虾夷人入城而骚乱起来。不论男女老幼，几乎万人空巷全都拥上街头看稀奇。在一个路口看过了，再抄小路赶到下一个路口继续围观，京城从早到晚热闹得不得了。

虾夷人迈着稳重的步伐，缓缓行进。虽然眼睛左右顾盼，同样透露出一丝不安，但表情和动作中似乎还显露出一种无精打采的倦怠感，这让围观的百姓感到有些悚然可怕。与吐火罗人不同的是，这些虾夷人身上全都佩戴着武器，所有人腰间都垂着一柄长长的阔刃大刀。

会见仪式在长着高大槻树的广场进行。随后，在尚未建造落成的冈本宫一隅举行盛大的飨宴欢迎虾夷酋长们。除了已建成的宫殿，筵席一直摆至屋外庭院，四周则用大幅幔幕围住。这是前所未有过的盛大宴会，当天朝中的大臣几乎全都到场了。

翌日，虾夷人赴皇宫拜谒天皇，之后又被赏赐了酒食。同一天，这些新近归附的虾夷酋长还统统被授予了位阶，边境城栅的首领、两名腭田的虾夷酋长被授予一品、渟代郡长沙尼具那授予小乙下、宇婆佐封授建武称号，另有二人授予一品，沙尼具那还得到了战旗、军鼓、弓箭、铠甲等特别赏赐。津轻郡的虾夷酋长也同样，依次授予位阶；首领马武另外赏赐了武器武具，都岐沙罗城栅和渟足的虾夷酋长也都一一授予位阶并赏赐了武器。

第三天，朝廷宣渟代郡的虾夷酋长沙尼具那独自一人入宫，命其清点虾夷人户口及俘虏名册后，如数呈报，一个也不许遗漏。沙尼具那前一天受到特别恩赏，心中感激不尽，当即表示一定会不折不扣地完成使命。

虾夷人离京后，也不知道谁起的头，又传出了阿倍比罗夫还京的消息。对此有人说，这位出征军总帅入京的消息完全无根无据，比罗夫现在正屯驻在东北边境，即将投入新的作战；还有人说，比罗夫本来已经到了难波津，却突然接到新的作战命令，便没有进京，从难波津直接率兵北上了。

额田女王听到外界的传言，心里无法平静。这些消息哪个真哪个假，谁也说不清楚，但无论哪个真都不奇怪。她只觉得，有间皇子与比罗夫人京的小道消息传出之前比起来，愈加的孤独、愈加的无助了。

同月，沙门智通、沙门智达二人前往飞鸟京，他们奉了敕令即将乘新罗船出使大唐。前一年，二人打算通过新罗人从中协调入唐，但遭到拒绝，不得不空手回国，这次他们将乘坐停靠在难波津的新罗船，直接敲响大唐的门。

十月中旬，女帝前往牟娄温泉。气候转凉，而此时的纪伊国尚温暖，人们都认为女帝此行将会时间很长。前一年，有间皇子去了牟娄温泉，对那里的气候及风土大加赞赏，女帝就是因为皇子的赞美才决定去纪伊国的。起初的计划是中大兄、大海人两皇子陪伴天皇一起同行，但临到起程又决定两位皇子稍后再前往。

女帝带领宫中众多女官，一行人浩浩荡荡出了京城，皇宫内一下子失去了生气。额田没有随行，于是只得留守在冷冷清清的宫内。

前往牟娄温泉的女帝，其行止消息每天传入京城。纪伊国的山川、大海、温泉，似乎都令女帝心情大好，甚至每天的饮食等也事无巨细一一遣人传报。随着离京日多路远，她开始担心思念起去世不久的皇孙，情绪一天天低落下去，消息也就渐渐不再传来。

一日，额田从纪伊国那边派回的女官使者那里，读到了天皇最近写的两首和歌，内容照例是怀念皇孙建王的：

山高水且长，

一路跋涉自欣畅；
　　至今思今城，
　　顿觉山水无颜色，
　　当年时光永难忘。

　　翻山越岭、涉河渡海，从京城一路行旅纪伊国，与皇孙建王在皇宫共同度过的那愉快时光却始终难忘啊。

　　乘舟水门开，
　　冲过激流航大海；
　　却恐望来路，
　　串串暗浪逐身后，
　　缘是时时忆少年。

　　舟船劈开汹涌波涛向着纪伊国乘流而去，留下一串串悲伤和郁悒，那是因为时时思念那年幼的亡灵呀。
　　这两首和歌应该是动身前往纪伊国之前写下的，或者是刚刚踏上旅途时所写的。额田明白，女帝总也放不下建王逝去之事，她心里充满了悲伤和哀愁。
　　十月末，中大兄皇子和大海人皇子率领一部分近臣，离开京城前往纪伊国。一行人走后京城愈加显得冷寂，从早到晚，寒风不停地吹拂着，似乎在宣告冷寂的冬天到来。猛烈的风恨不得将每一片凋落的树叶都撕扯得粉碎。
　　进入十一月没几天，额田忽然从侍女那里听到一个令人意想不到的消息:"外面在传,说有间皇子准备谋反,现在宫中都快乱成一锅粥了!"

有间皇子谋反?!额田几乎不敢相信自己的耳朵,这怎么可能呢。额田当即赶往宫中。果然如侍女所说,宫中上上下下乱作一团,到处都在议论有间皇子谋反的事情。然而,种种议论仅止于有间皇子谋反,没有人知道更多的详情。皇子一旦谋反会出现什么样的事态?将招致什么样的后果?谁也不清楚。

额田又急如星火般地赶往有间皇子的住所。她一路小跑,穿过一大片稀疏的杂树林。这天,又是猛烈得令人印象深刻的寒风吹个不停。杂树枝上,已经片叶不剩。寒风将落在地上的枯叶卷起,高高抛向空中,半空中的枯叶仿佛有了生命一样,乘驭着风儿四散飞舞。就在额田即将跑出杂树林的时候,被人拦住,受到了盘问。

"做什么的?!"

额田停下脚步。只见几个手持武器的兵士神情严峻地向她围拢过来。

"我要去有间皇子的住所。"

"什么?!"对方听了额田的回答,脸上现出了愤怒,"岂有此理,给我捆起来!"

"往后退!"

额田稍稍后退半步然后高声喝道,声音中透着凛然威势。兵士们冷不防被吓到,愣怔在那里不敢造次。这时候走上来一个像是领头的兵士,他似乎认出了额田,稍稍放缓了语气说道:

"任何人不得进出皇子的住所。"

"为什么?"

"皇子谋反的事情你没听说吗?"

"没有。"

对方露出似乎居然不知道这件事情的神情,向额田解释道:"昨夜里皇子谋反之事被发觉,你好好看看那边。"

其实用不着对方指给额田看,额田早已经看见了:透过稀疏的杂树林望得见皇子住所的一角,只见住所周围被人数众多的兵士包围着,数十面旗帜在风中高高飘扬,数十杆长枪的缨穗在阳光下闪着寒光。

从额田跑来的方向又出现一拨全副武装的人马,这一拨刚刚过去,接着又有一拨人马拍马赶到。看这架势,有间皇子那座小小的住所要被这伙强横的兵士里三层外三层包围得水泄不通了。

额田女王呆呆地站在那里,一动不动。许久以来抱有的不祥预感如今化为现实,就在自己眼前上演了。然而,只是笼统地说谋反,但究竟是怎么回事、又是如何引起的?额田很想知道。在返回的路上,她仍旧一路小跑,一边跑一边脑海里闪现出大海人皇子的面孔,忽隐忽现。事到如今唯有大海人皇子可以试着求助,但不巧的是大海人皇子眼下去了纪伊国,不在京城。

绝望感压得额田伤悴不堪。她步履跟跄地奔跑在凛冽的寒风中,就像曾经犯疯病的皇子那样。

——啊,天哭地号啊!

额田不由得想。此刻呼啸在耳旁的风声,正如天地在恸哭一般。

有间皇子谋反的内情在当天逐渐被宫内的所有人知晓。虽然整个事件的过程仍未彻底清楚，但额田还是从众多朝臣及女官口中得知了大概。

据说，是某人向犯有疯病的皇子指谏道：

——当今的天皇治国犯了三桩过错，一是建造硕大的仓库，用于储藏从民间征集来的财物；二是开凿运河，使得百姓徭役加重；三是征用舟船运输石料，用这些石料堆垒人工山丘。这几项过错，难道不是天皇的失政吗？

听了这番话，之前一直疯疯癫癫的皇子忽然神色一变，俨然正常人一样，一字一句说道：

——我年已十九了，现在正是举兵起事的好时机！

至此，人们方才恍悟，原来皇子一直没有犯疯病，而是装疯的。

"既然如此，那向皇子说那番话的那个人又是谁？"额田问向她转述事件起因的人。

"这个就不知道了。"对方答道。

"难道就因为这点不清不楚、不明不白的事，就认定说有间皇子谋反？说不定正因为皇子犯有疯病，才会无意识地说出那样的话来。现在最要紧的，是不负责任地散布这样消息的人最为可疑啊！"

额田遇见每一位朝臣或女官，都一遍又一遍地打听同样的问题。可是谁也不知道是什么人向皇子指谏的，至于是谁最先散布这个消息的也没人说得清楚。

这期间，又传来更进一步的消息，是真是假仍然无从判断，但至少多了一些相对较具体的内容。消息说,有间皇子拿定主意谋反后,曾与几个心腹商议此事,并与其中一人在其家里的高楼上商议起兵之事。这是发生在昨日夜里的事情。然而这一切动向事先已经败露,于是就在昨天夜里,官军出动将有间皇子的家包围了。

另有人这样说:

——原本是计划昨天夜里起事,但皇子平常使用的肘几突然坏了,皇子觉得此兆不吉,于是将起兵时间往后延。假如肘几不坏,眼下国中可就一片大乱了,因为有间皇子手下的兵士已经准备向牟娄的行宫进发了。

透过这些消息,唯一弄明白的一件事情就是,且不论事件真相究竟如何,总之,一切都发生在昨天夜里。昨天夜里,有间皇子身边一定发生了什么事情,而有间皇子也在昨天一夜之间,被打上了叛逆者、谋反者的烙印。

慌乱的一天即将过去。天黑之后,又陆续传来新的消息,说是参与皇子谋反的人已经遭逮捕,包括守君大石、坂合部连药、盐屋连鲗鱼等,连具体人名都有。事情到了这个地步,额田也无法再坚持认为以有间皇子为首谋的叛逆事件是捕风捉影的莫须有之事了。看起来,确实是发生了称得上谋反的事情,或者是令人完全有理由认为是类似谋反的事情。被传遭到逮捕的几个人,全都是有间皇子的心腹侧近。

这天夜里,明知道是不得其门而入,但额田仍然忍不住想前往有间皇子的住所去探个究竟。然而,一想到那里三层外三层重兵包围的情形,她不得不数次打消了念头。她感到极度的不安。对于身处传言漩涡中的有间皇子，额田此刻只有一个祈愿，那就是但愿皇子仍旧疯病不愈。只要是个疯子，不管口中吐出什么话来，都有可能被免除追究，倘使像人们说的那样，只是装疯——额田想到这里便觉得一阵阵骇栗——倘使那样的话，皇子要想躲过眼下正疯狂扑向他的乌云，无论怎样辩解都无济于事了，有间皇子一定会被逮捕押出家门。

第二天，又传来新的消息，据说京城的留守官苏我赤兄已经派使者急赴牟娄，将城中发生的事情向天皇奏报，并等候天皇的谕示，以便妥善处置这一事件。虽不清楚妥善处置是何意，但显然是针对有间皇子的，是将皇子押往牟娄，还是将他投入牢狱，苏我赤兄在等候来自牟娄行宫的具体指示。

这天，还有一件事情也清楚了：包围有间皇子住所的是物部朴井连鲔的部下。而令人感到夸张的是，除了兵士外，正在营造冈本宫的匠役们也奉命临时放下手头的活，拿上武器，一同加入了包围的阵势。

有一件事总算让人稍觉宽慰，眼下那些兵士们尚未踏入有间皇子的住所一步。这很容易理解，有间皇子毕竟是先帝之子，无论发生什么事情，没有上面的命令，兵士们对皇子连一根手指都不敢碰。

话虽如此，可有间皇子现在又在做什么呢？假如仍疯病未愈的话，他不会明白外面发生了什么事，大概仍旧口中喃喃有词："海太刺眼了！海浪太刺眼了！"一边咕哝一边以疯人特有的举止从屋子一隅跑向另一隅，或者被某个看不见的物体吓得向后闪躲吧？假如他没疯！——额田不敢想象有间皇子没疯会是什么样子——假如没疯,从昨天到今天,他又是怎么挨过来的?

这一天在慌乱中又迎来日暮。时间之迅疾简直让人生疑,它是什么时候悄悄溜走的?夜晚降临。额田这天累极了,以至倒下之后很快便睡得不省人事,一觉睡到拂晓时分。额田起身后,休息了一宿的大脑终于清醒下来,不由得想,无论有间皇子已经彻底康复还是仍犯着疯病,看来是很难躲过急袭而至的这场飞来横祸了。她开始相信这个结局,不再怀疑。今夜无风,安静得仿佛死去一般,现在静谧的夜马上就要破晓发白了。

额田双目紧闭。眼前有白色鹅毛状的东西在翩翩飞舞。她没有看窗外,但不知为何窗外的景象却兀自映入她眼帘。那是略微有着点重量感的白色片状物,在半空中翻舞,不是翻滚着掉落下来,只是翻舞在半空中。只能用像鹅毛一样翩翩飞舞来形容。

一刻之后,额田来到院子的回廊上,果然就像之前眼前映现的景象一模一样,白色片状物在漫天飞舞。这是个寒冷刺骨的清晨。此刻,额田已经静静地抛开了所有关于有间皇子的不安、恐惧、悲伤,犹如脱去身上的件件衣物一样。是她自己将之抛开去的。对这位命运悲凉的皇子,依靠人间的力量已经无论如何都无能为力了。这是聪明、俊美而年轻的有间皇子不得不接受的命运。

接下来两天,额田将自己关在屋子里,大门不出,二门不迈。第二天傍晚,牟娄派回的使者到达京城。额田猜到皇宫内人人都会议论这件事情,可她并没有离开屋子去打探消息。

翌日，额田更换了衣服走出屋外，向有间皇子的住所走去。众多兵士正在赶往那里，兵士中间还混入了数名朝臣。

额田来到皇子住所前时，皇子正好从里面走出来。额田拨开兵士的包围圈迈步向前，兵士们今天没有拦阻她。数名朝臣俯首上前恭迎皇子。仔细看去，院门外还停着舆车，原来有间皇子是要乘坐舆车被转移至别处，所以才从屋里走出来。

"皇子殿下！"

额田叫了一声。

有间皇子朝额田转过脸来。完全不像是个疯子。额田第一次看见皇子的神情如此平静、如此冷峻。有间皇子也凝神望着额田，只淡淡地说了几个字：

"苍天知道，赤兄知道……"

语调就像是在喃喃自语一样。

"皇子殿下！"额田又叫了一声。

"我不知道。"

有间皇子说完，赶车的役夫卷起舆帘，皇子弓起上半身登上舆车，帘子随即又落下。

额田俯首目送着舆车离去。紧接着，不知从什么地方又推出三辆舆车，跟随在皇子乘坐的舆车后，这是押送守君大石、坂合部连药、盐屋连鲫鱼三人的。谋逆者就这样不由分说被押往牟娄行宫。四辆舆车后面，是骑着马的舍人新田部米麻吕，在他们身后，则是数百名负责押送的武装兵士。

额田呆立在原处，直到这一大群人马从视野中彻底消失。想到有间皇子居然一直以来装疯卖傻，额田骤然变得脸色惨白,毫无血色。她觉得皇子实在太可怜了,假装犯疯病却装得不够像,又或是不管装与不装都无济于事,预决的命运注定在等着他。想到这里,泪水不禁打湿了额田的双颊。

当额田从恍惚中回过神来,四下里一个人影也不见了。

额田的脑海中浮出苏我赤兄那张脸。这次的事件,一定是他操纵的。

——苍天知道,赤兄知道,我不知道。

有间皇子如此断言。额田身上一阵战栗。天皇、中大兄皇子、大海人皇子、镰足等人统统不在京城的时候,居然发生了这样的事情,而这一切都是留守官苏我赤兄一手导演的。

额田不敢再往深里想,想也是徒劳。不管是赤兄一手导演的,还是中大兄皇子在背后操控赤兄这样做的,这些已经无关紧要了。总之,有间皇子已经被押解去了牟娄,等待皇子的会是何种结局已不言自明。舛命的皇子,最终除了风流云散之外还会怎么样呢?现在,皇子已经踏上了这条命运之途。

额田行进在稀疏的树林间,不让自己发出一点声响。她一边走,一边不时地抬起白皙丰腴的手指,按在脸颊上。

三天后,最新消息流传开来,这是令所有人心底几乎凝滞的消息。最糟的事态终于发生:有间皇子被绞杀于纪伊国海岸藤白坂,同日,盐屋连鲫鱼与舍人新田部连米麻吕也在同一地方被斩首;守君大石和坂合部连药则分别被流放至上毛野国和尾张国。额田听到消息,一点也不感到吃惊。注定要来的终归是会来的。

大约又过了两天,从牟娄回来的一名女官将有间皇子生前所写的最后两首和歌拿给额田看。据说是皇子前往牟娄的途中，经过一个叫岩代的地方时写的。

> 岩代海滨松，
> 牵取一枝绾成结，
> 对此频祈祝；
> 他日有幸得身还，
> 复来此地寻福物。

将岩代之滨的松枝绾个结继续前行，有朝一日假如能证明我身之清白、再踏这条路，一定要来看看自己亲手绾绕的松枝。这一天会到来吗？永远不会到来吗？

> 昔日在家时，
> 竹笥盛饭享甘旨；
> 今朝身在途，
> 结草作枕无宿处，
> 树叶裹食入口中。

居家时用的是食器盛饭，身在旅途，只能结草为枕、草行露宿，用锥栗树叶裹着进食。

额田顿时沉浸在一股突然涌起的强烈情感波动之中。这是她迄今为止读到过的最出色的和歌，有间皇子仿佛就是为了创作如此优秀的和歌而来到人世间的。很长一段时间，额田的眼前都浮现着有间皇子采下山路旁窄小的锥栗树叶,将米饭一口一口送入口中的影像,和他站在海岸边将海滨松枝绕成一个结的影像,那是一个生不逢世、俊美、令人叹惋不止的皇子形象。命运之所以如此乖舛地落向皇子,大概也是为了催生出如此优美的和歌吧。从它字里行间撞击发出的隐戾之音中,任何一个人都会由衷地产生这种感觉。歌中的气韵充满悲凉,然而这悲凉却又如此澄澈凛然。

月　明

一

　　有间皇子事件发生于齐明天皇四年十一月的初旬。转眼开年，天皇以及中大兄皇子、大海人皇子、镰足等朝廷首脑人物齐齐地从纪伊国回到京城。离京是上一年的十月，在纪伊国只逗留了约三个月，但是这三个月间，一位被视为将来很有可能成为国家动乱之根源的年轻皇子被一举除掉了。也因为如此，天皇等一行的纪伊国之旅被认为是故意促使有间皇子生变的计谋。事实上，坊间正是这样私下议论此事的。

　　对额田女王来说，中大兄皇子、大海人皇子还有镰足令人恐惧，不知道他们在谋划着什么。他们对于有间皇子的事情一个字也不提起，似乎根本不知道发生过这样的事，或者干脆早就将这位皇子彻底忘掉了。

　　唯有齐明天皇与他们不同。老女帝虽然也绝口不提有间皇子，但她实在是顾不上有间皇子。爱孙建王之死带给她的悲痛并没有随时间逝去而稍稍减轻，反而越来越深重，以致她比纪伊国之旅前更加面容憔悴，让人看了心痛。

额田觉得有间皇子事件不是中大兄一人所为,显然大海人皇子和镰足也关联其中,然而,事件的主谋不用说一定是中大兄皇子。一切都因中大兄皇子而起,一切也都按照中大兄皇子所期待的进行,这场悲剧的脚本是由中大兄皇子拟定的。额田女王每次与中大兄皇子照面,总是低眉俯首,不敢正面看他一眼,或许是心理作用,她觉得中大兄注视自己的目光有些异样。

——你应该最清楚事情的真相。我警告过你的,早晚会发生这样的事情。那次宫殿失火之夜的事我不会忘记的! 从那一刻起,有间皇子就已经注定必须死了!

额田感觉中大兄皇子的眼神似乎在对她这样说。

——为什么低着头? 你害怕了? 因为你知道这件事是谁策划的、是怎么发生的。可是我告诉你,我中大兄知道你知道事件的真相!

中大兄皇子的眼神似乎还在这样说。这绝对是威吓:你知道事情的真相,所以我不会就这么放过你的!

但是,额田低眉俯首竭力避开中大兄皇子的目光,不只因为这一事件,还因为另外一个性质完全不同的威胁。

——我中大兄发誓要做的事情一定会付诸实现的。有间皇子的事,就是那个火灾的夜晚发的誓。那个夜晚我还发了另一个誓,你应该不会忘记吧?

中大兄的眼神像是在提醒道。

额田感觉到中大兄的这种眼神,每每都会生出一阵恶寒,从而引起轻微的晕眩。设计斩杀了有间皇子的那只手,现在开始朝自己伸过来,只不过眼下还未触及自己。他是在等待合适的时机，额田清楚地明白那个时机，就是自己不再俯首，而是将视线停落在对方脸上的那一刻。

假如自己抬头——偶尔，额田的心里会蠕动这样的念头，但随即全身的血液仿佛凝固了一般，眼前立即浮现出大海人皇子那张激怒的脸。冲动起来就不顾一切后果的大海人皇子，一定会挺身而上，摆出好斗的架势，手上提着佩刀，眼睛里燃起怒火，恶狠狠地瞪视着中大兄皇子。正是想象得出这般情形，额田每次总是深深埋下头，一声不响地从中大兄皇子面前经过。

额田对于中大兄皇子这位新政权头号实力人物的情感十分复杂。她自己也说不清楚，那究竟是一种什么样的情感。手握生杀予夺的权力，额田对于他自然心怀恐惧，同时又有着一种厌恶，还有对他将有间皇子逼上绝路的悲愤。除此以外，他明知自己与大海人皇子的关系，仍挑战似的向自己逼近，对于他这种无所畏惧的胆魄和执着，额田只觉得自己无处可逃，为此而战战兢兢。还有，在抱有以上所有这些情感的同时，最为奇妙的是，额田对这位新政权当权者充满了自信的重重的脚步声一点也不反感。无论身在宫内何处，中大兄皇子从廊下走过的脚步声，额田都能清楚地分辨出来。

中大兄皇子对于额田的态度，不只额田自己一个人感觉到了。有间皇子事件过去大约四个月，有一天，大海人皇子对额田说：

"我猜想，中大兄皇子早晚有一天会向我提出希望得到你呢。"

额田听了没有答话，只是默默地望着大海人皇子的脸。

对方又问:"那个时候你会怎么样?"

"说什么呀,不会有那样的事情。"

"没有当然最好,我是说万一那样的话。"

"……"

于是,大海人皇子哈哈大笑起来:"中大兄皇子对你有好感,谁都知道的,宫廷内到处在传呢。中大兄皇子想得到的东西,没有得不到的。一直以来他都是这样做的。"

"那,要是那样的话,您打算怎么办?"额田反问道。

"假如中大兄向我提出想要得到你的话,我会依那时候的情形做出反应。总之不到那个时候我也不知道自己会怎么办,是爽快地让给他,还是回绝他,我也不知道。"

"假如回绝的话……"

额田想知道,如果大海人回绝了中大兄的要求的话,会导致什么样的结果。

"嗯,会怎么样呢?什么事情也不会发生吧。中大兄皇子同我这一辈子都不可能感情破裂,也不可能分道扬镳。镰足一定会介入进来巧妙地化解掉矛盾的。"大海人皇子笑着说,随即又补充道,"这都不是问题,关键是你打算怎么办?"

"额田除了听从您的吩咐,想不出其他办法。"

"假如我把你让给中大兄的话,你会乐意吗?"

"不会乐意。"

"即使不乐意,但我要是同意把你让给他,你会随他去吗?"

"这个……"

额田看了眼大海人皇子的脸,吓了一跳,大海人的脸色非常难看。看来，他不是那种会爽快答应将自己的女人拱手让给对方的人。

"那我就离开您身边，同时回绝中大兄皇子殿下。"额田说。

大海人皇子默默地思忖着，隔了少顷，说道："倘使你觉得那样好的话，也只能那样了。"

这样的消沉态度是他从未有过的。额田想，看来不得不认真考虑这件事情了，因为这样的结局要不了多久一定会降临自己头上。从大海人皇子的态度中额田猜测，也许，两位皇子已经谈起过这个问题了。

这年春天，额田女王伴侍天皇前往各地巡幸，忙得不亦乐乎。

三月一日，天皇召集群臣在吉野行宫举行庆祝五谷丰登的盛大酒宴。从二月末起，京城通往吉野的道路上行人熙来攘往，好不热闹。虽然前一年是个丰年，全国各地收成都不错，但百姓未必感受到由此带来的实惠，由于租税和徭役沉重，百姓的苦日子依旧没有改变。然而百姓并没有放弃期待，总期望日子很快就会好起来，至少道路上朝臣的往来次数较之数年前频繁了许多，从一个侧面反映出政务充实，给百姓心理上也带来了更多的期待。

庆祝丰年的仪式前所未有的隆重，仪式之后的酒宴也前所未有的盛大。自大化政变以来，艰辛困苦度过了这许多日子，现在眼见新政终于开始显现出成果了，参加酒宴的朝臣们都有着这样的感受。额田也参加了酒宴，但感触却与众人不同。有间皇子事件过去仅仅四个来月,如今对新政当权者们来说,所有威胁的暗影都不复存在了。这场隆重的酒宴,好像是只等有间皇子离开人世才举行一样。此外还有一个本应出席酒宴的人却没有到场,就是因征讨北方而声誉日隆的武将阿倍比罗夫,此时他依然屯驻在北方前线。阿倍比罗夫不会没有听说有间皇子事件,不知他听闻京城所发生的这些事情时是一种怎样的心情。

庆祝丰年的酒宴结束后,天皇立即返回近江位于湖畔的行宫。近处的比良山顶依旧覆盖着一层白雪。从吉野返回行宫的行程安排得似乎有点不合常理,一日大飨宴,三日便启程离开了吉野赶往近江方向。但额田非常理解老女帝的心情,庆祝丰年也好,大飨宴也好,都是新政的首脑人物们一手操持,老女帝则从早到晚一时一刻也忘记不掉夭折的爱孙建王,因此急于从百官群集、热闹嘈杂的场所脱身,回到湖畔小巧的行宫独自排遣思念。比起百官群集的飨宴,琵琶湖畔可远眺比良山的静谧氛围,与老女帝眼下的心境更加契合。

回到湖畔的行宫不过数日,前一年来京之后便一直滞留京城的几位异国漂流者前来拜谒。吐火罗国的两男两女,以及已成为其中一名吐火罗人妻子的舍卫国女子共五人。这一行漂流者白雉五年四月随海流漂流至日向海岸后,被送进京城,屈指算来,已经在这个国度生活了五年。他们是应天皇之召而来的。与这些来自异国的漂流者在一起,女帝似乎稍稍获得些安慰,这让额田在一旁看了感到很悲哀。

然而,失意的老女帝无法长久滞留近江的行宫,京城内一大堆必须由天皇主持的活动在等着她。十七日,陆奥与越边地方的虾夷人进京拜谒,随后赏赐他们酒宴,所以无论如何在这之前必须返回京城。

就这样,额田伴侍着天皇,度过了一个忙碌而充实的春天。

春去夏来之际,大街小巷又传来消息,说是北方又要开战了,阿倍比罗夫将率领船师共一百八十艘前去征讨虾夷国。阿倍比罗夫此前没有凯旋归京过,虽曾经有过凯旋的传言,但最终仍以传言告终,而此次再度征讨虾夷,有说肯定要进京的,有说已经在进京的路上了,等等,结果仍旧止于传言。作为征讨虾夷的战将,在前线领受作战的命令也是很正常的。

六月,陆奥前线的消息传至京城。阿倍比罗夫率兵深入陆奥纵深,但一路上并没有遭遇像样的作战,反而是将腭田(今秋田)、渟代(今能代)二郡共二百四十一名虾夷人以及三十一名俘虏、津轻郡的一百二十名虾夷人及四名俘虏和胆振钽的二十名虾夷人集合在一起,举行了一场盛大的飨宴以示宣抚。比起战斗捷报,这样的消息应该更加令朝廷满意。之前每每遭遇虾夷人的激烈对抗,想要向北方拓展势必付出巨大的牺牲,如今情形一年比一年好转,这可以说是中央的皇威开始远及边境地区的良好开端。

至七月,朝廷派遣坂合部连石布为大使、津守连吉祥为副使,出使唐国,二人分乘两艘船出航。由于同时派遣两艘船,使节团的人数自然相当庞大,然而此次朝廷并没有公布人选。非但如此,大使和副使的任命非常匆忙,从难波津启航也非常匆忙。

新政以来，这已经是第三次派出遣唐使节团了。第一次是白雉四年的吉士长丹、吉士驹等人，这批人中的一部分于翌年七月归国，而其他人及同时派出的另一艘船则死于海难；第二次是白雉五年二月的高向史玄理等人，一共派出两艘船，都于齐明天皇元年一月平安归国。此次的遣唐已经时隔五年了。通过派出遣唐使节团，从唐国吸收引进了大量先进的知识及文物，贡献自然巨大，但同时付出的牺牲也不小，新政首屈一指的读书人高向史玄理病殁于唐国，肩负着极大期望的学问僧惠妙、觉胜等人也死于他乡，知聪、智国、义通等一批青年才俊则命丧汪洋大海。此次遣唐与以往最大的不同在于，一行人中还有男女两名来自陆奥的虾夷人。坊间传说，这本是朝廷向唐国天子进行展示之举，不承想虾夷人对渡海极为恐惧，最终也未能说服其登船。

七月三日，遣唐船自难波津出航。同月十五日，京城各处寺院都举行了盂兰盆诵经会，这是为报七世父母之恩、根据天皇敕令举行的法会，所以规模浩大，朝臣和百姓一同放假，一时间街头巷尾人山人海，京城出现了让人意想不到的热闹景象。往年的盂兰盆法会只是朝廷的活动，今年则有民众一同参加，似乎也体现了新政的成果。

盂兰盆法会结束，大小道路上开始拂来秋风的时候，坊间出现了额田女王将被中大兄皇子纳为妾的小道消息。额田本人并没有从中大兄皇子那里听到有关此事的半句说法，但一部分的朝臣却已经议论纷纷了。额田明显觉察到人们看自己的眼神有了异样。不光是眼神，人们对待自己的态度也大不同于前，每个人都对额田非常尊敬，而且遣词用语也不一样了。

以前，尽管没有公开表明过，但额田与大海人皇子的关系无人不晓，连普通百姓也知道二人还诞下了十市皇女。额田既可以说是大海人皇子的妃子，又不是大海人皇子的妃子，而额田所受到的待遇也与这种身份相符。

但是此次，仅仅因为传言说中大兄皇子将迎娶额田为妃，额田就受到了前所未有的礼遇。至于坊间关于中大兄皇子与大海人皇子间的关系，更是充满了种种猜测。有人说二位皇子数年前就为了额田而产生对立，额田之所以不愿公开表明与大海人皇子的关系，也是因为顾忌到这点。总之，形形色色的说法都有。甚至还有人说，其实额田早就同大海人皇子分手，投入中大兄皇子的怀抱成了他的爱人，这次不过是将此事公开化而已。

不管怎样，由于传言中的当事人中大兄皇子的登场，世人看待额田的目光一下子发生了巨大变化。将同为皇子的兄弟二人放在一起来审视，中大兄皇子是新政权首屈一指的实力人物，大海人皇子不过是他的一名得力助手，二人的地位天差地别。不知出于什么原因，朝臣以及坊间对此事议论不绝，但其间的真相谁也不清楚，除非出现某个新的事态。

传言传了一阵子之后，一天，大海人皇子来到额田的住所。和平素相比，大海人皇子的脸色非常差，他一走进额田的屋子，劈头盖脸就说："中大兄皇子想要得到你！已经是很早前就提出的了,明天我必须给他一个答复。我想了又想,只能这样回复他——我不想把额田让给任何人。假如您对她如此有意,我就和额田分手,分手后不管怎么样都与我没关系!"

或许是心理作用,在额田听来大海人皇子的声音有些颤抖。他说的是"分手后不管怎么样都与我没关系!"但这句话背后,他似乎仍寄希望于最后一根稻草,就是额田曾经说过的:

——那我就离开您身边,同时回绝中大兄皇子殿下。

额田记得自己说过的话。大海人如此回复中大兄皇子,自然是希望额田坚持这一立场。

"中大兄皇子殿下之所以对您提出这样的要求……"说到这里,额田稍稍改变了一下语调,"因为他有理由对您提这样的要求呀!"

大海人皇子的表情瞬间僵住了。没错,中大兄皇子已经送了他两名妃子。这话额田从来没有说出口过,但此时却像根针一样,"噗"地刺向自己,而自己竟毫无还击之力。

"有的事情可以回绝,有的事情是没法回绝的。"大海人皇子沮丧地说。

"这不是正中您下怀吗?"额田说着,"扑哧"轻声笑出来。

"胡说八道!"

"您要是想回绝,可以回绝的呀。"

"不是说了嘛,有的事情可以回绝,有的事情是没法回绝的。"

"反正都是您的道理。"

额田停顿了一下,继续说道:"没办法,都说拿了别人的东西手短嘛。"

"行了,不要说了!"

事情到了这一步,大海人皇子显然理屈词穷了。尽管如此,额田不想就这样轻易地饶过他,反正刚才已经刺了他一针,刺一针同刺两针也没什么区别。

"您从别人那里先得到了一位妃子,然后又得到一位妃子……"

"哎呀,行了行了,不要再说了。"

"要了两位妃子,作为回礼至少也得回送人家一位妃子吧,否则……"

"……"

"唉,真让人伤心,我竟然就像是殿下您回送给哥哥的一件礼物。"

"……"

"'……不管怎么样都与我没关系!'"

额田模仿大海人皇子的语气说了一句,并且继续道:"'假如您对她如此有意,我就和额田分手,分手后不管怎么样都与我没关系!'"

"……"

大海人皇子无言以对。

"您说的'不管怎么样都与我没关系'究竟是什么意思?是表示同意中大兄皇子的要求吗?"

"我没有说过同意。"

"那我到底该怎么办才好呢?"

"我无法回绝,但是你可以回绝啊!"

"您都无法回绝的事情,我怎么可能回绝得了呢?"

"那你说怎么办?!"

大海人皇子呼地站起身来,那架势眼看就要伸手拔刀似的。

额田赶紧闪开身,语气和缓下来说道:"您就不用替额田操心了,我会找个地方先避开一阵子,保护好我自己的。"停一停,又说道,"只是有些伤感。"

"伤感?"

"当然啦。您有众多妃子陪伴着您,尼子娘、大田皇女、鸬野皇女,还有好多好多,而我今后只能独自去面对……"

"我明白,所以才问你打算怎么办嘛。"

"怎么也不怎么样,我只想保护我自己。"

"我不相信。"

大海人真的觉得不敢相信。二人孩子都诞下了,可她还是不属于自己,现在又说要离开自己独自生活。真的独自生活倒也罢了,很有可能不是这样,并非她的话不可信,而是虎狼时刻在觊觎着她。

大海人皇子从未像今天这样强烈地预感到,额田再也不会回到自己身边了,今天二人之间除了别离再也没有其他话题。在中大兄皇子的权势面前,任何人都是无力抗拒的。大海人皇子深知这一点,额田也深知这一点。

中大兄皇子将迎娶额田女王为妃,一时间所有人无处不在议论,但终于渐渐平息下来。然而,在这传言的背后,朝臣以及女官们开始以异样的目光来看额田。只有中大兄皇子,即使在传言渐渐平息下来之后,仍然以一种异样的眼神关注着额田。传言之所以渐渐平息,则是因为无论人们怎样议论,在额田女王身上并没有发生任何事情。

秋意渐深,一个消息传入额田耳中,天皇命令出云国造兴建一座规模宏大的神社。额田心想,这年夏天刚刚举行过规模浩大的盂兰盆诵经会,无论是盂兰盆法会,还是兴建神社,都与皇孙建王之死不无关系。老女帝想同时向神和佛祈愿,为死去的建王祈冥福。现在,齐明天皇心里想的、脑海里浮现的,统统都与建王有关,可以说,是在世时那惹人怜爱的年幼建王的遗影,在左右着齐明天皇的一举一动。老女帝可以为了死去的建王心甘情愿地做任何事情。

不难想象,略显过分的盂兰盆法会定是老女帝听从了某个侧近的进言而做出的决定,此次在出云国兴建规模空前的神社肯定又是有人在耳边进言的结果。不过,这样的后果便是,不可避免地招致了人们对老女帝的诘责。

——听说出云造神社那件事可了不得啊,快把整个国家都掏空了!光是砍伐葛茎编绳就不是一般人能想象的。砍来的葛茎不知为什么总是被狐狸啃断,所以绳索编啊编啊就是编不成,全被狐狸咬坏了。跟你说句悄悄话吧,那些干活的匠役都觉得极不可思议哪!

说话的人和听话的人此时都情不自禁地回想起两三年前疯狂地重建京城时的情形。当时曾经被人斥为"劳民伤财"的大工程,如今换个地方,又在远离京城的出云国搞开了。

还有人这样说：

——这话只能悄悄跟你说啊。听说出云那边有狗将死人的手臂咬掉了，那啃下来的骨头准备放到新建的神社里供奉起来呢。

本来不足为奇的小事，竟然被煞有介事地传来传去，平添了几许令人毛骨悚然的恐怖。

这显然是百姓对于喜好大兴土木的老女帝的一种诘责，只不过以出云地方发生的奇闻的形式表现出来了而已。

当人们对额田女王的兴趣逐渐转为对出云兴建神社一事的兴趣时，额田与中大兄皇子之间有过一次简短的对话。那是在额田听说新建成的宫城后庭里种植的几株胡枝子开出了许多小碎花，高兴地前往观赏的时候。明月之夜，额田由一名侍女陪同着来到后庭，果然，种植在宽敞的庭院四周、仿佛给院落镶了一圈花边似的数十株胡枝子，各自绽出几朵小花，连成一大片，好一派怒放的气势。在将夜空照得如同白昼一般的月光下，娇小的胡枝子花竟显得有几分艳丽。四周成百上千的秋虫同声共鸣着，充斥天地间。胡枝子花在一片喧闹声中静静地绽放着。

这时候，额田忽然察觉到另一个人到来。离得老远，但额田已经知道那人是中大兄皇子。额田催促侍女，准备赶快离开这里。

还没等离开，对方出声了：

"月亮真美。"

额田垂下头，不得不调整姿势迎接中大兄皇子。侍女则退了下去。

"我就心想,今夜的月亮一定很美,果然不出所料,真是美啊。"

"是。"

额田低着头答道。

"月光之下看胡枝子花也很美。"

"……"

"额田的手也很美。"

额田知道自己交叠在身前的手被对方看见了,于是慌忙用长长的衣袖将手藏起来。

"你的脸也很美。"

脸孔没办法掩藏起来,额田只能将头垂得更低。

"和大海人皇子分了手,今年的秋天一定很寂寞吧?"

额田答"是"也不成答"不是"也不成。也许是回答不上来的缘故,她无意识间缓缓抬起了头。中大兄皇子略微仰着头,望着月亮。

"我等你一年,等到你感觉不再寂寞了。"

额田赶快又垂下头,全身微微颤抖起来。

"一年之后,那漂亮的手、那漂亮的脸就归我了。"

"……"

"还有那漂亮的额头、漂亮的脸颊、漂亮的脖颈、漂亮的头发,统统都归我了!"

火一样炽热的烙印,同中大兄皇子滚烫的话语一道,捺在了额田的额头、脸颊、脖颈、头发上。清冷的月光下,却让人感到仿佛燃烧起来一般炽热。

完全是单方面的宣告。说完之后,中大兄皇子便转身走了。一来一去都是即兴式的:夜晚的月亮很美,于是信步走来观赏一番,途中偶遇额田,于是和她说上几句话,随后又信步离去。

额田独自伫立原地,站在绽放的胡枝子花中间。侍女走了过来,不知刚才她避让到哪里去了。额田不想让侍女看到自己的脸孔,上面一定留着许多火烧般的滚烫痕迹。她抬起头仰望月亮,就像刚才中大兄皇子仰头望着月亮一样,额田也仰头望向月亮。

额田沐浴在月光之中。月光泻照在脸上,将刚才中大兄皇子捺下的火烧痕迹一一涤清消去——至少,额田自己有这样的感觉。

——那漂亮的额头、漂亮的脸颊、漂亮的脖颈、漂亮的头发,统统都归我了!

耳畔又一次响起中大兄皇子说的话。额田在心里清晰无误地给出了回答,刚才没能说出口,但是此刻额田终于能说出来了:

"假如殿下您想得到我的额头,我就把额头给您;您想得到我的脸颊,我就把脸颊给您;您想得到我的脖颈、我的头发,只要您想要,您统统拿去好了!就像献给大海人皇子一样,我把它们统统献给中大兄皇子殿下!"

额田笑了。额田知道自己笑了,但是一旁的侍女却不知道。当主人望向月亮的脸转向自己的那一瞬间,侍女禁不住倒吸了一口气,额田的神态是如此宁定、慈祥,同时又透出几分妩媚。

此时的额田心里在想,只要对方想要什么自己都可以奉上。与大海人皇子的约定已经履行完毕,还有什么不敢的呢?大海人皇子曾经将自己揽入怀中,中大兄皇子同样也可以。但是,自己没有向大海人皇子奉上的东西,同样也不会向中大兄皇子奉上,那便是自己的心灵。自己生来是为了倾听神的声音的,怎么可以让凡人的声音随意左右自己呢?

——心灵不可以拿去。只有我的心灵是不可以的。

额田迈开步子。一步一步地,仿佛要将自己的思绪细细咀嚼似的,缓缓向前走去。从一株一株的胡枝子之间走过时,露水沾湿了她的鞋子。在中大兄皇子面前时,自己身为倾听神的声音的女子的自尊曾短暂失去,此刻又找回来了。额田根本没有想过自己只是中大兄皇子众多妃子的一人,她不可能将自己置于这样的位置,她也不会落到这样的位置上去。

有间皇子即使假装犯疯病仍然无济于事,仍无法延长自己的性命,面对中大兄皇子的绝对权势,想保全自己只有一个办法,就是不能将自己的心灵交出去。额田暗暗对一年后的自己起誓,绝对不能对中大兄皇子产生爱情,就像对待大海人皇子那样,对中大兄皇子也必须如此。除此以外,她不可能带着应有的自尊自由自在地活下去,因为她将要投身其中的,是一个充满了嫉妒、谋略、中伤,人间百态龙蛇杂处的世界。

额田拼命让自己将中大兄皇子从脑海中赶走,她一边走一边缅忆起有间皇子。她一想到年轻俊美的有间皇子,胸口就会涌起阵阵哀痛,今夜也不例外。然而,想到有间皇子却能令额田的心绪平复。真奇妙,从有间皇子无法逃脱的悲凉命运之中,额田渐渐让自己平静了下来。

二

开年便是齐明天皇六年。这年正月,高句丽的使者乙相贺取文等百余人抵达筑紫。这一消息过了很久才传到京城。百人以上的大型使节团来朝非常罕见。

三月,传出一条血腥味十足的消息:朝廷命阿倍比罗夫率领二百艘船师征讨北方的肃慎国。京城的百姓没人知道肃慎国是个什么样的国度,是虾夷人的种族之一还是完全不同的异族?是与虾夷人盘踞在同一地方还是更远的北方?没有一个人具备相关的知识。如果说有人略略知道一些的话,那就是朝廷的首脑等极少数人,而且除了对方是不服皇威的番族,更为详细的信息他们也几乎全然不知。接到出征北方的阿倍比罗夫的呈报,他们才知道肃慎国的存在,同时得知了肃慎对大和朝持敌对态度,于是便下令:

——肃慎国务讨之!

庙堂发声,满座呼应,大和朝的命令就这样传到了北方前线——这是实情。

五月八日,正月抵达筑紫的高句丽使节团进入难波。使者们下榻在专供外国使节起居的难波馆,在那里等候入京的邀请,准备再赶往大和。

朝廷首脑们没有立即召见外国使节。这是在仿效唐国对待外国使者的做法。

高句丽的使者百余人抵达难波津的同一个月，朝廷颁布敕令，举办《仁王般若经》讲经会，全国各地共选定一百余场所，各设讲坛，这是仿自唐国的一种尝试，也被视作新政的成果之一。当然，人们自然会联想到，这样做的背后说明国家变得越来越自信从容，有时间和能力来考虑这些事情了。除此以外，政府还建造了大型漏刻，用来向民众报时。这是中大兄皇子之前设想的，如今终于付诸实施。这也是仿效了唐国京城的做法，报时的钟声既使得京城百姓的生活增添了喜气和期待，也令社会多了一分秩序感。

同月，四十七名战俘被送入京城，他们是受到阿倍比罗夫征讨、慑服于皇威的肃慎人。朝廷为此大开筵席，宴飨这些远道而来的夷人。与前一次虾夷人入京一样，京城的百姓骚动起来，只为了围观这些肃慎人。肃慎人有着和虾夷人一样的容貌，穿的衣服也一样，唯一的不同是脸部长有浓密的胡须。

肃慎人的入京使得大街小巷又开始议论起阿倍比罗夫来。前一次人数众多的虾夷人入京，加上此次肃慎人的入京，无疑都是阿倍比罗夫的功劳，是他用武勋换来的结果。

护送肃慎人进京的前线武将，详细奏报了北方征讨军的动静。

除了率队前去的征讨军，阿倍比罗夫还在当地征召了一批虾夷人，令他们乘船一同出征。船师渡海抵达对岸后，又在登陆地附近招募当地的虾夷人加入自己麾下。当地几乎每年都受到肃慎人的袭扰,众多民众或被掳走或被杀死,因此虾夷人很乐意协助征讨军,自愿为征讨军做事。在虾夷人的引导下,阿倍比罗夫轻易地找到肃慎人舟船藏身的地点,先是赠送物品加以宣抚,但未奏效,随即开启战端,迎战来袭之敌,征讨军大获全胜,但是出身能登的武将马身龙不幸战死。

战死者一定人数不少,但是唯独只报告了马身龙的战死,也许是因为此人是征讨军中一名非常重要的武将,又或者是在能登地方临时编成的部队中担任首领的人物。

肃慎方面战事告一段落之时,高句丽使节团一行人也踏上了归途。大概是高句丽人的归国勾起了思乡之情,同月,已在此地逗留多年的吐火罗人也提出想回一趟故乡看看,其中一人为了表示返乡后仍然希望留在大和为朝廷效力,特意上奏独自返乡,而将妻子留在飞鸟京。

天皇念在这些异国漂流者平时陪伴在侧、为自己排遣哀愁的分上,想尽量满足其愿望。天皇的意向很快传达给了朝廷首脑,并为此在庙堂上展开商议。送漂流者们返国,朝廷必须为其准备舟船,以及在全国征召大量船员,外加一笔庞大的费用。另一方面,吐火罗国究竟位于何处迄今仍不十分明了,此次航海势必做好有着极大风险的估计。据这些漂流者讲述,仅能大致推断出吐火罗国位于唐国以南,但具体位置不详,甚至连究竟是个大陆国家还是岛屿国家都不知道。按照他们的话,吐火罗国有许多奇异的物产,另外从他们淳朴的性格来分析,可以想象出那是一个并不怎么先进的国度。

庙议很难达成统一,好在最终还是决定派出使者护送漂流者们归国。也许这是一次毫无必要的行动,也许正相反,此次行动会收到许多意外的收获。

"派使者护送,船上装上交易商品,为防万一再派些兵士一同登船。"镰足建议道。镰足是这一行动最积极的支持者。

这样一来,护送吐火罗人的人员组成变得非常庞大,送使、官吏、船员,加起来共有数十人,装载着这些人员与交易商品的船只,趁夜从难波津启航出发,航向大洋,随海流向西南方向而去。

夏秋初交之际,额田女王两次收到来自大海人皇子的密邀。二人尚未形成特殊关系之前,大海人皇子时常通过他人向额田发出邀请,而这次也是采用这样的方式。这样的做法非常大胆。

说到大胆,中大兄皇子堪称大胆,大海人皇子也同样大胆。有着同一个生母的兄弟二人拥有同样的胆魄倒不足为奇,但身处两位皇子的竞争对抗之中,还是令额田感到十分不安。

中大兄皇子明知额田与弟弟的关系,仍执意将额田从弟弟身边夺走,而大海人皇子也不愧是大海人皇子,表面上佯作答应将她让给哥哥,同时又暗中计划着将额田再夺回来。同样是大胆,放在一起比较的话,额田还是对中大兄皇子的做法更有好感。虽说中大兄皇子是横刀夺爱,但他似乎做得堂堂正正,光明磊落。他开诚布公地与弟弟正面谈判,直截了当地提出把你的女人给我,得到肯定的答复后,不知是出于对额田的尊重还是出于对大海人皇子的尊重,反正,他主动提出留给额田一年时间。

中大兄皇子的做法令额田感到既好笑又好气。你是我的人,但我可以给你一年的时间。无论给不给时间,处在一个权力无边的当权者掌控之下,结局是相同的,但是中大兄皇子这样提出,却能令额田感觉对方是把自己当作人对待,而不只是一件从左手换到右手上的物品。

奇妙的是,这一年对于额田来说显得很异样。虽说并没有急切地期盼去中大兄皇子身边的那一天快点到来,然而今年的春去夏来、夏去秋来,却让她觉得似乎有些匆促,同时又有些迟慢。就快要到胡枝子花开的季节了吧,待到那一丛丛胡枝子绽放出密密匝匝小碎花的时候——有时候,额田会猛然意识到自己的思绪,不禁一震。待到那时,威权将无人能抵挡地向自己强势压来。额田微微抬起头,随即,思绪又朝着完全相反的方向飘去。嗯,什么都可以奉上,除了自己的心灵,我不会像有间皇子那样轻而易举被夺去生命的。当自己的身体听从这样的心绪而动时,中大兄皇子对于额田来说,就只能成为敌人了。

大海人皇子的密邀不如中大兄皇子那样来得光明磊落。

——想不想看看十市皇女啊,毕竟许久没见到了。这段时间,她开始记事了,一心想着见到母亲呢。

他通过别人将这话传给额田。事实上想见到额田的当然不是十市皇女,而是她的父亲大海人皇子。大海人皇子有时直截了当地质问额田,有时甚至加上威吓,但额田的回答每次都不改变。她在见到大海人皇子的时候毫不客气地当面回敬他:

"……难道不是殿下您提出与我分手的吗?是您抛弃了

我，将我让给中大兄皇子殿下的。每次我一接到您的邀约，恨不得立刻就飞到您身边。可是您呢，您还是照样和我分手，照样将我抛弃，照样将我让给别人。这种悲伤领教过一次就足够了，我绝不想重蹈覆辙！"

"恨不得立刻就飞到您身边"这句话足够大海人皇子受用了。一切正如额田所说，提出分手、将她让给别人，都是自己的所作所为，而非额田所愿。

"好吧，我马上离开，万一让中大兄撞见就麻烦了。"

大海人皇子说罢，先自离开了。明明是他主动约的额田，但他显然对中大兄皇子心存忌惮。

九月五日，数名使者由百济来朝。

一登上难波津码头，使者立即表明：由于事情紧急，希望马上赶赴飞鸟京，拜谒天皇。这与以往朝贡使的做法明显不一样。快马当即飞奔赴京向朝廷报告，百济使者随后也向飞鸟京进发。

使者进宫后面奏了一件大出意料的事情："此前七月，新罗百济两国间发生战端，新罗向唐国求助，唐国大军出动帮助新罗灭了百济。百济君臣尽数被俘，锁入囚车被押走了！"

使者的话，令廷上在座的飞鸟朝君臣面面相觑一时不知如何应对。使者说的，所有人都不敢相信，也从来就没有想到过会发生这样的事。

包括老女帝在内，中大兄、大海人、镰足等朝廷首脑一个不落统统在场，满座鸦雀无声，仿佛一滴水的声音都能听到。七月发生的事情，距离现在已经过去两个月了。

"活下来的两三位将军分别占据两三处地方,召集兵士准备反击,可是兵士大多死于之前的战斗,但仍以寡敌众,与新罗兵顽强作战,保住了王城,唐国兵不敢进入王城。现在国家已破,百济的遗臣以王城为据点,打算重建国家!"

使者的奏报结束后,没有一个人说话。

"国家已亡?"隔了许久,不知是谁问了一句。

"国王和朝臣被尽数掳去!"使者回答。

"你说此次变乱唐国也出兵参与了?"

"唐国应了新罗之请派兵前来的。"

"兵数有多少?"

"不详,估计有数万人。"

"今后的战况估计会如何?"

"没法估计啊。现在是国破人亡,只剩几个遗臣在誓死抵抗,打算重建国家。靠着极少的兵士,总算暂时保住了王城。"

使者退下后,人人心头沉重。自政变以来,这是飞鸟朝廷第一次遭遇的重大事件,整个国家都可能因之而动荡。在半岛诸国中向来与大和关系密切、亲善友好至今的百济国,大和在半岛的利益据点百济,就这样神不知鬼不觉地灭亡了!更要命的是,大国唐国竟出兵插手了这一事件。

庙堂之上,连日来几乎天天都在商议有关百济的问题。

唐国出兵半岛,说明此事对唐国来说也是重大事件,基于某种理由而不得不出兵干预,何况发兵需要时间做准备。身在唐国的大和使者应该知道个中缘由。

——眼下坂合部连石布、津守连吉祥等人恰在唐国,理应掌握唐国出兵半岛的动向,可是却毫无消息报来,真是太遗憾了。

朝中不乏这样的声音。这是对一年前从难波津启航并且平安到达唐国的遣唐使节团一行的诘责。不过这种诘责有些勉强,因为唐国动员兵力一定是秘密进行的,作为外国使臣未必能掌握这些信息。

但是,对于不曾中断交往的半岛上所发生的一切,尤其是其中一国惨遭灭亡,这样的重大变乱,事先竟毫无消息,这实在有些不可思议。不管怎样,只能说缺少及时传递半岛情势的渠道,这绝对是一大漏洞。百济亡国之前,或许还可以想想办法出手。对大和朝来说,百济是个亡不得的国家。可如今一切都晚了,面对一个已经灭亡的国家,想做什么都于事无补了。

有人提出,应当向百济派遣救援军。但根据百济使者所说,目前百济遗臣的势力究竟几何完全未知,在如今国不复国的情势之下,不过只是小股的残余势力,难成气候,说是保住了王城,但如何防守的也不得而知。尤其是,派兵往半岛,就等于向唐国掀起战端,单单与一个新罗开战倒不是不可以,可是唐国参与其中就非同小可了,万一出兵半岛遭遇战事不利,很可能将乘胜追击的唐国大军引至本土来。

——不管怎样,新罗是我朝千仇万恨仍恨海难填的国家,不能就这么放过它!

商议来商议去,最终都归结到新罗可恨可憎。可憎归可憎,却拿它毫无办法。大化政变以来,新罗一直与唐国通好,借着唐国的威势不将日本国放在眼里,甚至发生过使者身穿唐国服饰前来朝贡的情况。

不安之中一个月很快过去。进入十月,百济的第二批使者又到达。这次人数众多,其中大部分是百济遗臣武将福信率兵作战时俘虏的唐国兵士。百余名唐国兵士此次随同使节团一并献来,说明百济遗臣手中兵力尚可期,并且取得了一定的战果。

福信还捎来了书信一封,上面写道:

——唐人率兵团来犯我境,颠覆我社稷,将我君臣多数掳去。百济原赖日本国天皇护念而成一国,今谨迎回身在贵国之百济王子丰璋,尊为国主。

以外,使者还口头转达了福信的请求,即派遣援军与丰璋一同归国。

这第二批使者的到来,使得庙堂上再一次陷入混乱。朝廷重臣全都夜不归宿,不分白昼黑夜地聚于堂上商议究竟该如何应对。虽然送来百余名唐国战俘,但是凭这一点尚不能得出百济残余势力已占据一定优势的结论,与新罗唐国联合军队作战,几乎一点胜算都没有。只不过是能坚持多少天,或者几个月的问题。

丰璋身为百济国王子,在国家灭亡、本国使臣前来要求的情况下,不论愿意不愿意都应当即刻放还归国。然而,围绕要不要答应归还丰璋这个问题上,庙议又分成了两派。一方认为,现在归还丰璋无异于将其推入险境。百济既亡,丰璋成了唯一存世的王族,更显得重要和值得珍视,不能毫无意义地任其性命白白牺牲掉。重建百济来日方长，丰璋仍应像以前那样继续留在日本国。另一方则主张，丰璋只是暂居日本的质子，如今国不复国，那些一心重整旗鼓重建百济的遗臣不能没有国主，他们急切地盼望着丰璋归去，所以必须立即归还。

而在如何归还的问题上一时也难以敲定。将丰璋长年羁留在此地，如今其国灭亡，却只让他一人归返，即使国家已不存在，但对百济仍是极大的失礼行为。要是被其他国家知道，那将是国之耻辱，是万世也拂不掉的奇耻大辱。因此归还的话，势必派出援军随丰璋一同返回百济；假如不想派救援军一同前往，那就只能找个理由不将丰璋归还给百济。

换句话说，包括丰璋的问题在内，问题的关键在于要不要向半岛派兵。是冒着巨大的风险向半岛派遣军队以图百济再兴，还是彻底放弃之前经营下来的国家权益，采取不与唐国为敌的隐忍态度？

还有一个麻烦在于，不向半岛派兵，即等同于眼睁睁看着百济的遗臣被杀戮，而这样并不能保证本国安全无虞。新罗与唐国的联合军队很可能乘着击破百济的余威，长驱直入，进攻本国。考虑到迄今与新罗国的关系，这是完全有可能发生的。

朝廷首脑们对庙堂上的每一个人都充分听取了他们的想法，毕竟这是决定一国命运的大事，只有最广泛地听取意见，才能做出最理性的决定。

庙议每天每天都在生变。一时似乎主战派占了大多数，可是一旦进入检省兵力、军备时，这派人的声音便越来越低了。虽然推行新政已经在各种制度建设及设施整备上逐渐体现出成果,但仍只是个开头,还远远谈不上国力充实。假如向半岛派兵,势必做好今后数年百姓将陷入生灵涂炭的困苦境地的心理准备。国家的征兵体系已经建立,租税制度也建起来了,但只是有了一定的制度保障,真正运行起来效果如何还很难说;边境地方的夷族近年来也开始慑服于皇威,可是要将其纳入国力体系那是得好几年后的事了。

最近十年,朝廷致力于整备国家体制这一根本大业上,其余的相应都做了牺牲,朝臣和普通百姓的生活都因此而付出了牺牲。所有成为政争之源的消极因素统统排除,朝廷的中央集权体制得到了确立,同时全力征讨边境异族,如今正是成果逐渐显现的时候。因此,向半岛派兵意味着一切都将重新回到十年前。

中大兄皇子几乎没有发表个人意见,而是始终在倾听朝臣们的想法和建议。镰足也不发表意见。

在中大兄皇子眼里,庙堂之上没有人比镰足显得更加冷静了。他正襟危坐,一动不动,和平常相比脸孔略带青色,常常眼睛半开半闭的,也不知道他在想什么。

而在镰足看来,这件大事最终拍板的人是中大兄皇子,也只能是中大兄皇子。必须由中大兄皇子来裁夺是否出兵的时刻到了。镰足将一切都押在中大兄皇子的裁夺上。假如决定出兵,就动员全国的国力,将兵士源源不断派往半岛;假如决定不出兵、放弃在百济的权益,则必须尽快想出一个万全之策,同时,应当做好海岸沿线的防备。所谓万全之策就是,对半岛以及对唐国都一样,动用一切政治手段,将在半岛失去的通过其他形式再夺回来。

镰足的态度始终不变,他一直在等待中大兄皇子做出最终裁夺。出兵与否,这不是一个常人能够做出判断的。就连他自己,究竟从国家立场出发应当采取何种对应,他也心里没有底。出兵的话,国家将会遭遇什么样的命运,或者反过来,不出兵的话国家将会遭遇什么样的命运,除了神,没有一个人知道。在庙堂上,他不时感受到中大兄向自己投来的目光,那目光显然在问:你对这个问题怎么看?但镰足不为所动,仍旧毫无表情。对镰足而言,现在中大兄皇子就是神,而自己在等待神的裁夺。在神的面前,怎么敢随意发表自己的陋见呢?

不知从哪里传出去的消息,大街小巷都在议论国家当前所面临的大事件。有说国家将出兵半岛与新罗作战,有说唐国大军就要逼近筑紫了,因此国家正征召兵员准备抗击,等等。各色各样,不一而足。百姓心里也明白,这不是一件简单的事情。然而传言归传言,巷议归巷议,朝廷方面却没有半点消息。朝廷重臣们一连几天聚集在庙堂上商议着。飞鸟山上疾风不止,既不是初秋的风,也不是深秋的风。

额田也大致听闻了这个消息。虽然明白此事关系重大,但事件究竟重大到什么程度,却并不清楚。宫城内比平时安静了不少。也就是在这个时候,额田许久未见的姐姐镜女王来到宫城看望她。额田因此得知,今年夏天姐姐被赠予了一座小巧的宅子。赠予宅子意味着镜女王不再享有中大兄皇子的宠爱了。

"我对自己现在的结局很满意。和那么多妃子争宠,实在太累人了。虽然我对皇子殿下的感情没有变,可我还是决定了要离开他。下了决心后很长一段时间,悲伤、寂寞等等一齐袭上心头。现在回过头来想,当初我要是不离开大和、不上京该多好啊,可是那个时候我说什么都想来到他身边呀。现在过了这些年,我已经彻底累了。"镜女王说道。

额田无言以答。关于自己的传言,不可能不传入姐姐的耳朵,然而姐姐对此却一个字都没有提起。额田觉得姐姐的境遇变化,不能说与自己毫无关系,一定是中大兄皇子为了得到自己,先将姐姐从身边赶走了。

眼前的镜女王面容憔悴,和几年前从大和来到京城时恍若两人。与此同时,她的脸上似乎也透着一股尖刻,那是皇子之妃们毫无例外人人拥有的东西。不能不说那是身为皇子妃特有的自得或者说高傲,同时也是她们从生活中自然而然萌生出来的冷漠、尖刻和哀怨,是潜藏于虚饰的娴静底部的一股强烈的森冷,只有同为妃子的女人最为了解。

三

持续了多日的庙议戛然终止了。每天进宫列席御前会议的朝臣一个个从会议室鱼贯而出,向宫城内各个不同院落散去。朝臣们带着憔悴的面容,在秋阳的辉照下,时而低着头匆匆而行,时而半仰起头来,好像要赶走连日来的疲劳似的。也有两三人结伴而行，偶尔会说上几句话。朝臣们走到宫城门前，穿过城门，这才返回各自的家。

齐明天皇二年末，当时新造的冈本宫被一场大火烧毁，后来再度开工，继续进行大规模的营造。这项工事至今仍在持续进行中，已经完成了大约八成。去年，额田被中大兄皇子单方面强行告白的植满胡枝子的那个庭院，就在最近开始敷设屋瓦、接见外国使者的那座别殿旁边。

随着新的殿馆陆续建成、原先的临时住所被拆除，宫城内景象一新。

庙议结束的这天，中大兄皇子与镰足来到八成已经完工的冈本宫的庭院内散步。四下里看不到朝臣的身影。

"兵力动员怎么样？"中大兄问。

"此次在京城周边的近畿征召壮丁，因为之前的东北出征军全都是从各个地方征召来的。这种事情必须要尽量做到公平。"镰足回答，停顿一下又继续说道，"关键在于兵船，这个嘛，明天就下诏命骏河国开始建造。"

"半岛出征军的指挥让谁来？"

"除了阿倍比罗夫好像找不出其他人了。所以，明天就准备派使者上路，传令他立即返京。"

"你觉得大海人皇子如何？"

"他太年轻了。再说，是不是非要打出皇子的名字出征呢？我觉得此事还是留点余地比较稳妥。"

"这次行动关系到国家命运，难道不应当展示出最明确的态度向天下宣告吗？"

"还可以通过其他方式达到这个目的。半岛出征诏书发布的同时,朝廷迁回难波津。天皇陛下、皇子殿下,统统返回难波津,以显示君臣一心准备出征的决心。等到开年,御驾也要尽快率船队离开难波津向筑紫西进。最迟明年春天,务必在筑紫设置大本营。此次行动,除了筑紫没有更合适的作战大本营了。"

"最迟明年春天,可是各种准备来得及吗?"

"不管准备来得及来不及,朝廷必须移至筑紫。御船先向西移,既可以在筑紫等候一切准备停当,同时也便于往半岛运送兵力。不过再急再赶,建造兵船怎么也需要半年时间,阿倍比罗夫从前线回京也需要一定的时间,所以,兵船出航估计还得再迟一阵子。"

"丰璋呢?什么时候将丰璋送返百济国最合适?"

"全军团出动的时候最为合适。过早送返,半岛的局势也不会因此而有所改善。在那之前,百济遗臣福信等人如果能勉强守住王城当然最好,万一落入敌手也没办法,毕竟百济国事实上已经灭亡了。"

隔了片刻,镰足继续说道:"比起这一切来,还有一件事情更加紧要:今年秋天,皇子殿下兄弟二人务必结成一心,一同去渡过眼前这个艰难时刻。"

"这事我心里有数。"

"嗯,有时候看似明白但未必真的明白。二位殿下都性格刚烈,万一为了一点微不足道的小事反目成仇,那可不得了啊!千万不能那样。应当像以前一样,友爱和睦,协力互助。只要能够这样,半岛这点兵火算得了什么呢?还不是小事一桩。"

"我知道。"

"我怕殿下未必真的明白呢。二位皇子,随便哪一个都是天资卓越、超尘拔俗的人才。二人若是齐心协力,就能拥有化腐朽为神奇的天火般的神力。可万一出现可能导致反目的事态,就不只是二位皇子受到伤害,国家也将破……"

"我知道,你说的这些我清楚得很。"

"我怕殿下未必真的明白呢。镰足之前就听到些滑稽可笑的传言。"

"我知道。"

中大兄一迭连声地"我知道我知道",事实上他也真的全都知道,镰足想说什么他十分清楚。

"万万不可对弟皇子的……"

"我知道。"

"倘使真的明白的话,那么从今天起,将那些稀奇古怪的念头彻底丢掉好吗?"

中大兄皇子沉默了。他没有自信再说"我知道"。

"我会考虑的。"中大兄终于答道。

"光是考虑没用的。"

"好好考虑一下,想出个办法让你满意。"

"那好,镰足会将刚才这话记在心里的,希望殿下不要忘记您在这开满胡枝子花的庭院里对镰足说过的话。"

听到"胡枝子花"几个字,中大兄皇子似有所感。他抬眼向四下扫视,嗯,庭院四周栽满了胡枝子。一丛丛的胡枝子顶着可爱的小碎花,尽情绽放。不知不觉中,秋意渐浓。

"时间过得真快啊,都一年了。"

中大兄皇子不由得感慨道。镰足听了当然不会明白。

"什么一年了?"

"天皇下诏在出云国建造神社,如今恰好一年了。"

"是呀。"

"那会儿正是这庭院里开满胡枝子花的时节。"

"不错,您这么一说,我也记得恰好是一年前的这时节。您当时说——本来神社的建造也想暂时停一停的,可是,这毕竟不同于其他工事,这件事……"

"即使投入全部的国力,出云神社的建造也不能停。这件事关系到国力的提升,决不会白白浪费一分的。"

中大兄皇子在庭院内缓缓踱着步,欣赏着盛开的胡枝子花。在开满胡枝子花的庭院里不止对镰足一人许下过诺言。一年前的现在,向额田也许下过诺言,虽然是单方面的宣告,但也是一种诺言。即使额田不认为那是诺言,但诺言就是诺言。这是自己对自己要求的诺言。但麻烦的却是,对镰足许下的诺言和对额田许下的诺言,恰好互相矛盾。

"殿下在笑什么?"

随着镰足一声问,中大兄皇子的表情变得有些尴尬。

"我没有笑啊。"

"不对不对,您刚才明明独自一个人在偷偷笑。眼下正值国家生死存亡的危急关头,我不知道您想到什么事情竟然还能笑出来——不过,大事当前还能笑出来也不坏啊。"

"我真的没有笑。我哪里有闲心情笑啊——我是在斟酌半岛出兵的诏书内容怎么写哪。"

说着,中大兄皇子的表情霎时间好像换了一个人。心情也同样。在说出"斟酌诏书内容"几个字的那一刻,中大兄皇子即时变成了另一个人,额田从脑海中退去,镰足也从脑海中退去。数日来,经过反反复复的长考,最终决定出兵半岛。虽然几乎是自己孤舟独桨做出的决定,但很快就将以天皇诏书的形式向全国官民公告。

兴师在所难免。不管付出多么巨大的牺牲,这次也不得不兴师发兵了,而一旦发兵,就务必夺得胜利。

"诏书的文字不必文绉绉的,必须雄劲有力!"中大兄皇子说。

镰足停住脚步,态度严肃,郑重其事地望着中大兄皇子,中大兄说出的话他每个字都不想漏掉。他觉得,眼前的中大兄皇子不再是以往自己给予建议的年轻皇子了,如今皇子就是这个国家的神,皇子的声音就是神的声音。

"在本国的历史上,他国前来求援的例子比比皆是,扶助弱国使其免遭亡国之灾的例子也有过。此次百济存亡之际求援于本国,说明它别无所依。眼下百济民众枕戈尝胆,一边忍受战败的痛苦一边翘首以盼等待援助,天亦不可夺其志啊!"

中大兄说到这里停顿了一下,继续在栽满胡枝子的庭院里信步而行,镰足跟在后面。

"国之虎贲勇士,为了救援百济,你们向半岛出师吧!从东南西北各路向半岛进发,像云一样聚拢在一起,像雷一样动撼天下,杀入敌国、屠灭其王都,解救百济于苦境!国之朝臣百官,做好一切心理和物质准备吧。为了派遣成百上千的精锐兵士和成百上千的兵船,恪尽你们的职守吧!"

中大兄皇子似乎意犹未尽,但他说到这里停住了。他抑制不住激昂的情绪,然而,终于下定决心出师半岛的激情,一时却难以用言语很好地表达出来。

不过,说不说出来都无所谓。镰足自会将自己刚才所说有遗漏的加以补充,语句不妥切的地方加以修正,然后转达相关部署,估计今天晚上就能化为一道雄劲的诏书,明天就会送达朝臣百官、全国各个角落。用不了几天,在边境坚守城寨的各武将兵士也将接到诏书,并遵照诏命行动起来。

和镰足道别后,中大兄皇子仍独自在栽满胡枝子的庭院里踱着步。他脑海里一度又浮起额田的影子,但很快,脑海里就塞得满满的,再也没有额田的位置了。

中大兄皇子将刚才镰足提到的事情又重新梳理了一遍,一件一件思索着。镰足建议,诏书公告的同时,要将朝廷移往难波津,但真正做的话最快也得到十二月了,并且估计月底才能完成。这件事情只能交给大海人皇子去负责。

依镰足所说,即使准备仓促,开年之后天皇也应移驾西征。说的没错。不过,照中大兄的想法,镰足的建议仍嫌太迟,等到开年,五六天之内御驾就必须从难波津出发,登上西进之途。无论如何,必须这样做。这件事情也得让大海人皇子来负责落实。除了大海人,没人能做得了这件事情。

镰足预计,兵船的出动可能要等到半年之后。对此,中大兄皇子完全没有意见。与大唐国干戈相见,准备时间要比通常预计多一倍以上,就算准备一年也绝不嫌长。在这一年期间,建造兵船,动员兵力向筑紫集中,等等。这件事情——中大兄皇子想到这里,不由自主停下了脚步——除去大海人皇子,还是找不出其他更合适的人啊。

中大兄双目紧闭。镰足刚才说的那一席话中,最最中肯的就是与大海人皇子结成一条心,同心协力。万一两位皇子间发生什么龃龉不合,将造成国家动荡的严重后果。镰足说得一点也没错。中大兄知道,被自己横刀夺爱夺走额田的弟皇子,对自己来说,真的是无人可以替代的强有力的合作者。

庙议戛然中止的第二天,关于出师半岛的诏书便下达了:

……乞师请救,闻之古昔,扶危继绝,著自恒典。百济国穷来归我,以本邦丧乱,靡依靡告,枕戈尝胆,必存拯救,远来表启,志有难夺。可分命将军,百道俱前,云会雷动,俱集沙喙,翦其鲸鲵,纾彼倒悬;宜有司,具为与之,以礼发道……

中大兄向镰足说到的内容,经镰足润色成为了一道中大兄所期待的雄劲诏书。

这是个澄静的晚秋天气。此刻列坐在庙堂上的几位重臣事先已经知道了此事,但仅限于极少数人,而朝臣百官的大部分还是刚刚得知这一决定,刚刚知道事态将变得极为严峻。

诏书下达这天,朝廷文官武吏个个表情严肃,仿佛霎时间变了个人似的,而大街小巷依旧较为平静,但是两三天之后,京城的所有百姓终于都知道了出师半岛之事。一连几天都内的日子仍然波澜不惊,这下反倒令百姓感觉有些异常。到处都在议论出师出兵,但具体来说这事对自己的生活究竟影响几何却谁也说不清楚。有人认为应该没什么影响,也有人觉得接下来的日子或许极不好过。诏书公告好几天了,但京城毫无动静,既没有军队入城,也没有军队出城。除了上朝的官员举止略显紧张外,一切照旧。寺院报时的钟声早晚照常响起,钟声与平常也没有任何不同。

就在京城平静如常的同时,出师半岛的决定却如同一颗石子在水面激起了巨大涟漪。近江、信浓、若狭、骏河、伊豆、能登、武藏、播磨、筑紫……由近及远地相继传开去,朝廷派出的数百名急使正快马加鞭驰向四面八方,奔走在秋风劲起的山野间、奔走在秋雨骤降的平原、奔走在天空阴森的北陆路沿海道路上,日本列岛上凡所到之处都能看到这些急使马不停蹄的身影。

前所未有的重大事态,终于渐渐然而切切实实地显露出了其先兆。十一月上旬,近畿一带开始了征兵,由各地方国府①负责,将农村、山区的年轻男子征募为兵员,然后集中到国府所在地,包括京城及京城周边地区也不例外。户籍前几年就已编成,因此逃避或藏匿是不可能的。征募不只是针对平民百姓的年轻男子,连父亲在官衙当差的年轻男子也统统被征了去。平时的徭役,这些人家或以钱财或以粮食顶代,还可免除被征,但此

---

① 国府:日本古代各国国司(行政长官)官衙。

次这种做法却一概不允许。不论家景殷实者,或者家有为官者,与平民百姓一视同仁,只要家中有年轻男子,就必须应征出丁。有的人家两名年轻男子同时被征募,有的人家三名年轻男子只有一名幸免。各地方难免出现不公平,以至引发小小的混乱也不在少数,但总体而言,此次的征兵可以说不分官民,贵贱无欺。

征募丁壮之举令京城大街小巷的气氛骤然一变,男女老幼的眼神里不约而同露出了不安,举手投足之间也不知不觉显得有些慌乱。今年的冬天来得很早,才十一月中旬空中就开始飘起了白雪花。

进入十二月,另一个动向令百姓更加意识到了事态的严重性,就是朝廷公告说,天皇将于近日移驾难波宫并在那里处理政务。自从公告发布起,京城的气氛更加紧张,所到之处,慌忙仓促赶路的朝臣的身影特别显眼。这次虽然不比迁都,只是为出师半岛而采取的临时举措,但朝廷的文武百官届时都不得不抛下家小在京城,只身前往难波听差。

给这种紧张气氛火上浇油的是,朝廷迁往难波宫的传言仅仅传开没几日,坊间又传说朝廷打算不等开年就护驾老女帝更西移至筑紫。起先有人以为这只不过是传言,没过多久就发现并非传言,朝廷已经开始在物色留守难波津的人选,而其余大部分官员都已接到命令,准备离开难波转至他处。

到十二月中旬,整个京城像开了锅似的喧噪。不论官吏还是百姓,出师半岛已经不再是与自己无关的事情了。人人都身不由己地卷入了这场喧噪,不是父子离别,便是夫妇离别。加之此时,几乎每天都有军队进出京城,通往难波的道路上也是络绎不绝的军队。

一时传言纷起,不一而足。什么难波津码头停满了兵船啦,兵士与船员起争执啦,百济前线数百名战败的残兵逃到难波,结果不允许其登岸又送返了半岛啦,等等。到底几分真几分假,令人实在摸不到头脑。但有一点却千真万确,就是因各路人马汇集到难波,使得旧都骤然膨胀起来,整个城市陷入了前所未有的混乱状态。

从十二月中旬起,京城各个寺院开始举行镇国护家的法会,僧尼诵读《仁王般若经》,寺院的钟声连绵不绝地响彻城市。而伴着这喧噪,几乎每天空中都翻飞着鹅毛般的雪片。

天皇定于十二月二十四日移驾难波,在这之前十天,正式公告了这一消息。

额田不知道自己究竟会随帝移驾难波之后就留在难波京,还是再西行去往筑紫。天皇若是留在难波,额田当然留在难波伴侍;若是御驾西行,额田也必须随天皇一同前往筑紫。尽管出师半岛这件大事似乎近在眼前,但额田觉得老女帝应该不会西行筑紫。中大兄、大海人、镰足等朝廷首脑必须要指挥半岛出征军,故而必须西移筑紫,老女帝却不大可能与两位皇子一道西行。

额田不知道一旦离开飞鸟京,何时才能再返京。额田的职责就是每天忙忙碌碌地陪伴在天皇身边。离京之前,她得回一趟大和乡下见上父母一面,另外,还要和已决定留在飞鸟京的姐姐镜女王聚一聚。除此以外,自己也少不得要收拾整理一下。

出师半岛对额田来说，同样不是身外之事。

额田将回乡安排在最后，先收拾准备了自己的物什，然后前往姐姐镜女王的住所，直到御驾离京的前三天，才得以回到老家大和。

额田乘坐的轿子抵达老家时，下起了雪。虽说之前也是几乎每天飘雪，但今天的雪不一样，是带着湿气的沉甸甸的雪片，"吧嗒吧嗒"地飘落在大和的平原和山野。额田在家里只呆了很短的时间，原本就打算当天往返的，想象着冒雪赶路的辛苦，不免更加焦急。

不等日暮，额田就在双亲的目送下离家踏上了返程。轿子顶着翻飞的雪片朝飞鸟京一路疾行，途中停下歇息了数次。每次停轿，额田就挑起轿帘向外张望，只见空中雪片仍在不停飘落，视野中一望无际都是白茫茫的。

记不得第几次歇息的时候，忽听轿外有人喊道：

"有紧急事情，所以在下特意在此恭迎！"

额田掀起帘子一看，见另一顶轿子紧紧贴着自己乘坐的轿子。轿旁一名差役低头站立，他的头发上和肩上都落满了白色雪片。

"你是从哪里来的使者？"额田问道。

话出了口，额田立刻意识到，在此迎候自己的是皇宫派来的使者，因为轿子的样式异于平常，差役身上的衣着也与众不同。

"知道了。"额田当即下轿，上了另一顶轿子。距离御驾离京只有三天了，想必老女帝忽然想到什么急事要吩咐自己做吧,这毫不奇怪。

新来的轿子一刻也不停歇,立即抬着额田上路,迎候的差役则骑马跟随在后。

没过多久,轿子已经入城。京城也覆上了一层雪,道路上不见一个人影。额田本想先回到自己的住所,换好衣裳后再赶往宫内,谁知差役听了却说:

"好像是十万火急的事情呢!"

于是轿子刻不容缓地朝被大雪彻底换了装裹的宫城内苑赶去,一路奔向内苑深处。

轿子停下了。这里是尚未全部完成营造的冈本宫中有幸完工的仅有的几处宫殿中的一处。额田看看四周,有点奇怪怎么在这儿落轿,转而一想,可能是天皇要在这座新落成的殿前做什么法事吧。

穿过门,左右是连廊,将中央一个庭院环抱起来。庭院里一棵树木尚未来得及植下,自然,从屋子通往庭院的石板小路也还没有铺就。

额田在门前伫立了片刻。感觉这里直到昨天仍在紧张营造,不过眼下宫殿的大观已经呈现出来了。窗前的工事围挡已经拆除,铺在院内的草垫也已经撤去,回廊上所有杂物都被清理过,脚下的路也打扫得干干净净。

只是屋前庭院中一棵树木、一块石板都没有,令人感觉有些遗憾,此刻它被白雪覆盖着。庭院里到处铺满了松软的白雪,而雪片仍在不停飘落。

额田女王沿回廊向里走去,一名老侍女不知从什么地方现身,上前来恭迎。额田记得好像从来没有见过她。

老侍女一言不发,俯首向额田致意,随后示意引导额田向前。额田跟在她身后心想,这里的氛围似乎别有意趣,整座宅子都被包裹在一种异样的静谧之中。

穿过回廊,进入宅子,登时一股暖流将冻得冰人一般的额田团团裹起。屋内陈设着日常生活用品,有桌子,桌子四周还配有几把椅子,地上安放着一尊唐国的大花瓶,此外还有烛台等。应该是一直紧闭、两三天前才刚刚完工的宅子,如今已经可以住人了。不知是什么时候赶着布置出来的。

额田走到暖暖的屋子门口,停住了脚步,她仍感到疑惑不解。先前的老侍女已经不知何时退下,却出现了另一名同样不曾见过的侍女。这名侍女也是一语不发,只是恭敬地为额田端上果汁。额田在椅子上坐下,喝着果汁。

额田渐渐平静下来。她明白了,一定是中大兄皇子将自己接来这里的。中大兄说过等她一年,一年逝去,胡枝子花盛开的季节已过,眼下已经是飘雪的冬天了。额田没想到中大兄会是这样来迎娶自己。出师半岛迫在眉睫,还以为中大兄早已将额田的事情搁到脑后去了,再说两三天后天皇就要移驾难波,在这样的时刻,这样做合适吗?

但额田认定一定是中大兄迎娶自己。除此以外,在这样的时刻、将自己接来这样的地方,无论如何都不可想象。额田只见到之前的老侍女和端果汁上来的侍女二人,不知这所新建成的宅子现在谁住在这儿?

她独自一人静静地呆在屋子里。隔了一会儿,没有任何人引导,中大兄皇子走了进来。这位当今朝廷实权人物的现身方式令人感觉唐突,额田急忙站起身,恭恭敬敬地迎接中大兄。

"宫殿一建成,我就在想,要把这个作为额田居住的宅子。不过,眼下国事纷乱,这里暂时也无法住了,所有未完的工事也都停了下来。不过,想让你至少在这里住上一晚,所以命人搬入了一些生活用品。你就在这里安心休息吧,照目前的情势看,还不知道额田真正住到这里来得几年以后呢。"

中大兄站在额田面前说道。似乎心情不错。

停顿了一下又继续说道:"我这就得赶回宫内做事去,要处理的事情积得像山一样,还有许多人等着我哩。这场大雪一下,估计今晚会很冷,你注意点千万不要受冷啊。"

说罢,中大兄转过身去。等到中大兄离去额田才意识到,他的衣服似乎还湿漉漉的,看样子是刚刚从宫内赶过来和她打个照面、叮嘱几句,然后又匆匆赶回宫里去的。

中大兄走了,额田仍然伫立在那里一动不动。她蓦地想起,自己刚才低着头,竟一句话也没有说。不是没有话说,而是没顾得上说出口。即便想说,她也完全没有准备,如何将自己的思绪整理好说出来。中大兄皇子完全是一人之下万人之上的气势,任何事情都按照自己的意志强行推进。一年前宣示爱情是如此,如今也是如此,将这所宅子作为额田的住所是他一人决定,让额田在此住上一晚还是他一人决定。

额田以为,此次出师半岛将使得自己与中大兄皇子的事情无限延期。即使中大兄前来迎娶自己,额田也应表现出自己应有的态度。无论如何,她必须婉拒让自己住在这个宅子的安排,决不能答应做一名妃子。

——您让我住在这所宅子里,我自然感谢不尽。不过万望您见谅,额田是个侍奉神的女子,所以请您允准让我还是保持自由之身吧。

额田打算说出这句话的。她知道,凡是成了中大兄爱人的女子,没有人会拒绝成为他妃子的。所以,自己这个出人意料的要求说不定会被接受。这样做,只不过是为了躲避各色各样的钩心斗角,远离种种麻烦,从而保护自己。

不过,刚才中大兄说在这儿休息一晚,倘使这样就没有必要硬是回绝了。不错,正像中大兄所说,这所宅子成为争执的焦点,还不知道是何年何月呢。从现在开始,是赌上国家的命运全心全意去拼搏的时代。

先前的老侍女又出现了,她催促额田去沐浴更衣。老侍女的面部像能面一样毫无表情,言行举止却是竭尽恭敬之能。

额田依言穿过长长的走廊,走廊上间隔一定距离点着灯火,走廊的尽头是簇新的浴室,放置着一只盛满热水的大木桶。

额田将自己浸入木桶。跨出浴桶,门口有一只放替换衣物的竹笼,额田拿起干净衣服。一夜妃子。额田对此没有一丝抗拒感。

另两名侍女走进来。出现得真是恰是时机。额田不用自己动手穿衣,交给两名侍女就可以了。这两名侍女同样不说一句多余的话。

额田坐在椅子上。这时候,又进来两名侍女,加上先前两人,四名侍女为额田梳头、化妆,随后其中一名侍女站到她面前,伸出一面镜子。额田脸上倏地掠过一丝不安,莫非今夜是特别的夜晚?但随即她想起刚才中大兄皇子说过的话。嗯,不会有那样的事,今夜就是为了自己一个人过而被接到这里的——额田暗暗对自己说。

回到卧室,额田独自一人安静地呆了好一会儿。外面的雪依旧飘个不停,而整个宅子静极了,静得有些令人害怕。

不久,两名侍女端进来膳食,然后站在额田对面稍稍离开几步的地方。额田后来才注意到,原来卧室里还有两名侍女静静地站在屋子一隅。额田分不清这四人是否就是刚才为自己梳头化妆的侍女。灯火将屋子里照得透亮,四名侍女站得稍远,每人身上都拖着一条影子。

额田有生以来第一次知道,屋子里站着四名侍女,竟然能像无人一样寂静。在屋子里呆了一会儿,她终于彻底沉静下来,恍惚地感到这地方竟毫无陌生感,连她自己都觉得有些不可思议。

好像这样的日子已经安享多年了,连动作举止也不知不觉流露出这种潜意识来,额田没有感到半点不自然。似乎有某种东西在支撑着额田。这大概就叫作自信吧。这种自信是什么时候闯入并且端居心中的?额田自己也不知道。硬要找一找的话,大概是先前一名侍女端着的镜子中映出的自己的脸起了几分作用吧。额田对镜中的自己非常满意,迄今以来她从未像今晚这样对自己满意过。

对于中大兄皇子如此的安排,额田也非常满意。一夜之妃。因为仅仅只有一夜,反而能生出不可思议的自信和骄傲。自己不会再次走进这所宅子的,这只是度过今宵然后便要弃之脑后的宅子。

四名侍女并非石像,自然不是只默默地矗立在那里,她们各自都有使命,负责陪伴额田排遣寂寞和无聊。然而,此刻她们却无法做到。此刻的额田,看上去是那么的美丽、优雅和高傲,以致她们只能默默地注视着俨然宅子女主人的这位女性,不敢上前主动搭话。

就寝前,额田让一名侍女打开窗扉,眺望着夜空。灯火照亮了一部分的黑暗,白皑皑的雪层表面也微微现出几许淡淡的青色。

"这是今年的第一场雪,下得真猛啊。"年长的侍女说道。

雪依旧在飘。灯火照得见的地方,可以看到翻飞的雪片在时不时地片片飘落,从回廊外的树林中传来雪团从树枝上坠落的声响。

突然,传来一个怪异的叫声。

"是什么声音?"额田问。

"不清楚,大概是鸟叫声吧。"年长的侍女答道。

正是鸟的叫声。紧接着,又传来第二声怪异的鸟叫,随后,是一阵扇动翅膀的声音,鸟儿飞走了。

这一夜,额田醒了两次,两次都是被扇动翅膀飞走的野鸟的鸣叫声吵醒的。第二次醒来,她实在无法继续入睡,也不知道现在是什么时刻,包裹着宅子的夜色仍然黑沉沉的。

猛地,额田的胸口怦怦一阵乱跳。她支起上半身,感觉像是有什么事情发生。她侧耳细听了好一会儿,窗外什么动静也没有。稍后,又听到一声野鸟扑扇翅膀的声音。额田胸口的悸动仍未平复。尽管明白不可能发生那样的场面,但是那种不安分明就和遭到刺客夜袭一样。隔了片刻,额田从床榻爬起来,屋子里点着一支灯烛,她想将它熄灭。

就在她准备走向烛台去时,蓦地一惊,情不自禁停住了脚步:通向回廊的门从外面响起了敲门声。

敲门声很快停了,但随即又响起。这次敲得更急更猛了。

"是谁?"额田问。

"开门!"

是中大兄的声音。

额田慌忙抓起衣服想穿上。

"快点开门!"

随着叫门声又重重地响起了拍门声。

额田打开了门。浑身沾满雪的中大兄跌跌撞撞地闪身进来,身上并不是平常的装束。中大兄边旁若无人地掸雪边说:

"我也不知道为什么,不知不觉就跑到这里来了。外面刮着好大的风,我差一点就冻死在院子里了!"

这话倒不像是夸大其词。中大兄的嘴唇都已经发紫了。

额田绕向中大兄的背后,准备替他掸去身上的雪。刚刚迈开步,就被中大兄的双手托了起来,一切都是刹那之间发生的。雪片落到了额田的脸颊上、脖颈里,额田被这个浑身冰凉的人紧紧抱在怀里,一点也动弹不得。

四

下了一夜的雪终于停息。整座京城都被包裹在一层松软的白色物体中。

不等积雪消融，二十四日，老女帝离开了京城移驾难波。额田也伴侍着天皇，一同前往难波。飞鸟至难波，一路上山野都覆盖着白雪。这次的旅途异常艰辛，不禁令人联想到国家的多灾多难。香山、耳成山、亩傍山全都变成了白茫茫一片。尽管路途不远，但天皇毕竟是为了出师半岛而离京移驾，故而准确地讲此行理应称之为出征。可惜，由于漫山遍野的大雪，既没有华美的行装，也丝毫没有出征的威仪。

随着天皇移驾，此后，几乎每天都有数队的兵马沿着同样险恶的道路，历经困苦，从飞鸟向难波开拔。每队兵马中总能看见妇女的身影，陪伴军队一同在雪中跋涉。她们是被征募的年轻新兵的母亲，或妻子，或女儿。眼见自己的亲人将要被送往异国参战，依依不舍地送行至难波的。军队停下，妇女们也停下，军队上路，妇女们打起精神也继续上路。

天皇移驾的翌日，中大兄皇子本该也移往难波的，但是额田却没有看到中大兄的身影。难波宫内，除去老女帝住的地方，其他宫殿就像被捅过的蜂窝似的一片狼藉。

迁都至今，正好已过了六年岁月。时隔六年，难波旧都因为突然一下子拥来各路人马,变得热闹异常、拥挤异常。旧都约有一半已成废墟,军队就屯扎在各处废墟旁。白天,兵士们各自外出执行任务,到了夜晚,兵士便回到屯扎地,废墟旁夜夜都燃起成百上千的篝火。

港湾内停泊着数量众多的船只。平时,时常可以见到来自半岛的十艘二十艘船只,如今异国船只一艘也没有,全都转移去了其他港口。

开年就是齐明天皇七年了。难波宫内虽然举行了新年酒宴,但纯属象征性的,出席酒宴的朝臣寥寥无几。酒宴上,中大兄皇子郑重宣布:定于六日再移驾筑紫。

六日?是一月六日吗?在座的朝臣们几乎忍不住想冲上去问问清楚。一月六日移驾筑紫,这个决定给了朝臣们极大的冲击,大多数朝臣还想着去筑紫之前返回飞鸟一趟,与留在那里的家人们团聚一次呢。这个决定对他们来说无疑是极其残忍的。

而中大兄皇子却恨不得以最快的日程赶快移往筑紫。并不是因为急于发兵半岛,而是通过这样的举措,迅速地由和平时期的体制转为战时体制。只要朝廷还留在难波,无论朝臣也好、百姓也罢,总感觉出师之事似乎还很遥远,而以天皇为首的朝廷以及军队统统迁往筑紫,可以令朝臣、兵士、百姓不得不深刻地认识到情势的急迫,出师半岛也会立刻成为必须认真面对的重大现实问题。如此一来,建造兵船、制造武器等才能迅速推进下去,征兵工作也可顺利完成,同时还可使民众充分做好迎接苦日子的心理准备。

朝廷首脑将出师半岛的时间预定在这一年的秋天。在此之前的大半年时间里,必须做好与异国作战的一切准备。半年或一年时间能够建造多少艘兵船、能够制造多少武器是心中有数的,但有数不等于可以掉以轻心,必须将原本耗费数年时间的工作压缩在半年至一年内完成。总之,"主上已经移驾西行了",这句话在任何时候、任何场合,都足以发挥出难以相信的巨大威力。

额田女王也异常忙碌。离开飞鸟时,她原以为自己将伴侍在天皇身边,因而可以留在难波,但新年酒宴上的宣告,使得这一想法登时落了空。为老女帝收拾准备身边物品就够忙碌的,单是祭祀时、仪式时穿的礼服就数量庞大,加上一年四季穿用的衣服等,理出装箱,想想头就发疼。紧张的准备中,额田还得跑去中大兄皇子那边听候指示,老女帝西行的准备工作事无巨细都得由他定夺。来到难波后,在新年酒宴上额田与中大兄有过一次照面,当然离得很远,没有机会说上话。

额田拿定主意,尽量避免与中大兄皇子会面,但因为老女帝的事,却不得不前去和他见面。额田不允许自己对中大兄产生任何情感,在那个风雪之夜前,她已经数十次告诫过自己,与皇子共度一宵之后,依旧不曾改变。仅仅一夜,被皇子揽入怀中,又能改变什么呢?就像躺在大海人皇子怀里一样,只不过躺在中大兄皇子怀里而已。

天色将暗时,额田在宫内四处寻找中大兄皇子。她走过许多宫殿,每一处都有众多男女进进出出,混乱不堪。

"中大兄皇子在哪里？"额田到处向人们询问。

得到的回答大体也相同："皇子殿下这会儿正好在这里呀""皇子殿下应该就在这里"。这样的回答若是当了真，就会吃大苦头，事实上中大兄不可能去那里或者经过那里的。其实就像额田四处寻找他一样，在她从此处转到那处的同时，中大兄也正从一处转悠到另一处。

这时候，御苑内有好几处燃起了篝火。篝火四周人头攒动，有男有女。与此同时，御苑警卫也出现了，个个全副武装，把守住了各个要害场所。

额田再次来到中大兄的宅邸，依旧不见人影，离开的时候差不多已经打消了继续寻找的念头。中大兄的宅邸的左手边是为接见外国使者而建造的别殿，有长长的回廊连接。这里也是人头攒动，来来往往煞是热闹，相隔一定的距离就有一座烛台，每座烛台旁站着一名兵士。额田走过别殿，准备返回老女帝居住的御殿。走到回廊尽头时，额田忽然停住了脚步，那儿有个入口，通向一座小巧的阁楼。

——会不会……

带着这样的猜疑，额田踏上楼梯，走上平常很少有人登临的阁楼。这儿距离回廊没有几步路，却迥然静寂，脚下只有朦胧的暗影。在宏大的难波宫内，感觉只有这里是远离喧嚣和混乱的净地。

楼梯即将走到尽头时，额田停住了。

"是谁？"有个声音在向她发问。

"是我，额田。"

额田已经知道对方是谁。
"你竟然能找到这里来。"是中大兄。
"不管皇子殿下在什么地方,额田马上就能知道。"

额田说。至于找皇子找得脚都发软了之类,她一点都没露声色。额田并非故弄玄虚才这样说的。登上阁楼、听到中大兄发问的一瞬间,额田心里就仿佛有个声音在对自己说,皇子殿下果然就在这里。换作别的任何人都不会想到,只有自己能想到;不管你藏到哪里,都别想躲过我额田的眼睛——她嘴上没有说,但心里却不由得这样想。

额田望着将中大兄的身影包围起来的那团暗影。
"从这里能看见港湾。"

经中大兄一说,额田这时才注意到,仿佛洒落黑漆漆的夜空似的,满天都是闪烁的星星,而在星空的远处,有大团凝固不动的灯火。没错,那里是港湾。此时的港湾大概也和宫内一样,因数不清的人和行装等等而变得混乱不堪吧。几百名夫役以及兵士正在彻夜装运行装。从这里望去,大海和码头都看不到,只能看到灯火,不时还能听到阵阵呼喝声,不知是从港湾那边传来的还是宫内发出的。

"我还没和大海人皇子说。不是故意不说的,这阵子两个人都忙得不亦乐乎,实在没工夫说这种事情。"中大兄说。

对于自己与额田建立起的新的关系,中大兄还没来得及向额田的转让者大海人皇子挑明了说开。

"这种事情,没有必要和他说啊。"额田接口道。

"可是,不和他打招呼,我没法突然间就公开说你是我的妃子啊。"

"额田没有奢望成为殿下您的妃子。那个风雪之夜,您让我在那所宅子里度过了一晚,额田作为妃子也伺候过您了。一夜的妃子我就很满足了!再说眼下也不是殿下储新妃的时候呀。妃子间出现任何一点小小的龃龉都不可以啊,您和大海人皇子也必须像以前有一样亲密无间。所以,您就让额田仍和之前一样吧。让我只作为一名伴侍天皇的侍女,作为一名倾听神的声音的巫女,还有……"

"还有什么?"

"让额田成为皇子殿下的生命,但不让任何人知道,只要您一个人知道就可以了。"额田说道。

中大兄皇子没有接上话茬。隔了片刻,他才开口说道:"星空真美啊。"停顿了一下,又继续说道,"就依你所愿吧。不过,你刚才说要成为我的生命,可是成不了的,我自己是有生命的,我身之外是不可能成为我的生命的。这样也好——你就自由自在地做你的额田。需要你的时候我会告诉你,不需要的时候你想怎么样就怎么样。"

最后这句话似乎下了很大决心才说出口。

额田抬起头望着中大兄身后那团暗影,心想,自己也许把他惹恼了。

这时候,她听到了中大兄的声音:"你知道我为什么会在这里吗?"

"是连日来堆积如山的公务让您感到疲惫了吧?"额田问。

"我没有感到疲惫,眼下可不是疲惫的时候啊。我是在考虑,兵船出航驶向筑紫的途中,还必须进行向神祈祷的出征式,究竟是漆黑之夜进行好呢还是月明之夜进行好。"

"美丽的月明之夜好。"额田答道。

"有什么理由呢?"

额田想也没有多想,立即接口说道:"因为人人都想瞻仰那一刻皇子殿下威风凛凛的身影。像今夜这样的黑夜的话,除了皇子的声音什么也听不到。"

"好!那就决定了,月明之夜!船队要趁急速前进的海流出航。月明之夜,海水也闪闪发光,船队也映照得闪闪发光。"

停顿了一下,中大兄又说:"你先回去,我还有件事情得好好想一想。"

额田离开阁楼,留下中大兄独自思索。她没有忘记找中大兄是因为有事情向他请示指令,但是她知道,现在这种时候,不能用这类烦琐小事去打扰中大兄。

御驾西行的正月六日,从一大早就刮起了刺骨的寒风,好在天空万里无云,日朗天晴。难波港停满了兵船,兵士们从早上起开始登船了。港湾内不时涌起尖尖的浪涛,使得视野所及,不论大小到处都是兵船起伏颠簸的景象。海面上洒满冬日的阳光,被风吹动,撕成一条条光的碎片,随后跌入水中。除去寒风以外,对于船队出航来说,今天真是个好天气。

满载兵士的大小兵船依次向着布满芦苇的方向移动,这时候,岸上送行的人群中响起阵阵喊声。相比遣唐使节团启航时的喊声,兵船出征的送行声本可以更加高昂、更加雄壮,然而此刻的送行声却显得低哑沉闷,喊声中还夹杂着女人近乎刺耳的金属声似的绝望叫声,听上去令人感觉胸口好像被什么东西狠狠扎了一记。

将近午时,朝廷首脑以及朝臣们开始登船。大海人皇子及其妃子们在众朝廷和兵士的前后簇拥下登上一艘大型船只。

此时,稍远的码头上幔帷张开着,支起了一座临时宫室,额田伴侍着老女帝正呆在宫室。大海人皇子、中大兄皇子等人依次登船之后,才轮到老女帝登船,眼下她还要再耐心等上一些时候。

额田从老女帝临时宫室旁的座位上,看着大海人皇子一行登船。从岸堤到兵船间用一块长木板搭成栈桥,数名妃子战战兢兢、惊惊乍乍登上船的一幕都被额田看在眼里。一人从木栈桥上通过都不容易,何况几人同时登船。衣服上的白色布片被风吹得高高扬起,还有的缠在脖颈上,从远处看,就像受伤的天女在风中艰难前行一样。天女前后簇拥着几名女官,这些女官个个也像受伤天女。东倒西歪、踉踉跄跄的,好不容易才一个个进入船舱。

额田离得老远也知道,此刻登船的是哪一位妃子,那位大腹便便、即将生产的年轻天女,是中大兄的皇女、大海人的妃子大田皇女。额田对这几位年轻妃子没有什么感觉。大海人皇子带着这样一群天女出行,想必也够他受的。无论如何,这一幕场景,看上去与出征、交战没有丝毫的关联。

然而,在远处送行的百姓眼里,眼前的场景却令他们切切实实感到,一种异常的事态正在袭向这个国家。没错,事态非常严重。这些身份高贵而又弱不禁风的女子,平时住在宫城内衣食无忧、不劳而获,此刻却硬生生被从那种生活中拽了出来,不得不漂浮海上,前往遥远的西国,而那里战争可能就在等待着她们。战争也许不会发生,但那里飘荡着战争的血腥气息却是不争的事实。也就在此时,百姓们暂时忘却了自己的丈夫、儿子被强征从军的悲伤。

大海人皇子一家登船结束,船只也向布满芦苇丛的水域移动而去。接着,中大兄一家乘坐的船只开上前来。自然又是一番天女登船的惊险场景。中大兄有好几名妃子,随同前往筑紫的只是其中一部分。额田看着一个个妃子,心里暗自在念叨她们的名字:有倭姬王,有诞下志贵皇子的道君伊罗都卖,有常陆娘,还有川岛皇子的生母色夫古娘。与大海人皇子的妃子比较,对于中大兄的几位妃子额田心里多少有些不平静。

天女们衣裳翩翩,纤细的手张开,就像两根触角似的不停划动着,不时引得额田暗暗惊呼:啊,太危险了!即使从栈桥上跌落,也没有什么奇怪的。然而,尽管危险,天女们并没有跌落。真是险哪,就差一点点——额田在心里暗自使劲——那么多的天女,哪怕一个跌落大海也好啊。可是,偏偏就是没有人跌落。当额田意识到这一念头涌上时,赶快将它赶开了。

众多天女及侍女登上了船,接着是数量众多的行装,然后是朝臣和兵士开始登船。

额田在期待中大兄皇子的身影。自己的眼睛没有看花,中大兄应该还没有登船。也许他乘坐的不是这艘船?作为皇太子,准备和天皇共乘一艘船?这并非不可能,而是完全有可能的。毕竟这次不是外出避暑或避寒,而是为了出师异国而进行的御驾西行啊。

然而额田的期待落空了。中大兄与几位朝臣一同出现了,他以轻悠的步伐,最后一个登上了那艘船。额田高涨的情绪一下子低落下来,感觉码头附近的海水似乎也失去了闪闪光亮,海面上的波涛也变得又黑又冷。

周围一阵喧闹。原来是老女帝以及伴侍她的一众女官们该登船了。镰足跑了过来,负责安排所有登船事务。已故孝德天皇的皇后间人皇女窈窕而漂亮的身姿也出现在码头,看来她也是乘坐这艘船,此外还有不少朝臣和兵士,齐齐地排列在码头上。没有任何喧叫,这一行人静静地登上了船,随即向港湾外移动。港湾内还停有许多船只,这些船既有兵士乘坐的,也有专门装载武器的。

这天后半夜,船队离开港湾,趁着海流向西驶去。难波这下真的变成了空城的旧都。众多寺院响起了钟声,经久不息。钟声渐传渐远。从这天起,钟声还会连续撞击几天甚至数十天。

八日,西征的船队到达位于小豆岛北方的大伯海,这里是西行船只必定下锚寄碇的水域。在大伯海,大海人皇子之妃大田皇女诞下了一名女婴。这是船队到达下一个锚泊地时传来的消息。

船队沿着备中海岸航行于濑户内海,一路上在好几个港口停泊,一方面是装载食粮,另一方面则是接载新兵。

十四日,船队抵达伊予的熟田津。熟田津虽偏离此次西征的航路,但这里是老女帝昔日伴随丈夫舒明天皇同游之地,载有不少回忆,石汤行宫也在此地。中大兄打算让老女帝在此温泉之乡暂住,直到春天。赶往筑紫倒不是非常急迫的事,从御驾离开难波登上西征之途那一刻起,西征的第一个目的已经达成了。西征这件事情本身就具有极大的意义。

船队抵达筑紫之后,将马上开始真刀真枪地进行出兵准备。兵士必须操练,在筑紫当地还必须征募新兵,新建造的兵船必须陆续开往筑紫集合,出师的武器必须从各处调集;东北的出征军也必须停止作战,将人马开拔至筑紫,阿倍比罗夫也得赶到筑紫来。此外,还必须与半岛取得联络,商议运送兵力至半岛的时机,等等。既然是与大国唐国开战,短时间内是不可能结束的,必须做好长期的准备。也许数年,也许数十年都有可能。这样一来,还得营造半永久的行宫。总之,将朝廷移往筑紫的目的,就是要在这里沉下心来,苦心经略半岛。

因此,中大兄皇子并不急于率船队赶到筑紫。相比之下更重要的是,筑紫作为屯扎大部队的根据地,食粮以及物资方面务必做足准备,在此之前无须着急。出于这样的考虑,中大兄命船队的大部分留在熟田津,准备休整到三月,而只派一部分船队赶往筑紫。

在熟田津的石汤行宫逗留期间,额田陪伴老女帝游赏了附近的山野。老女帝见到昔日熟悉的景物,既心情愉悦,又情不自禁流下眼泪来。自从建王死后,老女帝感情变得十分脆弱。出征途中的熟田津之行,似乎仍没能令她彻底恢复。

进入三月,突然宣布熟田津休整结束。于是船队离开熟田津重新上路,朝着筑紫一径驶去。

　　船队启航之夜,在老女帝所乘坐的船上,举行了向神祈祷的出征式。这晚是月明之夜。额田心想,中大兄皇子没有忘记自己的建议,所以才特意选择了这一晚。从离开难波津那天起,额田与中大兄皇子以及大海人皇子,没有交谈过半句话。她与天皇以及其他伴侍的女官们统统住在石汤行宫,而中大兄和大海人都睡在船上。镰足也是起居都在船上。虽说只要愿意,在行宫住下并非不可能,但几位朝廷首脑都不会让自己这样做,因为从离开难波那天起,就意味着进入了战时。额田望着海水在月光辉照之下轻轻荡漾,难得地产生了一种冲动,很想与中大兄说上几句话。

　　月上中天之时,出征式开始了。中大兄、大海人、镰足,以及朝廷主要朝臣尽数恭列在甲板上。中央是一个祭坛,向神祈祷的出征式在庄严的气氛中进行。仪式结束后,接着便是预祝出征得胜的酒宴。

　　额田远远看着坐在老女帝旁边一身戎装的中大兄皇子。尽管此时的月光没有照在他身上,但是身为一军之总帅,中大兄仍然显得气宇轩昂,威仪堂堂。离开难波三个月来,中大兄仿佛换了一个人似的,眉眼犀锐,脸庞的轮廓愈加硬朗,也许是身着戎装的缘故,身材看上去也显得更魁梧了。

　　作为此种场合的惯例,天皇下诏命额田为今晚明月之下的出征式吟咏一首歌。额田事前已经备好了数首,但此刻她将它们统统舍弃掉了。额田觉得,此刻的自己完全能够融入中大兄内心,她要替中大兄将此刻出征的心情用歌抒发出来。明月之夜分明就是中大兄因为自己才挑选的吉时,她将视线落在月光洒射下的海面,许久,身体一动不动。

隔了一会儿,额田从席上站起来,面向老女帝,献上一首歌:

> 夜泊熟田津,
> 船队整装待出航;
> 明月皎洁升,
> 大海多情潮水涌,
> 勇士奋橹赴征程。

在熟田津等待出航的时刻,皎洁的月亮升起来了。海潮恰到好处,嘿,全体船队,让我们现在出航!

额田吟诵完两遍,回到座位上。她没有在意在座的人的反应,只觉得此刻自己就是中大兄,自己的心情就是中大兄的心情。虽然是奉了老女帝之命而作,调子也是女子的调子,但歌中蕴含的心境却完全是中大兄的心境。船队启航出发了,海水闪着煜煜的波光,船队也披上了一道道清光——实际上此时船队还未出航,但额田眼前却清晰地呈现出了这一幕,就好像一幅真实的景象。

额田沉浸在自己吟咏的和歌中。她感觉,自己已经完全融入了中大兄的内心,中大兄的全部融入了自己心中,自己的全部也融入了中大兄的心中。

三十六岁的英武总帅以月明为号角,下达了船队全体出航的命令。短暂的时刻转瞬即逝,额田也说不清自己为什么能够彻底融入到中大兄皇子内心中去。她只知道,冥冥之中促使自己这样做的,是一种不同于爱情的东西,是它命令自己：你要绝对相信自己能做到,于是她便坚信自己能够融入进去。自己只不过是借了中大兄的心,用神的声音吟咏出来而已。正因为那不是爱情,所以自己才能听到神的声音。当船队出航的幻觉消失时,不知为什么,两行热泪顺着额田的双颊淌了下来。

鬼　火

一

　　船队到达娜大津（今博多港）是三月二十五日。离开难波旧都是正月六日，途中在熟田津锚泊休整了一段时间，但不管怎么说，从启航到抵达目的地一共耗时两个半月还多。冬天逝去，春天已经来临了。

　　齐明天皇住进了磐濑行宫，额田也一同住进行宫伴侍老女帝。也许是旅途劳顿的原因，到筑紫之后，女帝眼看着一天比一天心力衰惫，额田为此非常焦虑。和京城的生活相比，这里的一切都感觉不那么称心，但是又无计可施。举目所及，山野和京城的山野不同，虽说春天到来，但是这儿春天的情调也和京城的不一样，额田都能感受得到，不消说，老女帝更是何等留恋京城的一切呀。不过，天皇对此一句牢骚也没有。建王之死，令女帝日思夜念、长吁短叹，难以自拔，但是此次远离京城，女帝却丝毫也没有流露出一点点不满。额田比任何人都更强烈地感受得到，老女帝清楚皇太子中大兄皇子面临的是一件了不起的伟大事业，因此，远离京城这点小事在她心里就根本算不上什么了。

有时候,女帝向额田说起两位皇子的事情。女帝一心想自己身后由中大兄皇子即位,中大兄之后则由大海人皇子即位,因此在她口中,半岛经略将在中大兄皇子手上迈入一个崭新的时期,而最终将由大海人皇子完成。

　　女帝还谈到了两位皇子的性情。当女帝问额田谁是火谁是水这个问题时,额田觉得十分难回答。

　　"两位皇子殿下都既是火,又是水吧?"她只能如此搪塞。

　　其实在心里,额田还是觉得相较而言,中大兄皇子是火,大海人皇子是水。中大兄就仿佛一团火,敢于将一切物事都燃烧得不留一点余烬;而大海人仿佛一汪水,可以将一切都吞下,但不知不觉中仍牵丝攀藤的,不像中大兄皇子那样对一切都能彻底放下。

　　若问这两者哪一个更招人喜爱,额田更多地会被火所吸引。自己一不小心也可能被这团火烧得干干净净,但是额田面对这火仍顽强地坚守自身。来到筑紫后,额田受到了中大兄的宠召。每次应召前往都令自己被这火灼伤,身体烧成一堆灰烬,然而灰烬之中却有一样东西是无法烧毁的,这就是她的心。至少,额田自己对此坚信不疑。

　　额田对待中大兄的态度,和对待大海人皇子的一样。虽然受到宠召她不会回绝,但是每一次她都不忘让中大兄皇子难堪一下。

　　"倘使被大海人皇子殿下知道了,麻烦就大了。我以后不再来见您了好吧?"

　　"不要再提大海人大海人的,我是堂堂正正从他那里受让的啊!"

"虽说是他让给了您,但大海人皇子殿下一定不会想到事情会发展成现在这个样子的。"

"那我就郑重其事地把你的事情告诉他。"

"告诉他当然可以。不过,万一大海人皇子殿下生气的话,那如何才好?皇子殿下您最得力的助手,除了大海人皇子殿下没有别人了呀,眼下正有事关国家命运的大事等着他去完成呢。"

提到出师半岛的话题,中大兄不出声了。在此之前,对于额田的事情显然他是考虑过的,但此时又转眼就改变了主意。

"不错,现在不是谈论你的事情的时候。"

不是谈论自己的事情的时候,额田听到这话并不生气。比起一个只考虑自己的中大兄,勇敢面向出师半岛这一艰辛事业的中大兄更具魅力。

"关于我的事情,我知道您一定考虑过……"

"不是一直都在考虑,只有在没什么事情需要考虑的时候,才会考虑你的事情,就是说,只有在余暇的时候才会考虑你,余暇时。"

"但愿这点点余暇也不用放到我身上。"

"有时候,我也会很想要你……"

"您不是有许多妃子吗?特意从遥远的京城将她们带到这儿呢。"

"可你到底算我的什么人?!"

中大兄曾不假思索地蹦出这样一句话来,与之前的大海人皇子如出一辙。只不过,大海人皇子是登时手按长刀,而中大兄皇子自然不同,他只是定定地注视着额田的眼睛。

"你到底是我什么?"

"皇子殿下的生命。"

"我没有这样的生命。"

"那是什么呢?皇子殿下的心?"

"我没有这样的心。"

"生命也不是,心也不是,那我究竟是什么呢?"

"这应该是我问你的啊。"

"那我和您说实话吧。"

"这么说,之前说的全都是谎话?"

中大兄皇子再次紧紧盯住额田的眼睛凝视着。

额田没有正面回答,却婉转地说道:"额田只是将神的声音转告给皇子殿下的巫女。额田正是为了践履这个使命而来到世间的。虽得以沐浴皇子殿下的爱,但我有一样东西无论如何也不能给任何人的。"

"什么东西?"

额田不慌不忙地回答:"对皇子殿下的爱慕之心呵。假如对世上凡人产生爱慕之心,我就听不到神的声音了。那样的话,额田又如何将神的声音转达殿下呢?承蒙殿下称赞的熟田津出征歌,那是神的声音栖托在皇子殿下内心而生成的和歌,不是因为额田爱慕皇子殿下才吟咏出来的呀。"

此时的额田是认真的。她确实是这样想的。自己是为了将神的声音转达给皇子而降生到这个世界的。只有如此想,她才能将自己置于中大兄其他妃子之上的位置。

四月,百济复国军的总帅福信派使者前来,欲护送王子丰璋返回百济。这已经是百济好几次前来恳求放人了。

五月九日,老女帝由磐濑行宫搬往距离此地不远新营造的朝仓宫,额田也随帝一同搬往新宫。新宫周围的景色较之行宫更佳。

不承想,自从搬来新宫之后,便不断发生各种怪异的事情,又是宫殿的殿舍一角莫名其妙崩塌,又是宫内夜半出现鬼火。额田没有看到鬼火,但是却有好几个人说亲眼看见了。除此以外,宫中近侍也有多人突然病倒,甚至有人死去。

流言顿时四起。人们议论说,建造这座宫殿的木材砍伐自朝仓神社祭祀的神灵所附体的山上,因此触怒了神灵。实际上没有人知道建造宫殿时是否使用了神木,但因为怪异现象接二连三出现,于是人们姑且便这样相信了。

当然也有其他的说法。殿舍一角崩塌,说不清是故意还是过失,总之建造时混入了部分朽木;至于有人相继病倒,在京城时也常有疾病流行,并非到了筑紫地方才独有,加之从京城远道跋涉而来,水土不服,对此地的生活一时还未习惯所以身体虚弱。这种说法也不无道理。唯一无法解释的是鬼火。然而,仔细问问自称见到鬼火的人,其描述又五花八门,不足以令人信服。

就在鬼火的传言四处传播的时候,耽罗(今济州岛)派王子阿波伎为国使携带贡物前来。耽罗朝贡这还是有史以来第一次。显然，大和将出兵半岛的消息传至了耽罗。因为担心自己正处于兵火所及范围，为防万一，耽罗才想出这一两全之招，此次就是想与大和朝修好以免不测。

七月二十四日，突然发生了一件意想不到的事情：老女帝在朝仓宫驾崩了。事情来得极为突然，事前谁都没有预料到。额田在老女帝身边伴侍了多年，因此此事对她的打击非常大，她感到非常悲痛。

但是女帝的驾崩并不会影响到出师半岛的国家大计，一切准备工作依旧有条不紊地推进着。同月，有消息传来，唐军与唐国支配下的突厥一族组成的联军，已经分水陆两路抵达高句丽城下。情势有变，眼看半岛局势越来越紧迫了。

老女帝驾崩这天，朝廷发诏布告天下，中大兄皇子仍以皇太子身份暂代亡帝摄理国政，随即朝廷迁往长津宫。八月一日，为了给天皇发丧，中大兄皇子赶往磐濑宫，并在那里一直逗留至十月七日。

就是在这样的非常时期，出师半岛不得不比预定更提前实施了。由于半岛局势一刻也不容乐观，中大兄决定派出先锋部队先赶往半岛，分别任命阿云比罗夫连、河边百枝臣等为前将军。不过，仅公布了指挥者的任命，部队进发则延后了一天，故而没有发布进军命令。

已故老女帝的丧仪结束后，灵柩由海路送返大和。护送灵柩的任务由大海人皇子负责，额田也伴同灵柩一起返回大和。

中大兄皇子也乘船护送了一程，到下一个港口才返航。第二天就要与母帝的灵柩分别，前一夜中大兄皇子思念亡母情不自禁咏了一首和歌：

> 凝睇送君归；
> 恋恋难舍母子情；
> 随柩乘船行，
> 难舍母子恋恋情，
> 更欲睇君归故里。

这首和歌展示了皇子柔情的一面。为了再多看母帝一眼，自己与灵柩一同锚泊于此，啊，只为再多看您几眼呀。当听到这首歌时，额田的眼泪抑制不住直向下流淌。额田自身对老女帝的仰慕、老女帝之死带给自己的悲伤，似乎也在其中得到了充分的反映。

中大兄皇子返航后，载着老女帝灵柩的船只一路向着难波直进，十月二十三日到达难波，随即灵柩被护送进入飞鸟京，并葬于飞鸟川畔的行宫。所有这一切都由大海人皇子一手操持。

大海人皇子送返母帝的亡魂后，又匆匆赶回筑紫，片刻也不敢耽搁。半岛战云密布，他怎么能在京城多呆呢？额田也随同大海人皇子一行，从难波津登船，直奔筑紫。

停留在京城的短暂数日间，额田听到了不少街谈巷议，不知道为什么，百姓对于出师半岛的预测好像都很悲观。坊间流传着一些意思含糊暧昧的童谣，究竟唱的什么不甚明了，但这些童谣的调子和其中的词句却都低落沉郁，令人听了心底发凉。

辛辛苦苦在山间种的稻子,大雁飞来全都吃个精光。赶了又来,赶了又来,全都吃个精光;天皇怠于狩猎,才使得大雁到处飞。百姓受累还要受苦,天皇怎么说话不算数?呜呜,大雁所到处,稻田全遭殃。

大致意思是说,百姓辛辛苦苦劳作,但因为朝廷施政的问题,使得好不容易得来的收成被官府的恶差役抢了去,百姓却一无所有。由此,还可以进一步理解为对出师半岛的一种间接非难。总之,年轻的劳力被尽数征召上前线,留下年老体弱的百姓生活越来越困苦艰辛,才催生出这样的童谣。

连筑紫朝仓宫里发生的怪异现象也被夸大了数倍,到处流传,说宫中到处出现鬼火,发着幽幽的青光,老女帝就是在这样毛骨悚然的宫内咽了气。而天皇的突然驾崩照例又被与出师半岛的事牵扯到一起,这个那个地评头论足一番。

额田非常难过。自己回到京城才彻底明白,中大兄皇子所面临的困难是多么巨大,因为他很难得到百姓的全力支持。之前,这些非难和诘责全都由老女帝代为受过了,现在老女帝归天,中大兄皇子就不能不亲自承受了。从这一点上来说,大海人皇子压力相对倒小得多。

从难波返回筑紫的旅途中,额田与大海人皇子有过好几次照面,但毕竟此行不是普通的旅行,大海人皇子也没有对额田说出什么没轻没重的轻浮话。

这天夜晚,冬夜的朗朗月光洒照在海面,额田与大海人皇子之间有一段简短的会话。平时总是得不着两人在一起的机会,这天难得身边没有旁人,一个是十市皇女的父亲,一个是母亲,两人在一起说说话也很正常。

"近来还好吧?"大海人皇子说话依旧直不棱登的,"和中大兄皇子的事怎么样?"

"没有怎么样啊。"额田答道。

"没有怎么样?我不相信。中大兄皇子不提出则罢,他要是提出来的话,那还不是高高兴兴跟他去了?你的天性就是这样嘛。"

被大海人皇子这么一说,额田觉得自己似乎性格中确实有这样的弱点。

"看你这副喜滋滋的模样。"

"我也没有喜滋滋的呀。"

不过,此刻的自己也不能说完全没有一点喜滋滋的样子。

"我之前还在想,应该将你留在飞鸟京的。做什么非要把你带到那么远的筑紫去呢?你是伴侍母帝的人嘛,所以应该留在母帝长眠的飞鸟京才对啊。"

"也许您说的对。不过,现在已经迟了。"

"你看你又是一副喜滋滋的样子。"

这次,额田努力让自己换一个神情。也许在不注意的时候,自己就是一副喜滋滋的模样呢。

"我和中大兄皇子两个人争夺额田,但是我败给了他。"大海人的口吻非常认真。

"为什么要那样说呢?"

"这是事实,我也没办法。"

"说什么失败不失败的呀。"

"就是败给他了!"

额田的身体略略向后闪了一闪。虽然不至于被斩杀,可她还是感觉有点害怕。好在紧张的空气很快消弭了。

"我只是得到了你的身体,并且和你有了孩子而已,但是中大兄却得到了你的心。"

"不是的,"额田认真地摇着头,"不是这样的。"

"不是吗?"

"不是。"

"可是你的身体他得到了,也许没得到……"

额田没有回答。

"不管他得没得到你的身体,这都没什么大不了的。可是中大兄得到了你的心。"

"不是的。"额田的头摇得更厉害了,"我的心不会给他的,这颗心不会的!"

"心不会给,那就是说身体已经给了他喽?"

额田愤愤地站起身来说道:"中大兄皇子殿下现在哪里有心思考虑额田?他的心思全部都已经飞到半岛去了。八月派出了先锋部队,如今正在等待时机,随时准备命令中军、后军出动呢。"

"你怎么知道的?"

"谁都知道。"

"不对,不是谁都知道,只有额田你知道。"

"为什么这么说?"

"因为在熟田津的时候,你代中大兄作的那首和歌。"

"不是的,当时我只是代故女帝作的。"

"你再怎么辩解,都骗不过我大海人。当时额田你是代中大兄皇子,咏出了他的心志,对不对?那首和歌你没有忘记吧?"

"当然记得。"

"你再吟咏一遍试试。"

"……"

"快点!"

"夜泊熟田津,船队整装待出航;明月皎洁升,大海多情潮水涌,勇士奋橹赴征程。"

额田低声吟咏着自己之前作的和歌。不可思议的是,额田一边吟咏,一边竟感觉到自己的情绪越来越激昂。那天夜晚同样如此。她仿佛看到了眼前有成百上千的军船劈波斩浪向前驶去,皎洁的月光下,整个船队在威武前进。额田一时忘记了大海人皇子的存在,整个身心沉浸在了强烈的感动之中。

待到幻觉消失,额田感觉有些疲惫。

"那首歌是代中大兄皇子吟咏的,我知道。"

额田沉默不语。无论怎样解释都无济于事。大海人皇子说的没错。

"你的心被中大兄皇子俘虏了。"

"没有。"

"假如没有的话,怎么作得出这样的歌?"

"也许就像殿下您说的,这首和歌是咏出了中大兄皇子的心志。但如果像您说的,我的心被中大兄皇子俘虏了,那我也作不出这样的歌。正因为心没有被俘虏所以才能……"

额田解释道。面对强权,自己只有将身体献出。作为女人或许身体会陶然沉醉其中,就像和你在一起时那样,甚至可以为你诞下皇子、皇女,但是心是不会献出去的。我的心怎么可能给别人呢?

额田站在月光下,抬头仰望着明月。大海人皇子也站起身来,不过没有说话。额田的神情中,似乎有什么东西,使得大海人皇子沉默无语。

此次与大海人皇子会话后,额田便竭力避免再次出现这样的时刻。

正如大海人皇子所说,额田已经被中大兄皇子深深吸引,这一点额田自己也清楚。至少,现在与中大兄皇子在一起时对其所持有的感情,和与大海人皇子在一起时对其所持有的感情是不一样的。然而,即便被吸引,但是心还是不会给他的。假如将自己的心也给了他,也就是对中大兄皇子怀有普通女子所有的那种爱情,从那一刻起额田就将尝尽地狱般的所有折磨,同中大兄的其他妃子霎时间就会成为不共戴天的仇敌。只要一想到将与那些妃子们争宠,额田便浑身起鸡皮栗子。作为妃子,为了让爱情经久不变不移,最好的手段就是诞个一儿半女;然而一旦成为母亲,不管是否主观情愿,为了保护孩子和自己势必会排挤倾轧他人,于是将陷入永无止境的丑陋的宫廷斗争。

无论大海人皇子怎样诘责,额田始终面不改色,内心保持着平静。自己给予中大兄皇子的不是什么特别之物,不过是将之前给大海人皇子的东西，给了中大兄皇子而已。

此次航行，使额田开始变得立体丰满起来，这是她之前所不具备的。时而悲伤，时而满足，时而任性不羁……额田自身并无感觉，但是旁者分明都感觉到了。

二

大海人皇子一行返回筑紫已是十二月初。护送母帝遗骸离开筑紫是十月头上，因此时隔足足两个月，他又再次踏上筑紫的土地。

同两个月前相比，筑紫几乎大变样了。作为此次作战的大本营所在地和出师半岛的根据地之一，大街小巷气氛严肃，到处可以看到兵士以及武器。先帝驾崩的悲伤情绪几乎已经感觉不到了。

大海人皇子向中大兄皇子报告了将母帝葬于飞鸟的情形，随即很快完成了自我调整，投身到已经刻不容缓、事关国家命运的这场大作战的相关帷幄之中。

除了母帝的事情，大海人皇子没有将自己在京城的见闻告诉中大兄皇子。和额田的感受一样，大海人皇子对飞鸟京的印象也不太好。即使没有很直接地表面化，百姓对这场大作战的非难似乎还是通过各种方式呈现了出来。在农村，丈夫和儿子被征召入伍，只剩下妇女在田里劳作，手握锄头或锹在田里默默弯腰劳作的背影,感觉就像是对当政者的抗议。

可是一踏入筑紫,远方京城的暗影立刻就从大海人皇子的心头拂去了。现在已经进入战时了,目光所及处,人人都在为着一个目标而行动,所有事情也都在为着一个目标而进行。

军队相继集结至筑紫一带。九州北部屯扎着数不清的兵士,他们都是从全国各地奔赴前来的。筑紫、肥前出身的兵自不消说了,四国地方、近畿地方,更远的甚至还有从东北陆奥地方征募而来的兵士。一句话,在筑紫一带,能听到全国各地的方言。由于语言障碍,相互间的沟通成了一个很大的问题,几乎每天都有兵与兵、军队与军队的摩擦发生。

要确保大军团兵士的食粮可不是件容易的事情。一旦出师半岛,食粮的运送和补给也是个大问题。筑紫港每天有众多船只进进出出,不只是运送兵士,其中许多便是运送粮秣的。

而在筑紫一带的海岸,每天都在进行高强度的水军操练。不少兵士生平第一次乘船,必须将他们彻底锤炼成真正的水上勇士。虽然半岛作战多半是在陆上展开,海上作战的可能性很小,但考虑到大部队移动的情况,在半岛仍不得不依靠海路。

组成水军所需的船只数量庞大,都是在全国各地建造的,现在统统集结到了作战根据地筑紫,当然也包括大量工匠。造船工匠如今正是最忙碌的时候,没日没夜地为开拔作战做着准备。此外,制造武器、兵具的工场也是一派热火朝天的景象。

两个月不见,中大兄皇子的脸庞在大海人皇子看来,一下子消瘦了许多。母帝驾崩至今,他依旧只是名皇太子,但实际上却是名副其实的国家最高责任者。母帝在世时他只是默默地做着一切,如今没有了任何庇护,这位锐气十足的年轻皇子可以放手大干了。甚至可以说,正是依据中大兄皇子的个人意志,才会决定出师半岛;依据中大兄皇子的个人意志,才会决定不惜与大国唐国开战;依据中大兄皇子的个人意志,才会决定牺牲百姓生活、赌上国家命运也要向半岛派兵。

大海人皇子从中大兄皇子那张脸上看到的只是粗犷,而额田则看到了更多、更复杂的东西。不仅仅是粗犷、精悍,还有一个毅然将自己交付给命运的人特有的平静。

"每天这么忙碌,人都瘦下来了呢。"

听到额田这话,中大兄皇子却答道:"我还不算瘦。这阵子大海人也瘦了,镰足也瘦了,额田好像也瘦了呢。"

听到中大兄皇子说自己也瘦了,额田心里有些感动。假如这位年轻的责任者肩头的重荷能够分一点点给自己分担,那该多好啊。然而这个梦想似乎根本无法实现。在额田完全想不到的地方,中大兄皇子等人有条不紊地运作着一切。

"额田生为女子实在是件遗憾事,假如我是个男子,我愿意也做一名兵士,派我远赴半岛参加作战也在所不辞!"额田情不自禁地说。

"想必你是嫌我手下有的兵不够强啊。不过,额田不是个男子,对我军来说倒是件幸事哪。"中大兄说到这里,满脸认真地说道,"我还真有件事想让你做呢。半岛作战胜利之日……"

"半岛作战光荣胜利之日——"额田复诵似的重复着。

"……到那时,我要你为我咏一首祝捷歌,将我心中的喜悦全部歌咏出来!从现在起,你就开始好好准备吧!"

额田没有回答,她低下了头。一股巨大的感动涌上来,令她一时说不出话来。中大兄皇子的这番话让她第一次意识到,自己应该就是为此才降生世间的。为什么之前自己没有意识到呢?

吟咏"夜泊熟田津,船队整装待出航;明月皎洁升,大海多情潮水涌,勇士摇橹赴征程"时澎湃而生的那股激情,重新涌上额田的胸口。噢,自己如果能为中大兄皇子歌咏战捷的喜悦那该多好啊!此事没有人能做到,只有自己能!

"我要融入皇子殿下的内心,将胜利的喜悦……"

不等额田一字一顿地说完,中大兄皇子马上接过去说道:"不必融入我的内心。"

"哦?!"

额田抬起头来,凝视着中大兄的眼睛。

"那时候,你只要融入全国百姓的内心然后吟咏出来就好了。经历了长期艰难困苦的生活,失去父亲、丈夫、儿子,才盼到那一天啊,但我们终于还是迎来了胜利。虽然历经艰难困苦,但回过头来看,也并不是毫无意义,因为我们在半岛作战中取得了辉煌的胜利!这片国土迎来了春天,春光已经降临,春风已经拂面而来了!"

"……"

"请你为全国的百姓而歌咏。这个,你不会不行吧?"

"……"

"我中大兄有那首熟田津的出征歌已足矣。因为有它,我下达了出征命令,船队向着半岛依次前进……但是,我只是以它作为出征号令，而战斗的胜利结果却是所有百姓共有的，所以胜利之日，必须融入全国百姓内心，将所有人的喜悦统统歌咏出来！"

中大兄说到这里，似乎将心里想说的话全都倒出来了似的，腾地转身便离开了。

额田没有看到转身离去的中大兄的脸，但她心里明白，皇子殿下的脸上一定没有那么兴奋。也许，皇子殿下将思绪全都集中于没有任何事情可以与之相比拟的胜利喜悦之中，恰好说明他的内心其实被某种沉郁的氛围包围着吧。她只觉得，自己无言以对。

额田心中一点也没有数，不知道能否照中大兄说的那样融入全国百姓的内心，吟咏一曲祝捷歌。不到那时可真的不知道啊。然而，刚才中大兄皇子说的这句话，由心底彻底打动了额田，能否做到暂且另当别论，但如果能做到，的确应该那么做，她真想那么做。这也是额田迄今为止从未思考过的和歌的巨大生命力所在。

融入中大兄皇子内心，歌咏出皇子殿下的心声，这个她已经做到了。尽管别无他人能做到，但是自己做到了。只要倾听神的声音的听力不失去，融入皇子内心对她而言不是件难事。

但是，对于生活在这片国土上的无数百姓，自己能融入他们的内心去吗？之前从未思考过这样做的途径，想起来就令人感到无比的困难。然而倘使成功了，那将是件多么了不起的事啊！

中大兄皇子给自己布置了这个课题。原来现在中大兄皇子心中所梦想的、所祈盼的,是生活在这片国土之上的所有百姓的喜悦啊。

额田想起了飞鸟京留给她的阴暗印象。精明的中大兄,即使视线顾及不到飞鸟京,但是京城如今是怎样一种氛围,他应该早就心里有数。在明媚的春光照亮晦暗的京城、和煦的春风吹遍阴沉的京城之前,作为当权者,他只有坚强地承受下一切痛苦和委屈。

几天之后,额田在行宫一隅与中大兄皇子照面时,额田忍不住对他说道:"前些天殿下说的祝捷歌,将成为额田的生命意义,此刻我只要想到它,就感到周身沸腾呢。"

她要将自己的感动如实地告诉皇子殿下。

接着她又说道:"我要让每一根草、每一棵树,都为我们的胜利捷报而颤动摇曳;要让大海也为之喧嚣起来,要让山兽、虫豸和所有有生命的东西,全都对着美丽的京城遥拜。京城……"

"到那时,京城里关于鬼火的流言也就不辩自灭了。"

中大兄说着大笑起来,笑的样子有些滑稽。

大海人皇子离开筑紫的两个月期间,发生了各种各样的事情,其中最大的莫过于百济复国军先后数次前来恳请放还的王子丰璋,决定返回战火纷飞的母国。丰璋作为一名人质已在大和羁留多年,当此母国危急存亡的重要时刻决定返回母国,这在任何一个人看来,都是天经地义的。复国军迎回丰璋,尊为新王,并集结在其旗帜下,以图百济复兴,这样做也不无道理。至于大和朝廷之所以一再拖延至今,只是不想丰璋的归国变得毫无价值。

百济王子丰璋决定归国、并在宫中接受授予织冠①的位阶,是当年九月。当然不只是授予织冠,还同时将多臣蒋敷之妹赐予其为妻。

年轻的王子从生下来就面无表情,此时从他的脸上也看不出究竟是欣悦还是不悦。丰璋在母国生死存亡之际,以新国王、国家最高责任者的身份毅然归国,等待他的,将是在半岛全境展开的激烈战争。

中大兄皇子拨派了五千名兵士给丰璋,与其一同返回百济。在此之前一个月,大和已经向半岛派出了一支先锋部队,不过与公开宣告的有所不同,只是小规模的出兵。而此次的丰璋归国,可以说才是首次大规模的渡海出师,当然比起宣告已经延后了不少时日,军队一直在港湾附近待机而动。

十二月末,高句丽的使者到达筑紫港。

——进入十二月以来,高句丽遭遇了未曾有过的严寒侵袭。河流全部冰冻断流,而之前被高句丽拒之江岸对面的唐国与突厥的联军,趁机渡过冰封的江面向我进攻。以大小战车为先锋,钲鼓齐鸣,黑压压地直扑过来,简直是从未见过的阵势啊!战车声、钲鼓声,远在数百里之外都能听见。我高句丽兵士也奋

---

① 织冠:日本古代冠位制中的冠位之一。冠位制是大化改新后于大化三年(647)仿效唐朝相关制度制定的。

勇出击,与敌兵展开激战,拔去唐军两个堡垒,对于剩下的两个堡寨则定下了夜袭之策。唐兵深恐高句丽军的夜袭,多抱膝而泣,可惜高句丽军连日出战也已疲惫不堪,大部失去了战斗欲望。眼下的形势便是处于这样的胶着状态。

高句丽的使者如是说。

在座的朝廷首脑有中大兄皇子、大海人皇子、镰足等。对于高句丽使者的报告感觉似乎并无虚假。被前所未有的严寒笼罩的半岛前线的情形仿佛栩栩如生地出现在眼前。对于严寒的耐受性,高句丽军显然更胜一筹。假如不是冬季,恐怕高句丽军根本不是唐国与突厥联军的敌手;未及抵抗,就早已被拥有重装备的敌方大军吞噬了。如今居然好歹撑住了,而且还攻下了两座敌方堡垒。战场形势一下子变得有利起来,这不能不说是严寒带来的意外收获。

而对于夜袭计划被搁置,大和朝廷的首脑们感到十分遗憾。无论付出多大牺牲,高句丽军都不应错失眼下这个大好时机,连续作战对于双方来说是同样严酷的。

"冬天一过,寒冷稍稍减轻一点的话,敌军必定会发动攻势夺回丢失的两座堡垒。"镰足惋惜地说。

对此,中大兄和大海人也是同样的想法,高句丽军指挥者的决策确实令人扼腕。然而,远离战场之外的他们,又能够如何呢?

高句丽使者前来筑紫的主要目的,不消说,就是请求日本尽早派兵赴半岛施以援手。差拨五千名兵士护送百济王子丰璋返回半岛已经准备停当,后续军队也已集结在筑紫港,随时可以启程。之所以延后了下来，是因为百济方面的粮草后勤问题。在百济复国军为接受大量援军的准备切实就绪之前，不能轻易向半岛发兵。尽管百济复国军方面再三求援，但大和朝廷却绝不能盲目答应其请求。

然而，此次高句丽使者的报告却让大和朝廷首脑的想法发生了转变。从整个战场大局来看，即使稍稍有些勉强，但眼下向半岛派遣大军似乎确实对局势更为有利。至少，这样才不至于犯下高句丽军指挥者所犯的愚蠢的错误。

丰璋及护送他的五千名兵士从筑紫港启程是在十二月下旬，先锋部队的指挥者是从八月便待机至今的阿云比罗夫、河边百枝等。这也是大和朝廷派出的第一批派遣军。

这一天，筑紫码头被出征部队及送行兵士挤得水泄不通。前来送行的大都是其他部队的兵士，为了给先自己一步出征的兵士送行，特意从码头附近驻地赶来的。普通百姓则不允许进入码头，因为压根儿没有百姓立脚的余地了。

大批兵士云集码头送行，是镰足下的命令。先期出征的兵士，看到云次鳞集的送行人群，想到这些都将是陆续出征的后续部队，定然会升起一股豪壮之气；而送行的兵士见到港内停泊的无数军船，也会由衷感慨国力之强盛，进而生出空前的自豪感，坚定出征的信念。——事实上，这天港口内的军船数量多得令人惊讶，这么多的军船是什么时候建造的？

在一片呐喊声中，载满兵士的军船一艘接一艘地驶出港口。

出征部队开拔，港口附近的驻地骤然变得空荡荡，但随即就有新的部队转驻进来。不消问，接下来这些兵士很快也将出征奔赴半岛,而他们自己也早已做好了出征的心理准备。

从第一批派遣军开拔之日起,筑紫迅即被一股战时的气氛所弥漫。筑紫一扫之前出师半岛根据地、战时大本营的这种大后方色彩,一变而成为战场的一部分。

齐明天皇七年,就在这样的一阵阵忙碌中走近了年关。三十之夜,中大兄、大海人、镰足等人和朝臣百官聚集在行宫的一殿内,一起听着钟声,送走旧岁,迎来了新年。

"这一年发生了许许多多的事情。"

听了中大兄皇子一席话,在座的朝臣百官纷纷回想起匆匆逝去的一年,谁也不敢相信,一年光景走得如此匆忙。正月,已故女帝御驾西行踏上海路;到达筑紫港是三月,已故女帝迁入朝仓宫是五月;从五月至六月则是鬼火流言四处流布,七月女帝驾崩,之后大约半年都在做着出师半岛的各项准备。日复一日,时间就这样匆匆流逝,快得宛如飞一般。

"比起过去的一年,新的一年恐怕还会有更多的事情发生呢。"镰足接口道。

"新的一年里,这里在座的各位朝臣各位武官,估计半数以上都要渡海去到半岛哩。"

"真的那样才好哪!"大海人说。

"那样的话究竟是好事还是坏事还不好说哩。战场局势好的话自然不在话下,假如战场局势不利各位也得做好渡海的准备,这才是最要紧的。"镰足说。

"那是自然。若是战况好的话请中大兄皇子去半岛,若是战况不利的话就由我大海人渡海去!"

"听到殿下的这番话,镰足可以安心了。二位皇子殿下且留待最后,臣等全都愿意渡海奔赴战场!"镰足说着俯首做出请战的姿势。

镰足说的是"臣等全都……",于是在座的朝臣百官也一个个做出俯首的姿势。作为武官,自然早有心理准备,早晚会轮到自己出征远赴半岛,可文臣就未必了,他们中的绝大部分人到此时才明白,随着新的一年到来,自己很可能将身不由己地从筑紫走上半岛战场,就像此前从飞鸟京迁移至难波,又从难波西迁至筑紫一样。原先根本不敢相信的事情接二连三地向自己袭来,今后肯定还会有更多类似的事情继续不断地袭来。镰足既然已说出口,就一定会发生的。唉,刚刚到来的新的一年对自己来说,可不是容易挨过去的一年啊,已经和妻子儿女相隔千里了,谁承想还要相隔更远,唉……朝臣们随镰足一起俯首的同时,也不得不将各自的小心思吞回了肚里。

开年,是中大兄皇子称制①的第一年。从正月下旬开始,一连数日天寒地冻,连着几天严寒之后下起了雪。筑紫这个地方下雪可是少有的现象。从南国征募来的兵士被严寒冻得瑟瑟发抖,而雪让来自北国的兵士想起了久别的故乡,不禁喜出望外。与京城的雪比起来,朝臣们则在私下咕哝,同样是下雪,这儿的雪却似乎缺少些意趣。

雪连下了两日,至第三天的傍晚时分才歇息。雪停之后,一

---

① 称制:日本古代称天皇死后,皇太子或皇后不即位而暂代理政为"称制"。

小股兵士悄悄离开筑紫港向半岛方向进发。这一次的军船进发,却是一个送行的人影也没有,趁着薄暮神鬼不知地出发。中间数艘船上装载着堆放整齐的箱包,围绕着它们的是数十艘军船,整个船队始终保持着这样的队形驶向大海。

两三天后,这次秘密的军船行动便成为了坊间的谈资,百姓都说是运送大量武器、兵具往半岛去,同时还有一位指挥半岛作战的大人物乘船驶向百济。然而,除了极少数的朝臣,并没有人知道究竟运送的是什么。

这些物品是赠给百济复国军的指挥者鬼室福信的礼物。堆放整齐的箱包中,共装有箭矢十万支、丝五百斤、棉一千斤、葛布一千端①、鞣皮一千张、稻种三千石。除了十万支箭矢外,其他物品都不是直接用于作战的武器或兵具。

这支神秘的船队出发之夜,额田陪伴着中大兄皇子从行宫所在的山坡上,目送船队启航出港。雪停歇了,夜空却仍是一片阴惨惨的,好像雪片随时还会再飘落,雪停之后的夜晚比下雪时还要森冷。

"船队出发了。"中大兄皇子说。

港湾被夜幕严严实实地裹着,额田不知道那里是什么情况,一艘船的影子也看不见。但听到中大兄皇子这么说,立刻明白是装载着运往半岛物资的船队出发了。尽管不知道船上装载的是什么,但几天前曾进行过一次向神祈祷的仪式,祈愿船

---

① 端:有时写作"反",日本的布匹丈量单位。1 端长约 2 丈 7 尺,宽 9 尺,约合 12 码,1 端和服料大致正好可做一套和服。

队平安到达半岛,将数量众多的箱包送抵前线、为作战提供臂助,当时便是额田做的祈祷。

"那些箱包里装载的是什么物资啊?"额田问。

"你觉得是什么?"中大兄反问道。

"这……"

"都是布、丝、棉这一类的东西。"中大兄自问自答,停顿了一下又继续说道,"都是百姓辛苦做出来的物品。他们自己也渴望得不行呐。如果让他们知道了,一定会恨死我了吧。现在要把这些物品全送往半岛去,因为半岛正需要这些东西。武器兵具什么的当然需要,但是眼下这些物资才更加紧迫!"

"所以才特意选在这漆黑的夜里出航的?"

"也是也不是。其实并不想躲避百姓的眼睛,更主要的是希望能平安地送达半岛。不管怎样,至少此次船队务必平安完成任务,不然的话太对不起百姓了。"

"皇子殿下派遣的船队,怎么可能无法平安到达半岛呢?"

"没这么简单啊,海上肯定也有敌方的船只出没的。"中大兄皇子答道。

三

三月,从筑紫大本营又派遣了一小股部队前往半岛,这次是给去年底返回百济的丰璋运送三百端葛布。

与半岛之间的联络日益频繁。就在同月,高句丽又派遣使者前来,并且终于带来令人欣喜的好消息。据使者通报,日本援军挺进百济复国军的据点周留城①,从而保证了一度被敌军切断的与高句丽之间的通道。战局朝着对百济有利的方向展开,而此前连番进攻高句丽南边数座小城塞的唐与新罗联军也只得暂时息兵,陷入了拉锯。

大和朝廷首脑看到出兵半岛在很短时间内就取得了明显效果,不由得心情舒畅。而此时,去年来到日本并已经归化的高僧道显的一个预言,也在坊间市朝传开了。道显判断高句丽无法与唐国相抗,行将败亡,因此很快将归属日本。道显是通过占卜得出这一结论的,但由于道显在朝野中拥有众多的信奉者,所以他的预言一般人并不认为是在说大话。

虽说高句丽败亡也不是件轻而易举的事情,但倘若它真的归属日本,倒也不是件坏事。

去年底派往百济的部队,一去之后便没有音讯,其动静多借助于百济等使者的报告才得以知晓。直到六月,才终于等到部队派回的使者,这是第一个满身带着兵火疮痍的战场气息的使者。

大将军阿云比罗夫连率领一百七十余艘军船于去年底护送丰璋返回百济,但直到刚刚过去的五月,丰璋承袭王位的仪式才正式举行。仪式上,还册封了复国君总帅福信并授予其爵

---

① 周留城:位于朝鲜半岛今忠清南道。《日本书纪》记作疏留城、州柔。《东国舆地胜览》《旧唐书》中记作周留城。

禄。仪式自始至终在庄重肃穆的气氛中进行,日本派遣军的将士参列见证了即位仪式。丰璋、福信以及所有百济将士,都为百济得以复国而感怀不已,个个涕泪交零。

紧接其后,百济的使者携贡物来朝,似乎正好佐证了派遣军使者的报告。由此看来,目前半岛的战局暂时趋于平稳。唐、新罗联军与日本、百济联军在高句丽南部的战线对峙,双方都在等待下一个战机的成熟。这样的情势,正是大和朝廷所期望的。毕竟,要派遣第二批、第三批的大队人马,至少得有半年甚至长达一年的准备期间。筑紫一带眼下依旧处于战时状态,到处都在忙忙碌碌地进行着人员、物资调动。

这一年的秋天来得很早。与去年比较,同样是筑紫的秋天,但今年的秋天显得多了几分沉静。去年秋天,又是备战出兵,又是先帝发丧,人人感觉时间过得匆忙,但今年,人们却能够感受到季节的每一刻迁易。

十月,在皇宫举行了赏月酒宴。这是为平日里闷在宫内无所事事的中大兄、大海人两位皇子的妃子以及伴侍她们的一众女官们打发无聊而举办的。现场虽然不乏朝臣、武官的身影,但绝大多数还是女子。从望得见大海的大厅,到廊檐、庭院,摆开了许多张酒席,参加酒宴的人们或端坐在屋内,或漫步廊间,或凭栏于庭院,总之随心所欲、随处可饮,尽情地享受观月赏辉的乐趣。

额田女王第一次参加这样的酒宴,显得心事重重。她既不想与中大兄皇子的妃子们照面,也不想与大海人皇子的妃子们照面。自己与大海人皇子诞下了十市皇女,二人的关系无人不晓,而现在二人关系已断这一事实也是尽人皆知。至于和中大兄皇子,世人会怎么看待,额田心中也没有数。虽说竭力想保住与中大兄的关系这个秘密,迄今也没有什么把柄被任何人抓住,但想避过宫中所有女官和侍女的眼睛毕竟不容易。二人即使在宫中散步,女官们也会瞪大了眼睛。所幸关于二人的传闻尚没有闹得沸沸扬扬,女官们也只得睁一只眼闭一只眼罢了。

额田受到朝臣以及女官们与其他妃子一样的礼遇。这并不仅仅是因为中大兄皇子对她宠爱有加的缘故。因为她与大海人皇子之间有了十市皇女,她有资格享受一名特殊女子才能享受的礼遇。

至于她和中大兄皇子的关系,只有个别人知晓,但没有人在公开场合说出来。过去大海人皇子的妃子,如今又成了中大兄皇子的妃子,谁会将这样的事情挂到嘴上呢?显然不说为妙。从对二位皇子的礼仪这个角度讲,这种事情也不应当随便说。这样既合乎情理,也是一个必然的选择。

所以说,额田不知道外界是用一种什么样的眼光看待自己,甚至连大海人皇子现在怎样看自己也不清楚,大海人皇子是否知道中大兄皇子与自己目前的关系也不清楚。最近一年,额田与大海人皇子再无单独交谈过,额田在努力避免这种机会的出现,所幸事实上也没有出现。

对额田而言,与众多的妃子、年幼的皇子皇女们会聚一堂把酒赏月,是桩令人再也忧烦不过的事情。数不清的妃子们的视线像箭矢一般齐齐向自己射来,想想就可怕,能够不置身其间是最好的。中大兄皇子的妃子们也好,大海人皇子的妃子们也罢,对于她这样一个不属于后宫又身份暧昧的女子,一定会不顾一切地毒箭乱施。尽管妃子与妃子之间少不得嫉妒和钩心斗角,但同为名正言顺的妃子,她们却有着共同的立场。唯独额田与她们不一样,同时承宠于两位皇子本身就不正常,又不纳入后宫这也不正常。

一直到赏月酒宴的前一天,额田都拿不定主意究竟要不要出席。可是这天,负责抚养十市皇女的侍女托人带来消息,许久未见面的十市皇女很想在赏月宴上和额田相见,这才令额田不再犹豫。十市皇女想和母亲见上一面,仅仅这一个理由,额田就不可能让其期待落空。

额田是十市皇女的母亲,十市皇女乃额田之女,这是尽人皆知的事实,但是额田却放弃了十市皇女母亲的地位。为了保住自己作为一名女子的身份,这样做是必须的。但这对十市皇女来说意味着什么,额田并没有想好。有时候她会为十市皇女感到悲哀,生育自己的母亲近在咫尺,却不能以母女关系相处,而不得不由毫无亲缘关系的他人抚养自己。但有时候她又竭力说服自己,这样做是为十市皇女着想,是为了保护十市皇女。

实际上,在母亲的爱与权势守护下长大的其他皇女,和完全缺少这些、在孤立无援中成长的十市皇女相比,究竟谁更幸福,这个问题似乎无法一概而论。拥有母亲的爱以及权势,同时也意味着拥有众多的敌对者,而孤独地在皇宫中长大的十市皇女就没有敌对者。即使不可能做到一个竞争对手也没有,但至少比起其他皇女来要少得多了。

额田与十市皇女的会面次数一年当中数也数得过来,况且不是一般意义上的会面，多是在某些宴会之类的场合，隔着老远看上几眼而已。而每当这种时候，十市皇女并不正眼看额田，所以额田几乎没有身为母亲的感受。这既让额田有一点伤感，也令她为此感到轻松。

而此次侍女带来的消息，激起了额田作为一个母亲的强烈情感，赏月酒宴的前一晚她整整一夜没有睡好，眼前无数次浮现出今年已经十岁的十市皇女的面影。

赏月酒宴上，额田远离众人，独自坐在庭院的折凳上，她想躲在一个不引人关注的地方。月上中天，月光洒下来，照得庭院如同白昼。

先前额田拼命搜寻十市皇女的身影，却始终没有看到十市皇女。她心想，也许十市皇女还没有来呢。沐浴在月光下的额田，从室内的大厅那边看不清这里，而额田却能清楚地看到室内的情形。室内连通庭院的廊檐上排列着烛台，庭院里点着篝火。赏月之宴理应熄灭灯火方能突显出月光皎洁，但不知为什么整个宫内却灯火通明。也许再过一会儿，灯火会统统熄灭吧。

额田不时仰头望着月亮，又不时转头看看室内那边。月色清明，酒宴也丝毫不逊色，别有一种情趣。酒宴上的女子们有意无意地分成了两组，中大兄皇子的几位妃子并未坐拢在一堆，都散坐在室内大厅以及通往廊檐的右首；大海人皇子妃们虽说也没有聚集在一起，但都坐在廊檐左首和廊檐靠近庭院的折凳上。

乍看上去，中大兄皇子的妃子们占据着上风，作为兄皇子的后宫，这也无可厚非。但似乎又并非如此，倒是大海人皇子的妃子们显得更加轻松愉快和悠然自在。这一组显然更加年轻，但不仅仅是因为年轻的缘故。就以大海人皇子的妃子中大田皇女和鸬野赞良皇女来说，二人是中大兄皇子与已故的造媛妃生下的女儿，换句话说，这二人是酒宴上最应受到礼遇的人。二人既是中大兄皇子的女儿，又是大海人皇子的妃子。

酒宴之上，有意无意中居然形成了两组人，这让额田觉得十分奇妙。一方年轻而开朗，一方则沉着温静。当然，中大兄皇子的妃子并非全都是中年，也有年轻的妃子。

额田的视线扫向大海人皇子的妃子们。鸬野赞良皇女的身影显得特别醒目，只见她举手投足毫无拘谨之感，完全不把周遭的氛围放在眼里。远远看去，还以为今夜的酒宴是以她这位年轻佳丽为中心而举行的呢。姐姐大田皇女同样很美，但妹妹鸬野皇女的美更显妩媚。

这对皇女姐妹的母亲造媛，在其父石川麻吕因谗言而被朝廷派来的军士围攻结果自刃时，因悲伤过度不久也追随亡父而去。因此，二人也是在失去母亲的情况下在皇宫内被抚养长大的，如今都成了大海人皇子的妃子。去年年仅八岁就夭折的建王，是这两位皇女的弟弟。已故女帝齐明天皇对于建王之死是多么悲恸，额田至今记忆犹新。女帝对于失去母亲的建王倾注了最深最真挚的爱。

额田目不转睛地望着鸬野赞良皇女。这位芳龄十八的年轻妃子，尽管已诞有草壁皇子，但产后的她浑身上下一点也不见憔悴，依旧光彩照人。

额田望着这位大海人皇子的年轻美丽的妃子,视线舍不得移向别处,她自己也觉得不可思议。额田此时的情感,准确地来讲,不是别的,正是女人的嫉妒。虽然如今对大海人皇子已不再有任何爱恋,但为什么对大海人皇子的妃子却仍会怀有这种情感,额田无法解释。

终于,中大兄皇子、镰足,稍稍隔了片刻,大海人皇子也先后出现。两位皇子以及镰足若无其事地在两组妃子中间落座。

少顷,间人皇女的身影也出现了。间人皇女没有坐到任何一组妃子中间,而是坐在了两位皇子的旁边。

女官们赶紧忙碌起来。

额田的视线仍旧停留在鸬野皇女身上。和鸬野皇女、大田皇女两位妃子相比,同为大海人皇子的妃子,镰足之女冰上娘、五百重娘二人则略显矜持。二人像是商定好了似的,不约而同地坐在廊檐下稍稍靠旁的地方,面孔朝着庭院。这两位妃子也是既年轻又美丽,容貌长得几乎一模一样,几如双胞胎,甚至连动作也若出一辙,一个扭动下身子,另一个也扭动下身子,一个抬眼望向庭院,另一个也抬眼望向庭院。

但不管怎样,从旁看去,这两位妃子给人的感觉就像置身于大田、鸬野二人的阴翳之下。在这二人旁边还有两名年轻女子,额田都不认识,但既然坐在大海人皇子的妃子中间,想必也是大海人皇子的妃子。假如之前的听闻属实的话,这二位新妃一个是苏我赤兄之女,一个是宍人臣大麻吕之女。二人同样年轻,身材高挑,看上去有些纤柔。在她们站立起来的一瞬间,额田记住了她们的特征。

大海人皇子忽然走近额田身边，不知道他什么时候已经来到庭院。

"你坐在一个最佳的位置嘛。"大海人皇子搭腔说，"和额田有一年没说上话了。这一年过得怎么样，没什么变化？"

这句话可以有多种理解。

"没什么变化呀。"额田答道。

"那就好。"

"皇子殿下呢？"

"我也没什么变化。"大海人皇子模仿额田的语气说道。

"还是有点变化的吧？去年诞下一名皇女，今年又诞下了一名皇子？"

"嗯。"

"还有皇妃——这可不是诞下的……"

"……"

"是新娶的。"

"……"

"而且不是一位，是两位。哦不，是三位。"

大海人皇子默默地离开额田，向廊檐方向走去。几乎是落荒而逃。沐浴在月光下的大海人皇子的背影，已经彻底不复当初将额田搂在怀中时的姿影了。大海人皇子今年三十一岁，正是男子最威武雄壮的年纪。

大海人皇子走到一半，又缓缓地转过身，回到额田身旁。

"一个人呆在这里太孤寂了，叫十市皇女来陪陪你吧！"

听到这话，额田立即将视线投向宴席方向。既然大海人皇子这么说,说明十市皇女已经来到酒宴现场了,但是额田没有发现她的身影。

"我去叫她。不叫一声的话,她不会过来的。"

额田没有作声。她知道,即使不叫,十市皇女也会觑准时机来到自己身旁的,大海人皇子只是故意告诉她这个信息而已。

"殿下,您请回吧。"额田低声道。她不想与大海人皇子说话的一幕正巧被人看见,何况中大兄皇子也在场呢。

"真讨厌,赶我走哪。"

"关键是年轻美丽的妃子一直就在看着这边呢。"

"是谁?"

"不认识。"

大海人皇子回过身朝宴席的方向看了一眼:"果然,还在看呢。"

"是谁呀?"额田反过来问道。

"是鸬野。"

这时候,额田突然低低笑出声来。自己不曾料到的笑声,不由自主地从口中滑了出来。

"她又年轻又美貌,是吗?"

额田问道。挑衅般的语调,似乎想否定鸬野的年轻,同时也否定她的美丽。这也是始料未及的,刹那之间就从口中滑落出来。

"她又年轻又美貌,是吗?"

额田又问了一遍。话一旦从口中说出,再说一遍也无妨了。

这下大海人皇子真的离额田而去了。一去一来,中大兄的长子大友皇子此时走来这里。倒不是特意来到额田身边,只是漫无目的走着走着便来到这里,看到额田,便在她面前停下了脚步。

"今晚的月亮真美啊。"

额田主动搭话道,这是一种礼仪。这是她第一次与这位皇子说话。大友皇子的母亲是伊贺采女宅子娘,皇子大化四年出生的,今年应该是十五岁。

"月亮是很美,但赏月不应该是这样赏的。"

年轻的皇子答道。他的说话方式酷似父亲中大兄皇子,听上去怎么也不像是十五岁皇子说的话。聪明伶俐是早已被公认了的,不过额田觉得他的话语里总有些傲气。

"可是,像这样观赏明月……"

"明月应该独自一个人观赏。"

"那是,额田也想一个人观赏月亮。"

"女人观赏月亮与男人观赏月亮是不一样的。"

"啊?"

额田抬起眼望着年轻皇子,那神情绝不像一个十五岁的少年。额田此时猛然意识到,不仅是神情,大友皇子的身体也早已不再像少年那般羸弱了,魁梧的身材看上去至少有二十来岁。站在额田眼前的几乎是一位成年男子了。

"您说女人观赏月亮与男人观赏月亮不一样,可究竟有什么不一样呢?"额田问道。

"女人只是从月亮中获得某种慰藉,根本听不到月亮说话。男人就不同,男人会和月亮对话。"

这句话又暴露出与年龄不相适的幼稚。

"皇子殿下你经常和月亮对话吗？"

"是的。"

"您和月亮说些什么呢？额田想站在旁边听听。"

额田说着，感觉到大友皇子说的话似乎并不难理解。和月亮对话，这是一种多么孤独的行为啊。从月亮那里获得某种慰藉自然是种孤独，但同月亮对话、倾听月亮发出的种种声音，岂不是更加孤独吗？

额田忽然感到脊背上传来一阵凉意。这位年轻的皇子心里在琢磨什么？显然，这是唯一一位对今晚赏月酒宴持批判态度的皇子，但还没有一个人注意到这一事实。迄今为止，对这位年仅十五岁的大友皇子的言行举止，没有人注意过，但是今后不可能再这样下去了。

大友皇子也从额田身边离开了。被丢下一个人的额田将视线投向远处，搜寻着大海人皇子的身影。蓦地，她意识到自己在搜寻的是大海人皇子，不禁惊讶。为什么此刻会搜寻大海人皇子的身影呢？但随即，她已经知道了答案。

——请不要再让您年轻美貌的妃子们在月光之下展示了吧！

她是想对大海人皇子说这句话。

月光明晃晃地洒照着，可是宴席那边却渐渐暗了下来，酒宴大厅的灯火盏盏消去，庭院中则燃着好几处篝火。

额田想在旷阔的庭院里走走。运送食物的众多侍女一举一动从廊檐口都能看得清清楚楚，额田不想往那里走。她只想见到十市皇女,和她说上几句话,然而十市皇女却迟迟不出现在额田面前。

过了一阵,附近响起一串天真的笑声。额田将视线转向那里,只见一对少男少女在互相追逐嬉戏着,月光下只看见两个追逐的黑影。额田立刻就知道了这二人是谁。她情不自禁地呼吸急促起来,随即紧盯着两个黑影。其中一人不是别人,正是额田急切地想见到的十市皇女,另一人是高市皇子。高市皇子是大海人皇子与妃子尼子娘诞下的皇子。额田生下十市皇女的第二年,皇子也出生了,所以,高市皇子与十市皇女二人是同父异母的姐弟。

十市皇女被高市皇子追逐着来到额田身边。她以额田的身体作掩体,绕到了额田身后。额田心想,十市皇女应该知道自己是谁,所以才故意这样的,除此以外她想不到其他理由。十市皇女与高市皇子围着额田来回转了好几圈,不知道为了什么你追我我追你。十市皇女先是被追逐,后来又变成追逐方。少年特有的尖厉声音从二人口中不断蹦出。

最终高市皇子跑开了,十市皇女则打消了继续追逐的念头,站在原地呼呼喘着粗气。额田一边听着十市皇女的喘息声,一边问道:

"玩累了吧?"

额田不知道应该和她说什么好,于是不知不觉地问了这么一句。十市皇女这才注意到站在身旁的是额田,"啊!"她脱口低低而短促地叫了一声,随即后退了两三步。额田凝视着十市皇女的面孔。月光下,她的头发乌黑,脸色却显得有些苍白。

额田在大脑中搜寻,此时此刻作为一名母亲应该说些什么,拼命地搜寻着。她知道,倘使不和颜悦色地说几句温柔的话,对方立时会逃离自己而去。

额田刚向前跨出半步,十市皇女腾地一个转身,随即,一溜烟地跑开了,留下额田独自呆立在那里。这世上自己最爱的美丽少女,一瞬间就从自己面前消失了。

额田在原地呆立了许久。她全身沐浴在月光下,可是她的眼里看不到月亮,也看不到一丝月光;从宴席那边传出阵阵像排浪似的喧闹的笑声,可是额田一点也听不见。

额田无法忘记十市皇女看到自己的那一瞬间脸上露出的惊恐表情,深深地刻在心中,难以理解。假如十市皇女想见自己的话,不会做出那样的表情。也许十市皇女想见自己,但在那一刹那,被什么东西惊吓到了,所以才会露出那样的表情来?自己当时脸上的表情是不是溢满了如世上所有母亲一样的母爱,额田完全没有自信。或许丑陋得像个鬼似的吧?想到这里,额田越想越觉得就是这么回事,不由得心里发酸,阵阵悲痛。

酒宴进行到一半时,额田移坐至靠近廊檐口的地方。一个人远离众人,不知道别人看了会有什么想法,但额田还是想尽量避免那样。另一个原因则是,她想借此转移一下十市皇女刚才给她带来的悲痛。

中大兄皇子同镰足二人不停地在交谈。这二人似乎与今晚的赏月酒宴没有一丝关联。即使不走下廊檐来到庭院中仰观月亮,至少走到廊檐口看几眼也应该吧,可是这二人从一坐下来就没有挪过位置。此刻,烛台的灯火渐次熄灭,二人仍坐在黑暗中交谈着。庭院里的篝火燃得旺炽之时,两个身影才隐隐约约地现出来。随着火势时强时弱,二人面面相对的侧脸有时被映照得特别明亮,有时则仿佛悬浮在黑暗殿宇中似的,无论谁见了都会感到害怕。

然而,这只不过是从与酒宴毫无关系的第三者角度来看的,而在这二人眼中,不管是庭院里的篝火还是月光沐浴下的庭院,都是那样美;不管是众多妃子从室内走下廊檐来到庭院的身影,还是年幼的皇子皇女的嬉戏场面,也都那样美,正是赏月酒宴应该有的情景。二人只远远地看着这一切,没有将自己置身其中。

"送丰璋返回百济也许是个失误。"中大兄说道。

"也许是。"镰足接口说道。

"虽然有可能是个失误,但是已经护送回去了,现在也不可能再返回来了。"

"是呀。不管好或坏,事已至此只能坚持到底了。"

"记得当时好像有人反对将丰璋送回百济。"

"包括大海人皇子在内,加上几名朝臣,一直到最后仍是反对,说是丰璋这个人襟怀狭小,由他统帅军队必定会出问题……"镰足说。

此后,二人都沉默了。从刚才起,这样的场景在二人的对话中已经出现好几次了。

额田在靠近廊檐口的一张折凳上坐下。她不觉得中大兄皇子与镰足二人的身影令人害怕。她知道,此刻二人谈论的事情必定与赏月酒宴毫无关系,二人是心里装着半岛出师的问题来到酒宴现场的。令人不安的倒是另一件事情:中大兄皇子和镰足商谈事情的时候总是在场的大海人皇子,这会儿却并不在场。

大海人皇子的身影出现在各处。一忽儿融入自己的妃子中间,一会儿加入到中大兄皇子的妃子中间,一忽儿在庭院里踱步,一会儿与年幼的皇子皇女在廊檐上嬉戏。大海人皇子的举止与酒宴的气氛非常吻合,看上去他与出席赏月酒宴的女眷们玩得非常开心。

大海人皇子再次来到额田身边。额田不想在两位皇子的众多妃子在场的场合与大海人皇子过分亲热地交谈,可大海人皇子全不在意,毫无拘束。他压低了声音,用只有额田一个人才能听见的小声问道:

"你知道中大兄皇子在所有妃子中最喜欢哪一个?"

"不知道!"

额田不假思索地回答,同样用只有大海人皇子一个人才听得见的声音。这个话题在这样的场合实在不合时宜,她想用这样斩钉截铁般的回答将这个话题顶回去。大海人皇子明明知道额田的想法,仍执拗地不肯放过额田:

"不必介意,说说看吧,是你啊还是谁啊?"

"不知道!"

"你不可能不知道。"

"不知道!"

额田内心忽然有点得意,现在她可以自己躲在后面,只要祭出中大兄皇子就行了。

"鸬野皇女殿下在看着呢！真的，您看，鸬野皇女殿下……"

她使出了王牌。大海人皇子灰溜溜地转身从额田身边走开了。

大海人皇子人走了，可是他扔下的问题仍留在了额田心里。那边聚作一堆的妃子们当中，中大兄皇子最喜欢的是谁呢？对这个问题额田也饶有兴趣。

额田下意识地将视线投向那些妃子们。倭姬王、色夫古娘、宅子娘、橘娘、黑媛娘……一个个列坐于廊檐内，要从这些人中挑出一个人来着实很难。假如大海人皇子再走来的话，额田会毫不踌躇地回答他：

——每一位都那么美丽、贤淑，想必中大兄皇子殿下对她们的爱都是平等的吧。还没有生产的倭姬王也好，诞下第一个皇子的宅子娘也好，相信她们从中大兄皇子那里得到的爱一点也没有差异。当然，如果说现在中大兄皇子殿下心里最忘记不了的，那肯定要说眼下已经不在那里的造媛这个名字。

额田的确是这样想的。虽然之前从未想过这个问题，但此刻若要回答，她猛地就冒出了这个答案。她坚信就是这个答案。已故建王的生母造媛妃，难道不是至今依然活在中大兄皇子心中的妃子吗？因父亲石川麻吕之死而悲伤过度，旋即追随亡父而去的造媛妃的影子，永生永世都将以各种形式浮现在中大兄皇子眼前。

苏我石川麻吕不只造媛一个女儿成为了中大兄皇子的妃

子,此次没有来筑紫的姪娘也是,她是造媛的妹妹。造媛死后,不知道这位妃子是以怎样的心情继续伴侍中大兄皇子的。

从这个角度来说的话,以贤惠著称的橘娘也一样。橘娘的父亲是阿倍仓梯麻吕。阿倍仓梯麻吕虽然没有像石川麻吕那样悲情地结束自己的一生,但同样是新政下的牺牲品,因此,他也没有享受到新政当权者的公平对待。

没有出席今晚酒宴的妃子还有常陆娘。她是据说进谗言害死有间皇子的苏我赤兄的女儿,不知什么原因她没有出席酒宴。事实上,以她的立场,也实在无法若无其事地与大田皇女、鸬野皇女等人同坐一席。

这几位妃子都产下了皇女。现在诞下的是皇女,将来还会诞下皇子也说不定。

想到这里,额田朝四下扫视了一下,忽然觉得自己在这里无法再呆下去。此时的感觉,比起先前看到中大兄与镰足二人的侧影悬浮半空时更加令人悚然。周围尽是挖空心思欲集中大兄皇子、大海人皇子之宠爱于己身的妃子。她们各产有皇子或皇女,中大兄皇子的两位皇女还嫁作了大海人皇子的妃子,感觉就像一张极为复杂的网,每个人以各自的立场作为经线和纬线,编织而成。

额田站起身离开了。月光依旧清冽地洒照在大地。额田回头朝宴席方向望了一眼,恰好看到中大兄皇子从座位上起身。他和镰足二人结束了促膝交谈,终于想起来该观赏一下月亮了吧。中大兄皇子从两组妃子中间穿过,走到廊檐口,离得远远的,额田仍感觉到中大兄皇子的身姿是那么挺拔、高壮。

这时候,十市皇女晃晃悠悠地跑到中大兄皇子身边。额田略略感到有些惊讶。只见中大兄皇子将手搭在十市皇女肩上,俯下身子好像在和十市皇女说什么。

额田凝视着这一幕,忽然想到,自己也逃不脱那张以各种不同立场作经线和纬线交织而成的复杂的网。拥有大海人皇子为父亲的年幼女儿,能得到中大兄皇子的疼爱自然令人高兴,至少比不受疼爱来得好。十市皇女长大后,也许会被选为今晚在场的某位年幼皇子的妃子,甚至成为那位已经出落得脱去了孱弱少年之感的大友皇子的妃子也不一定——一瞬间冒出的这个念头令额田感觉不安。当然也可能成为刚才与她一同追逐嬉戏的高市皇子的妃子,但是这种想象同样令额田不安。额田不知道,究竟何种命运降临十市皇女才可能幸福?一旦陷入这样的思绪中,先前十市皇女给自己的打击登时变得微乎其微,简直算不得什么了。

不知何时十市皇女的身影从中大兄皇子身旁消失了。随后,出现了倭姬王的身影。倭姬王的面容沉稳而稍显严冷,年纪约有三十四五岁了吧,是死于新政当权者之手的古人大兄的女儿,因此她的立场同样十分复杂微妙。不过她与其他妃子的不同之处在于,她与中大兄皇子之间既没产有皇女也没有皇子。这位妃子此刻会是以什么样的心情和中大兄皇子共赏明月呢?无人知晓。但从她毫不在意其他妃子的目光,走到中大兄皇子身边这一点来看,额田知道倭姬王一定非常自信,毕竟这不是任何人都能够做到的。

从酒宴一开始,额田的视线就无法从大海人皇子的妃子鸬野皇女身上移开。此刻则同样的,她的视线也无法从中大兄皇子这位美丽的妃子身上移开。一如注视鸬野皇女时一样,毫不掩饰地讲,额田此刻的感情也是女人的嫉妒。一方面拒绝对中大兄皇子的爱情,一方面为什么又会生出这样的感情呢?额田也说不清。对于额田而言,今晚的赏月酒宴不啻是一道分水岭,它令额田遽尔发现了自己内心作为普通女人所具有的那种情感。原来自己对已经拗断缘分的大海人皇子和如今正承受宠爱的中大兄皇子同样心怀嫉妒,真是不可思议啊。

四

寒尽年开,是中大兄皇子称制的第二年。迎来新一年的朝廷当权者们绷紧的心仍然没有放松。谁都非常清楚,今年将第二次大举出兵半岛,不管愿不愿意,都必须向半岛派遣更多军队。因为新罗也好唐国也好,都不可能满足于目前这种双方对峙的胶着状态。从前线的一些小小动向也可以看出,对方正在酝酿一场大规模的决战。对己方来说也一样,大和及百济方面不想拖到很久才决战,只等第二次出兵的准备就绪,就将进入决战态势。之所以拖延至今仍没有动作,关键问题在于军船、武器以及粮秣,而这些问题在今年初应该统统得到解决。

一开年,朝廷便就出兵的时机进行了朝议,庙堂上既有即使稍稍有点赶,但仍应当争取在春天到来前出兵的主张,也有必须等到准备万全的夏天之后再决战的主张。前者的出发点是要趁唐国的后续增援人马到达之前彻底打开局面,而后者的想法则是即便敌方兵力会越来越增强,我方也不应当匆促地打一场无准备之仗。

前者的代表人物是大海人皇子。时间拖得太久,派遣军与拥祐丰璋的百济军之间难说不会出现龃龉,故此大海人皇子等认为必须在内讧还没有发生之时就出兵,使将士的注意力全部集中到决战上。此外据半岛回来的使者报告,半岛有传言说护送回百济的丰璋人气萎落,情况似乎不大妙。

对此中大兄皇子觉得,丰璋的问题虽然是个麻烦,但毕竟还不是致命的大问题。当初护送丰璋回半岛,并没有指望由他来指挥全军作战。因此,可以稍稍再缓一缓,等待时机成熟,再向半岛派遣第二批大队人马,一举展开决战。镰足也支持这一主张。

然而,庙议并没有就这两派主张究竟选择哪一个做出定夺。因为不管是春天到来之前出兵,还是待夏天之后再出兵,归根结底必须结合半岛的形势做出最为合适的对应,因此,派遣在外的部队指挥者拥有最终的选择权。

这一年的一月末,半岛方面首次派回使者禀报前线情势。使者带来了一个让人意想不到的消息:去年末,丰璋突如其来地将其王城从周留城迁至避城。

据使者禀报,丰璋召集近臣商议:

——周留城耕地少、土地贫瘠,不适合农耕。久居此处,必然困鹿空虚,百姓枵腹。从军事的角度看,此地也绝非重要据点,不利于己方出击,充其量据城死守一阵已经是极限了,故必得弃此城而另觅他处。避城周围有河川环绕,可以固守;加之土地丰穰,自然条件极为有利。

对此,朴市田来津站出来反对。他劝谏道:

——以避城为王城最大的弊端在于,此处距离敌军的布阵仅仅只有一夜行程。适不适合农耕固然重要,但只能排在其次的位置,眼前最最紧要的不是百姓果腹的问题,而是怎么样才能不亡国!现在敌军之所以不敢来进攻,就是因为周留城前有峡谷、后依险山,易守难攻。假如像避城一样四周都是平原的话,早已经被敌军攻陷了。周留城得以至今未受到敌军攻侵,全仰仗它有着天险之利啊!

但丰璋硬是充耳不闻,执意将王城迁到了避城。

从使者的报告口吻中,显然能听出对丰璋的不满。可以说,这也是派遣军全体将士的态度。

次月,百济遣使者携贡物前来朝见。使者奉命转达了丰璋的口信:自己独断专行迁都至避城一事理应受到非难,但尽管仍处于战时,自己却并未忘记向大和朝廷进献贡物,这份心意还望察纳。

中大兄皇子对丰璋既有非难,也有赞许,而大海人皇子的看法则要严厉得多。他认为,眼下不是记挂朝贡、巴结大和的时候,事态峻严,还有更多紧要事情迫在眉睫,丰璋却仍在动这样的脑筋,可见他作为一名武人是不足凭信的。

在关于丰璋的这件事情上,大海人皇子的看法很快便被证明是正确的。就在百济使者来朝不久,派遣军的使者时隔一月再次回朝报告：

——王城迁至避城不久，新罗军出动了，并一举烧毁百济四州、夺取了军事要地德安。避城因距离战线过近，又毫无地势之利，于是不得不放弃避城重新迁移回原先的王城周留城。

事态的展开正如朴市田来津预见的。然而，眼下顾不上诘责、痛骂丰璋了。从新罗军的举动来看，战机已经近在眼前了，要地德安落入敌手、四州被烧毁，再清楚不过地说明了前线兵力不足的窘况。

事情到了这个地步，就不分速战速决派和等待战机派了，在立即派遣第二批人马火速出兵这一点上，中大兄皇子和大海人皇子二人意见毫无龃龉，完全达成了一致。半岛派遣军使者回朝的当夜朝廷就进行了朝议，一直商议到第二天，所有朝廷重臣全都参加了庙议，并且决定立即出兵。中大兄皇子亲自下达了出兵命令，随后花了很长时间就派遣军编成进行了详细的商讨。

翌日，筑紫一带简直像捅了马蜂窝似的一片纷乱。所有的兵士离开驻屯地拔营上路。起先觉得好像漫无方向，渐渐地终于越来越清晰，原来所有军队都集中到了距离筑紫港不远的三处地方。移动迁驻的军队所到之处总能和其他军队会合，会合之际便响起一片呐喊声，兵士们已经知道自己要渡海奔赴半岛了。虽然尚未接到正式命令，街头巷尾也没有传言，但兵士们似乎早已有了这样的心理准备。

各种各样的小道消息又传开了。有说军队将开拔至半岛北部的高句丽的，有说朝廷已经决定军队直接派往大陆唐国的,还有说新罗国已灭,派遣军将移驻新罗的,五花八门。至于高句丽、新罗、唐国到底有多远,绝大部分兵士都不知道。传言越传越怪异,越传越离谱,甚至有人煞有介事地说新罗和唐国都已经降服,其实大和军队渡海去了半岛又得马上返回,但是考虑到船队既已经组建,所以不妨大张旗鼓开拔出去,热闹热闹也好。

筑紫港内每天都有军船驶入,也不知道都是从什么地方集合来的。军船的样式参差不一,有新罗式的,有高句丽式的,也有百济式的。接受过水军操练的兵士们发现,这些半岛式船只与之前操练时乘坐的船只有很大不同。而那样的船只迄今一艘也没有看到,于是兵士们议论道,看来登船出航的日子还远着呢,至少还得再过数十天。

兵士们每日轮换着前来码头,从事物资装载等作业。装船的箱包内装的估计都是食粮。过了几日,箱包突然变得沉重起来,显然装的是武器。一天,数个笨重的箱包不慎被损坏,露出了里面装的东西,原来不是武器,而是制造武器的器具,有用来冶炼加工的鼓风装置,有铁锤,有用来夹取烧热的铁片的锻工钳等。看到这些,兵士们不禁沮丧,装运这样的东西去半岛,况且数量如此之多,看来短时间内凯旋是无望了。于是,又一种说法便传开了,说是此次派遣军要在半岛长期驻扎下去了。

三月末,第二批半岛派遣军的指挥人选正式公告。整个部队分为前军、中军及后军三军,前将军有上毛野君稚子、间人连大盖,中将军有巨势神前臣译语、三轮君根麻吕,后将军则有阿倍引田臣比罗夫、大宅臣镰柄。这些将军个个都是名动一时的名门或者地方豪族出身,可以说是最理想的阵容了。他们将分率总计两万七千余兵士开赴半岛前线。

此前出师半岛的派遣军接到的诏书称,是为了救援百济,而此次下达给派遣军的诏书则明令进攻新罗,清楚地表明了出兵目标。随着指挥人选的公告,所有传言登时烟消云散,所有兵士都知道了自己奔赴半岛的使命,就是进攻新罗,并同对新罗施以援手的唐军交战。

当与兵士们操练时乘坐的同一样式的船只陆续到达、数百艘船只泊满了港口之日,兵士们全都分发到了酒肴,举行了同故国诀别的仪式。翌日一早,前军将士们开始登船,至傍晚时分,船队全部驶离了港口。

隔了数日,中军出发;又隔了数日,后军也开拔了。三军组成的大军团人马离港后,筑紫一带一下子如灯火熄灭般陡然失去了生气,之前挤满兵士的兵舍变得空荡荡,拴马的厩房也变得空荡荡。虽然兵舍和马厩不久又有新征募的兵士陆续进来,但相比较数量却寥寥无几,恐怕需要数月才能重新填满。

派遣军出发前后,额田女王一连数天参加法会,向神祈祷征战得捷。每天从早到晚,她与中大兄皇子都很少能见上一面。不过这样正合乎她的心思,正如之前与大海人皇子常相离会一样,现在她与中大兄皇子也是各得其宜,额田又重返她作为一名倾听神的声音的女子的生活。

这期间中大兄皇也没有向额田提出要求,看到额田一心一意敬奉于神前的身影,他不敢有任何渎神的念头。为了求得出征将士得到神的佑庇,中大兄皇子宁愿自己付出牺牲。

派遣军接二连三从半岛派回使者报告前方军情,前军、中军及后军都已顺利登陆半岛,在新罗国的地盘上扎下据点,并与百济复国军及第一批派遣军取得了联络,预计再过一个月或两个月,即可展开行动发动大规模的作战。

隔不到十天,筑紫大本营又迎来了前线派回的联络使者,是第二批派遣军中作为前军派往高句丽的犬上君。

——途中路经石城里时,竟和百济王丰璋不期而遇,丰璋向派遣军历数了福信的种种罪行。

听了犬上君的报告,朝廷首脑们登时心头蒙上了一层阴影。丰璋对任何一个人进行非难都不足为奇,然而偏偏非难的对象竟是在危难之际揭起复国军大旗、对迎回丰璋最为热心的福信,问题可就严重了,令人再也无法坐视不理。

中大兄皇子、大海人皇子对丰璋的问题都感到非常不安,而镰足的反应更加激烈,他满脸愁容地说道:"依丰璋的性格,既然他对福信如此不满,绝不会就此罢休的!"

进入六月,不知什么缘故,从半岛几乎再没有使者返回。之前大约每隔五六天便派遣使者渡海回朝,很少有超过十天接不到音讯的。但从六月初开始,就看不见使者的船只驶入港口了。少了联络使者,对半岛的情势就完全无法了解掌握了。

一直到六月中旬,仍然没有联络使者返回,筑紫大本营开始弥漫起一股不安的气氛。朝臣们几乎每日会集于朝廷,却又无事可议。因为不了解前线局势,议定作战计划就根本无从说起。此时,关于鬼火的传言又再次四起,朝臣们自然谁也不会议论这种事,可宫内的女官们一凑到一起便忍不住交头接耳,互相打听谁谁见到了鬼火。

此次的鬼火与前一次不同,并不是出自宫殿内,所以宣称见过鬼火的人都是在户外见到的。深夜,从宫殿后院经过的话,总能看见五六簇鬼火一边闪着青色磷光一边忽明忽暗地摇曳,并且不是静止于一处,而是忽高忽低,仿佛浮游在半空中一样。见过鬼火的人描述的情形大致相同。

额田曾由数名侍女伴同,深夜在内苑走了半圈,不是专为看鬼火,不过假如真有鬼火她倒真想亲眼一睹。转了一遭,什么都没有发现,于是准备返身回屋,正在此时,忽然一名侍女发出惊叫,随即瘫软在地不省人事。听到这声惊叫,其他侍女也战战兢兢,尖叫不止,接着又有一名侍女昏厥倒地,其余三四人吓得落荒而逃,只剩一名胆壮的仍站在原地。

面对这始料不及的突发事件,额田不禁茫然自失。她没有亲眼看见鬼火,因此丝毫也不惊慌,倒是两个昏迷在地的侍女令她一时有点犯难。两名侍卫女不约而同地躺倒在苑内相隔一定间植下的胡枝子丛边,一个脸孔朝下趴卧在地,另一个蜷成虾米的姿势侧身而卧。

额田抱起趴卧在地的侍女,吩咐那名胆壮的侍女去摇醒另一个侧卧在地的侍女。二人很快苏醒过来,但脸上已然血色全无。四人随即回到屋内。额田向两名倒地的侍女询问究竟,但她们所说的却支离破碎,杂乱无章。先倒地的似乎是亲眼看到了鬼火,但此刻回想起来也不敢确定了,只说有可能是因为心中恐惧,于是出现了鬼火的幻觉,不过青色的鬼火在脚旁飘浮应该不是幻觉而是真实场景。总之,回答得很暧昧。后倒地的那个明显是因受到惊吓而昏厥的,她只知道自己听到了另几名侍女的尖叫声,其他什么都不记得。

然而,因为此事还有一件事情也得以大白:昏厥倒地在先的那名侍女已然是妊娠之身。虽然平常看着不像是这样的女子,但确实不知道哪个男子令她有娠了,也许是这个原因导致的精神亢奋,才使得她出现了幻觉吧。

但这一事件却令鬼火的传言似乎多了一分真实性。事件发生时在场的侍女们事后也渐次感觉自己好像看到了鬼火,并不断向他人说起,使得传言愈来愈盛。

鬼火事件发生的两三天后,左企右盼终于等来了半岛派回的联络使者,是由第二批派遣军的前将军上毛野君稚子派回来的。

——经过激战,我军已攻克新罗的沙鼻岐、奴江二城。

使者的报告非常简短,但这一捷报登时令筑紫大本营重新焕发了生气。

翌日,第一批派遣军也派回了使者。但是这次使者带回的消息却令朝廷首脑们霎时间面无血色。

——丰璋王以企图谋反为由,将福信下狱,并且已经斩首示众了!

这一消息带来的冲击是巨大的,朝臣们几乎全都腾地从座位上跳起来,镰足一直担心的事态终于还是在半岛发生了!福信此人如何姑且不论,但眼下就半岛的情势而言,他却是一名不可或缺的武将。是他兴废继绝,将一度已经被灭亡的百济重新兴邦立国;是他以寡拒众,率百济复国军与唐国与新罗的联军坚持作战。可以说,半岛之所以能勉强保住目前的局势,完全归功于福信一人。其骁勇善战之名,甚至已远播唐国本土。现在,丰璋竟然将他这样一个人诛杀了。

在第一批、第二批派遣军中,堪与福信媲美,甚至胜过福信的武将或许绝不止一二,但就对半岛地理的认知和熟悉而论,却没有一个比得上生于半岛、长于半岛、在半岛战场上驰骋鏖战多年的福信。丰璋诛杀的,偏偏就是这样一个人物。

不只如此。据使者报告,丰璋的手段极其残忍疯狂,绝非常人之所能。丰璋将福信下狱之后,用革绳穿过掌心将其缚住,然后问左右:福信罪证确凿,当斩不当斩?此时有个叫德执得的人答道,此等恶人罪不容赦。福信气得朝德执得啐了一口唾沫,骂道:你这个卑鄙小人!行同狗彘!骂声刚落,头颅即被砍飞。

从这一日起,筑紫大本营开始频繁向半岛派遣使者。由于无法再对丰璋听之任之,不得不采取直接向派遣军首脑下达指令的方法。一方面,必须制止丰璋的独断专行,但另一方面,派遣军与丰璋之间倘若产生龃龉的话,事态必将更加恶化,所以在这方面不得不小心行事。筑紫大本营除了向派遣军派去使者,同时也向丰璋派出了使者。

福信被诛杀一事,从半岛派来的使者口中也得到了证实。决战时刻迫在眉睫,可半岛从各个方面来讲,内部依旧缺少团结一致,前脚来的使者如此这般报告一番,后脚来的使者又如此那般订正一气,或者两个地方派来的使者所说的事实竟大相径庭。

就在这种情势之下,时间很快进入了七月。一日,额田在回廊上与中大兄皇子不期而遇。额田俯首致意,随后等着中大兄皇子走过去,不承想中大兄皇子在她面前停下来,主动搭话道:

"今天有许多鸟群飞过去呢。"

"哦,我没留神,一点也没有看到。"额田回答。

"听说你看到鬼火了。"

额田抬起头说:"没有啊,鬼火什么的怎么可能说看到就看到呢。其实只不过是传言,有一名侍女听到后吓坏了,以致竟然昏厥了过去。"

"不,我也看见了。昨天夜里我第一次看见了鬼火哪。"

中大兄笑嘻嘻地说道。额田什么话也接不上,只得怔怔地望着中大兄的脸孔。

"额田肯定以为我是在瞎说吧。可是,我真的看见了。原本我以为鬼火是随心所欲在半空中飘来飘去的。其实不是,鬼火是死人手里举着的长长的枝条,枝条头上点燃着火,然后一步步走近。不知道他手里举的是什么树的枝条,但是,树枝头上肯定燃着火。死人一边走,那火苗就一边摇曳,死人将树枝往上举的时候,火就呼地蹿向半空中了。手往下面落的时候,火就向地面贴近了移过来。有时候火会熄灭,火一熄灭,死人就把树枝收回手边重新点燃。火有时亮有时灭,看上去真的很吓人,总之叫人感觉很不舒服。"

额田凝视着中大兄皇子的脸孔,视线久久没有移开。她在等待中大兄皇子变换成另一副截然不同的表情的那一瞬间。

她知道,随着展容解颜,朗朗笑声一定会从中大兄皇子口中撒然滑出。额田已经想好了接下来要说的话:

——额田也想看看那个叫什么鬼火的东西呢。皇子殿下不要一个人独自看,下次若还碰到这样的事,让额田也有幸看一眼呀。

她想好了这样说的。可是,额田的期待落空了,中大兄皇子的表情一点也没有变换。

"没有什么好看的。"

说罢,中大兄皇子便打算从额田面前走开去。额田向前一步,挡在了中大兄皇子前面。

"殿下您是什么时候在哪里看到的?"

"昨天夜里。我看到是在昨天夜里,但以前说不定就出现过鬼火。"

"那种事情,绝对……"

"你想说绝对不可能的?"

"怎么可能会有呢?"

"可是就是有啊。"

"在什么地方看到的?"

"在寝宫前的回廊上。"

"您深更半夜的往外面跑,所以呀。深更半夜在那种地方走的话,出现一两团鬼火是很正常的呀。"

额田说道。但她只不过是口头上稍带挖苦,心里却并未随着说出来的话一起揶揄。换作平常的额田,一定会以更加额田式的说话方式,对半夜跑去其他妃子住处的中大兄皇子扎上一刀。但是此刻,她也就仅仅停留在口头上,内心却与此相去甚远。

"今晚说不定也会出现。"

"您最好呆在自己的卧房哪儿也不要去。"

"就算呆在屋子里不出去,鬼火也可能钻进屋来的。"

此时,中大兄皇子方才露出笑容。随后,他撇下额田起身走了。

额田仍站立在原地。对于中大兄皇子刚才那番话,她可没有当真,但她知道中大兄皇子是太劳累了。不管是不是真的看到了鬼火,中大兄皇子操劳过度却是显见的事实。额田觉得,中大兄皇子从来没有像今天和她说话时这样心力交瘁。

额田拔腿朝中大兄追了上去。中大兄仿佛猜到了额田会有这样的举动,他缓缓走着,走到通往中庭的出口时停了下来,回头说道:

"今天夜里,让你也看看鬼火。你到寝宫来吧——你喜欢的有间皇子、石川麻吕、古人皇子,还有已经驾崩的先帝,还有好多好多……"

"额田非常想看一看。"

额田赶快接口道,似乎打断对方不让他说下去。没错,中大兄皇子太疲惫了,为了他,只要自己能够做的她什么都愿意去做,甚至连生命也在所不惜。额田不是想不到,中大兄是以鬼火作借口邀自己前往寝宫,但即使是这样也不介意。赌上国家命运而下定决心出师半岛的中大兄显现出从未有过的疲惫,对此额田非常焦急,而且感到很心痛。半岛战况如何,额田不清楚,但她知道中大兄眼下的处境苦不堪言,她决不能视而不见、不闻不问。也许什么地方都没有鬼火,唯独中大兄身边才出现,别人眼里看不见的鬼火正吐着青色火舌摇摇曳曳,中大兄皇子一定看见了。

刚听到八月的脚步声,筑紫一带就已开始刮起了秋风,感觉秋天比往年来得要早。八月过半,天候糟透了,几乎每天都是暴风雨的天气,又是暴雨,又是狂风。等到好多天后终于又见到蓝色的天空,半岛来的急使正好到来。是百济王丰璋派来的使者。

——敌军的动作渐渐频繁,看来是要向我王城发起进攻。我军准备主动放弃王城,主力以锦江河口的要地白村江为据点,迎战敌人。

这就是使者的报告。

丰璋放弃周留城这已是第二次。白村江固然称得上是军事要冲,但百济军队转移至那里是什么作战计划呢?将周留城变为一座空城,拱手让给敌军?但是,眼下不是诘责丰璋的时候,估计丰璋已经按照这一计划开始行动了。

隔了三四日,丰璋方面派出的使者又到。

——我王城之地周留城已被敌军包围,我军主力拟向白村江移动,无奈大唐的军船事先已埋伏于锦江河口,且军船数量一天比一天增多,战云险急,还望大和的派遣军急速赶往白村江助阵。

正如大本营推测的,丰璋不战而让出了王城周留城。当然,周留城内还留有少量守军,但眼下已遭敌军包围,看来陷落敌手是早晚的事了。

现在丰璋前来恳请大和派遣军向白村江集结。事实上,如果不那样做,丰璋率领的百济军根本无力同已经集结在那里的大唐军队交战,而且又不同于有周留城可固守,只要新罗军从陆上方向向其发起攻击,百济军无疑就将鱼溃鸟散。

由于丰璋极为草率的行动,使得在新罗朝夕各拔一城的第二批派遣军不得不疾速赶往白村江集结。这样一来,不管是否正合期待,两军的决战将于海上展开,而大唐的军船已经在锦江河口布下战阵。

筑紫大本营于是当即命令正转战于新罗南部的第二批派遣军急行赶往白村江,与百济军汇合。自然,想必丰璋早已不经筑紫而直接向派遣军发出了请求,派遣军也已经迅速采取了行动,但筑紫方面作为作战大本营仍必须做出这样的部署,因为现在,对筑紫大本营来讲,丰璋的所作所为已经无人愿意相信了。

"丰璋先是斩杀了福信,然后又擅自放弃了王城……"最最愤慨的无疑是大海人皇子,他从一开始就信不过丰璋,如今事情弄成这样,早就在他意料之中了。对此中大兄皇子和镰足都无话可说。

"不过,在海上一决雌雄总算也是我军所期望的,比起在人生地不熟的山川战场,在海上展开决战势必对我军更加有利。"镰足说道。

倘若不这样说,中大兄皇子的面子实在挂不住,自己也无地自容。当然,这倒并非错了仍不肯认输。事实上,出兵半岛之前兵士们就没日没夜地进行过大强度的水战操练,加之后军指挥阿倍比罗夫也已经到达半岛。阿倍比罗夫依靠灵活驱使水军在平定东北夷族的一系列作战中立下过殊勋,此时,阿倍比罗夫在众人心目中陡然增加了不少分量。

"阿倍比罗夫是位擅长奇袭的猛将,想必阿倍比罗夫的船队已经完成布阵,做好了白村江会战的准备。大本营有一阵子没有接到阿倍比罗夫率领的后军的报告,可能正好说明了这一点。"一位朝臣说道。

众人对阿倍比罗夫的期待越来越大。期待一旦被激起,似乎就会膨胀成无限大。

中大兄皇子并没有对丰璋加以痛骂,但同时,也没有对阿倍比罗夫表示出特别的期待。他现在已经顾不上这些。对中大兄皇子来说,眼下第三批派遣军成了最重要的问题。万一白村江决战的展开对己方不利,则无论如何必须再派遣第三批救援军。之前,压根儿没有想过这一步,因为先后已派出两批救援军,所以怎么也不会去想一旦战事出现不利,还需要考虑进一步的后手去扭转局势。

然而现在,局面完全不像预想的那样,我军即将于海上与大唐船队相逢,而我军将以不利的状态临战。当然也不是没有战法避免与大唐军队决战,但那样就要牺牲掉丰璋的军队,眼睁睁看着他们被敌军全歼。而丰璋军被歼灭、百济全土落入敌手,则大和出师半岛岂不完全失去了意义?那样所带来的后果是大和朝廷无法接受的。

"或许现在,我们必须考虑再增派救援军了。"中大兄皇子终于开口了。

镰足立即接上道:"关于派遣第三批人马,臣已经安排布置了,只不过眼下如果立时三刻要出兵的话……"镰足停顿了一下然后继续说道:"半年,至少需要半年时间调度。"

按照镰足的话来说,等不及半年就发兵的话兵员武器等恐怕很难准备齐整。此话绝对没错。即使顺利征募到新兵,但操练和装备,无论从哪方面看,肯定都不能与第一第二批派遣军相提并论。

此后一连数日,筑紫大本营被一股沉闷的空气笼罩着。神事、法会几乎每天不断,又是祈祷出师得胜,又是祈愿国家安泰,寺院的钟声从早到晚响个不停。

这一天,半岛的使者又到了。这是从新罗南部转移至白村江的第二批派遣军派回来的使者。

——大唐集结在白村江一带的军船计有一百七十艘,阵列坚固,眼下未见轻动,应该仍在等待战机成熟。我军与百济军商议,只等后续部队一到,便向敌阵开战,抢占先机,我军将采用密集阵势,如疾矢离弦,直插敌阵中,夺取胜利。

这是第二批派遣军的中军送回来的报告,说的是等待后续军船到来后抢占先机主动发起攻击。根据这一报告,阿倍比罗夫率领的后军尚未抵达白村江。这是略略令人遗憾的事情,也是让人担心的事情。

不过这个消息还是引起筑紫大本营一阵欣喜。决战当前,将士们已然信心十足,志在吞敌,似乎已经预示着此战必将告捷。

这是最后一次使者回朝来报。自此以后,半岛前线的音讯便戛然中断了。

一阵强烈的不安将额田女王惊醒了。准确地讲,或许是在醒来的一瞬间,她发现自己正被困在一堆大大的不安中。额田感觉很累。连着数日不分白昼黑夜地做神事、法会,昨晚终于告一段落,夜深回到住处立刻就寝,但是没睡多久便醒了。

这种不安的心绪从何而来的呢?额田坐立不安。她起身来到屋门口站着,夜晚的寒风透过寝衣向身上袭击来。屋外透着隐隐的亮光,然而曙色未明,那是月亮钻过云层洒下的淡淡的光。

额田双手交叉抱于胸前,试图压下内心的不安。这时候,对面人造假山的后面有个男人的身影闪入额田眼帘。霎时间,额田便意识到那人是中大兄皇子。自己不会看走眼的。

这段日子,朝臣们几乎每天都聚集在庙堂上商议大事,一直商议到深更半夜也是常有的事情。这位朝廷的首脑人物此时出现在庭院里,可能就是刚结束商议从庙堂归来,然而中大兄皇子回自己卧房的话应该走通往寝宫那条回廊的,如果去其他妃子的卧房也一样。

深夜,中大兄皇子独自一人在王宫后苑的庭院里踯躅,怎么想都令人讶异。额田觉得自己心绪不安与中大兄皇子有关,除此以外她想不出另有什么原因。

额田回到屋内,稍稍花了一点时间更衣、补妆,等到再来到庭院时,本以为可能找不到中大兄皇子的身影了,但仍抱着一丝期待在庭院内寻了一遭。

额田来到人造假山右首。从这里可以看到前方远处一个旷阔的石板广场,那里足足可以召见两三百人。额田站在原地注视着广场高台,中大兄皇子正在广场上踯躅。站在四周空空一株树木也没有的广场上,中大兄的身影蓦然显得很渺小,小得有点怪异。中大兄皇子在广场上转着圈子徘徊。

"皇子殿下!"额田走到中大兄身后招呼道。

"是额田吧。"中大兄皇子应道,但并没有转过身来看额田。

"深更半夜感觉心口有些发慌,就起来到屋外走走,结果看到了皇子殿下的身影。"

额田跟在中大兄身后,也在石板广场上踱起步来。

"看到鬼火了吗?"

"啊?"

"到处都是鬼火。"

"殿下您在说什么?"

"到处都是鬼火,一小团一小团的鬼火闪着青色的光,飘浮着。额田可能看不到,可我看到了。刚才这样走着走着,背后就有鬼火。很多鬼火,简直数都数不清。鬼火与鬼火互相在纷争歹斗呢。"

随后这句"鬼火与鬼火互相在纷争歹斗"仿佛一声炸响,额田听得清清楚楚。

"皇子殿下!"

中大兄没有理会额田的呼唤:"啊,真难受!中大兄看见了,看见鬼火了!不管我怎么拂怎么拂都拂不走,还是看到它们。"

中大兄仍旧低头踯躅。他口中说着难受,看他这样子确实让人能感觉到他的难受。他是无法忍受苦况才这样踯躅徘徊的,他的步履嚣浮零乱就说明了这一点。这让额田也感觉难受,中大兄皇子的苦闷与不安转瞬间都传染到额田身上,心口阵阵发慌,还夹杂着一股尖锐的刺痛感。啊啊,真难受。

额田感觉痛苦的那一刹那,她看见了鬼火。先是脚边有一团鬼火在浮荡,随后散裂成若干团,再散碎成更多,很快变成无数星星点点的小团鬼火,鬼火将额田团团围住,前后左右、头顶地面,全都是鬼火。

"皇子殿下!"

额田感到无数的火团将自己和中大兄皇子隔开了,她于是紧紧跟上中大兄的脚步,疾步而行。她在火团中忽而向左忽而向右,摇摇晃晃地走着,胸中那股莫名其妙的不安也变得越来越强烈。

中大兄说鬼火与鬼火在纷争歹斗。没错,鬼火之间确实互相厮咬歹斗,你吞我我吞你,最后变成一个更大的火团,然后再散裂、崩碎,变成无数火星,溅射开去,划空飞去,上下飘浮,倏地消失掉。

额田浑身竖起了鸡皮栗子。她疾步走着,胸口仿佛被撕裂似的难受,一种难以形容的痛苦在胸膛内奔突。

"皇子殿下!"

额田叫道。猛然间,鬼火殄灭了。额田在广场上跟跟跄跄,双膝跪地,随即向前一扑,摔倒在地。啊!她听到中大兄皇子近乎绝望的喊声,迷迷糊糊地知道中大兄伸手搭在自己肩头。中大兄皇子用一只手撑在地上。

二人都气喘吁吁。

"看到了吗,鬼火?"

"刚才是什么,那么怪异的情形?"

"不知道。我能想象到的只可能是白村江决战——不知道我军胜了,还是败了?"

中大兄答道。说这话时他的身体在微微颤抖。

五

距八月末只剩两三天的时候,除了少数人,屯扎在筑紫港附近的兵士们大部分都移驻到了别处。之前,兵士以外还有许多被征用的匠役每天出没于港口附近,如今也一并不见了影迹。

筑紫港突如其来变成了一个空荡荡的无人港,港口内只留下极少数军中要员。为什么会这样?没有人知道。个别人知道,是中大兄皇子下达指令这样做的,但为什么要这样做,他们也不清楚。随着港口附近的人员一下子疏散开去,港湾内的海潮似乎也冷清了,原先每天源源不断驶入港口的运送食粮或武器的船只现在一艘也看不见,估计都停泊至附近的其他港口去了。

九月一日，港湾内波涛汹涌，互相挤压、斥逐，到处是飞溅而起的雪白的碎浪花。留守港口内的兵士眺望着空无一船、唯见浊浪滔天的港湾，不由得感到心头阵阵悚然。

港口内每个船只停泊点配备了两名兵士值守，他们的任务就是哨见从半岛驶来的联络船只。

"筑紫港怎么变成这个模样了啊？"

负责值守的一名兵士感到疑惑不解。

"大概是派遣军要从半岛归来了吧。第一批第二批的派遣军一同归来的话，不这样将港湾内清空，他们的船只进不来呀。"另一人煞有介事地答道。

"假如是这样的话，那将港口内的船只统统转移到别处这个倒也好理解，可是岸上的部队也全都转移到别处好像就没有必要了吧？"

"一旦他们归来，不是必须马上腾出空地方来屯扎吗？为了防止到那时手忙脚乱的，所以就事先做好准备喽。"

"话是那么说，可也用不到这样把整个港都清空吧？现在像我们这样在这里的留守，大概全部还不到三十人。真要大队人马归来，我们能做什么？什么也做不了啊，单是各部队之间的联络，可能也没办法呢。"

两名兵士说着，忽然停下来不作声，心里想不通忍不住发问的那个，和努力想领会上司命令的那个，都张大了嘴巴——空无一船的港湾口竟然有船驶进来了！是一艘军船。二人立即报告了上司。没错，那一定是半岛派回来的联络船。

由于风高浪急，船一时无法轻易驶抵港口。这艘船看上去至少搭乘有二三十名兵士,可一直就这样在港湾入口漂荡着。这架势与平常返回的联络船总有些异样。

两名兵士报告了上司后又立即回到值守的地方。这时候,离开二人哨见的位置有一点距离的停靠点,有两艘小船朝着港湾口划了出去。一定是看到漂荡在港湾口的那艘船样子古怪,于是上前去一探究竟。两艘小船乘着波涛,忽高忽低地向前划去,终于驶抵港湾入口,紧紧贴住比自己船身大好几倍的军船的左右两舷停下来,三艘船一同在风浪中晃荡了好一阵。从码头方向看不见三艘船上的人在做什么。

隔了一会儿,三艘船一起动起来,可以看出是在慢慢朝码头方向驶近。两名值守兵士大致能估计出船只将停靠在哪个停泊点,于是朝那边跑去。将进港的船只系锚固定也是他们的任务。

很快,二人看见两艘前去查探的小船用绳索拖着那艘军船驶过来了。二人立即忙碌起来,和小船上跳下来的兵士汇合在一起,将军船固定在码头。等到这一切结束,二人才发现,军船上竟没有一个人下船。

"咦,难道是艘空船?"一人道。

"笨蛋!"另一人破口骂道,"睁大眼睛好好看着,是不是空船得看了才知道!"

二人靠近军船,翻上船舷,往船内觑看。

"咦,怎么回事?"

"什么怎么回事?上船去看看!"

两名兵士跳上军船。刚刚立稳脚便浑身僵住了:脚下有两具尸体！裹着甲胄的兵士尸体。分明是己方的兵士呀。

"怎么回事？"

"什么怎么回事，就是这么回事嘛！这船搭载着阵亡者的尸体，自己漂到港湾口来了啊。"

两具尸体都身中数支箭矢。

这时候，有人叫道："嗨，又有船进港了！"

二人抬头望去，只见港湾入口处又出现一艘船的影子，比前一艘小多了。和前一艘船一样，那艘船也在港湾口漫无方向地随风漂荡着。

"喂！你们两个，你们过去看看！"

二人听到吩咐，立即登上小船，准备朝港湾口划去。不过，这次他们不需划动，对面那艘船已经在朝这边漂过来了。虽然漫无方向，但是借着海浪，终究摇摇晃晃地驶过来了。

"好像没有人划。"

"嗯，像是。"

二人对视了一眼。只感觉背脊有些发凉。

"嗨，靠过来了！"

船靠近了，确实没有看到船上的人。看来和前一艘一样，又是一艘搭载着尸体的军船。划船的兵士调整船身准备对准那艘军船靠上去，另一人则拼命朝反方向晃动船身。

"靠过来了！靠过来了！"

"畜生！你想被那些死人捉住吗？"

划船的兵士赶忙使出全身气力掉转船身。可是，那艘无人驾驶的军船也掉转了方向，仍然跟随着小船。

"追过来了!"

恐惧吞噬了二人。

"要是被捉住会怎么样?"

"再使点劲划呀!"

"没法再快了!"

二人的叫声近乎凄惨的悲鸣。

从码头方向往这边看,只看见两艘船保持着一定间隔,一前一后朝码头慢慢驶近。难怪,先前的两艘小船远看也像是用绳索拖着军船往前驶呢。

两艘船绕了个大圈,最终还是驶进了港口的停泊点。两名兵士跳上岸,早已吓得面无血色。那艘无人驾驶的军船也在码头边停住了,但随即引起了一阵骚动:船上空无一人,甲板上满是黑乎乎的血污。

"啊,又有船来了!"

在场的所有兵士都吓坏了。果然,远处又出现一艘船的影子。这下,兵士们个个缩在后面,谁也不敢上前去接应那艘军船。幸好,这次没有接应的必要,那艘军船准确地对准码头方向,向港湾内驶来。兵士们站在码头上,惴惴不安地注视着那艘船的动静。

船靠岸后,从船上下来两个人,二人都身裹甲胄——这不是尸体,而是活生生的兵士。二人都疲惫不堪,一上岸其中一人便瘫坐在地,另一人好不容易才让自己站住。站作一堆的兵士这才想起自己的任务,向前靠拢过去。

"有紧急情况报告!"

站着的那名兵士只说出这一句,随即一个劲地摆着手势,示意赶快领其向长官报告。

"使者!"

瘫坐在地的兵士也说了句。

码头上的兵士们立即架起两名使者来到长官面前。

长官命令:"半岛派使者回来的消息不得向任何人透露!你们也不许离开港口一步!"

长官随即又将两名使者带到自己的上司面前。这下立场调了个头,陪同使者前来的这位长官听到了刚才自己对兵士们下的同样的命令。

两名使者一级一级,经过好几层,最终分别被单独带到中大兄皇子面前。皇子屏退了身边其他所有的人。

"我方联军在白村江会战的处境极为不利,四百余艘军船全部被唐军包围,大部分都尸沉大海!"

"你是哪一部分的?"中大兄皇子问道。

"朴市田来津部队的。"

"田来津的船队还在吗?"

"全部沉入大海了!"

"田来津呢?"

"当时船上挤满了双方兵士,想从船尾走到船头都几乎无法转身,混战中田来津被敌兵击中头部,当场阵亡了。"

"前军的情况怎么样?"

"坚持了没多久就被击溃。"

"中军呢?"

"中军兵士全部溺死于海中!"

"后军呢?"

"后军兵士虽奋勇杀敌,最后也全部战死海中,整个海面都被染成了红色!"

"知道了。你先好生休养吧。败战之事一个字也不要对人提起!"中大兄皇子说道。

随后,另一名使者被带进来。仍同先前一样,除了中大兄皇子和使者,没有第三人在场。

"那天是戊申日(二十七日)。前军没等后续援军到达便与大唐军队展开了激战,因战况对我方不利,于是我军开始后撤。"

"……"

"己酉日,也就是第二天,后续援军到了,但还不及布好阵列就遭到唐军船队突袭,我方的作战计划实在糟糕,谁都能看出是必败无疑的。很快,敌军船分别从左右突入,我军阵脚大乱,根本没办法组织起还击,顷刻就败局注定了。"

"知道了。你先好生休养吧。败战之事一个字也不要对人提起!"中大兄皇子又叮嘱道。

其实中大兄皇子已料到会有这样的结果,生怕战败的消息传遍大街小巷,所以才将筑紫港附近清空,将港口变成一个无人港的。尽管如此,半岛派遣军全数被歼于海上,这个结果仍然令人震惊不已。

中大兄皇子立即召镰足前来,告诉他白村江战败的消息。久惯老成的镰足也情不自禁脸色突变:

"即使船队全部沉入大海,十艘中至少一艘应该漂回筑紫呀。说不定十分之二能漂回来,必须想尽一切办法营救上来这些兵士!其他的一切都放到后面再说了。"

"其他的一切是指……"

"是这样的,敌军船很可能会乘胜追击,闯入我大和海域。到时候我们是主动出击,还是坚守防御。"

"好,就按照你说的,这些先放到后面再说,眼下最紧要的是营救那些战败逃回来的兵士!"

中大兄与镰足同时站起身来,真是一刻也不得安闲啊。庞大的半岛派遣大军就这样溃灭于大唐军队,樯倾橹摧,片帆不留。

在筑紫扎下大本营的大和朝廷迎来了最艰难的时刻。半岛战败的消息无论怎样封锁,还是泄露了风声。一连数日,载着兵士尸体的和淌满污血的无人军船从半岛漂来的传言在筑紫一带广为扩散。又过了数日,不分军人还是百姓,到处都开始悄声议论起半岛战败的事来。起初人们还是悄声嗫嚅,后来声音越来越响——这岂是悄声议论的事情,事关各家的父亲、丈夫、儿子、兄弟啊,人人都担心自己被征募去半岛的亲人的安危。同时,这实际上又是每个人自己的事情。原本以为只是短时的差役,结果自己的亲人被朝廷征募去之后便一去不返,无论如何都会对自己今后的生活带来影响。事情还不止于此,还有的传言甚至说,敌军很可能乘胜从半岛杀来大和。之前,传言仅限于大街小巷的平头百姓之间,但是这次不同,连朝廷的衙役、武人也和百姓一样,被卷入了各种传言中,人人失去镇定,更无法为公家办事了。

朝廷贴出了取缔传言的布告,并且一而再、再而三地张贴布告,措辞严厉,宣称凡是谣言惑众者一律处以斩罪,街道上还派出全副武装的警备兵巡查。可是,就连警备兵也无法镇定下来,他们一路走一路悄声议论着半岛战败的各种消息。

半岛使者带回战败消息后的第三天,镰足率朝臣及兵士共数十人,离开筑紫,前往大和。这是一项为应对即将降临的前所未有的国难而必须去做的重大任务。抵御可能来犯但不知道何时来犯的敌军固然重要,而防止长期留守在近畿的百姓心里动摇在眼下却显得尤为紧要。半岛战败的消息估计也已经传到了近畿一带,如果由此引起一场动乱,其影响必将比筑紫大上数倍。最可怕的则是,至今依旧保有巨大势力的宗族和地方豪族发生动摇。他们按比例送出了许多青年应征赴半岛,而他们中间多数人原本对出师半岛就持反对态度,只不过最终服从了大和朝廷的命令。

中大兄皇子本想亲自返回大和的,因为要承担战败的责任,故而只能暂时留在筑紫,所以还是由镰足返回大和去做安抚工作。除了镰足,没有人能够胜任这项重要任务。

镰足从筑紫启程的同时,还有众多骑马的兵士由筑紫向全国各边远地方疾驰而去。他们是前往传达加强海防的命令的,每队骑兵至少有二三十人,最远的直奔能登及淳代等地。

筑紫一带的防备由大海人皇子负责。之前筑紫的海岸地带几乎处于无防备的状态,尽管曾考虑沿海岸线修筑水城,或者围筑堤坝,但始终力不从心,只得每隔一段距离在要害地方配置几名兵士瞭哨。可是,兵士实在太少了,这些兵士都是为了第三批派赴半岛而征募来的。兵员本身就不足,现在要沿海岸再在筑紫一带配置,问题愈加突出了。不得已,还必须继续征兵。同时,徭役也得征用。于是,征兵与征用徭役同时进行,这样一来又使得人心惶惶,大街小巷在传,好像敌兵马上就要来袭似的。

无论中大兄皇子还是大海人皇子,每日每夜都忙得焦头烂额,从未想过还会忙碌到如此地步。一大堆非做不可的事情,源源不断地向两位皇子压来,所有事情都在等待两位皇子的定夺和指令。

九月从月头至月中,从月中到月末,一天天像飞一样转瞬便逝去了。

一日,中大兄皇子在行宫回廊上看到一群候鸟从头顶飞过,鸟群数量惊人,多得仿佛要将天空遮蔽似的。望着这大群的候鸟列队迁徙,中大兄皇子才猛然意识到,秋意已经越来越深了。国事匆忙之间,秋色渐浓、秋景渐逝。去了大和的镰足仍没有传来任何讯息。中大兄皇子思念起了大和。扳着指头数了数日期,镰足当然还不可能传信回来,然而中大兄仍急切地等待着这尚不可能传回来的讯息。

此刻忽然有松闲情致思念起了大和,是因为原以为大唐军队立时就将来袭,结果直到今天仍没有袭击来。尽管直到今日仍没有袭来的迹象,筑紫海滨一带仍做好了随时抵御敌军来袭的准备,但中大兄皇子总算稍稍有了一点余闲,可以举目眺望海面,凝视起鸟群掠过的景象来。

蓦地,中大兄皇子感觉身旁似乎有人。他一转头,看见额田视线朝下正站立在面前。

"好久没见啦。"中大兄皇子感慨道,感觉和额田仿佛有几年没见似的,"上一次是什么时候来着?"

"在后苑看到四周一大堆鬼火的那个夜里。"

"是嘛,自那以后就再没有照过面呢——额田你也跟着受了不少累了啊。"

中大兄发现额田面带疲色,看上去几乎像变了一个人。

"因为皇子殿下受累了,所以额田也受累了呀。"额田答道。

"没错,我这阵子是受累了,不过额田可没理由受累。"

"殿下您为什么这么说呢?"

"我应该受累,因为我身处的立场不可能不受累,但你不一样呀。"

"为什么皇子殿下可以受累,额田就不能受累?皇子殿下您的感受也是额田的感受啊。皇子殿下夜夜不能寐,额田也同样夜夜不能寐;皇子殿下心情舒畅,额田也心情舒畅;皇子殿下现在难得从淆杂的公务中撤脱出来,暂时忘却了烦恼,额田同样也是如此。皇子殿下内心一片竹叶那样的微小摇曳额田也能感觉得到,所以,现在我才会站在殿下您身边呢。"

中大兄皇子对额田的这番话没有任何应答。隔了片刻,他才说道:"我曾经说过,要额田你吟咏一曲半岛祝捷歌,要唱出百姓的心声对吧?"

"是的。"

"非常遗憾,它只能变为一个梦想了。唉,我真想让你替百姓吟咏一曲祝捷歌啊!可是现在,这个愿望无法实现了,看来我中大兄这一生都无法替全国所有的百姓唱出他们的心声了!"

"殿下您在说什么呀?"

中大兄皇子心中的巨大梦想消逝而去,这太令人难过了。额田没有往下说。她想不出说什么话,她说不下去了。

还是中大兄继续开口说道:"你刚才说你能感受到我内心的任何微小摇曳,那今后额田你就只替我吟咏我的心声好了。"

中大兄的这番话多少带着点自嘲。额田不能为民吟歌,但是至少还可以为自己而歌,可以咏唱出中大兄心中的苦闷和悲愤,想必从额田口中咏唱出来的一定会像夜晚的海潮一般,汹涌澎湃,还充满了苦涩和悲情。

可是额田却说:"百姓们现在真心希望有人咏唱出歌颂皇子殿下所进行的了不起的大事业的赞歌。我现在越来越有种强烈的感受,额田就是为了完成这件事情才降生到这个世上的。"

额田当真怀揣着这样一种使命感,她觉得自己必须这么做。

额田说罢便转身从中大兄皇子身旁走开。中大兄太疲惫了,为了尽可能减轻他的疲惫,额田想还是让他独自安静地呆一会儿更好。此时自己傍依在中大兄身旁,对中大兄来说借不上任何力。现在中大兄最需要的,就是一个人享受片刻的宁静——额田心里想。

额田刚刚走开,马上又有一人见缝插针走近中大兄皇子身边,是派在港口负责瞭哨的联络兵。

"港湾入口发现数艘军船!"

"什么?!"中大兄登时脸色大变。

"看上去不像是敌方军船,是我方的船队,但为防万一,已经部署了兵士把守。"联络兵报告道。

不一会儿,军营内从上到下一阵骚动。中大兄在数十名侍卫的簇拥下登上望楼眺望。差不多与此同时,又有一名联络兵随踵而至。

"是在半岛被打散的我方军船!刚刚军船上派出联络船来通报了。"

中大兄登上望楼时,已经迫近日暮。夜幕即将降临,港湾一带被笼罩在日暮时分的微暗之中,从行宫望楼看不到港湾的船只。

这时候,港湾燃起了篝火。起先是星星点点零乱的,明显是人工点燃的照明。随后篝火越来越多,有的不动,有的在移动。不动的是岸上燃起的篝火,移动的是船上的篝火。

又有一名使者前来报告。

"船队是由很多船只组成的,估计船上载满了战伤的兵士,正在调派人手准备收容这些伤兵。"

"好。走,过去看看!"

中大兄说着,准备亲自赶往港口察看。虽说是战败的伤兵,但人数之多仍出乎意料,而这也令中大兄的心情稍有好转,随后赶到的大海人皇子也是一样。

"战败也好,负伤也罢,总之,能活着回到筑紫就是大喜事啊。"

一众人簇拥着二位皇子来到码头时,暮色已浓,身边谁是谁都几乎已辨识不清,只看见燃着的篝火周围有兵士的身影在走动。

船队停泊在港湾入口处的海面上,周围燃着许多篝火,那些是以篝火照明的哨艇。船队在哨艇的引导下,一艘接一艘缓缓驶向港口码头。

从最先驶抵码头的军船上走下数十名兵士,随后是众多的妇女儿童,一望便知是百济的百姓。第二艘军船上同样走下数十名兵士,身后也是一大群百济人,他们都身穿着百姓衣服,显然不是兵士。后面的几艘船同样分别下来数十名大和兵士,紧随他们后面下来的则是人数庞大的百济百姓,有男有女。

使者跑近中大兄身边报告道:"后面还有数十艘军船陆续靠岸,不过那些船上再没有大和兵士了。"

"一个也没了?!活着回来的只有刚刚下船的这些了?"

"是的。"

"还有没有其他船只归来?"

"这些就是从半岛归来的全部船只了!"

"知道了。"中大兄说道。

篝火的亮光在中大兄眼中忽而聚作一团,忽而散开成无数星点,恍若行宫中看到的鬼火一般。

"呜……"

中大兄皇子情不自禁脱口发出一声呻吟。

从翌日起，这里的氛围陡然一变，完全不再是曾经设置有出师半岛大本营的那个筑紫了。决战失败、不得不放弃半岛战线落荒返回的将士以及百济逃来的难民挤满了街巷，将士人数少，收容起来毫不费劲，可是百济难民的人数却非常庞大，实在无法集中于一地，只得分散至好几个地方安顿他们。

虽然没有公布归来的将士人数，但是只有极少数人得以归来的小道消息早已传开，于是人们蜂拥着冲向收容着归来将士的寺院。他们都是筑紫一带亲人被征募去往半岛作战的百姓，他们迫切地希望见到自己的父亲、丈夫或儿子。所有的寺院外都围起了绳索，不许人随意进入半步，但还是有不少人通过种种办法或冲过绳索或绕到寺后进入寺院。绳索外面一片混乱，绳索里面也是一片混乱。负责警备的兵士在寺院内外往来奔波，到处是哭声和呐喊声。

百济难民暂住的地方周围也围起了绳索，但同样处于混乱状态，对难民们几乎失去了管制。混乱主要是由于难民被强制分离造成的，儿童与父母分离、一家人分别住进了不同的宿舍，所以为了找寻亲人而漫无目的地闯进他人住处等等，大街小巷到处是这样的难民。

负责警备的兵士捉拿住乱跑乱闯的百济人，也因为言语不通根本无法沟通。有的老人当街坐在路中央，高举双手哭天抢地，满面悲伤；有的妇女无意中瞥见自己的孩子则立刻冲过去，转悲为喜，啼中带笑的场面也不时上演。

处于一片混乱的街市更传出新的消息：数万唐军不日即将来袭，眼下敌军的船队已经在半岛南部港口集结完毕。传言传得有鼻子有眼。此次的传言与以往不同的是，它足以令所有人惊慌失色：筑紫一带现在仅有极少数从半岛归来的将士，而背井离乡逃至这里的百济难民则触目皆是，说不定自己什么时候也会变成难民的一分子哪！

似乎是为了印证这一传言，朝廷此时又颁布了公告，命令一般民众撤离筑紫一带的海岸地区。撤离命令一出，海边的各个渔村陷入了混乱。隔了没有几天，撤离命令又莫名其妙撤销了。随着命令撤销，混乱越发严重了。

中大兄皇子和大海人皇子几乎每天都要召见从半岛前线归来的将士，努力想了解清楚半岛的情势。然而，半岛派遣军的主要将士几乎都战死于白村江会战中，因此没有几人能够完整全面地讲清半岛目前的情势。况且，他们没有接到大本营的命令，为了保命便擅自撤离半岛逃了回来，按理应该加以问罪，但眼下也顾不上追究了，因为已然面临着更加紧迫的事态。

将将士们以及随同船队逃至筑紫的百济军下级指挥官讲述的情况综合起来分析，半岛目前的情势可以说令人绝望。

新罗与大唐联军于八月十七日占领了被百济王丰璋舍弃的周留城。十天之后，也就是八月二十七日白村江会战拉开战幕，战局一开始我方就处于不利，二十八日我军决定发起决战以扭转颓势。开局不利，理应避免决战以期转机出现，这乃是作战的一般准则，之所以冒险发起决战，估计是因为周留城被敌军占领的缘故。周留城落入敌手，意味着百济全土已经沦丧，故而冒再大的风险也只得将赌注全部押在白村江决战上。照此推断,导致此次会战失败的最主要原因就在于丰璋的轻率行动。据说丰璋本人在白村江战败后,九死一生才逃往高句丽。

白村江会战中得以幸免的日本军船于九月二十四在半岛南部集合,周留城被占后即打算逃往日本的百济难民也都陆续集结到此,于是,日本军船收容了这些难民,随即启程返回。

百济难民中还夹杂着若干名百济复国军的指挥人员,其中一人这样说道:

——周留城已破,百济已经不复存在了,垄墓遍地之处,我等怎么还回得去呢?

的确如其所说,对百济人来说,祖国已经不存在了。

然而令中大兄皇子和大海人皇子更为痛心的,却是听说被敌攻占的周留城内还残留着若干日本将士的时候。白村江会战中,将士们或战死或随数百艘军船一同石沉大海,对其存活已经不抱希望,但留守周留城中的将士,在孤立无援的情况下誓死奋战,他们究竟是死是活又或成了俘虏,这一点仍不清楚。总之,这场固守孤城的战斗从一开始就毫无取胜希望,惨烈之状可想而知。

半岛战败的船队归来后大约过了十天,镰足从飞鸟派回的使者抵达筑紫。半岛的情势既明,在相当长的一段时期内收复半岛权益无望的话,不如待战败归来的将士收容得差不多时将大本营撤离,朝廷理当仍迁回飞鸟——这是镰足的意见。除此以外,镰足没有提及其他事情,不过中大兄皇子却听出了言外之意:镰足是在催促自己尽快返回飞鸟,说明飞鸟眼下的情势不能没有自己,或者,很快就将陷入缺少不得自己的事态。

中大兄立即召集所有重臣，商议迁返飞鸟之事。其实他心里早已有了定论，只不过还想听听群臣的意见。庙堂上意见两歧，但绝大多数人的看法是坊间纷传唐军将很快来袭，人心惶惶，眼下朝廷大本营仍只能暂留此处，等事态平稳下来之后再作别论。

此时大海人皇子厉声喝道：" 中大兄皇子已经有了主意，何必再听群臣在这里乱嚷嚷，再说镰足也已经有了建议。"

顿时举座安静下来。

"虽说镰足派了使者前来，但我尚未做出决定，还是想听听各位的意见。" 中大兄慢条斯理地说道。

"在此地设置大本营原本就是为出兵半岛而设，眼下相当长的时间内不会再向半岛派兵，大本营还有必要吗？既然在筑紫已没有设置大本营的必要，当然应该即刻迁返飞鸟！" 大海人皇子的话里明显带着刺。在场的所有重臣不再说话。

"既然如此，就照大海人说的决定了。长期来我大和朝在半岛经营起来的权益，由于中大兄的判断失误丧失殆尽。的确，今后相当长的时间内我们不可能再向半岛派兵，所以在这里设置大本营也没有必要了。"

中大兄刚说罢，大海人皇子和缓了下语气继续说道：

"半岛出师失利，我的心里也很难平静，说出来的话不中听还望兄皇子见谅：我刚才的意思如果再说得清楚点的话就是，大本营是为了出兵半岛而设置的，是为了半岛作战而设置的，但现在已经失去这个意义了。眼下的问题不是半岛作战而是抵御唐军来袭，所以，这里只需留下大海人率兵迎击唐军就可以了。中大兄皇子应该尽快返京,作为一国的最高责任者,没有必要远离京城在此迎敌。"

大海人皇子说得没错。如今的情势,二位皇子统统留在此地迎击可能来犯的敌军确实完全没必要。

中大兄皇子及朝廷重臣由筑紫返回飞鸟京的消息公布之日,又引起群臣及百姓新的慌乱。人们不清楚此举究竟有什么含意,有人认为是大敌来袭之际为防万一的大本营后撤,也有人认为是近畿发生了内乱因而不得不赶回去平定。无论是哪种想象,总之都令人不乐观。半岛败战如今已成不可回避的事实,所有的一切混乱都源自这里。

而留在筑紫收拾败战残局的大海人皇子,要面对的事情多得不可悉数。因战败而动摇的军心需要安抚平复,近三年来随着大本营的设置而急速膨胀的城市,需要逐渐过渡恢复至原先曾经的模样,还有很多一下子失去了生计不得不在街头彷徨的百姓,对这些人也必须尽快拿出妥善的对策。随中大兄皇子返回飞鸟的大队人马分成好几拨,分别于深夜从筑紫港登船启程。虽然不是趁着夜幕仓皇东逃,但事后得知消息的人却无不这样认为。神不知鬼不觉的,大本营的首脑们就这样倏然不见了踪影。

进入十一月,一连数日不停地降下冰雹,指头般大小的冰雹一到黄昏时分便突降下来。冰雹一降,先前不知沙散在何处的百姓,又纷纷跑到街巷看热闹。冰雹砸到马背上、人力车上发出很大的声响,恰好半空又刮起大风,顿时天地被笼罩于一片幽暗之中。隔不多时,天空乌云散去、夕阳重现,被折断散落在街巷的树枝碎叶显得一片狼藉。

时局稍稍安稳、人心略微平静下来之后,一下子变得冷寂起来的街市上,兵士的身影陡然显眼了。兵士的操练强度十分大,几乎一刻也不得歇闲。此外,军队还连续不停地移驻,在每一处都不会屯驻很长时间。于是,兵士们不是行进在移驻的路上,就是在进行大强度的操练。

大海人皇子坐镇于空落落的行宫中,指挥着这一切。先前的大本营,必须彻底转型为军事之都。如今筑紫的所有峰峦、高丘、河汊、海湾,统统变为了顽强抵御敌军的堡垒。眼下最大的问题是,配属在这些堡垒的兵士,必须尽快让他们从战败的阴影中解脱出来,防止军心不稳。大海人皇子一日数次发出命令:不要让他们歇下来!行宫内各栋建筑的模样每天都在发生着变化,大海人皇子命令所有不需要的东西统统要销毁。

进入十二月,唐军仍旧没有袭来。大海人皇子派人与耽罗取得联络,打探半岛局势,可惜并没有特别有价值的消息。如今大海人皇子统率的是一支比当初出师半岛的派遣军更为强悍的军队,他们在筑紫一带沿海严阵以待。就这样,总算太平无事地挨过了因前所未有的国难而陷入风雨飘摇的中大兄称制的第二年。

水　城

一

对中大兄皇子而言，真正苦难的日子从筑紫返回大和之后才开始。镰足派使者敦促皇子及朝廷尽快从筑紫迁返飞鸟京，不是毫无理由的。

镰足与少数朝臣前往难波港迎接皇子一行。皇子一行当天就从难波赶回飞鸟。尽管三年没有踏上大和的山川土地，但或许是心情沉重的缘故，作为战败的责任者中大兄对此竟毫无感触。皇子一行归京因事先没有公布，正在田间劳作的百姓自然无由知晓由全副武装的兵士护卫的一行人究竟是什么人。然而其漠不关心的态度仍令人惊讶，居然没有一个人停下手中的锄头或铁锹。那架势似乎在说，管他道路上什么人经过反正都与自己毫无关系。

中大兄皇子一行人连夜赶路。以往一般会在半路上某个豪族的公馆歇上一宿，但这次没有。一切都依照镰足的安排进行，途中虽有燃起篝火迎候的人群，但只有极少数的人。

京城仍旧显得那么冷漠，这点一如从前。习惯了在半岛作战大本营筑紫所感受到的那种充满野性的空气,京城的每条道路,道路上踟蹰的每一个男女身影,在中大兄眼里,全都是一副拒人千里的冷漠,看上去似乎都怀着一种难以捉摸的恶意。

进到皇宫,不等拂去长途旅行的疲惫,中大兄皇子立刻与镰足二人促膝交谈起来。

"遵照你的建议,我从筑紫回到京城了。接下来要做的事情山一样多,依你看最急迫的应该做什么?"中大兄问道。

"必须尽快请大海人皇子返回京城。"

"我就如此不值得信任?"中大兄皇子一本正经地说道,随即又笑起来。

"出师半岛,结果吃了大败仗,别人如今信不过皇子殿下也没办法呀。眼下不管是皇子殿下出面还是镰足出面,我想都无法说服大和以及其他各地方的豪族。大海人皇子之前至少表面上对政治决策一概没有参与过,所以,同各地方豪族打交道都只能由大海人皇子出面了。这一点非常要紧。"

"筑紫那边怎么办?"

"眼下,比起外敌入侵来,如何理顺内政更加重要啊!"

如果说,眼下没有唐国大军迫近筑紫的威胁,最为迫切的当务之急是理顺内政,那么自然没什么好多说的了。

"好!既然如此,就照你说的办。"中大兄说。

"接下来苦日子有得要挨了。"

"知道,之前也一直在挨苦日子。"

"和今后比的话,以往的苦日子简直算不了什么。"

"明白。"

"只恐会天下怨声载道,百姓全都斥骂皇子呐。"

"现在就已经怨声载道了。"

"嗯,比起现在来有过之而无不及啊……"

"明白,没有什么事情挨不过去的。"

"在这种时候,就必须要有这样的心理准备……有了这样的心理准备,外敌入侵什么的有什么好怕的呢。"

接下来,镰足仿佛被什么东西驱使着,滔滔不绝地说起来,停也停不下来,声音忽高忽低。当他压低声音的时候,低垂着头,眼睛紧闭,像是在喃喃自语似的。倘若换作别人,还以为他是在哭泣。唯独中大兄皇子十分清楚,这是镰足由衷的悲怆表白,而这也是中大兄每每不能不从心底被他打动的表白。

"不管发生什么,没有什么事情不能忍的。新政施行以来,往长了说也不过只有区区二十年,现在的苦难是为了更加增长我们的信心。假如换作十年后再出师半岛的话,决不会蒙受此次战败的耻辱。筑紫一带港湾里必定泊满了军船,即使我们在白村江被击溃,还能源源不断地派出后续援军……不,甚至白村江会战都不至于发生,因为我们还缺少一举荡平新罗的足够兵力,所以才不得不在白村江展开决战。早了十年。十年,太遗憾了!这是皇子殿下的不幸,但事情既已至此,也无法再挽回了。此次出师失利,大失民心,豪族、宗族对新政的批评之声也日渐高涨,所以,我想新政不得不往后倒退几年了。虽然令人遗憾,但也是不得已啊。回到数年前,还得再从头来过。具体来讲怎么做,就是要让百姓每个人都切切实实从新政中获得好处,让豪族宗族们各有其位,融入到举国体制中来,耐心地等国力逐渐强盛起来——这样的时刻只不过晚几年到来而已嘛。"

镰足说到这里忽然声音更低了,仿佛中大兄皇子已不在眼前。他眼睛里放射出异样的光芒,望向半空,自言自语似的说道:"必须笼络住中央豪族与地方宗族的心。从他们手上夺走的不妨归还给他们,位阶也可以给,私养贱民的权利也可以归还部分……除此以外,要想安抚人心动摇的豪族宗族没有其他的办法。为此,只有将大海人皇子推向台前,这样才能取得他们的配合协力,才能完成征兵。要想抵御外敌侵犯,没有兵员可不行啊。"

"还要征兵?"

"这就是第一件必须要忍的事情。"

"……"

"必须在边境各处建造要塞、堡垒。这不光需要人力,也需要财力,也只能从百姓身上征收,没有其他的办法。"

"我好像已经听到百姓的怨声了。"

"这是第二件必须要忍的事情。"

"……"

"还有,不久应该再次迁都。一旦迎击外敌,大和绝对不是一个理想的王城之地。必须另外寻找一处更适合展开作战的地方。"

"那岂不是又要出现鬼火了?"

"这是第三件必须要忍的事情。"

"……"

"在迁都的同时,皇子殿下应当立即即位,这件事情不能再拖延了!"说到这里,镰足抬起头,"皇子应该承袭天子之位,大海人皇子担起辅佐天子之责……这也许是几年后的事,但应该也不会太远了。一直到那时,苦难的日子都不会结束。在这之前不管发生什么事情,只有闭起眼睛、忍耐再忍耐,朝着那一天一步步走下去!"

"好,一切都照你说的办!"

"臣不过是替殿下将思虑的事情说出来而已。"镰足说。

镰足并非不识情趣轻率地说出这番话的。精明的中大兄在从筑紫返回大和的船旅途中,一定慎重地考虑过这些事情,但镰足将它按照自己的思维逻辑整理一番后说了出来。镰足相信中大兄一定会如此。

事实的确如此。中大兄听到自己深藏心中的想法,由镰足一件一件说出,只觉得有种从未有过的满足感。

飞鸟皇宫中的这场促膝夜谈,对中大兄皇子和镰足来说,都是终生难以忘怀的特殊事件。它也令白村江战败的责任者更加坚定了迎接一场新的苦难的信心。

留守筑紫的大海人皇子,每隔三天就派使者来京报告一次。每当接到新的使者,朝廷首脑们就免不得一阵紧张,但之后又是一阵轻松。使者报告说,来自唐国和新罗联军的进攻迟迟不见到来,非但不见到来,似乎压根就看不出有这样的征兆。

转眼年开,朝廷发令让大海人皇子返京。对此,大海人皇子建议在筑紫再驻守半年然后回京。中大兄皇子则回复他说,有更加重大的使命等候着大海人皇子。现实状况便是,大海人皇子的登场已经刻不容缓。

近畿一带的豪族和宗族表面上没有表现出多少不满，然而，朝廷发出的命令可以说全遭到了他们的无视。不仅如此，甚至有传言说某豪族与某豪族暗中串联似乎在密谋什么，某豪族私下招募兵丁，等等。一时间传得甚嚣尘上。骚动不安的还不只是豪族，朝臣公卿也有人近乎公开地对新政发出诘责。这样的事情以前是无法想象的。百姓就不用说了，那些失去亲人的百姓，对于一无所获的半岛出师更是不甘沉默。

大约从岁末起，坊间便有消息传说大海人皇子要从筑紫返回京城了。等到开年，这一传言传得就更广了，并且不再局限于返京，而是增加了五花八门有关大海人皇子的内容。什么大海人皇子对此次出兵半岛是持反对意见的，什么皇子对新政也不乏抨击，所以独自留在筑紫耽搁如许之久才返京，等等。不一而足，且煞有介事。没有人知道传言的出处，但是，因为这些传言的煽动给人留下这样一种印象，似乎大海人皇子返京这件事情多少给百姓带来了某些期盼。

一月上旬，大海人皇子终于返回京城。仿佛传言到处扩散，将人们对于皇子的期待推到相当高的程度，然后挑准了这个时机才现身一般。

与中大兄皇子相比，大海人皇子的入城显得相当隆重热闹。从难波至飞鸟的道路上，沿途有好几队武装兵士前后护卫，所到之处也受到各个村落首领的恭迎，朝臣公卿也纷纷来到郊外迎候。战败已过去将近半年，加之一直坚持驻守在筑紫防范敌军来袭，因此大海人皇子的返京给世人的感觉似乎他与战败一事没有什么牵连。然而，细细斟酌的话就不难发现，他怎么可能与战败没有牵连呢。

当然,之所以有这样大的魔力,关键还是在于去年年末种种关于大海人皇子的传言,而如今众人迎候大海人皇子的态度似乎从另一个角度对传言提供了印证。百姓脑中已然有了这样的潜意识:大海人皇子总算归来了!

以中大兄皇子、镰足为首的战败责任者,为了消除豪族们的不满、让民众从战败的阴影中重新站立起来,迫于压力不得不实施新的怀柔政策。大海人皇子从筑紫归来的第二个月,以他的名义颁布了两项新政。

其一是分别赐予大氏、小氏、伴造等不同身份等级的豪族以大刀、小刀、盾牌、弓矢,针对豪族统治者则认定了民部、家部①的合法性。换句话说,豪族可以拥有私自课税的私有部民,这些在大化新政后一度被取缔的东西现在又部分归还给了豪族。这正是豪族最期盼的。为了消除豪族的不满,这个便是赠予他们的最好礼物。

另一项则是将之前分为十九个等级的冠位阶名增为二十六个等级。这样一来,冠位多出来不少、越来越烦琐了,但是却为原先不满甚多的下级贵族和宗族拓宽了出路,他们也有机会作为朝廷官僚得到重用了。

不消说,这两项新政赢得了豪族和宗族的向心力。同时,这

---

① 民部、家部:均为日本律令制之前豪族拥有的私有民,从事劳役的同时还须向豪族缴纳租税。民部的地位略高于家部。

些新政以大海人皇子的名义颁布也自有良苦用心，即由年轻的弟皇子来矫正之前实行过头的新政，改变以朝廷为中心的政治体制，使得地方宗族和贵族的希望和主张也有机会被朝廷所吸纳采用，反映到政务中去。

与这一系列新政并行的，自然是朝廷首脑们为了防范外敌侵入愈加加强了边境的防备。翌年三月，当初与丰璋一同入朝、之后便一直在大和居留下来的善光王被迁往难波，对于国破家亡的百济王一族而言，如今他是仅存的遗族了。

这月某一天夜晚，一颗亮度极高的流星在天空划向北方。由于目击者众多，一时间成为坊间的谈资，但不管怎样，没有人视之为凶兆，因此传言也并不怎么耸人听闻。就在传言四散之时，发生了一次强烈地震，京城的男女老幼纷纷冲出家门，宫城内的侍臣、女官等也统统跑到庭院中避险。按照之前的常套，人们肯定会将此次地震与流星划过联系起来，霎时间街巷便充满了种种新的蜚语，但实际上并没有如此。虽然距离败战过去时日无多，仅从这件事情也可以看出，人心似乎已经逐渐恢复了昔日的稳定。

五月，作为唐国镇将①、百济征讨军指挥者之一刘仁愿的使者，唐国官吏郭务悰抵达对马岛。筑紫方面立即派人上京向朝廷报告。唐使一行仅三十余人，另有百济兵士百余人伴随。

听闻这个消息，飞鸟朝廷登时陷入了混乱。假如唐国大军来袭，倒是之前一直预料中的事情，然而唐军并没有来袭，相反

---

① 镇将：唐朝于边防要地设置有军镇，其统辖军民的指挥官称为镇将。

却派出使者且只携少数兵士随行而来,同时却有百余人的百济兵士伴行,显然是经过深思熟虑后才做出的决定,目的是避免刺激大和朝廷。

两三天后,从筑紫方面又派出第二批使者,紧追前一批使者的踪迹而至。原来筑紫方面派官员赴对马岛向郭务悰问询,却是奉了大唐朝廷之命携带牒文和礼物,特来奉书云云。筑紫使者此来便是请示应当如何应对。

朝廷重臣立即聚集于庙堂进行商议。所有人都觉得此事颇有诡异。有人建议不要将事情弄僵,还是客客气气为好;有人反对这一建议,认为唐国使者此来目的无非是打探大和虚实,一旦被对方觑破弱点,随后唐国大军势必向我发起进攻,因此不如表现出我方的凛然正气。总之,一派主张强硬,一派主张和缓,但双方的主张中却都隐含着一个意思,即如何才能避免唐军的侵入,这点是毫无二致的。

很快,筑紫方面又派来第三批使者。原来唐使者不是大唐国派来的,而是唐将刘仁愿派来的,具体情况不明,总之表面上就是如此。眼下这种时候,作为战败国,究竟是唐国派使者前来好还是唐将派使者前来好,谁也无法做出判断。唐国派遣正式使者前来,也许令人心生忧惶,但唐将刘仁愿派出非正式使者前来,可以说更加令人心生忧惶。

但听罢筑紫方面第三批使者的报告,中大兄皇子心里已经拿定了主意。等群臣们自由发表完意见之后,中大兄皇子开口道:"这个问题商议来商议去,始终不会有结果的。我主意已定。"

随即，大海人皇子也抬起头来说道："大海人也主意已定。"

镰足立即说道："二位皇子都已经拿定了主意。既然如此，我且来听听二位皇子的主意，才好知道究竟应该如何应对。"

随后，镰足走到中大兄皇子面前，身体前倾，侧耳细听中大兄说出他的主意，同时使劲点头道："说得极是。"

接下来又走到大海人皇子面前，以同样的姿势听取大海人的主意，同样使劲点了点头，然后回到自己的座位上，缓缓开口说道：

"二位皇子的意见完全一致，分毫不差。眼下诸位商议的是件关乎国家命运的重大事情，二位英明的皇子不约而同想到了一块儿，我等只需遵从二位皇子的意见去处理就是了。"

停顿了片刻，镰足继续说道：

"唐使并不是由国家派来的使者，只是区区一位将军派出的使者。既然如此，我们便没有必要理会他，牒书和礼物统统不接受！"

镰足所说的也是两位皇子的决定。

满座寂静无声。在场的人心里都在寻思，看起来要不了多久，自己就不得不上阵迎击唐国大军的来袭了。苏我连大臣上下两片嘴唇翕动着，似乎准备说什么。大概他想说，尽管不是国家派来的正式使者，但按照礼节起码应该将牒书和礼物收下，这样也不至于把关系弄僵呀。

可是，他嘴唇动了好几下，却什么也没说出来。他以手在膝上捶打了数下，最后还是跨前一步匍倒在地。他匍地的样子在一座朝臣的眼里显得十分滑稽，这位接替巨势德太坐上大臣宝座的苏我连大臣这时突然接近了死亡。作为一名性格懦弱、从不表露自己想法的朝臣,此时却破天荒地试图说出自己的不同意见,岂不是自己将自己送入死神的巨爪中吗?不过,这对于苏我连大臣来说,或许算是件幸事吧。

"对方不过是唐国的半岛派遣军一将而已,为什么这样一介武人,我们不能收下他携来的牒书和礼物呢?"苏我连大臣说。

大海人皇子不愧是大海人皇子,他当即厉声呵斥道:"难道对方不是在白村江击溃我军的唐将吗?假如从他手上接受了牒书和礼物,我军溺死于白村江的那些将士们的英魂将永世得不到安息!"

镰足并不打算当众说出自己的想法,他既赞成两位皇子的决定,也同意苏我连大臣的建议。他的想法是,拒收牒书,而礼物则姑且收下,以礼相待,然后将唐使者送返。最终,镰足还是照自己的想法这样做了。

十月,大和朝廷派出使者面会郭务悰,并以其并非正式国使为理由,拒绝接受牒书。与此同时,又暗中派沙门智祥好生款待了郭务悰一行,并赠送其礼物。至十二月,郭务悰一行人离开对马返国。

唐使离境后,飞鸟朝廷的关注力重新聚焦于海防上,这次是正儿八经地商议起如何加强防卫设施来。朝廷面临的情势依旧如前,唐国大军随时都有可能向大和发起进攻,加上此前拒绝使者入朝、挫辱了唐国,唐国一怒之下发兵报复也是有可能的。但是,令大唐使者两手空空无功而返,对于让朝臣武将们绷紧神经、一心一意备战却大有好处，因为这样能让他们牢记：战争并没有结束，眼下仍处于战时。

筑紫建造起了一座水城。先修筑一道大堤，堤内开挖壕沟，灌满水，以此来阻止敌兵挺进。堤坝蜿蜒数十里连通数个城镇村落。而在筑紫海滨地带的要塞处则用石块和石板垒起一座座防御城堡。

此外，还在对马、壹歧两岛上修建了烽火台，并配属了驻防兵，专门负责边境的防卫。修建烽火台、配属驻防兵，不仅仅限于距离半岛较近的这两岛，筑紫一带也采取了同样的防备措施，并且这项制度后来逐渐推广至全国所有的海岸沿线，而作为对半岛最前线的筑紫以及长门一带只是先行了一步而已。

中大兄称制的第三年至第四年，大和朝廷举全国之力加强了海防；至第四年秋八月，长门也建起了城堡，筑紫又分别建造了大野城及椽城。边境防务由精挑细选的武勇将士担任，采用每隔数年交替轮换的制度，几乎全国各地都可以看到这些驻防兵雄赳赳地开赴边境的英姿。

就在国防设施及体制总算大致整备完善之时，唐国又派刘德高出使大和。此次的使者是由国家派遣的正式使节，随从及护卫兵士总计二百五十四人。使节团抵达对马岛的时间是七月二十八日，九月二十日抵达筑紫港，唐使立即派人将国书呈递大宰府。

在这期间，筑紫方面几乎每天都派使者往来于京城之间。而此时，位于飞鸟的朝廷已经有充裕的准备迎接唐使入京了。

唐国使者一行入京这天，从难波通往飞鸟的道路上有好几处配备了全副武装的兵士,一方面自然是为了保护唐使,另一方面也多少含有示威的意思。一脸严肃的唐国使者在林立的刀枪下,被引导进入王城之地。进入京城后,沿途兵士更加密集,使节团一行无论望向哪里,除了队列整齐的兵士什么也望不见。

十一月至十二月,使节团都留居在京城,其间数次进入宫内进行礼节性拜访,每次都是既设飨宴又赠予礼物。朝廷这样做的目的,是要让唐国使者留下深刻的印象,这个国家兵强马壮,而且兵士操练有素,不容小觑。

唐国使节团一行于四年岁末离开京城踏上归国之途。一路上,既热情优待,又庄重严正,并辅以一定的武力威慑。朝廷派出数名送行使一路护送。

通过此次唐使来访,中大兄皇子获知了一些讯息:唐国军队在日本撤军后的半岛经营这件事情上,目前面临着若干棘手的问题。百济灭亡后,新罗野心勃勃,试图将百济旧有的地盘吞为己有。唐国自然不答应,唐国出兵半岛原本就不是为了扶持新罗一国独强。另外,唐国有意讨伐高句丽,但一时也无法付诸行动,因为讨伐高句丽就意味着新罗将会拥有越来越多的发言权。

除了这些外交方面的事件,说到这一年的国内大事则有,间人皇女于二月归天。间人皇女是孝德天皇的妃子,又被称为"间人大后",是中大兄皇子的妹妹,极受朝廷尊重,可怜年仅三十六七岁便登遐了。

又到开年，是中大兄皇子称制的第五年。女帝驾崩之后，大位虚悬，中大兄以皇太子之名摄位称制，转眼已进入第五个年头了。

刚刚新春，高句丽便早早地派遣使者能娄携贡物来朝。这是战败后来自高句丽的第一次朝贡。虽然不清楚高句丽对于白村江之役吃了大败仗的大和朝廷究竟作何想，但朝贡之举至少说明高句丽对大和朝廷的信赖并没有一扫而光。这与前一年的唐国遣使前来一样，都是令人高兴的事情。唐国与高句丽依旧处于敌对关系，但双方如今都对大和朝廷伸出了亲善之手。唐国使者刘德高一行上年岁末才刚刚离去，假如唐使再稍许耽延一阵，大和朝廷同时面对两个敌对国家的使者的态度会复杂许多，幸好错开数日，一个离去一个前来，这让中大兄皇子不由得感觉浑身轻松。

尽管如此，想让高句丽的使者不知道唐国使者来访是不可能的，因此，在接待高句丽使者的时候必须多加留意。镰足负责接待使者，比接待唐国使者更加热情，同时还要让对方清楚地知道，大和朝廷如今拥有足以令大唐国两次派使前来的实力，这一点镰足做得非常成功。

三月，大化政变时的功臣佐伯子麻吕连病重，中大兄皇子听说后立即前往探视这位老功臣，想到政变以来同甘共苦二十年，不由得感慨良多。

六月，高句丽使者能娄刚归国没有多久，至十月高句丽又派使者携贡物来朝，估计是听取了前次的使者能娄的报告而采取的进一步措施。

这年秋天，不知什么原因暴雨下个不停。一连数日，京城不用说了，包括东北地方、北陆地方、筑紫一带也都受到暴雨袭击。此时恰是秋收时节，各地因暴雨而蒙受的损失十分惨重。中大兄皇子与镰足商议后，在全国实行免除租赋的政策，因徭役而背井离乡的男女也统统令其返回家乡。

田地被冲毁，牛马被冲走，这个秋天令人个个悲愁垂涕。而就在此时，京城出现了奇怪的传言，据说所有的老鼠成群结队地向近江方向迁移。坊间将这种异象与京城很快将从飞鸟迁往近江联系到了一起。

事实上究竟有没有人亲眼看见老鼠结队迁往近江不得而知，但京城一时间到处都是这样的传言。渐渐地，大约是老鼠跑得差不多了，人们口中老鼠两字几乎不再提起，而转到了迁都上。

——听说很快要迁都往近江去呢。

——京城所有的土木工事一下子都停了，应该就是因为迁都才这样的吧。

迁都这件事，对于朝臣或百姓来说都不怎么情愿，因为正常的生活将从根本上被打乱，租税也势必越来越重，同时，男女民众又要被强征劳役去从事营造新都的工事。

出于什么理由迁都不得而知，从百姓的立场来讲，总之迁都有百害而无一利。在不赞成迁都这一点上，朝臣们也不例外。十年前，京城从难波迁到了飞鸟，那时候说穿了是还都，即迁回到原先的旧京，虽然负担同样不少，但毕竟是回大和地方，心理上有一种无法反对的情愫。因为大和从古代起历经数代一直是王城之地，换句话说，大和地方才是大和朝廷的故里，许多朝臣的祖先生于斯、长于斯、至今灵魂还长眠于斯，好不容易回到这个故里，生活渐渐安定下来，却又要因为说不清楚的理由而迁都到其他地方，而且非迁不可！

朝臣和百姓对大和的山川既熟悉又充满亲近感，除了大和，其他所有地方的自然环境都不如这里的来得顺适。迁都难波的时间不长，但至今回想起那些日子，心里就不是滋味，有时候回过头来想，那时候竟然能在那种环境下生存，实在不可思议。难波的风土是那样糟糕，那里的生活自然也是糟糕透了。

出师半岛结果遭遇惨败，好不容易日子渐渐走上正轨，谁承想又要迁都！无论朝臣还是百姓，每每口中说出迁都这个字眼时，总是伴随着诅咒，同时一门心思希望朝廷能够打消这个念头。

坊间的传言也传到了额田女王的耳朵里。此时的额田，已经搬离皇宫，在京城西北的一处山脚下垒屋而居。自从战败责任者中大兄皇子从筑紫撤回大和之时开始，额田便结束了深居宫内的生活。不管如何，她不想按照中大兄皇子心底的热望住进宫内。一来她深知，决不能因为自己使得中大兄与大海人两位皇子之间产生任何一丁点的龃龉；再者，假如抛弃自己的自尊与中大兄众多妃子一样生活在宫内，这也是她万万不情愿的。但尽管如此，额田并没有任情随性，每当中大兄需要她的时候，她总是无法回绝，因而始终难以摆脱掉以中大兄的秘密情人的身份而存在的境况。在众人包括朝臣眼里，额田仍然是个原形不明难以辨清的特殊女子。既有人认为额田是中大兄的妃子，也有人认为额田曾经是但现在已不再是中大兄的妃子，甚至还有人依旧认为她是大海人皇子的心上人。虽然五花八门，但人人各执己见，都坚信自己所认为的不是胡乱猜测，而是不容辩驳的事实。

事实上，额田的举止也的确让人难以捉摸。每次中大兄皇子离开皇宫前往数座离宫中的某一座时，人们大抵总能看到额田也在一行人中，而换作大海人的场合可以说也是如此。尽管有段时间人们没有看见他们在一起，但自从朝廷从筑紫迁返飞鸟之后，额田数次被人看到与大海人在一起，故而既被看作是二人之间没有特别关系的明证，更多的还是被认为二人确实存有某种关系。总之准确来说的话，谁也弄不清楚额田与两位皇子究竟是什么关系。

任在谁的眼里看来，额田都是无忧无虑的、自由自在的，一点也看不出她还有着另一面生活。偶尔，额田脸上也会流露出悲伤的神情，这种时候，她看是上去仿佛胸中藏着一眼深不见底的悲伤之泉似的，但悲伤一旦过去，她的神情不可思议地比之前显得更加欣悦。可以说，她心里既小心翼翼地掩藏着她的悲伤，同时也小心翼翼地掩藏着她的欢愉，她会因时而异、各不相扰地将这两种情感流露出来。

然而，就是这样的额田也免不了有时候会感到难言的寂寞，那是她身边一个旁人也没有，只有她独自一人的时候。

——听说要迁都了呢，要离开这丰饶美丽的大和……

第一次听到迁都的传言时，额田这两三年来愈见丰腴的两颊上，掠过一丝从未有过的令人窒息般的凄寂。三十二岁的额田流露出的不是悲伤,而是凄寂。

这天,额田在数名侍女的伴侍下,行进在京城的道路上。过往的男女行人,看到她明显一副贵妇人的模样,于是纷纷向她领首,为她礼让道路。街巷比平常更加热闹些,大约是这座很可能即将变为废都的城市,在挣扎着迸发出最后一点激情吧。百济灭亡时,百济的男男女女不远千里跨海东渡,逃亡来此地,当时京城百姓纷纷跑出家门,一睹这些异邦人,街巷为此也曾热闹非凡。百济人靠着官府的接济过上了有所保障的正常日子,很快他们也将随都东迁,各谋生计了。

二

进入中大兄皇子称制的第六年,坊间关于迁都的传言越来越具体详尽了:据说京城将迁往近江,并且迁都之事将很快付诸实施,今年之内飞鸟京就会变成一座冷冷清清的空城。这些传言的依据则是,有大批劳力匠役被送往近江,那里正在营造新的宫殿。

说到营造宫殿,朝廷以前也时常在各地建造离宫,只是半岛战败后才停顿了一阵子,所以并不是什么稀奇事情。但是此次,人们却不是将营造宫殿与建造离宫联系起来,而是直接同迁都联系到了一起。

虽说整个社稷渐次安定平稳下来,但是仍未从战败的阴影中完全恢复,因此无论从哪方面考虑,眼下都不是忙于建造离宫的时候,与其建造离宫,倒不如再建造几座用于海防的水城呢。这些事情飞鸟朝的首脑人物们不会不懂得。这样一想,在近江湖畔进行的土木工事就不是件普通的事情了。大凡亲耳听到传言的人,脑子里都会划过这样的推断。

街头巷尾到处都是关于迁都的传言。人们聚在一起动辄议论起迁都之事,议论者的心底都潜藏着这样一种期待:怎么可能有这样的事情啊?然而,近江正在营造宫殿的传言不断传来,一次又一次地打破了人们的期待:不仅仅是在营造宫殿,而且还开始建造道路街市了,还有数以百计的民居,这些民居不得不让人们想到是朝臣们的住所。以前碰到类似无根无据的传言大量传布时,朝廷会张贴告示进行取缔,但是这次朝廷毫无动作,任由传言越传越广、越传越厉害,完全不像之前的做法,这更加剧了人们的恐慌。

就在有关迁都的传言甚嚣尘上之时,大海人皇子的妃子大田皇女殒殁。这位拥有中大兄皇子为父、大海人皇子为夫的皇女,因为这层关系,在宫内可以不受任何拘束、自由自在的美貌妃子,却抛下大来皇女和大津皇子两位幼孩,年纪轻轻便玉陨香消了。大田皇女的遗骸被葬于齐明天皇陵前。其时,驻留在京城的外国使者也全都参加了葬礼。寒风披拂的京城,因为这位美丽的贵妇人之死,一连好几天都笼罩在悲伤的气氛中。朝廷没有为大田皇女专门兴造坟冢,据说这是中大兄皇子顾虑到可能为百姓增加负担而决定的。这个小道消息也在坊间广泛流传开来。

借着这次入葬,去年故去的间人大后也一并合葬于齐明天皇的陵前。朝臣百官也参列了合葬仪式。这次合葬也被认为是出于和大田皇女同样的考虑。

因为顾虑到百姓,所以连间人大后和大田皇女的坟冢都省掉了,可中大兄皇子为什么会费财费力非迁都不可呢?人们情不自禁生出这样的疑问。但也有人觉得,因为迁都这件更重要的大事迫在眉睫,中大兄皇子为了笼络民心,所以才不得不出此计策。

距离三月只差两三天,朝廷突然公告,将于近期将京城迁往近江。很久以来,一直以小道消息的形式流传于坊间的决定,终于明白无误地昭示于天下,成为真真切切的事情。街头巷尾一时间难得平静了两三日,不再有迁都的传言了,只有人人必须面对、迫在眼前的现实。剩下的问题只是何时付诸实施了。

公告迁都的这天,额田女王前往宫中打探情况。伴随迁都,少不得要举行好多次神事,作为巫女她必须详细请示。

额田在一间冷得要命的屋子里等了几个时辰,才终于得以进见中大兄皇子。

"额田也要忙碌起来啦。"中大兄对她说,"接下来一段时间你必须每天呆在宫内了。这样也好,我正好可以经常看到你美丽的面孔了。"

"这阵子没见到您,您可是越来越会说话了。"额田深深地俯着首说道。

"有没有见过大海人皇子呀?"

"没有见过他。"

"那样的话大海人一定也会很高兴的。大海人可有福了,他可以每天都看到你了。"

额田觉得中大兄皇子这话说得言不由衷。他越是全部身心都投入于某件重大事情,就越是喜欢打诨开玩笑。此刻他的心里与嘴上说的截然不同,一定是在为迁都而苦恼。

"大海人皇子殿下哪里顾得上额田呀,刚刚死了妃子……"

话刚说出一半,额田戛然停住了。大田皇女之死,比起身为丈夫的大海人皇子,身为父亲的中大兄皇子所承受的悲伤肯定更加深重。

"我今天是来请示有关迁都要举行的一系列神事的事。"额田转换了话题。

迁都的具体时间不确定,与之相关的神事也无法预先准备起来,因此额田想从中大兄口中先了解下大致的安排。

"所以不是说了嘛,从明天起你就每天到宫里来。"中大兄的表情有点生硬。

"这样说来……"

"马上就要迁都了。"

"夏季之前?"

"等不到那个时候了——三月就迁!"

"啊?!"

额田抬起头。还有两三天就是三月了,竟然三月里就要迁都!

"那……如果再等一个月……"

"等不及一个月了。大概三月中旬左右你选好一个吉日。"

额田心想，假如百姓听到这个消息，整个京城不知道会发生多么大的混乱哪。虽说迁都之事已经公告，但大部分人还一心以为是比较遥远的事情呢。

"在筑紫时，曾经和额田一起被鬼火包围还记得吧？也许，我们还会被鬼火包围呢。"

"这个我会做好心理准备的。"额田答道。

若干年前，那个被鬼火团团包围的可怕的夜晚，如今却伴随着一种陶醉感再次浮上脑海。那是中大兄皇子所经受的痛苦，自己也可以与之一同分担的陶醉。

中大兄皇子是做好了再次被鬼火团团包围的心理准备，决定迁都往近江去的。他这样做，一定有他的理由。毫无疑问，对中大兄皇子来说，不管如何，必须要将京城迁往近江。街头巷尾议论到迁都的理由有各种各样的说法，有说是为了让政治中枢远离大和一带的豪族而迁都，有说是为了防备外敌侵扰而迁都，还有的则说，是想通过迁都令朝廷人心一新，彻底改变他们的意识。也许，这些统统都是迁都的理由。为了中大兄皇子，即使再一次被鬼火缠身，额田也会心甘情愿地投身于鬼火的包围中。

第二天，额田便来到宫内，开始着手进行为配合迁都而必须进行的神事的准备工作。进入三月，有关迁都的时间仍未见公告。街巷中平静得令人诧讶。与迁都传言满天飞的时候相比，人心似乎安定下来了，不管哭还是笑，反正迁都近江已经是板上钉钉了。飞鸟旧都将被废弃，近江新都已然开始营造了，百姓将因此不得不再过上好几年的苦日子，但是也没有办法啊。

和出兵半岛那时候比起来,家中有男丁的至少不用被征募去当兵送死,已经是上上大吉了——百姓的这种心情,使得京城也露出了难得的沉静表情。

然而进入三月没多久,迁都的日期终于公告了,朝廷各机构迁往新都的时间定于十天之后。只留出十天时间的匆促迁都,令所有人大吃一惊,几乎都不敢相信。

公告的这天,京城一片混乱。居住在京城以及京城附近的百姓自不待言,就像被捅了窝的马蜂一样,左冲右突,茫然无绪,而随着公告发布,朝廷的一部分机构即时开始了迁移,随之而来的则是人口的大移动,大和通往近江的道路上登时塞满了衙门差役和兵士等。

当天夜里,鬼火又出现了。这次的鬼火与筑紫的不同,出现在城内好几个地方。虽然没有造成什么后果,但是一处鬼火熄灭,立即别处又出现新的鬼火,显然是人为制造的鬼火。这一晚城内并没有失火,鬼火是对迁都心怀不满的人故意制造的。

不仅仅是这一晚,翌日的白昼黑夜都出现了鬼火,第三天也是同样情形。毫无疑问,是有人故意点燃的鬼火,但由于始终没有捉拿到点火者,于是坊间又有传言,认为这不是人为点火,而是真的鬼火。鬼火的形迹也出现了变化,忽而在半空中呈现奇怪的形状,忽而骤然熄灭,忽而闪着幽光在空中漫无目的地飘浮,有时坠落在民房屋顶上,屋顶随即喷溅起火花来。

公告迁都的日子之前三天,额田在侍女和兵士护卫下来到城内游逛。此时鬼火已经不再出现,因为这时候人们已经无暇关心鬼火了,城内到处是另一番混乱景象,商人们因为这里即将成为一座废墟，留在城内已没有任何意义，于是不论是否已有居所，纷纷争先恐后地迁往新都。

百姓们被迫离开生活惯了的美丽家园，不得不与大和做最后告别，这份悲伤对额田来讲感同身受，她觉得就像是自己的悲伤一样。马上就要离开这个美丽的城市了，额田也很悲伤。额田怀着极度的悲伤眺望着不远处平缓的山丘和山丘上的松林、天空、白云、河川，自己将不得不与它们告别了。这一天，也是额田与大和的美丽自然以及飞鸟旧都做最后的惜别的日子，很快就再也见不到大和三山、飞鸟川了。

额田还怀着一种在街道上东来西去的百姓所没有的感受，就像中大兄皇子必须含垢忍辱一样，额田也不得不强迫自己濡忍，濡忍百姓的悲伤、百姓的诅咒。中大兄皇子独自承受的巨大压力，额田哪怕为他分担掉几分之一也好。——即使这样，迁都近江也不能不付诸实施。作为新政的最高责任者、战败的主要责任者，这是中大兄必须要做的。

额田在街道上走着。天色渐暗，她仍不想返回宫里，因为，她要替中大兄皇子倾听神的声音，要吟咏一曲告别大和之歌。

迁都近江的日子到了。三月十九日。从前一晚开始一直到拂晓，朝廷所有重臣、武将一个不落全都聚集在宫内。一旦真正开始迁都，要做的事情多得数都数不过来，假如提前一年两年便定下迁都，还可以从容地进行各种准备，可是迁都公告出来只有区区数日，要说准备，完全是来不及的。但明知如此匆促仍决意迁都，在即将被抛弃的旧都度过的最后一夜，朝臣武将谁都无心入眠,哪怕是闭上眼睛瞌睡一小会儿。

天亮了。这是春天的清晨曙光,空气中略带着暖意。天边开始露出些许微弱的曙光时,天空中仍飘浮着浓浓的夜雾,随着天色渐白,就仿佛一层薄纸被揭去一样,夜雾开霁,空中布满了淡云。

在皇宫广场上举行了告别旧都的酒宴。正面摆放有祭坛,数名负责神事的人员进进出出,在祭坛前忙碌着。

祭坛有两座,一座是祭祀天照大神、倭大国魂二神的,另一座则是祭祀三轮山神的。建都于飞鸟的这些年间,三轮山一直是飞鸟人心目中的神山,从城内的道路上看不到,但是登上小山丘,或者行至郊外,就能眺望这座山。它具有一种独特的美,令人感到神圣不可侵犯,因此人们在心里都对三轮山的山神怀着一丝畏惧。它是护佑这座城市和居住在这里的人们的神。对三轮山神心怀崇敬和畏惧的不仅是普通民众,就连当政者及朝臣们也一样,为了祈求国家安泰,必须供奉三轮山神。

这一天,朝廷向天照大神和倭大国魂奉告了迁都之事,为即将迁往新都的国家祈求安泰,同时,恳请三轮山神应允朝廷告别飞鸟京,请三轮山神为国家在新都继续繁荣昌盛而祈祷,几项仪式合并在一起进行。倘若不举办这个法事,朝廷这天是不会从飞鸟启程的。

仪式现场聚集了众多朝臣和武将,各就各位。虽然大家都严重睡眠不足,但迁往新都的紧张感却令在场所有人精神焕发,个个像换了一个人似的。

向神祇敬奉音乐的时候,恰好一抹微弱的阳光照射下来,随即又隐入云中。这天一整天都是阴沉沉、略带春寒的天气,环裹着京城的群山在云翳下仍露出它们的身姿,只有毗连着奈良群峰的三轮山,始终躲在云层中不肯露一露脸。

中大兄、大海人两皇子以及镰足等朝廷重臣都在现场。音乐的声音越来越响。神事所花费的时间长得叫人害怕。列坐在场的人好几次站起身来,深深垂首鞠躬,有时候垂下去好长时间却一直不能抬起来。

神事结束后,每人分到一只素陶制的酒杯,杯中注入了神酒。此时每个人心里痛切地感到,再过不多时就要离开这座旧都了!一位年纪足可称之为老翁的老臣脸上写满了弃都而去的悲伤,口中一刻不停地念念有词,周围的人非常理解,离开京城让这位老人伤心欲死。

这时候,音乐再度响起,等这段音乐奏毕,一个已酝酿多时的清澄声音响起,人们无须转头望向那里,都知道这声音是谁发出的,不消说,只有额田女王。

　　　　钟秀三轮山,
　　　　碧峦曲隐奈良山;
　　　　我欲逞一望,
　　　　山际迷蒙失通路;
　　　　可恨无情云,
　　　　蔽匿尊山遮望眼,
　　　　使我不得瞻翠颜。

感伤的骊歌连唱了两遍。

啊,美丽而尊贵的三轮山哟,每日每时我们在这里仰望你;三轮山哟,你隐遁于环抱奈良之都的群峰之间。去往新都的道途既曲又长,我们将一路眺望着你去往新都,远远地眺望你。我们是如此不舍与你告别,你为什么却隐在云层后呢?

老臣们以手掩面,一直没有拿下来。额田的歌直击老臣们的心里,道出了他们此时此刻的不舍情感。人人都是以这样的心情,恋恋不舍地告别这里、去往新都。

一时间老臣们举座安静下来,静得令人为之动容。

这时候,额田的歌声又响起来。

钟秀三轮山,
清姿深掩云翳中;
我今祈请汝,
浓浓云翳若有情,
幸勿遮蔽吾秀峰。

云啊,你为什么要将三轮山遮蔽起来?云若也有情,请不要再将它遮蔽住吧。

额田的声音越来越激越,似乎将她对惜别旧都和三轮山的悲伤,瞬间都化作了对笼盖着飞鸟京、遮蔽了三轮山的云翳的不满。在场的人们猛然发觉,额田的激越的情绪渐渐融进了自己心里,自己也对这云翳产生了不满。云翳将三轮山遮蔽的确令人不爽。

——可是,云翳终归是要散去的。

人们心里都在这样期盼着。从情感上讲,告别大和、迁往新都的今天,人们总希望万里无云、给人们展露出一个天清气朗的春阳好日子。人人都怀着这样的心情。

神事结束后不一会儿,大和朝廷的首脑们排着长长的队列,离开深深眷恋的飞鸟京,向城外进发。道路上一个人影也没有。今天的这个时刻,全城百姓都被禁止自由外出,所以看不到人影。尽管是因为这个原因,但仍给人旧都已然成为一座弃城的印象。

队列穿城而出时,太阳终于钻出云层。不知不觉,天空片云不剩,一望无际光朗朗的晴天。果然如额田所祈祷的那样,原来云亦有情呢。

队列在春阳照映下走出京城。所有朝臣及武将的心情也变得晴朗起来,离别京城的悲伤之情渐渐淡薄,代之以走向湖畔新都的向往和期待。

队列在奈良坂停顿下来。人们在这里向大和以及三轮山做正式的最后告别。此时的三轮山已经没有了云层的遮蔽。

额田坐在队列最后的舆车内,晃晃悠悠地行进着。她脸上依旧洋溢着昂奋之情。不是因为离别大和而昂奋,是因为刚才歌咏出了中大兄的情感,歌咏出了百姓的情感,当然也歌咏出了自己的情感。她对此感到很满足。

对额田女王而言,这一天既是告别生于斯长于斯的大和国的日子,也是迈向新生活的发端日子。额田打算以离别飞鸟这一天为分水岭,为自己与中大兄皇子的爱情生活划上一个休止符。之前也曾有过一次打算与中大兄斩断关系,那是因半岛战败,中大兄不得不从筑紫撤返飞鸟的时候,但结果额田没能迈出这一步,仅仅将住所从宫内搬到了郊外,而中大兄向她伸出爱情之手时,她却做不到坚决地将其拂开。

额田不清楚世人是如何看待自己与中大兄皇子的关系的。她也无意去知道。依旧有人认为自己与中大兄皇子有着特殊关系,也有人恰好相反,反正不管别人怎样看,额田都不介意。正因为这点,额田在世人的眼睛里是自由自在的。

额田做出这个决定,也是为了保护自己。假如继续保持之前的关系的话,一旦中大兄皇子即位,自己就必须入宫,换取一个妃子的名分,而成为众多妃子中的一员,额田无论如何也是不情愿的。

额田乘坐在舆车里从飞鸟向近江行进。春意正浓,太阳暖融融地照洒下来,田野间、农家的小院前,到处都绽放着春天的花。迎面吹向舆车的风也是和煦的春风。

队列在一个村落停下时,额田从舆车上走下来。大海人皇子骑着马来到她身旁。

"等到了新都,额田的住所会在哪里呀?"大海人皇子问道。

"还没有想好呢。"额田答。

"会不会在宫内选一处住所?"

大海人这个问题的真意显然是想试探自己的哥哥中大兄皇子与额田的关系处于什么状态。对此,额田没有回答。说话永远是这样暧昧不透明,不禁让人觉得可笑。同大海人皇子的关系暂且不去考虑,但额田觉得,同中大兄皇子的关系必须干干净净地做一个了断,就像过去曾经有过的那样,今后仍旧仅止于那样的关系。假如大海人皇子知道自己与中大兄的关系真的断了,不知道他对自己又会是什么态度?额田与大海人皇子之间,过去曾经诞下过一名皇女,所以说,对额田而言,没有人比大海人皇子更加不容易相处的了。

在来到这儿的所有人眼睛里,近江新都就像一个萧索凄凉的村落。虽然新都还在营造中,不能过于苛求,但只有正后方傍倚着山,前面则是一方湖水,毫无遮挡,令人实在无法安下心来。即使是背后的比睿山,也远不如环抱飞鸟京的大和群峰那样秀美,只有一种荒秃秃的感觉。新都所在的湖畔这片平原,树木稀少,放眼看去,尽是芦苇及杂草,在草丛下面则到处隐匿着沼泽、水塘。

——这是野狐狸住的地方吧?!

众人悄声议论道。原本理应优美如画的湖泊,在众人眼里看起来也并不怎么优美。原来优美的琵琶湖只不过是路经此地的旅人的感叹,实际上真正来到湖畔住下来的话,人人都会发现水汽太重,湿漉漉的,令人心生讨厌。

三月至四月间,新都显得混乱不堪,到处是从大和迁来近江的人。这期间,还下了一场暴雨,平静的湖水显出其狰狞的另一面,水面泛着浊浪、溅起水沫,数根巨大的水柱咆哮着直冲向天。不习惯水泽边生活的人们心里都在暗暗思忖,这下完了,竟然迁到这么一个该死的地方来!

——这分明就是那些穷得叮当响的渔民为了生计不得

搭个棚户凑合栖身的地方嘛!

——从大和迁到难波,再从难波迁回大和,接着是筑紫的行宫时代,好不容易盼到从筑紫返回大和了,这下倒好,又迁到这个穷乡僻壤来了。

朝臣和武将们虽然口头不说什么,但是心里都在这样咕哝。自从实行大化新政以来,京城已经数度改易,每次改易都令百姓的生活更加贫苦,营造都城百姓陷入苦楚,出师半岛百姓陷入苦楚,如今新都营造又不知道要让百姓苦上多少年哪。

但是,就在所有人都这样不看好的时候,唯独额田觉得近江新都景色很美。额田踏足近江的第一个印象,便是由衷赞叹中大兄选择这里作为新都的决定十分英明。虽然新都尚在建设中,这座城市还没有展示出它的轮廓,额田却感觉,琵琶湖畔的这片平原一望无碍,没有半点人工矫饰的痕迹。阳光照射下来是那么的清新,拂过耳边的风声也是那么清新,都城面对着一片湖泊,这种豁然敞怀的感觉同样是那么清新。总之所有的一切,都给额田以之前大和之都所不曾有过的全新感受。不光是大和之都,难波旧都也不曾给人这样的感受。从这个角度来看,作为中大兄实现他尚未取得最后成功的新政的舞台,近江无疑是最合适的地方。

额田在新都一隅拥有了自己的住所。和大和一样,这里也位于山脚下,地势不怎么高,但是可以毫无遮拦地饱览平阔的湖面。

迁都近江以来,额田变得经常外出。不进宫的日子,大致总会携一两个人同行,终日游逛近江的山野。在这里与在大和之都不同,无论走到哪里都不会引来旁人注目。她会拨开湖畔密密麻麻的芦苇丛,湖畔毫不惹人留意的小路她会试探着一路走去,直到尽头。新都拥挤混杂着匠役苦力等,每天忙着各自的生计,但是额田的每一天几乎都这样清闲地度过,丝毫感觉不到烦恼。

六月,与近江新都相距迢远的葛野郡献来白燕。古时,白燕与白雀一样都被视作瑞吉之兆,因此献上白燕自然是令人高兴的喜事。小小的白燕被装入一只大笼子,安置在新近建成的宫殿庭院内。一连数天,几乎每天都有人前来观赏,庭院里好不热闹。

次月,也就是七月,耽罗国派使者前来朝贡。这是在新都迎接的首批外国使者,因而受到了格外隆重的款待。每天,这些使者都被安排参观兵士操练,因为新都还在建造中,朝廷首脑除了向外展示大和朝廷的兵力充实之外,没有其他可以用来展示的。

匆匆迎来夏天,又匆匆送别夏天、迎来秋天。夏秋交替之际,新都的营造工事不分昼夜地忙碌进行着。到了秋天即将结束的时候,琵琶湖畔终于拔地而起好几栋建筑,虽然与大和之都无法相比,但毕竟有了那么一点点王城的气势,并且在这些建筑周围还建成了若干道路、街市,街市的布局与大和完全同出一辙。在王城外围区域,不知什么时候已经建起一片商铺,会集到这里来的百姓日益增多。与大和不同的是,这里的商铺店肆贩卖的多是从湖中捕捞上来的鱼介类商品。

此时,筑紫方面派来使者报告,驻扎百济的唐国将领刘仁愿自唐国将数年前派往唐国的遣唐使副使境部连石积等人送返来了。原以为再也回不到故国的石积等人平安归来,是这一年继白燕、耽罗国来朝之后的第三件喜事,也表明了大唐国对日本并无大开战端的意思。

这件事情很快在坊间传开了:

——这下子唐国大军再不会向我们进攻了!

人们用各色各样的语言议论这件事情。对百姓而言,飘浮于头顶的一大片阴影终于移走了,这不能不说是件大喜事。阴影除掉一片少一片,越少越好。新都的营造与之前齐明天皇的时候比起来,规模也没有那样宏大,长久的苦难时期眼看就要显露曙光,日子会好起来的!——每个百姓心里都怀着这样一种期待。

然而,百姓们很快知道自己似乎过于乐观、高兴得过早了,因为就在人们起劲地议论这一传言时,朝廷告示因在大和高安山筑城,所以又要征用劳役。而紧随其后,赞歧国的屋岛和对马国的金田也都告示要筑城,据说很快就要为此而在进畿一带大规模征用劳役了。这些都是为防御外敌来袭而进行的筑城工事,所需的劳役较之营造都城还要多上好几倍!

筑城的消息很快令坊间弥漫的乐观气氛一扫而空,人们感觉头顶上重新笼盖着片片阴影。恰逢此时冬季来临,大和地方很少有大风乱作的日子,而这里因为空旷没有遮拦,狂乱的寒风从湖面、从山上凶猛地奔袭而来,几乎每天都要将街市洗荡一遍。

这时候，鬼火又出现了。新近建成的皇宫一栋建筑，不知什么原因失火，所幸火很快被扑灭了。但之后一连数日，街巷中每晚都发生了火灾，有朝臣的住家被烧，也有武士的住家被烧。

与此同时，朝廷向此前来朝进贡的耽罗使者赠送了大批礼物，计有锦十四匹、绞染布十九匹、朱色染布二十四匹、蓝色染布二十四端、桃色染布五十八端、斧子二十六把、厚刃刀六十四把、长刀六十二柄。负责准备这些礼物的是镰足。朝臣中有一部分人认为好像赠送的太多了，镰足则坚持认为既不少也不多。

"耽罗国如今全指望着我朝，你们好好想一想，它可是唯一臣服于大和朝的国家了！"

镰足的话自然没有错，但是恰逢鬼火出没、街头巷尾传言乱飞的时候，人们担心这样做会不会又招致百姓误解。所幸，这件事情倒没有在坊间流传开，不过朝臣中仍然有不少的责难声。

这事也传到了额田的耳朵里，额田的反应却完全不同于其他人。之前中大兄皇子何时即位始终叫人捉摸不透，听到向耽罗国使者赠送礼物的消息，额田立即产生了一种直觉：看来皇子即位的时候不远了，或许等耽罗使者归国的时候，中大兄皇子已经成为名副其实的新政最高统领者了。

对于心中倏然冒出的这个念头，额田没有轻易让它一晃而过。

——中大兄皇子要即位了！

——中大兄皇子很快要即位了！

额田全身震颤，她感觉到一股莫名的异样激动。这也是额田期盼已久的事情。对中大兄皇子来说，长久以来始终处于充满痛苦和艰辛的时代,尽管这样的时代仍将持续下去,但眼下总算已经看到了一线曙光,属于中大兄皇子自己的时代就要到来了!

两串热泪从额田眼眶中溢出,落了下来。额田任由它们在脸颊上流淌。

两三天后,额田应中大兄皇子的宠召前往皇宫。自从迁来近江新都,额田与中大兄皇子二人还没有单独相处过。这是额田踏上近江土地时为自己规定的戒忌,不管发生什么情况都不能打破这个戒忌。她数次以身体不适为由,回绝了中大兄皇子的召幸,这次却是她接到宠召后自己主动决定前往皇宫的。

在宫内一间远远望得见暮色渐合的湖面的屋子里,额田与中大兄皇子面对着面,这是他们两人离开飞鸟京以来的第一次。

"真难得呀,今天这么爽快就来了。"中大兄皇子说。

"今天是有话想和您说……"

额田刚要说下去,中大兄立即接口过去说道:"我知道,额田想和我说什么,我不用听也知道的。"

"我想您大概不知道吧。"

中大兄皇子哈哈大笑:"你是想去当一名尼姑,好过上自由自在的日子对吧?可以啊。额田如果想那样做的话,我不会阻拦你的。"

"但您时不时地还是在宠召我。"

"可是我宣召了好几次,你不是都不肯来吗?"

"以前我只能这样呀,今后应该用不着再这样了吧。皇子殿下就要成为现世之神了。"

听到这话,中大兄皇子瞬间两眼发光:"嗯,不能一直这样子下去啊。"

"是啊。而且,这个时刻应该很快就会到来吧……"

"没错。"

"皇子殿下成了现世之神,额田就不能违忤您的命令了。在皇子殿下成为现世之神前,请允许额田我不再承蒙您的宠召可以吗?"说到这里,额田抬起头继续说道,"额田的心情皇子殿下能理解吗?"

"明白。"

"既然皇子殿下理解,那我就不多说了。额田将站在百姓的立场,以百姓的心声由衷咏赞皇子殿下所进行的伟大事业、皇子殿下的这个辉煌时代。除此以外,额田再没有其他的奢望。额田是为了完成这一使命才降生到这个世上的,所以我对皇子殿下只有这一点要求。"

"明白了。"

"皇子殿下不高兴的时候,总是喜欢说'明白了'。"

忽然,额田落下了两行眼泪。在中大兄皇子面前落泪是从未有过的事情,但她还是忍不住落下泪来。

"你怎么哭了?"

"是额田身体内的女人在哭。"额田抬起被眼泪打湿的脸庞望着中大兄,"今后决不会让皇子殿下再看到额田这个样子,只有这一次。"

究竟出于什么样的理由令额田决心从中大兄的宠爱中抽

身退出，额田没有一句像样的解释，但中大兄皇子一切都明白了。中大兄皇子即位的话，继承皇太子位置的除了大海人皇子不会有其他人。考虑到中大兄和大海人两位皇子之间的关系，额田只能回绝掉中大兄皇子的宠爱，这似乎是理所当然的。此外，中大兄皇子一旦即位，他为数众多的妃子的身份立时就不同于现在了。额田也势必会碰到同样的问题，作为一名倾听神祇声音的特殊女子，之前好歹能保住自己不受到任何伤害，太太平平地度过，但今后就不可能再这样幸运了。

近江之海

一

齐明天皇崩后,七年来中大兄皇子一直以皇太子的身份称制、统治天下。在称制第七年的正月三日,中大兄皇子终于正式即位,成为天智天皇。七日,群臣聚集在皇宫,举行了一场盛大的酒宴。时节正是寒冬,近岸的湖水冻着冰,湖上朔风呼啸,然而这一天却是个无风的晴朗好天气。从皇宫内的酒宴会场,可以看到琵琶湖平静的湖面,上面照洒着明亮的阳光。湖周遭的群山覆着白雪,一片白茫茫的世界。大概是心情的缘故,似乎群山也一改往日的表情,不那么阴冷了。

群臣们直到这一天才感受到,原来近江竟也是个美丽的地方,飞鸟京和难波京都没有这么优美的自然环境呢。从皇宫眺望出去,不只有美景,还视野广阔。酒宴从白天一直进行到夜里。

这天,坊间的百姓也在自发庆贺一个新时代的到来。长达七年的中大兄皇子称制时代终于结束,天智天皇的时代开始了。想到这一点,百姓们心里不由得涌起一团新的期待。此前坊间流传的歌谣,内容无一不是诅咒时代、讽喻统治者的,而从这一天开始,人们口中的歌谣有了全新的歌词。不知道是谁创作,也不知道是谁传布的,但此类小事中所反映出的对时代的敏感性却不能不令人惊叹。噢,从今往后租税将一年比一年减少,各种劳役征募也不会再有了,以前光是口头上说,说了多少年百姓却总也享受不到一点新政的真正好处,但往后可不一样了。——人人心里充满了这样的期待。不光百姓,连朝廷的文官武将们也是同样期待。

二月,古人大兄皇子之女倭姬王被立皇后,苏我石川麻吕之女姪娘、阿倍仓梯麻吕之女橘娘、苏我赤兄之女常陆娘、栗隈首德万之女黑媛娘四人为嫔,后宫其余妃子们也各自得封其位。

立后立嫔的事情告一段落后,人们口中念念不忘提及的自然是额田女王的名字。五名后嫔中没有额田的名字,其他妃子中也没有额田的名字。对此人们既觉得顺理成章,又觉得似乎有些不大自然。

经过这一事件,人们清楚地知道了一件事情,即额田原来不属于后宫女性之一。在众人眼里,额田的形象刹那间变得截然不同了。她既美貌,又自由自在、充满了女性活力。之前,人们总是将她与两位皇子联系在一起,肯定与其中一个有着特殊的关系,但往后只需专注于大海人皇子一人就可以了,但她与大海人皇子的关系已经不再是人们关心的事了。自从迁来近江,人们从未听到关于大海人皇子造访额田住所的传闻,也不曾有人目睹过二人在一起的场景,额田总是被一群侍女簇拥着。

确实,额田女王身上有着给众人留下如此印象的地方,她自由、充满活力,总是给人新鲜的感觉。额田自身也感觉到举手投足之间仿佛有着无穷的力量,朝迎夕送的每个普普通通的日子都那么充实。为什么会这样?她自己也不知道,对期盼已久终于到来的天智天皇时代,额田比任何人都更敏锐地感觉到了某种全新的东西。随着天智天皇即位,他也变成了一个遥远的存在,是额田难以触及的。她再也不可能像以前那样迎来宣召的使者,甚至连这样想都不可能了。

每次前往宫中主持神事之前,额田都要沐浴净身,虔诚地敬事神祇。她向神祈祷,请神祇保佑天智天皇的时代更加辉煌、更加美好,同时祈求祛除民众心中的一丝一缕不满,让万民一同讴歌这个时代。

额田很少出现在天智天皇面前。偶尔碰上这种时候,她也尽力躲在远处,只是偷偷看上天智天皇几眼而已。这种敬而远之的态度,令人不敢相信二人从前曾经有过特殊的关系。因为额田知道,眼前这个人,已经不再是拥有一双强壮有力的臂膀、将自己紧紧抱在怀里的皇子,而是不可亲近的崇高至上的神。

可是,额田命令自己这样做,从某种意义上讲却反而使得她愈加将对方视作自己最亲近的人。主持神事的时候,额田总感觉是同中大兄皇子在一起,她是在以中大兄的心情来敬事神祇,以中大兄的诚意向神祈祷。

主持神事时,有时候会有种不可思议的陶醉感袭上额田的心头。这对额田来说不是第一次。数年前在筑紫,额田曾与中大兄皇子一起被鬼火团团包围,后来一起跌倒在鬼火中。今时的陶醉感和当时那种陶醉感一模一样。唯一不同的是,在筑紫被鬼火包围的时候,正是中大兄皇子处在最艰辛的时期,额田是与皇子一同分担承受那种艰辛,而现在不一样了,皇子不得不承受的艰辛痛苦已经不存在了。

不只是主持神事的时候,自从进入新时代,额田较之以前更加自由自在地外出游逛街市和郊外,但不论走到哪里,额田都仿佛同中大兄皇子在一起。只要看到男女民众脸上露出快乐的神情,她就会为中大兄皇子而感到欣悦;看到男女民众脸上露出阴沉的神情,她就会为中大兄皇子而感到难过。她像中大兄皇子一样或欣悦,或难过悲伤。

因此,额田从来感觉不到孤独。她始终与称制时代的中大兄皇子在一起,并且是以那时所不可能有的灵魂与肉体同时紧密结合的方式,与中大兄皇子在一起。

进入三月,湖水一天比一天暖起来。这里的冬天远比大和寒冷得多,但同时冬季时间也短许多。当人们意识到春天即将到来时,冬寒迅即就真的衰败下去了。

一天,额田在自己的住处迎来了大海人皇子。自从迁都来到近江,这还是第一次。大海人皇子的到来,令额田住处的侍女们一阵忙乱,赶紧在庭院里张罗皇子的座席。

"梅花开了。"

正如大海人皇子所说,庭院里栽种的梅树上已经有了白色的小花。

"这梅树是建造这个房屋的时候种的?"

"是的。"额田答道,"原想着今年不会开花了,没承想您看竟然开花了呢。"

"你在飞鸟的住处也有梅树。"

"是。"

"额田喜欢梅花?"

"是。"额田回答,随后又补充道,"额田喜欢梅花,不过喜欢的是一朵两朵零星开放的梅花。"

此时的额田不知怎么忽然意识到,似乎不这样补充的话,心里总有些不安。

果然,大海人皇子大笑起来,接口道:"梅林的梅花不喜欢吗?"

"是的。"

"不喜欢也没办法喽,发生过的事情抹也抹不掉啦。"大海人皇子揶揄着道。

额田与大海人皇子相向而坐,两人之间隔着必要的距离。额田对大海人皇子多少还是怀着一丝戒备。以前对大海人皇子从未有过这样的态度,不管对方说什么,她总能用她独特的应对技巧进行巧妙处理,但现在似乎不行了,变得情不自禁地戒备在先了。

"往后我会时不时过来观赏梅花的。"大海人皇子继续说。

"梅花的生命很短暂的。"

"生命短暂,那就趁它还没有凋谢的时候过来观赏嘛。"

"今晚只要风一起……"

"全部都谢了?"

"是的。"

"难道是那双白皙漂亮的手将花全部摧折掉的?"

额田情不自禁地将放在膝上的手缩了回去。

"时隔许久没见,你竟然这么健康,简直像换了个人……"

"……"

"变得更美了。"

"您是在说我吗?"

"这儿除了你没有其他人啊。既然没有其他人,我说的当然是额田啊。"

"时隔许久没见……"

额田说着抬起头来,面前是大海人皇子一双炯炯有神的眼睛。

"想不到您变得越来越大胆了。"

"还有呢?"

"还越来越会哄女人了。"

"我这不是哄你。我是真的这么想,才这么说出口来的。"

大海人站起身,在庭院里踱起步来。

"额田变得更美了,也变得胆小了。"

"……"

"为什么变得胆小了?"

"我也不知道。"

"我知道啊,因为不肯交与任何人的你的心现在被夺走了。额田经常讲,你的心是决不会交给别人的。因为信了你的话我结果才酿成了大错。"

额田默默地低头垂目,此时抬起头来道:"不,不是这样的。"她拼命地辩解着。

"什么不是啊,你的心就是被人夺走了,真是遗憾哪。即使没有一个人知道,我大海人还是知道的。真遗憾!"大海人说着笑出来,"如今你的心已经被夺走,看来你自己给自己的承诺也变样了。"

"皇子殿下今天为何如此执拗?"

"没错,今天的大海人和平常的大海人是有点不一样。这我自己也很清楚,所以坐在这里,说不定嘴一滑就会脱口说出什么不该说的话。"

"殿下既然已经观赏过梅花了,就请您返回吧。"

"好,今天就听你的,我这就回去。其实我是有事情想来和你商量的,那就等下次来的时候再说吧。"

"商量什么事情?"

大海人皇子没有直接回答,只是说:"这事必须要和你商量。我明天再来,也好再多观赏一下梅花。"

额田以为大海人皇子真的会明天再来,无论如何她都不希望这样。从眼前的大海人皇子身上,能感受到某种多年未曾有过的强烈气息,是当年硬生生将自己从梅林中掳走的年轻时的大海人皇子的气息。

"梅花今晚就会凋谢的。"额田说。

"不光是大海人我想观赏,还有其他人也想来观赏呢。"

"是谁呀?"

"你不知道?"

"……"

"假如连一个母亲的心也被夺走,那可就太不应该了。"

额田的心仿佛被重重地撞了一记。她呆呆地站在那里,差一点脱口叫道:"啊!"

"我这就回去对她说,明天带她一起来观赏梅花,她一定会很高兴的。不过,要是带她来了,梅花却全谢了,她可就要伤心了。"

大海人皇子说罢转身离去。额田跟在后面送皇子离去。门外数名侍女已经站立成两排恭候着皇子,大海人皇子迈着轻松的脚步走过去。

额田回到庭院,像刚才大海人皇子在这儿踱步似的在庭院里走来走去。想到明天不只大海人皇子一人来观赏梅花,无论如何也不能让梅花谢掉。而且,还要祈祷今晚上千万不要刮风将花吹落。接下来,额田长长地沉浸在身为母亲的情思之中。

翌日,额田满心期待着十市皇女前来观赏梅花,可是却久久不见任何动静。额田望着阳光洒落在打扫得干干净净的庭院,一整天心不在焉,很快这一天就过去了。

到了傍晚,额田灰心丧气,独自走到开着梅花却无人来赏的庭院里。已经有将近一年没见到十市皇女了。十市皇女是实实在在从自己肚子里掉下的肉,可是自己却一点也没有尽到母亲的责任。她一直悄无声息地呆在大海人皇子的居所里与侍女们生活在一起。那可是自己的女儿啊,作为母亲怎么可能不思念女儿呢。可是思念归思念,额田却一筹莫展,只能远远地为女儿暗暗祈祷。女儿只有远离自己这个母亲,她的命运才可能茁壮绽放。千万不要去接近她。千万不要去接近她。——这些年来,额田一直抱着这样的信念,艰辛地挨过了十五年岁月。不知不觉中,女儿已经迎来了十六岁的春天。

远远为女儿祈祷的额田,不想与女儿见面,也不想与女儿说话,事实上她很害怕和女儿会面。该和女儿说些什么?该怎样表达自己对女儿的感情?她不知道世上的母亲之情究竟是什么样的。可是,听说对方主动来造访相会,额田仍情不自禁地翘首以盼,毕竟女儿是自己在这世上无可替代的最宝贵的东西,以致在没见到女儿之前,额田已经惴惴不安,难以平静。

额田怀着焦躁不安的心情站在梅树下。这时候,大海人皇子那边派来了传话的使者,是位中年侍女。

"明天,皇子殿下府邸一众妃子家庭聚会,请您前往。"侍女说。

额田并没有打算立即回复,可是却情不自禁地脱口而出道:"额田准时前去府上叨扰。"

侍女说的妃子们聚会,会是什么样的聚会呢?额田猜不出,但是无疑届时十市皇女一定会出现在会场的。想到大海人皇子昨天来访时的那副眼神,显然不答应这个邀请为好,但此时此刻额田心里母亲的意识又复活了。如今额田百孔千疮的心,只要见上十市皇女一面,立刻就能得到疗愈。

翌日,额田按照所说的时刻前往大海人皇子府邸。府邸近邻皇宫,外人以为这里也是皇宫的一部分,因而同样称之为御殿,但与皇宫之间有郁郁苍苍的树丛隔开,整然区分成两片。

额田这是第一次踏入大海人皇子的居所。这儿不同于皇宫,没有多余的人工修饰的痕迹。几栋屋宇散布于充满野趣的山野间,庭院内有山丘,也有成片的树林。

额田由出迎的侍女引导着,走在夹道而立的树丛中间的小道上。是麻栎树林。穿过这片树林,是一个广场。广场对面有片梅林,是片令人啧啧称赞的十分壮观的梅树林。梅树不高,数十棵,又或是数百棵梅树上都开着白色的小花。如此壮观的梅林自然不可能是自然生长的,因而这里看得出些许人工修饰的痕迹。

额田感觉自己被大海人皇子戏弄了。看到自己住处那两三棵梅树便说要来观赏梅花,而额田竟信以为真。现在想想,自己真是糊涂得可以啊。住在拥有这样壮观的梅林的府邸内,每日都可以随心所欲地观赏,十市皇女也不可能去自己的住处观赏梅花。

小道沿着梅林曲曲弯弯绕了一周。道路两旁的梅花香气扑鼻而来。额田时而停下脚步,嗅一嗅梅花香气,或眺望一下梅林,侍女则在前方停下来等着额田。绕着梅林走了大概只半圈,额田忽然听到几个小孩尖厉的声音,像是从梅林中间传出的,但随即她就明白了并不是这样的。

"这边请!"

被侍女引导着走去的方向是梅林旁边的一座建筑。透过树林从远处就可以看到主屋的屋檐,估计是专为赏梅而建的,完全是农家建筑的样式。额田略显踌躇,拿不准是否要随侍女进去。

"外面很暖和,我想在梅林中再走一会儿。"

见额田这样说，侍女立即接上茬说道："若这样的话，那边刚好有块向阳处呢。"

于是额田跟随在侍女身后朝建筑后便门的方向走去。走了没有几步，额田又停住了：数名妇人的身影映入她的眼帘。不清楚究竟是谁，但应该有妃子也有侍女，还有几个孩子。先前额田听到的尖厉的童声，就是从这里传过去的。

正如侍女所说的，面前这片空地夹在梅林与屋宇之间，正是个绝佳的向阳处。虽说与一般农家的后便门颇有几分相似，但散放于门口的几件物什，却截然不同于农家趣味，尽显艳丽、华贵。随处摆放着桌子椅子等，布置成了一个简洁的宴席会场。

额田暗想，自己来到了一个不该来的地方。但已然进来，后悔也来不及了。额田思忖着自己应该以什么样的态度应对。她拿定主意，准备用自己的自由之身作为武器，不去拘执于什么规矩不规矩的。我是十市皇女的母亲，大海人皇子是邀请我这个十市皇女的母亲来赴家庭聚会的。——额田自己对自己说道。

额田向聚会会场走去。她第一眼看到的是鸬野皇女，于是向对方颔首致意，鸬野皇女见到额田便朝她走近来。

"我正和高市皇子的母亲在说呢，不知道今天您会不会来。您有空就过来坐一坐呀，十市皇女怪可怜的。"

鸬野皇女语气十分和善，没有一丁点隔阂见外的感觉。额田完全没有预料到鸬野皇女对自己会是这样的态度。中大兄为父、大海人为夫的鸬野皇女，是大海人皇子所有妃子中最有权势的一个。当然并非出于她的主动追求，她自然而然就拥有这样的权势。和鸬野皇女同为中大兄女儿的,还有大江皇女、新田部皇女,但鸬野皇女的地位显然和她们不一样。她处于一个特殊的位置,这不光是因为她年纪稍长,还因为她天生的美貌,当然更是因为她与生俱来的聪颖。

假如另一位中大兄为父、大海人为夫的妃子大田皇女没有仙逝的话,鸬野皇女如今集于一身的宠爱和人气或许就要减去一半。在这二人之中,比较起来额田还是对性格温婉的大田皇女更加多几分好感,而鸬野皇女给她的印象则是稍显冷淡、不大容易亲近,但这个先入之见看样子得改一改了。

眼前的鸬野皇女几乎令额田头晕目眩,天生丽质这个词用在她身上是最贴切不过的了。这是美貌与聪颖完美地融合为一体的美丽。鸬野皇女今年二十四岁。

尼子娘也朝这边走过来。她是看见额田,特意过来和额田打招呼的。

"哎呀,您来了十市皇女该多高兴啊!"尼子娘一边说着一边朝四下里扫视,寻找十市皇女的身影,"刚才还在这儿玩呢,这会儿大概是去梅林那边了吧。"

大海人的妃子中数尼子娘最年长,额田以前就对她颇有好感。和其他妃子相比,尼子娘出身低微,父亲只是个地方豪族,因为这个缘故她历来非常谨小慎微。二人有一个相近之处,额田身为十六岁的十市皇女的母亲,尼子娘则是年方十五的高市皇子的母亲。

额田此时方才注意到,赏梅宴上没有其他妃子的身影。额田看到鸬野皇女之子、年方七岁的草壁皇子在一众侍女的簇拥下,向梅林方向走去。随后,八岁的大来皇女和六岁的大津皇子同样由侍女们伴侍着跑向梅林。这两位皇女皇子是大田皇女的遗孤,由此来看,他们的举止中似乎就带有那么一点凄寂的影子。同样被侍女们簇拥的草壁皇子显得天真欢快、毫无心事,而大来皇女与大津皇子手挽手一起往前走的情形,仿佛二人在齐心合力准备奋力迎接挑战似的。

额田心想,比起丧母的皇女皇子,十市皇女也许应该算是幸运的。十市皇女虽然远离母亲、生活在大海人皇子府邸,但终归平安健康地长到了十六岁。

年幼的皇子和皇女跑进梅林,随即高市皇子与十市皇女二人嬉笑着从梅林中走了出来。

额田浑身一激灵。差不多一年没见到,十市皇女已经稚气尽脱,怎么看都俨然一位成熟女子了。

"哎呀,十市皇女往这边过来了!"尼子娘提醒额田道。

"长得真漂亮,和她母亲一模一样呢。"鸬野皇女也附和着说道。

额田看见十市皇女发现了自己,似乎稍稍有点吃惊,往这边凝神注视了片刻,随后便径直朝自己走了过来。以往十市皇女看见额田,总是表现出有意无意要躲避的意思,但这次没有这样,相反倒是额田看见十市皇女朝自己走来却有一种想回避的冲动。她浑身颤抖着,恨不得立即转身离开这里。

十市皇女来到额田面前,对着她微展笑容,随后转向尼子娘说道:"一起去看梅花吧!您来不就是为了观赏梅花吗?可是却在这儿光顾着说话了。"完全是一种亲密无间的感觉。

"您想见的人来了,这多叫人高兴啊。"鸬野皇女在一旁说道。

十市皇女没有顾上回答,她又对着额田笑了笑,然后才转向鸬野皇女:"您也一块儿去看梅花呀,好不好嘛,快点呀。"

额田没有作声。嘴上什么也没说,但是心里却充溢着满满的幸福感。十市皇女对她笑了两回,这样额田就已经很满足了。这微笑分明表明十市皇女意识到她这个母亲的存在,这是只对母亲才展露的笑容,笑容里包含了亲近、欣喜,以及些许羞怯,这些情感混合在一起形成这样的笑容。额田仿佛能感觉到,十市皇女的眼睛在对自己说:我现在不能和您说话,因为旁边有其他人在呢。

高市皇子走过来了。皇子也早已脱去了稚气,虽说还是个少年,但身材魁梧,而且十分稳重,不愧是大海人皇子的第一皇子。高市皇子向额田微笑着以示寒暄,随后对十市皇女说道:"快,现在我们去爬后山去。"

"不去!"十市皇女回答。

"为什么?不是你自己说要去爬的吗?"

"你瞎说,我可没有说过。"

"嗨,你不是刚刚才说过的吗?"

二人你来我往地逗了几句嘴,随后一同离开了。额田她们看见二人在梅林周边的小道上跑起来。

少年少女的身影消失后,额田这才回过神来。她只觉得刚才的一幕像是幻觉一样。十市皇女看上去很幸福,一点也不像失去母亲的皇女。和鸬野皇女及尼子娘说话时口吻里还带着撒娇卖乖,也许是为了给母亲看而故意撒娇的,但从一旁看起来,既没有任何不自然,也没有半点卑屈的感觉。她与高市皇子一溜小跑离去的背影,也透着纯朴、自然和幸福。这样不是很好吗?十市皇女是幸福的,这样不就足够了吗?——这个念头一瞬间令额田的面部僵住了。

这时候,散在各处的侍女们一起站起身,四下的空气也变得紧张起来。不用问,额田立即知道是大海人皇子出现了。

额田赶紧寻找适合自己的位置。她想,应该站在稍稍远离鸬野皇女和尼子娘的地方恭迎大海人皇子,但鸬野皇女似乎已经看穿了她的心思,对她说道:"今天就和我们在一起恭迎皇子殿下吧。他应该有些事情想和您商量,所以特意请您过来的呢。"

听到鸬野皇女这样说,额田就不好再移换位置了,只得转个身退到鸬野皇女的身后去,不料尼子娘正站在那里,于是又将尼子娘礼让至前面,自己站在了尼子娘的后面。这样做,既是出于礼仪,同时想通过这一形式清楚地表明自己与大海人皇子的关系。一方面是向二位妃子表明,另一方面也是向大海人皇子表明。

大海人皇子来到面前,在场的妇人们一起额首向他致意,额田也垂下了头。

"殿下您想见的人来了。"

额田听到鸬野皇女的话音。

"谁呀?"这是大海人皇子的声音。

"呵呵,您睁大眼睛找找看啊。"

"哦……"

额田感觉到大海人皇子的视线停在了自己额头。额田低着头,鸬野皇女的态度令她意想不到,她心里剧烈悸动着。

这时鸬野皇女带点恶作剧的清脆笑声又响起来:"不要做出这副可怕的表情嘛。"

"我没有做出可怕的表情。"大海人说,随即又道,"额田来啦?"

这次清清楚楚是对着额田说的。额田抬起了头。

——好久没见到殿下了。

额田想这样接口回答,但是话到嘴边停住,终于还是说没出来。

鸬野皇女接着说:"皇子殿下和我商量来着,想请您过来坐坐,可是犹豫着以什么样的形式请才好。刚才听尼子娘说起,皇子殿下为这事和尼子娘也商量过呢,照这样看起来,应该同其他妃子也都有过商量吧。在这个世上,十市皇女的母亲好像是最可怕的人了,皇子殿下对她一筹莫展,真叫人可怜呢。"

额田的视线并没有朝向大海人皇子,但她不用看也知道大海人皇子此时是什么样的表情。被鸬野皇女抢了话头,一副垂头沮丧的样子。

额田后悔自己跑来参加这个聚会。她知道鸬野皇女这番打趣的话并无恶意,但是对方比自己年轻十岁都不止,这令额田不能不显得有些拘谨。假如不是对自己既年轻又美貌抱有极其强烈的自信,鸬野皇女肯定不会如此开玩笑。

不过,听到鸬野皇女嘲弄大海人皇子的话,额田却松了一口气。看来大海人皇子与自己目前没有任何暧昧的关系这一事实,鸬野皇女并没有半点怀疑。当然,聪明伶俐的鸬野皇女也会有疏忽之处,因为就在最近、就在两天之前,大海人皇子还前往造访了额田的住处。想到这里,额田心里暗暗生出几分侥幸。谁料想这侥幸仅仅只存在了数秒钟,下一个瞬间就被一掌打飞了。

"听说皇子殿下打算领着十市皇女一同去拜访额田女王的住处,有这样的事吗?凭我的感觉好像不至于吧。"

刹那间额田仿佛感到周身血液都冻结了,这位年轻美貌的妃子竟然什么事情都知道!

"怎么可能……"

大海人皇子才说了一半,就将后面的话吞了回去。额田依旧低着头,她好像看到了大海人皇子那张困惑而无奈的面孔。

额田抬起头来,低低地笑了。是情不自禁发出的笑声。以前,每当捅到自己的软肋时,大海人皇子就会露出这种难以形容的困惑表情,额田知道,此刻的大海人皇子一定又重现那种似曾相识的表情来了。

不自觉地笑了出来,再掩饰也于事无补。

额田向鸬野皇女说道:"幸好皇子殿下没有造访过我的住处。托您的关照,让额田受邀来到御殿赏梅,真是非常高兴。"

虽然额田巧妙地将自己情不自禁的笑化解了过去,但她还是不得不小心谨慎地说话,毕竟年轻的鸬野皇女是位令人畏惧的妃子,在她面前大意不得。今天这个家庭聚会,究竟是大海人皇子邀请自己来的,还是鸬野皇女邀请自己来的?额田想到昨天那个传话使者冷冷的表情,那个中年侍女到底是受了谁的指令来的?

很快,额田恢复了平静。回想起来,让人担惊的事情什么也没有发生过。大海人皇子两天前造访自己住处这件事,如果可以的话当然不妨对大海人的妃子们隐饰一下。况且那也是大海人皇子自说自话登门造访的,与自己无关。只不过,此事能隐则隐的初衷只是不想引起误解,令所有人感觉不快而已。

仅此而已嘛。额田自己对自己说道。的确,事实就是仅此而已。然而不管额田如何试图自己说服自己,但仍有一丁点她自己也想不透彻。是什么呢?额田没有意识到,应该说是额田心里下意识地想替大海人皇子解困的袒护心理。这种心理如果说包含爱的成分,那就等于说额田对大海人皇子下意识中仍藏着爱。毕竟二人之间诞有十市皇女,此时此刻面对昔日的爱人用炽烈的眼眸望向自己时的那种爱。

在这个赏梅家宴中,额田对于大海人皇子的态度极为自然。从不主动向他搭话,对方搭话上来,她也坦率大方地应答。

太阳渐渐西沉。太阳一落,户外的宴会就显得有些凉意了,于是众人进到室内。借着家宴由户外移至室内这个时机,鸬野皇女向大海人皇子说道:

"我和尼子娘就此先告退了。接下来,皇子殿下和额田女王慢慢聊一聊重要的事情吧。"

随后,她转向额田:"皇子殿下是想和您商量有关十市皇女的事情。关于十市皇女,还是由诞下皇女的您二位当事人面对面商量最合适啦。"

听到鸬野皇女这样说，额田立即意识到十市皇女身上将要发生什么事情。十市皇女已经十六岁了，为其考虑终身大事一点也不奇怪。

"明白了。会是什么事情呢？"

额田将鸬野皇女、尼子娘以及簇拥她们的一众侍女送至门口。年幼的皇子皇女们也高高兴兴地一同返去。

回到屋里，额田忽然感觉屋内一下子又暗又冷，几乎和刚才不像是同一个地方。

额田坐在靠近入口的椅子上，与大海人皇子的座位有不小的距离。室内仍旧留有不少侍女，其中一定混杂有鸬野皇女身边的侍女，因此，额田在落座这些细节上也必须十分小心。

大海人皇子开口了："你坐得那么远怎么说话？不是光吃东西啊。"

假如只有两个人在场的话，额田肯定会用她特有的方式回击大海人皇子。和鸬野皇女毫不客气地轻侮大海人皇子不同，额田会表面漫不经心，然而恶狠狠地向他刺出一两针，但此刻她不露声色，完全没有流露出来。屋内只有二人相对而坐，看不到其他人影，但跨出一步门外就是众多的侍女。不消说，她们正调动起全身的神经监视着这二人，连门内一根针掉地上的声音都逃不过她们的耳朵。

仿佛早已看透额田的心思，大海人皇子笑着对她说道：

"我已经命令侍女们都退得远远的，你放心吧！因为要谈的是关于十市皇女的事情，我不会那么不小心的。你如果还不放心，可以在屋内转一转自己看看。"

见大海人如此说，额田心想也是啊。不过，她并没有改变态度。侍女归侍女，不去管她们了，但还有更需要小心的事，眼前的大海人皇子比侍女更加可怕。屋子里只剩下两个人后，大海人皇子开始换了一种眼神，咄咄逼人地盯视着额田。

"不是说商量十市皇女的事吗？是什么事呀？"额田问。

"重大事情。你再往这边坐近一点。"

"这里也听得清楚啊。"

"我不想大声说。"

"您不是说这屋子周围没什么人吗？"

大海人皇子站起身来。额田见状也站了起来，对大海人皇子说："额田今天只想听有关十市皇女的事情，假如皇子殿下想说其他事情的话，请殿下下次去额田住所时额田再诚意聆听吧。"

虽然这并非真心话，但倘若不这样说，今天恐怕逃不出这个地方了。

大海人皇子只得打消了其他念头，重新坐回椅子上，然后开口说道："我想将十市皇女许配给大友皇子，你觉得怎么样？"

他说这话时表情是非常认真的。

"大友皇子殿下？"

额田反问道，随即噤口不语。一时间，好或者不好都说不上来。

大友皇子是中大兄皇子与伊贺采女宅子娘所生的皇子，中大兄即位成为天智天皇之后，他即毫无争议地成为天皇的第一皇子。今年二十一岁，长得体格魁梧，肌肉发达。由于母亲宅子娘出身低微，他虽说是第一皇子，但将来势必会遇到诸多局限，基本上君临天下是无望的。

现在天智天皇的后继者是大海人皇子，这是众目昭彰的事实。尽管没有正式举行过立太子的仪式，但不光大海人皇子自己这样认为，朝臣百官也都这样认为。天智天皇的其他几位皇子，像川岛皇子也好，志贵皇子也罢，都还只是少年。即使不考虑众皇子的母亲出身、年龄，大海人皇子跟随中大兄皇子这么多年，鼎力襄助，一同度过了漫长的艰辛岁月，其出众的经历和功绩使得他理所当然地成为天智天皇的后继者。

额田许久没有说话。在她沉默的当口儿，大海人皇子也沉默不语。看起来他是想给额田充足的时间，仔细考虑一下这个问题。

额田陷入了独自沉思中。大海人皇子口中的这位大友皇子，现在成了十市皇女的命运主宰。大友皇子拥有幸福的命运，十市皇女也将拥有幸福的命运。相反，大友皇子若是不幸，十市皇女也将不幸。

蓦地，额田眼前浮现出有间皇子年轻俊美的脸。没人敢断言，有间皇子的悲惨命运，只是有间皇子一人独有的。

额田沉浸在独自一人的沉思中，似乎已经忘记大海人皇子还在屋里。她一直沉默无语地坐在那里，一动不动。

迄今为止，额田从未去揣测过大友皇子将来会拥有什么样的命运。大友皇子完全看不出只有二十一岁，他英武堂堂，无论从哪方面看都像一位成年男子。母亲宅子娘原是伊贺的一名采女①，所以他又被称作伊贺皇子。不过，他似乎从来没有受到母亲身份低微的任何牵连。即使被冠以"伊贺"的名字，伊贺这个地名对这位皇子也并没有产生任何影响。他眉目清秀，双眼炯炯有神，但这并不像母亲，更多是从父亲天智天皇身上继承来的。两三年前他还稍稍带有些许少年的稚气，但差不多从去年开始变得成熟稳重起来。最近朝臣们也开始将目光集中到这位皇子身上。聪明、英武等等，对他的赞美之词也时常传进额田的耳朵。确实，他既聪明又英武。

事实上，额田曾经在一旁听过大友皇子与朝臣们就为人之道而进行的一场辩论。大友皇子关于人伦之道与天训的关系的论述简洁明了，其他人谁也插不上嘴，只得噤口听他一个人滔滔不绝论述，似乎讲到这个问题就成了他的独擅胜场。众人忍不住讶异，他怎么会接触到这些并将之变为自己的知识的呢？

然而，当额田将大友皇子与身上流淌着自己的血液的十市皇女的命运联系起来考虑时，却感觉那命运仿佛是片看不清真相的大海一样。究竟是平稳如镜，还是会惊涛狂澜不止？额田实在猜不透。

额田抬起头，直视着大海人皇子的眼睛，缓缓说道："确实是位非常聪明的皇子。"

"没错。"

---

① 采女：日本古时宫中女官之一，为从事日常杂务（如侍候天皇膳食等）的后宫低级女官，从各地采选入宫。

"假如十市皇女能得到幸福的话……"

"天智天皇的皇子,和我大海人的女儿,他们的结合,难道不是天作之合吗?"

大海人皇子坚决地说道,似乎对此充满了信心。

额田又将头低下,沉思起来。确实,再没有什么样的结合能超过这个了。然而,将十市皇女许配给大友皇子这个主意,究竟是怎么提起的呢?大海人皇子将之当作自己的主意来和额田商量,但显然不能就此信以为真。也可能是天智天皇提出来的呢,正如这一方大海人皇子是十市皇女的父亲一样,那一方天智天皇是大友皇子的父亲啊。

无论这个主意出自谁之口,额田总觉得这桩姻缘蒙着一层暗影。这其中,并不存在利益交换,也不存在一方有所得另一方有所失的情形,应该说对于天智天皇和大海人皇子双方来说,都是有望进一步强化纽带、值得高兴的事情。但不知为什么,额田对这桩姻缘却并不热心,她自己也觉得不可思议,为什么?想来想去,无非是有间皇子的悲剧像个前车之鉴一样横在那里。

当然大友皇子与有间皇子不能相提并论,二人的境遇截然不同。有间皇子所处的立场令他一听到别人夸赞自己聪明机智,便不得不佯装疯癫,以此来保全自己的性命,但即使这样仍无法扑灭燃烧到自己身上的火苗。而无论旁人如何夸赞大友皇子,他都无须介意。

这时额田再度抬起头来,因为她听到了屋外传来两个清脆的声音:

"你骗我,把我骗到那么冷的地方去玩!"

"没有骗你啊。因为太阳落山了,所以才变冷的嘛。"

"哎呀呀,害得我的手冻得要命。你看都冻成紫色了!"

"哪里哪里?"

随后,听到一声清脆的尖叫,接着是从庭院跑上廊檐的慌乱脚步声。不等反应过来,十市皇女冲进了屋子,紧随其后高市皇子也跑了进来。二人忽然发觉大海人皇子和额田在屋子里,似乎吃了一惊,随即呆立在那里。

"我们去那边吧!"高市皇子提议道。

"好的。"十市皇女点点头,然后二人快步奔出了屋子。

"先听听十市皇女自己的想法,然后再做决定怎么样?"额田说。

"估计她压根儿还没好好想过吧。"

"不管怎么样也总得听一听呀。"

"嗯。"

大海人皇子想了想,隔了一会儿站起身,走出屋子。好长一阵子,额田一个人呆在屋子里,她以为大海人皇子是去将十市皇女叫进屋子来问话的。结果不是,大海人皇子独自回到了屋子里。

"十市皇女说了,大友皇子以外,嫁给谁都可以!"说罢,大海人皇子哈哈大笑起来,"换句话说,就是不愿意嫁给大友皇子。看来大友皇子让她非常讨厌呢。"

大海人皇子又笑起来。这是遇到十分可笑的事情,实在忍俊不禁而发出的笑。额田也对十市皇女的回答非常惊讶,但她觉得自己能够理解十市皇女的想法。

大友皇子炯炯有神的目光、神采奕奕的面容、壮实得近乎笨重的体格,能令未成年的少女产生恐惧,却实在没有魅力可言。

"可是,就算她不愿意……"大海人皇子说,"其他哪儿还有跟十市皇女般配的合适的人呢?要是再过五六年,那几个现在还没有成年的皇子们倒也长大成人了,但是不可能等到那时候的啊。"

这话说得一点也没有错。十市皇女的配偶只能在一个有限的范围内挑选,虽说有点遗憾但也无可奈何。这样一来,兜兜转转最后还是得落到大友皇子身上。

"要不,尽管十市皇女还像只小鸟一样幼稚,我们还是尊重她的意愿?到底该怎么办,就由你来决定吧!"

这样一说,额田也感到十分为难。如果尊重十市皇女本人的意愿,与大友皇子的姻缘就必须告吹,但那样又似乎过于轻率了。再等几年,等其他皇子成年后成为其中一人的妃子也是一种选择,但可以列入考虑的人选无非就是志贵皇子和川岛皇子。志贵皇子今年十四岁,川岛皇子比他还要小两三岁。再考虑到他们的母亲的出身,也绝对不比大友皇子更理想。不管怎样,大友皇子头脑聪明,又是天智天皇的第一皇子,拥有其他人无法撼动的独特魅力。

"由额田来决定,这也是十市皇女的意思。作为她本人来讲,当然不喜欢大友皇子。但是,假如非要她嫁给大友皇子,她也没办法只好遵从。所以说,这件事情还是交给你这个母亲来决定。"

"是十市皇女这样说的吗?"

"是,是她说的。"

额田猛地浑身发出一阵震颤。十市皇女竟然亲口说出这样的话,是额田做梦也想不到的。十市皇女真是这样说的吗?皇女真的愿意将命运托付给自己这个母亲,然而却是什么资格也不具备的母亲吗?

时间一点点流逝。额田只觉得时间是那样的沉重。她知道,这种时候,自己必须尽到一个母亲的责任了,但她之前并不知道,做一个母亲还要经历如此艰难的时刻。是尊重女儿本人的意愿,还是无须斟酌女儿的想法,统统由母亲做出判断,然后向女儿灌输说:这样做才是最有利的?

额田不得不在这两者中做一个抉择。

"我觉得理应同大友皇子成婚。"

额田终于做出了艰难的决定。她脸色苍白,现在她将十市皇女的命运托付给了大友皇子。

"大海人也这样想,天皇也是这样考虑的。"大海人皇子说。

照大海人的话来看,这件事情已经提到了天智天皇面前。

这天,额田回到自己的住处后一直惴惴不安,怀疑自己是不是做了件大错事。她极度不安。这股不安的心绪持续到深夜仍未散去,并且一直持续到第二天、第三天……

二

十市皇女嫁作大友皇子的妃子住进皇子御殿是四月中旬的事情。差不多眨眼之间,事情就这样被办结了。

这一天,额田终日紧闭大门,将自己关在屋子里。宫中在举办盛大的贺宴,但额田没有出席。额田没有这个资格。尽管她是十市皇女的母亲,这件事早已是远近皆知,但她从来也没有正式成为大海人皇子的妃子,哪怕是一天都没有过。

不论如何,十市皇女的命运已被决定。虽然不清楚这命运是喜是忧、是幸福还是不幸,但额田终归是将十市皇女的命运托付出去了。

今天对于额田来说是个特殊的日子。额田没能够出席贺宴,但如今她在天智天皇的第一皇子面前,站在了母亲的立场上,皇子的妃子是流淌着自己血液的亲生女儿。

额田早已猜到这件事情缘起于天智天皇。是天皇同大海人皇子商议,大海人皇子再找自己前去商议的。天皇是想通过将十市皇女嫁给大友皇子来进一步巩固自己与大海人皇子的关系,同时,也给处于二人之间,但仍旧缺乏确定身份的额田一个相对确定的位置。

——嗯,就这样定了吧。这样,一来十市皇女的未来可以得到保障,再者她母亲额田也可以因为这事而安定下来。

对于天皇的计虑,额田了如指掌。既然天皇已有这样的想法,十市皇女的婚事就根本不是额田的意见能够决定的。可以说,这是十市皇女与生俱来就不得不背负的命运。

这天午后,额田由三名侍女陪伴着来到湖畔散步。她缓步走着。

过去发生了太多的事情,一直到今天额田才第一次有种终于自由了的感觉。不光从大海人皇子那里获得了自由,也从中大兄皇子那里获得了自由。曾经,她有过受享弟皇子恩宠的时期,也曾有过受享兄皇子恩宠的时期,而现在,不用再受两位皇子的任何束缚了。一切都已成过去。由天皇、大海人皇子、大友皇子以及十市皇女这四人构成的星座中,额田如今拥有了自己的位置,分毫也不会受到任何东西撼动。以往所有人际关系的均衡业已打破、崩决。额田感到自己再也无须倾向天皇或者大海人中的任何一人,从这个意义上讲,今日今时,额田才真正拥有了自由。

迫临湖边的群山上的树木一天比一天翠绿。翠绿的树木被风吹拂,摇曳着发出"沙沙"的林涛声。额田在湖边散着步,一直到黄昏将近。她漫无目地地走着,一点也不感觉累。就在她准备返回住处的时候,发生了一件奇怪的事情:额田正站在芦苇丛生的岸边,忽然不知从哪里飞来一颗石子,落进靠岸的湖中,湖水溅起一柱水花。隔了一会儿,又飞来第二颗石子。

侍女朝四下张望了一遭,不解地自言自语道:"怎么回事啊?差一点就砸到您肩上了。"

这时候,额田才意识到石子是冲着自己飞过来的。

"真是好危险呢。这是怎么回事啊?"

额田说着也朝周围扫视,却一个人影也没有看见。周围是一望无边的芦苇丛。如果说藏着人的话,只有可能是在藏匿在芦苇丛中。可是,莫名其妙地朝这边扔石子过来,总是让人心里不安。

"我们还是回去吧?"

"走,回去吧。"

几位女性赶快离开湖边,踩着小路穿过芦苇丛,急急地往回走。这时候又有石子飞过来,而且一连三颗石子,在空中划过一道弧线落到几个人的面前。

"谁?!"

一名侍女叫道。虽说有点距离,但她还是看见了右手前方那边芦苇丛好像有点异样。

"谁在哪里?"

侍女又叫道。芦苇丛发出"沙沙"的响声,一波蠕动由近而远向前推进。很明显,有个人躲藏在那片芦苇丛中,此时正弓着身子逃离那里。

几个人继续赶路。蓦地,又有石子掷向身后。真是执拗。看来对方不再逃离,而是换了个藏身处继续伏击着。

"是什么人?!"

随着这声厉喝,一个勇敢的年长侍女拨开芦苇,朝犯人藏匿的地方摸了过去。

"不要过去,快回来!"

额田叫道,另两名侍女也一同高声阻止,然而老侍女依旧在芦苇丛中行进。从这边看去,只看见老侍女的半截身体露出在芦苇上,走着走着,终于停了下来,与此同时,在老侍女面前不远处出现了一个男子的身影,和她面对面站着。额田她们离得比较远,看不见那人是谁,并且那人恰好被老侍女的身体遮挡住了。

额田几个人屏息静气地注视着前方。不一会儿,老侍女一个一百八十度转身往回走来。她回到额田她们面前,忐忑不安地说道:"是皇子殿下!"

难怪,原来此刻上半身露出于芦苇丛上方,以倨傲之态扬长而去的那个身影,才不是什么街头的淘气鬼呢。

"皇子?你说的皇子殿下……"

"是高市皇子殿下!"

额田吃了一惊。高市皇子?额田心中怪疑,呆呆地在原地站立了许久。

返回住所的路上,额田始终在琢磨高市皇子为什么要向自己投掷石子。那样的执拗不舍,显然不是通常的嬉戏或恶作剧,应该是出于对自己的泄愤。额田眼前,不止一次地浮出那个半截身体露出在芦苇丛上、傲然宣示敌视、忿然而去的少年皇子的身影。

额田不记得自己什么地方曾经得罪过高市皇子,令他记恨自己。唯一可能的理由就是,高市皇子一直暗恋着十市皇女,如今十市皇女成了大友皇子的妃子,高市皇子为此感到悲伤,并将此事归咎于额田,所以才会做出这样的行为。如此想来也就不足为怪了。

倘若高市皇子暗恋十市皇女,而十市皇女也……想到这里,额田只觉得有股难以名状的不安。假如十市皇女对高市皇子也怀有好感的话,那么,她原想自己掌握自己的命运、按自己的愿望去走的路,却被旁人强行扭曲了。这样想的话,浮现在额田眼前的高市皇子的身影就有了完全不同的内涵:在十市皇女成婚之日,偷偷跑出住处独自一人来到湖畔,黯然伤神。恰巧看到额田的身影便忍不住做出了那样的举动,所有这些都蕴含了一种令人同情的哀戚。身为已然成了大友皇子妃的十市皇女的生身母亲，额田也感到有种说不出的哀戚。不过，关于高市皇子的判断可以说八九不离十，但十市皇女方面则仅仅只是额田自己的猜测。十市皇女对大友皇子没有好感是十分明晰的，但她对高市皇子是否怀有超出一般关系的特殊感情，这是谁也不知道的。

高市皇子的这件事情，令额田此后一连数天都变得心情森然阴冷。额田只要一想到高市皇子，就赶紧将思绪转向别处，希望逐渐将此事淡忘掉。再怎么说，毕竟只是个未成年皇子的失恋事件，年幼皇子的创痛不必时时挂念在心，随着时间流逝一定会不药而愈。现在额田一心祈盼着，十市皇女早日培植出对于大友皇子的爱情，其他的什么都无暇考虑了。

五月五日，朝廷在蒲生野举行游猎活动。这是大友皇子与十市皇女大婚的时候就开始筹划的，一时成为人们口中的谈资，也是朝廷迁都近江以来第一次令上上下下感到兴奋的一大游乐活动。

人们说出蒲生野这个名字时，心里就欢快地跃动起来，然而只有极少数人知道蒲生野是什么样的地方，大部分人只知道它是位于湖畔的一片原野。大家不止一次听过蒲生野这个名字，凡是到过那里的人无不交口称赞，说它是个非常美丽的地方。

游猎还没有开始，有人就开始为此忙活开了。数日前派往蒲生野的差役们每天都派快使往回报告最新情况：

——野鸭的数量看上去比去年多,湖畔所有的沼泽地里都群集着大量鸟类。

——山下的狩猎场昨日和今天只发现三只鹿和十数只野兔。

——药草田所有花卉全都开得正盛。若现在的晴朗天气再持续一段日子则毫无问题,可一旦刮起山风来恐怕一多半花就要谢了!

报告的内容每天有所不同,有时候报告说野兔数量很多,有时候又称群集的鸟类向何处何处移动了,等等。差役们不可谓不尽心尽力。日期一天一天逼近五月五日,所幸这期间既没有下暴雨,也没有刮大风。

游猎的前一晚,全副武装的骑兵队分成数个小队疾驰向东,环复其外,将蒲生野一带的紧要处统统戒备起来。

当天一早,衣装华丽的人群或骑马或乘舆,施施漫漫向京城外进发。一群人马刚刚离去,间隔不多时,后面又一群人马跟随其后迤逦而行。单是天智天皇一家便分成了数个集群,再加上大海人皇子、大友皇子和朝臣百官,人数众多。其中有的集群多达三四十人,也有少的集群仅十来人。

男人们都身穿神官服①,妇人们则穿着郊游的轻便服装,不过妇人们大都乘坐在舆车内,究竟如何敷粉妆饰,在路旁看热闹的百姓是看不到的。

---

① 神官服:又称布衣,因最早以布制而得名,为日本古代文武官服的一种,衣服宽大,袖口饰有收口绳,原为民间用于狩猎等场合的服饰,后演变为官服。

一行人浩浩荡荡沿着湖畔排开一字长列,时停时行,在初夏的暾阳和熏风中缓缓前进。来到湖畔某处,那里早已有数十艘舟船等候,一行人又分乘舟船向着湖中划去。船有大有小,稍小的船上参加游猎的人和兵士挤得满满的。

船队陆续驶抵蒲生野入口的停泊点,此时尚不到午时。队伍重新分成马阵和舆车阵,排成长列沿湖畔在原野中穿行,缓缓地离湖越行越远。当要登上山丘方能看得见身后的湖时,队列停下,数以百计的妇人一齐从舆车中涌溢出来,原野登时化作一片五颜六色艳灿灿的花的海洋。山坡上拂来凉爽的轻风,欢声笑语随着轻风不断向下方飘去。

身穿各色服装的男男女女向着预先设置好的第一个休憩处走去。年幼的皇子皇女们也或自行或被大人抱着,顺着低低的山丘脚下蜿蜒而去的小路缓缓而行。

休憩处位于低矮的山丘上,可以清晰地眺望到琵琶湖。山坡上到处支起了幔帐,甚至还有临时的小屋。

男人们开始分头行动。有的进入东边的原始森林,有的没入一望无边的大原野,也有的折返向湖畔走去。狩猎的场所离开休憩处都有一定的距离。

休憩处四周都是原野,开满了鲜花。既有人工栽培的药草田,也有完全未经过人工修整的自然花田。

额田和大约十名侍女一同走进幔帐更衣准备一番,随后与侍女们一起往花的原野走去,选了一块中意的地方,侍女们铺上垫子,撑起了遮阳伞。

周围都是同样的荐席。荐席的主人那些女官们有的额田认识，有的不认识。或许相互间还是稍稍有点顾忌，幔帐与幔帐都隔着适当的距离。因此，有时候笑声会乘着轻风飘浮过来，但是说话却相互听不到。

"那个是大友皇子殿下的荐席吧？"一位侍女说道。

额田将视线投向那边。别说，还真是大友皇子的荐席。华丽而热闹的一大群人，有二十来人，大友皇子的身影也在其中。出于母亲的本能，额田立即寻找起十市皇女的人影来，可是没有发现。

等额田回过神来的时候，发现自己正站在那里翘首顾眄。为什么没看到十市皇女的人影呢？额田急于想弄清楚原委。

"我过去向大友皇子殿下打个招呼。"

额田说罢离席走了过去。但走了没几步便停住了脚步，她看到了十市皇女的身影，正由数名侍女簇拥着朝这边方向走过来。额田松了口气，这下没什么好担心的了，于是准备返身回到自己的荐席。就在这时，发生了一个小插曲：十市皇女大约因为晕眩，弯下身子，好像快要倒下似的。额田仿佛听到低低的"啊！"一声惊叫，也不知是她的心理作用，还是真的从十市皇女口中发出来的。

额田站在原地踌躇着，心里拿不定主意，要不要向十市皇女那边走过去。事实上，她即使不过去，也有众多侍女簇拥着十市皇女。

与此同时，还发生了另一件事情，额田看到大友皇子急急地朝十市皇女身边走去。大友皇子看到十市皇女身体似有不适，朝她身边走去原本很正常，没有什么奇怪的，称之为"事情"

的实际上是同时发生的另一件事：额田看到，从相反方向还有另一个人匆匆跑向十市皇女，那个人是高市皇子。

大友皇子与高市皇子相向而立，将佝偻着身子的十市皇女夹在中间。这只是极其短暂的一瞬，但额田却感觉非常漫长，并且她感觉两位皇子互相盯视着对方，仿佛要对决似的。场面非常微妙，感觉气氛有点紧张。大友皇子体格魁梧，与任何一个男子汉相比都绝不逊色，而高市皇子还是个稚气未脱的十五岁少年，怎么看都是成年人与少年横眉怒目对视的场面，而在额田的眼里则不是这样。她仿佛看到的是两个成熟男人摆出了架势准备决斗一场。

下一个瞬间，额田看到一个转身、踏着塞缓的步履离去的高市皇子的背影，和此前在湖畔的芦苇丛中看到的傲然而立时同样的背影。也许刚刚看到的这一幕毫无意义，只不过令额田有这样的感觉而已，实际上无法从中引申出任何含义，称不上什么"事情"。

但这件事情却令额田感觉十分疲顿。十市皇女会不会是因为无意中看到远处的高市皇子的身影，猛地吃了一惊，所以才感觉像晕似的？嗯，一定是这样的。原本是想与侍女们一起无忧无虑地度过轻松快乐的一天，但现在，蒲生野游猎对额田而言却变了味道。她只觉得周围的一切景色倏忽间都失去了色彩，空气也骤然冷了下来。

这令额田感觉发冷的空气并没有持续多长时间。额田看到大友皇子与十市皇女手牵着手走向初夏原野的背影。年轻的皇子与年轻的妃子,二人的背影看上去是那么和睦,没有一丝一毫的杂质。十市皇女的背影与先前的事情似乎完全扯不上关系。

额田的心头敞亮起来。那一对年轻男女之间不存在任何问题,自己是在杞人忧天哩。十市皇女当时也许恰好感觉到有一点晕眩,但很快已经恢复了正常,此刻正快活地陶醉在这山野间的游乐活动中。

额田怀着母亲特有的心情目送着二人。在她此时的心里,高市皇子的影子已经彻底消失,十市皇女与大友皇子结合并感到幸福才是最重要的,和这个相比,高市皇子的事根本不能称为是问题。未成年皇子的一个小小失恋插曲而已,很快就会失去它的意义。

好了,我也该好好享受下这山野游乐了——额田想。照洒在蒲生野原野的阳光,拂过蒲生野原野的风声,现在又变得与之前不同了。

额田吩咐侍女们自由活动,随后自己也漫无目的地,朝着年轻皇子和年轻妃子手牵手走去的相反方向随意而行。无论走向哪里都用不着担心,蒲生野一带的山野布满了警备兵士。尽管看不到他们的身影,但不管走到哪里都有警备游猎地的兵士护卫。整个蒲生野处于安全地带,妇人一个人独自漫步也毫无问题。事实上,不论人走到那里、视线投向哪里,总能看到不远处的人影,数不清的男男女女分散在原野各处。

额田走在长满紫草的原野上。紫草开着白色的小花,惹人怜爱,感觉每踏一步都像在踩蹦它似的。听说紫草的根可用来提取紫色染料,可是看着眼前的白色小花,额田实在无法将它与紫色联系在一起。

额田走在紫草织就的地毯上。成片的紫草连畴接陇,一望无涯,也不知道是人工栽培的还是天然野生的。额田时不时地听到乘着轻风传来的人声,停下脚步。附近空无人影,远处则可以看见许多小小的妇人身影,不是集中于一处的,看上去宛如紫草的白色小花一样,星星点点地散布在原野上。

额田猜想着天智天皇的休憩席会在哪里,那儿周围一定还设置着众多的妃子们的休憩席。她眼前浮现出倭姬王、姪娘、橘娘、常陆娘、宅子娘的一张张脸孔,还有一众皇子皇女在那里嬉戏玩耍的情形也浮现在眼前。

而自己,此刻正在这里漫无目的地游散。为什么想象着众多妃子及其一家人的热闹场景之后,马上会莫名其妙地联想到自己呢?额田植足沉思着,想弄清楚自己的真实内心。四下依旧是白色的小花开满原野。

　　紫草乱平野,
　　铺染禁苑成紫野。

额田随口诵道。她并不是为了吟诗而诵,但这诗一般的句子却自然而然地涌上舌端。哦,自己走在紫草盛开的原野,走在树有标牌、禁止闲人随意进入的皇家禁苑,还要继续走下去,独自一人也要走下去。脑海中想象着天智天皇与妃子们一家团圆、其乐融融的游乐情形,发现自己却独自一人在开满紫草的原野上游散,这是多么强烈的对照啊。与其说额田是俄然间这样意识到的,不如说她是有意要让自己认清这一事实。

额田扫视了一下四周,想找个地方坐一坐,但一想到这样将踩躏这片开满白色小花的原野,她又于心不忍。就在此时,额田发现有人正策马向这里驰来。她心想,可能是参加今天游猎活动的猎人或者负责警备游猎场的兵士,随着人影越来越近,才渐渐发现来者并非那些身份低下的人。

额田呆然不动地望着来者的身影,这骑马的姿势像极了大海人皇子。只见那匹马划出一个大大的半圆形,缓缓向她靠近。这样的驱驰习惯除了大海人皇子还会有谁?

奔马毫不留情地践踏着开满紫草花的原野,来到额田近旁。额田依旧呆然站立着一动不动。逃是不可能的,她只能站在原地恭迎来者。

大海人皇子在距离额田大约五六尺的地方勒住马,仿佛腾空跃起一般飞身下马,站住后劈头便问:"你一个人?"

"不是一个人,我和很多人在一起呢。"

"可是谁的身影也看不见啊。"

"不,我看见了很多人的身影,"额田略略一停顿,继续说道,"鸬野皇女、大江皇女、新田部皇女、冰上娘……"

"行了行了!"大海人皇子急忙打断额田。

"还有……"

"不要说了!"

"还有是谁呢?啊,对了,五白重娘、尼子娘……"

"不要再说了!"

"还没说完呢。"

额田终于不再提大海人皇子的妃子的名字。她对大海人皇子说道:"您和额田在这种地方会面,我会挨那位年轻又美丽的鸬野皇女骂的。"

额田从心底里希望大海人皇子赶快离开这里。

"说话不要这么刻薄。你如果真的是害怕众人眼睛的话,我带你去个谁也看不到的地方。"

"殿下您在说什么呀?"

"为这个我才骑马跑过来的啊。"

"我怎么可以同大海人皇子殿下做这样的事?"

"上马吧!"

大海人说罢,仿佛突然想起来似的,呵呵一笑说道:"我也已经一把年纪了,我可是个通情达理的人。如此通情达理的人当然不会把你带到哪里去的。"

听到这话,额田方才松了一口气。

"殿下的确是个通情达理的人。"

"如果是在以前,我立马将你抱起横在马背上就跑了。"

对额田而言,被大海人皇子从地上提溜上马,强抢去共度一宵的那晚的情形,永远也不会忘记的。她没有接大海人皇子的话。她只觉得面前是一个巨大的触碰不得的危险。然而这危险丝毫不顾额田的戒惧,反而向她逼来。额田向后退了两三步。她感觉到大海人皇子炽烈的目光正向自己射来,于是再往后退。

"很多人看着呢!"

额田怀着绝望的心情向四周环视。

接下来的一瞬间,大海人皇子仿佛被弹开一样,迅速从额田身边离开。

"有人朝这边过来了。很遗憾,我只得离开了。"

也不等额田反应过来,大海人皇子已经跨上了马:"下次我会去你住处的。"

丢下这句话之后,大海人拍马飞驰而去,真是来得也急捷,去得也急捷。

额田目送着疾驰而去的大海人皇子。途中大海人皇子回身扬起衣袖朝向这里挥了挥手,随即人影越来越小、越来越远。

额田不知道是什么原因令大海人皇子匆忙离去。只要向那个方向眺望一眼,立刻就会明白,可是她并没有往那边看,因为那样做会显得极不自然。过了一会儿,她才缓缓将视线投向那边,发现不太远处有二三十个骑马的人影正渐渐远去,而周围原野上并无其他异象,因此可以断定,大海人皇子是看到这一票人马驰近才进退失据,不得不仓忙离去的。

额田向自己的荐席方向返回去,打算与侍女们一道采撷野花。行至半途,侍女们已经汇拢来迎接她了。

"您上哪里去了呀?这么长时间都看不到您的人影,我们都在担心啊。"一名侍女说。

另一名侍女也接口道:"所以大家分头出来寻找您呢。"

"我在那边紫草盛开的地方呆了很久,实在太美了。"额田答,"不是说好了今天不用管别人,你们就只顾自由自在地玩就好了吗?"

额田用略带责怪的口气刚说完,马上有侍女接着说道:"听说刚才有位大人物还跑过来巡视呢。"

额田吃了一惊:"然后呢?"

"刚才在这一带每一个休憩处都张望查看了一遍,然后才离开。"

"是一个人吗?"

"不,是骑着马来这里巡视的,身后还跟着至少二十来人,都骑着马呢!"

额田此时恍然大悟:大海人皇子之所以那样狼狈周章,因为刚才骑马在原野上巡视的那队人马,是天智天皇及随行的朝臣。

蒲生野令额田再一次体味到了不一样的意味。一望无际的美丽原野沐浴在夏日辉映下,习习的微风送来阵阵清爽,然而对额田而言,阳光、轻风,全都成了虚空的幻觉,所有的快乐登时烟消云散,只有无尽的凄寂和不安袭上心头。

侍女们伴同额田一起去采撷夏草野花。那些叫不出名字的杂草开着红色或黄色的小花,侍女们将它们摘下来编织成花环。不仅仅额田和侍女们在采撷野花,原野上到处可以看到采花的妇人的身影。

此时的额田却纠结于一个念头,始终无法自拔。无疑,刚才自己与大海人皇子说话的场面恰好被天智天皇看到了。如果天皇看到了这一情景会怎样想呢?自己与大海人皇子没有任何肢体接触,只是面对面站着说话而已。而当时天皇及随行朝臣们正在向这里驰来,从大海人皇子狼狈慌张的反应看,天皇一行人应该距离这里不远。

额田感觉绝望了。她仿佛看到了天智天皇一眼瞥见二人站在茫茫原野，随即拨转马首飞驰而去的身影。悻悻离去的天皇心里一定在想，自己撞见了一个极不愿看到的场面。啊！额田不由得双膝跪倒在原野上。侍女们急忙围拢上来，簇拥着她返回休憩处，在遮阳伞下坐下。

原野上响起铜锣声，不知是从哪里传过来的。这是今天游乐活动的一个信号，接下来是游艺时间。既有女子和儿童喜爱的游戏节目，也有竞技表演，还有众多女子一起表演的群舞。既有个人的单独表演，也有众人一同表演。

铜锣声仍在鸣响。

"一定会玩得很开心的，大家全都去玩吧！我感觉已经好多了。不过还是小心一点为妙，我就呆在这里歇息一会儿，你们去吧。"

额田留下一名侍女陪伴自己，将其他人赶去参加游艺活动。侍女们纷纷跑向原野上设置的游艺场、竞技场或演艺场。一时间，原野上因众多妇人和儿童纷纷移动而热闹得不得了，有的人甚至拔起插好的遮阳伞、收拾席蓐干脆另换场地了。

四周终于恢复了安静。尽管到处可见插着的遮阳伞，但大多数伞下空无人影，都跑去参加游艺活动了，只剩下空空的伞星星点点散落在原野上。额田在伞下坐了半晌，随后走出伞下，重新踏足先前走过的开满紫草花的原野。

　　紫草乱平野，
　　铺染禁苑成紫野。

额田口中又情不自禁吟出一句和歌的只辞片语,后面却接不上来。额田此刻的心情与刚才吟出这一句时截然不同,刚才是摹想着参与今日游猎的天皇身边珠围翠绕,一派热闹祥和的景象而咏出的,此刻则不一样了,额田心头压着一块也许被天智天皇误解了的沉重石头,口中又情不自禁吟出这一句。

　　紫草乱平野,
　　铺染禁苑成紫野。

额田漫无目的地走着。怀着一筹莫展的绝望心情,凄寂地走在长满紫草的原野,走在欢快热闹的禁苑。

日头渐渐西斜,一天的游乐也结束了,所有人像早晨来时一样分成若干群陆续离开蒲生野,在下船的船只停泊处登船。船行湖中时,看到一大群由湖的南边向北边高飞的候鸟,像撒在天空的罂粟粒一般,小得几乎令人不敢相信是鸟儿。船靠岸时,夜幕开始降临,湖上好多地方能听到鱼儿跃出水面的声响。

众人进入京城的时候,漫长的夏日已经入暮,街道都笼罩在深深的暮色中。一行人直接来到皇宫,望得见湖的大庭院中布设的酒宴早已在等候着他们。

宴会场四周燃着篝火,将周围映照得如同白昼。除了年幼的皇子皇女,参加今日游猎的所有人都出席了酒宴。尽管稍显混杂,但很快便各就各位,安静下来了。

额田坐在背靠湖面的位置,侍女们也在她身后落座。这儿距离天皇的玉座较远,看不到天皇的身影,和大海人皇子的位子也有较远距离,同样看不到大海人皇子的身影。篝火的火光时强时弱,火光亮时周围男女的身影便清晰地跃入眼帘,当然不是每个人的脸都能看清。每一桌各自成为一个热闹欢快的群落,时不时地会从暗处浮出一张张脸来。

酒宴正酣,不分身份、不拘礼节的游乐仍在持续中。这天的酒宴有着一种以往宫中举办的宴会所没有的轻松、闲适的氛围,就连包围着宴会场的周围的空气仿佛也感觉到了

到了诵咏和歌的环节。参加者以今日游猎为主题,献上各自创作的和歌。第一个诵咏的人由天皇指定,诵咏完毕后再由此人指定下一个人。这样的接龙一般由上一人指定下一人,所以,凡是在座的人都随时可能被点到名字。这多少有点令人不安,因为对缺乏诗才的人来说毕竟是件很头疼的事。由于此类节目以前就有过,参加的人必须做好心理准备,预先准备好一两首和歌,但看现场闹闹哄哄的样子,估计还是有不少人来不及准备。

额田也没有准备。不过,她并不像其他人那样心急忙慌。如果要吟咏的话,她顷刻间就可以吟出好几首呢。

紫草乱平野,
铺染禁苑成紫野。

额田口中在默默吟诵着。今天一天这几句诗句额田已经默默吟咏了数遍。这只是上半部分,要续上下半部分也易如反

掌。她马上可以吟出好几首。她要做的只是从这几首中挑选出一首最佳的就是了。

宴会场静了下来。一名武臣被点名首先出场。只见他身材魁梧、容貌堂堂,浑身上下都似乎与诗没有半点缘分。他站起身,用洪亮通透的声音大声咏出自己的作品,听上去与其说是吟诵和歌,倒不如说是在高声嚷嚷着什么。歌的大意是,在蒲生野采撷鲜花、度过了愉快的一天,希望今后还有机会再次共享如此美妙的游乐体验。听上去似乎像是旁人代他作的,因为用词啦语气啦都显得女里女气的。他吟诵完毕后,举座响起一片哄笑声,持续了好长时间。

接下来是一位老女官。老女官的面孔在篝火的映照下,仿佛女鬼似的,令人悚然。她的歌虽是自己作的,但主题不明,不知道想表达什么:今日的蒲生野游猎盛事光辉照耀,愿这光辉永远不会消失——大致是这个意思,但却含含糊糊的没有表达清楚。

接着又有好几个人站起来吟诵自己的作品。有的依照和歌的格式,中规中矩,有的则没有严格依照格式。

额田抬起头,因为她听见叫到了自己的名字。额田起身,走到宴会场正中央,朝着玉座的方向鞠了一躬,估计天皇的视线扫向自己身上的时候,她开始了诵咏,可是咏出来的却与之前低吟的片段截然不同。她在一瞬之间完成了整首和歌的创作,仿佛不是她想出来的,而是这些句子自己跳入额田脑海中似的。额田将她想向天皇表达的话语,嵌入了这首和歌中:

紫草乱平野，
　　铺染禁苑成紫野；
　　生恐守苑人，
　　劝君紫野莫乱心，
　　劝君禁苑莫挥袖。

　　额田用徐缓的声音吟诵着。星星闪烁的夜空既高又暗，只有酒宴会场现出一片明亮。额田感到自己的歌，从明亮的会场飘向了高邈而黑暗的夜空。独自走在花香漾漾的深红色紫草原野，独自走在皇家禁苑。君在远处舞袖挥手，如此恣意大胆的举动，小心被守苑人发现哦。

　　额田又重复吟咏一遍。这歌声穿过整个酒宴会场飘向天智天皇——至少她自己是这样认为的。这首和歌不是为别人而咏，它完全是献给昔日的中大兄皇子、而今的天智天皇。您听到了吧？事情是这样的呀：我独自走在花香漾漾的深红色紫草原野，独自走在皇家禁苑，那一位在远处向我摇袖挥手，可是我却担心被守苑人发现。借着此刻的机会我向您解释，您能理解吗？其他人也许不理解，可是您应该清楚的啊。

　　额田回到自己的座位，心情仍久久不能平静，因为她忽然意识到，这首本意希望天智天皇消除误解的和歌，未承想同时也可以当作一首爱情诗来解读。它咏赞了大海人皇子对自己的爱情，又流露出自己对此难以抗拒的心曲。尽管如此，事实上，自己是以此歌来表达对天皇坚定不移的爱情。

　　会场一片鸦雀无声。人们都讶然了，额田竟然在这种场合用和歌大胆地表达她的爱情。那个舞袖挥手的人是谁呢？所有人都对此怀着浓厚的兴趣。那个向额田舞袖挥手的人，应该正是额田真正的意中人——人们很自然地这样思忖着。

额田认为，即使其他人不理解这首和歌，但天智天皇一定能够理解。天皇不可能不理解的啊。

额田吟咏过后隔了数人，大海人皇子也被叫到了名字。额田看到大海人皇子走到会场中央，她很想听听大海人皇子会咏出什么样的作品。

休怪侬造次，
无赖紫草乱侬心；
恋妹深不悔，
哪管禁苑眼杂多，
哪管嫁作他人妇。

大海人皇子也重复吟咏了一遍。额田认真地听着。没有听错，大海人皇子吟咏的正是：像从美丽的紫草提取的紫色一样动人、惹人怜爱的你啊，假如说对你怨艾在心，为什么明明你已经嫁作他人妇我仍对你如此恋慕？对你毫无怀怨，才会不顾你是否已经嫁作人妇而仍旧对你一往情深呀。

所有人都认为这是精彩不输额田的又一首情诗，因为其中同样咏到"紫草"，故而举座都猜到这是大海人皇子咏给额田听的，应该是与额田刚才那首情诗唱和的作品。

然而不知为什么，这首作品流露出对爱情的大胆可谓令举座皆惊,却没有人认为有什么不得了的,无非是额田与大海人皇子一同商量好、一唱一和为酒宴助兴的爱情诗。大海人皇子的数位妃子也在场,她们也没有觉得这超越了情诗的程度。

在座的参与者中唯有额田对大海人皇子这首和歌有着与众不同的感受。众人皆把它当成了嬉戏之作,但额田知道这不是嬉戏,而是一种曲隐的表达。大海人皇子在咏给天智天皇的同时,也在咏给额田听的。从这个角度来听的话,大海人皇子这首和歌写得极其巧妙:吟咏的对象是"他人妇",这就清楚地点明了对方是天智天皇的人,先以此表明自己的恭正态度。随后语气一转,即使这样的"他人妇"仍令自己神不守舍、情不自禁地产生爱慕之心,从而给听者造成一种游嬉、戏谑的感觉。

额田从未想到大海人皇子竟然还有如此高超的吟歌技巧,大海人皇子是在以这种方式替额田解围,消除天智天皇心中可能存在的误解。

另一点令额田咋舌称奇的是,大海人皇子这首和歌既是诵给天智天皇听的,同时也是诵给额田听的。额田能够感受到大海人皇子诗中的强烈情感:众人都以为这不过是首戏谑之作,但是,在戏谑背后藏着我的一片真心,这一点只有你才会明白的——大海人皇子想对额田说的正是这样一层意思。

因为有额田和大海人皇子的两首作品,整个酒宴的气氛更加轻松活泼了。蒲生野游猎日之夜,对近江朝的朝臣百官来说,对各位皇家妃子来说,对宫中所有女官、侍女来说,都是一次前所未有、无拘无束的游乐活动,沉浸在这场欢宴中的人们早已忘了时间。

额田已经疲顿不堪。她祈盼着酒宴赶快结束,可是,似乎完全没有要结束的样子。额田无所事事地抬头仰望天空,差一点"哦"地叫出声,夜空中有数颗流星划过,拖着长长的尾巴。或许其他人没有注意到,只有额田一个人看到了流星雨,从夜空划过的长长的青色光芒久久没有从视野中消失。额田不由得感到一阵不安,同时闪过一种不祥的预感。

蒲生野游猎的欢庆酒宴结束后,额田返回住所,浑身的疲顿感却似乎愈加厉害了,人躺下了,但是头脑仍十分清醒,怎么也无法入眠。

先前看到的流星的闪烁青光,将今天蒲生野游猎的所有欢乐都蒙上了一层凄冷、不祥的青色,随处都显露出不安之色。自己所诵咏的和歌,也没有证据能够表明天智天皇准确无误地领会了。万一自己的衷曲没有准确地传达到天皇耳朵里,那首和歌就变成是在述说大海人皇子向自己求爱,或者被理解为自己与大海人皇子的一场爱情游戏,岂不是太莫名其妙了吗。无论是哪一种结果,都和额田想对天皇表明的心迹大相径庭。至于大海人皇子的和歌也一样,稍有误解,很可能会被认为是在向天皇的权威发出挑战:虽然是您的女人,可我不在乎,我想喜欢就喜欢——这样理解也完全说得通啊。

而在座的所有参加酒宴的人,也许当时觉得那两首和歌是互相唱和的戏谑之作,为的是给酒宴助兴,但随着时间流逝,天知道人们的看法又会发生什么样的变化呢。说不定人们会觉得,它其实意外地暴露出兄天皇与弟皇子二人之间围绕同一个女人而引发的不睦和争执。

就在此时——

额田吓了一跳,不由自主腾地翻身起床,感觉好像有几颗流星飞进了漆黑的屋子。一切都按照另一种理解去解读也无不可,甚至会更加自然。想象着天智天皇与大海人皇子二人面对面坐在一起的情景,此时却令额田感到有股说不出的恐惧。

兵 鼓

一

　　天智天皇即位之年,朝廷不光举行了蒲生野游猎,其他游宴活动也不少。额田也参加了不少此类游宴活动,她原本就是此类游宴活动中不可缺少的人物。作为一名歌人,没有人能出其右,这是有目共睹的事实。用和歌来表现千变万化的人生所蕴含的悲喜哀欢,令近江朝廷的首脑们领略到了无上的魅力,故此和歌逐渐成为那一时代文学的代表形式,其自身也实现了极大的成熟和发展。由于这种机运,在众人眼里额田的存在就显得尤为突出和重要了。

　　这时的额田,天生的丽质愈加光彩照人。人们都觉得额田比年轻的时候更加美貌、更加富有韵致了,一举一动都显得轻俏优美。其实这也是情理之中的,因为时年三十四岁的额田经过长年的追求,终于得以在无所拘束的自由境地立稳脚跟了。额田曾经得到过天皇的宠幸,又曾经得到过大海人皇子的宠爱,但毕竟都已经过去。如今的她可以说是自由自在,无须再受任何力量的束缚。

在一次酒宴上,众人为究竟春天美还是秋天美争论不息,在座的男女分成了钟情春天派和酷爱秋天派两组,最后天皇问额田支持哪一派。所有人都屏息静气望着额田,仿佛只要她的一句话就能终结这场争论似的。

额田用一首长歌来作答:

> 万物蛰藏苦挨冬,
> 只待而今春意动。
> 群鸟啭清音,
> 繁花绽妙色,
> 百卉……

额田吟咏到此停顿了一下,座中一半人已经喧呼起来。谁都听得出来,这分明是对春天的赞美,然而额田停顿片刻之后又继续吟开:

> 百卉共争妍,
> 千树绘春山,
> 山密那堪折,
> 草深那堪寻;
> 却思秋景荣,
> 山色更斑斓,
> 红叶可取玩,
> 翠叠任赏观,

……

　　吟到这里额田又停住了。刚才安安静静的另一半人喧呼起来,因为额田的歌由春天一转而变为对秋天的咏赞了。

　　　　毕竟恨难释……

　　举座全都静了下来,鸦雀无声,额田究竟支持哪一派变得令人闹不清楚了。

　　　　春光春情自难弃,
　　　　我爱秋山伴岁华。

　　至此额田方才明白无误地说出自己是站在秋天派这一边的。
　　大凡吟诗作歌,便绝对是额田独擅胜场了,而这类酒宴有了额田在场也会变得更高雅、更风流。

　　当然,那个时期的游宴盛会不完全都是这个样子。比如有一次宫中举行酒宴,朝中重臣和武将尽数出席。酒至半酣时,只见大海人皇子腾地从座位上起身,跟跄地朝回廊走去。众人看着大海人皇子的背影,都看出他已经有些不胜酒力,脚下开始打飘了。
　　等到大海人皇子重新出现在酒宴上时,众人不禁愣怔了:

大海人皇子胁下挟着一杆长枪,站在会场口。

当即有数人站立起来。大海人不管是神色,还是架势都异于常人。即使是为酒宴献艺助兴,这样的场合,如此形容举止也是绝对不被允许的。数人跑近大海人皇子正准备制服他时,他却好像算好时机似的,只听"嘿——!"的一声,长枪从大海人皇子手中脱出,朝前方飞去,重重地扎进宴会场中央的地面,长长的枪柄剧烈晃动了许久才静止下来。发生在这一瞬间的事,令所有人面面相觑,呆立不动。

"你疯了吗,大海人?!"

天智天皇从玉座上站起,血气直冲脑门,厉声呵斥道。天皇震怒是理所当然的。将长枪掷向愉快的宴会场中央,无论在谁看来,都会认为是大海人在向天皇发出挑战。

"如此疯犬一般的混账,我就是再舍你不得也必须依法制裁!给我就地坐下!"

大海人皇子往地上盘腿而坐,摆出一副傲然骄倨的神情。天皇的右手伸向腰间的刀柄,正在此时,被人从身后一把抱住了。

"是谁?快松手!"

"我怎么能松手啊?镰足就是拼上自己的性命也必须阻拦您!"稍稍喘息一下后又说道,"大海人皇子这是酒后失态一时控制不住自己。从今往后,镰足一定盯紧大海人皇子,使其戒酒。幸好直到现在妃子和皇子殿下们都平安无事,没有发生意外。哎呀呀,想想真是好险哪!"

镰足说罢,隔了好久才敢松开手。与此同时,天智天皇浑身瘫软地坐到玉座上,由于激怒而脸色惨白,但震怒已经渐渐消退。身为天皇,他很快便恢复了自己的冷静与理智。

"不想看到他酩酊大醉的样子,赶快拖下去!"

其实还未及天皇发话,镰足已经靠近盘腿坐在地上的大海人皇子。大海人皇子在镰足的扶策下离开了宴会场。

这件事情至此就算过去了。没有人知道事情的真相。如果说有人知道的话,也只有天智天皇或镰足了,可事实上这二人也不知道。此事过后,天智天皇与镰足之间曾有过这样一次对话:

"什么原因会令大海人皇子做出那样的举动?虽说他是有点喝多了……"

"酩酊是酩酊了,但单单酒的话似乎也不至于如此呀。"

"你也这样看对吧?想想会是什么原因呢?"

"这个嘛……就因为想不出才犯难呢。"

君臣二人实在想不出原委。听到这个传闻的额田女王也想象不出。额田当天不在现场,是事后别人将当时的情形转述给她的,在酒宴上竟然将长枪掷向地面,这明显是不合常规的行为。虽说是在喝多了酩酊的状态下做出的举动,但还是无法单纯以醉酒来解释的。

出席酒宴的朝臣和武将们更是懵然不晓。他们只知道,即使是酩酊酒醉,但能做出那样的举动来,仍说明大海人皇子心里对天智天皇感到不平。究竟有什么不平,却只能是云里雾里了。

至于大海人皇子本人,其后并无任何变化,对于令举座瞠目、呆立不动的那一幕,他似乎早已经忘得一干二净;不管在庙堂上还是在自己的住处,言行举止没有一丝一毫的不同,一如从前的大海人皇子。

这件事情发生后隔了没多久,高句丽的使者抵达北陆海岸,随后进京,奉上贡物。完成进贡后,使者一行立即返回北陆海岸准备乘船归国,但由于风急浪高,船只无法出航,不得不在那里停留了一阵。通过高句丽使者的报告,近江朝廷得知了半岛的最新情势——

大唐与新罗的联军眼下正准备发动一场新的作战,征讨高句丽。高句丽虽然做好了举全国之力抗击外敌的准备,但终究力量悬殊,前景极其令人悲观。

对近江朝廷来说,半岛的情势绝对不容作壁上观。虽说唐国之前对近江朝廷显示出来的态度尚属友善,可一旦高句丽遭剿灭,唐国的态度又会怎样变化,谁也不敢淡然处之啊。近江朝廷的首脑们感受到了来自唐国的新的威胁。

近江原野上每天都在进行着兵士的操练。尽管操练强度已经比之前定都大和时的提高了许多,但现在是更进一竿。操练的一切事务都由大海人皇子负责。大海人皇子对兵士们的一贯要求是:第一是武技,第二是武技,第三还是武技。看到大海人皇子日复一日倾心投入的情形,谁都不会将他与曾经的长枪事件联系在一起。

近江都的周边则开展了大规模的战马饲育,新设了无数的牧场。牧场中饲育着数不清的战马,以至远近的百姓都开始担心起来：会不会整个近江地区都变成个大牧场？

朝廷游宴不息，周边的山野中则兵马异动，对这些百姓自然不可能熟视无睹。

——看这样子不对劲啊，莫非说天皇的祚命不长了？

有人在私底下这样嗫嚅议论。此时恰好征募新兵及征召劳役又多了起来，于是百姓便以这种形式表达他们心中的不满。

秋九月，新罗国遣使者金东严等人前来朝贡。近江朝廷以极为郑重的礼仪接待了新罗使者。据新罗的使者说，高句丽的灭亡不过是时间的问题了。

——高句丽灭亡后，半岛的情势将势必迎来前所未有的复杂阶段。

新罗使者这样表示。言外之意就是，迄今为止新罗同唐国军队协力征讨高句丽，但高句丽一旦灭亡，唐国势必暴露出其经略半岛的野心，因此新罗今后面临的棘手问题便是，如何妥善处理好与唐国的关系。

这是近江朝廷了解到的半岛最新情势，通过高句丽使者而形成的关于半岛的方策至此不得不进行若干调整。正如新罗使者所说，今后确实可能会进入一个新罗与唐国相互争夺半岛权益的时代。如果从这个角度看的话，高句丽灭亡之后半岛上空还会蒙上一层新的战云。新罗的此次朝贡有着极为复杂的意味，之前的白村江之战中曾经与倭兵兵火相交，但如今，似乎向近江朝廷伸出了亲善之手。

无论如何，对于今后究竟将采取何种立场的新罗，近江朝廷不得不谨慎周旋八面光。近江朝廷通过使者向新罗王及新罗大臣各赠船只一艘；新罗使者一行于十一月踏上归国旅途，其时近江朝廷又向新罗王追加赠送了绢五十匹、绵五百斤、熟皮一百张。

新罗使者归国后不久，近江朝廷便得到了消息：高句丽已于十月被大唐军队攻陷，建国七百年的高句丽就此灭亡。

转岁便是天智天皇八年。正月，苏我赤兄早早地就以筑紫大宰帅的身份前往筑紫赴任。苏我赤兄的两个女儿分别嫁给了天智天皇和大海人皇子，如今在近江朝廷构筑起重要的地位。将苏我赤兄派往筑紫，是为了应对半岛最新情势的一个举措。

苏我赤兄赴筑紫之前，来到额田女王的住所对她进行礼节性拜访。由于有间皇子事件的缘故，额田始终对此人没有半点好感，而一如额田对自己全无好感一样，赤兄对额田也没有好感，这一点双方都是心知肚明的。

就是这个赤兄前来拜访自己，令额田颇感疑惑：这里面一定有什么名堂。

"十市皇女嫁给大友皇子为妃，这对国家来说可是件可喜可贺的事情哪！天皇的第一皇子与大海人皇子的第一皇女结合，真是天造地设的一对呀，赤兄这下可以放下心前往筑紫了。大友皇子真是气宇非凡，不光相貌堂堂、英武魁伟，就是说到学识，整个近江朝也没有人能出其右呢。"

苏我赤兄对大友皇子赞不绝口。夸赞了一番之后，方才离去。他的这种激赏引起了额田的警惕。娶了十市皇女为妃的大友皇子受人夸赞,作为额田来说,当然不会心情不高兴。但是额田却感到十分不安,十分紧张,因为他这种言辞倘若被大海人皇子听到,摆明了会感到不快。

三月,耽罗国王子久麻伎亲自作为朝贡使来朝。面对半岛的最新情势,无能为力、一筹莫展的耽罗只能设法与近江朝廷加强睦邻友善。近江朝廷赠予久麻伎一批五谷种子。也许是心里放不下国内事务,久麻伎在京城只呆了七天便启程回国了。

五月,朝廷举办了山科游猎。以大海人皇子、镰足为首,朝臣全都参加了。

八月,朝廷开始商议在高安山建造城寨之事。天皇亲自登上高安山视察地形。这本是为应对半岛局势而采取的措施,但因为考虑到高安山建造城寨的告示一旦发布,必定会引起百姓的诘责和反对,最终此事被否决了。

"是否将此事再往后放一放?"

镰足的一句话,最终使得筑城工事被延后了。但是据说围绕此事庙堂上却分裂成了两派,天皇与大海人皇子意见相左,不过二人谁是主张筑城的,谁是反对筑城的就不得而知了。按照坊间流传的小道消息的说法,不仅仅在这件事上,实际上在各种决策上天皇与大海人皇子之间都产生了对立,翔实的情况如何却无人知晓。但是,这类传言一而再、再而三地散播于坊间,这本身似乎便说明了一些问题。

这年,也就是天智天皇八年的秋天,镰足家突遭雷击。当日上午还是天晴气朗,将近午时时分,天空骤然阴云密布,顿时远近一片昏黑,好似夜半,随之而来的是石子般大小的冰雹从天而降。冰雹雨刚刚停歇,又是一阵电闪雷鸣,天空中到处都是雷光奔逸。

这场天地异变不过是短短一瞬间的事情,可偏偏就在这期间镰足家的一栋屋宇开始冒出火光,那是因为雷击而引发的雷火。一般这种情况下落雷大抵会同时击中好几处,但此时只有镰足家被落雷击中。

——大概镰足这阵子会出什么事吧?

附近的百姓悄声议论道。

果然,雷击之后没过多少天,镰足就病倒了,而且病得不轻,这个消息霎时便在街巷传开了。

镰足确实病卧在床。天智天皇亲自来到镰足家,探视病床上的镰足,却只见镰足仿佛变了个人似的,面容枯槁,瘦得不成样子,像个抱疴经年的危重病人,而且心力交瘁,说话也是无精打采的。

"臣天性愚笨,承蒙主上将臣引为秉政治国的僚佐,天下大事俱同臣商谈,并且采纳臣的意见,对此臣感激不尽!如今想来,臣实在有愧主上的巨大信赖,这才是镰足此时此刻最大的遗憾。半岛战败、战败之后的善后处理不当,还有国内诸政实绩寥寥,这些均是镰足的责任。大化之大业如今也仅继承了一部分,成为现今这个样子,镰足从心底里觉得对不起主上。如今镰足命数将尽,恐再也不能站起来了。臣死之后,葬仪请尽可能从简,有生之年不能全心全力忧国奉公、为君为国建立功业,死后有什么脸面享受那般荣光啊。"

镰足说的每一句话都像在割胆剜心一样，令天皇悲痛不已。看着奄奄一息躺在床上的镰足，天皇感到正在渐渐远离自己的这个人物对自己是多么意义重大。

天皇为表彰镰足的功勋，赐予其大织冠和大臣之位，同时破天荒地赐姓藤原氏给他。前往镰足家宣谕的则是大海人皇子。

大海人皇子眼见眼前的镰足再也无法从病榻上起身了，不禁倍感悲凉。大海人皇子不光娶了镰足的两个女儿为妃，在宫中举行的酒宴上镰足还为其化解了一场狼藉，因此说起来，镰足既是大海人皇子的岳父，也是他的救命恩人。

十月十六日，内大臣藤原镰足薨逝，享年五十六岁。十九日天皇临幸镰足府邸，告知已下诏命自筑紫归来的苏我赤兄妥善处置朝廷重臣的遗骸，并且还赐予了一尊金炉。这是尊香炉，是供死去的镰足在佛祖的世界聆听讲法时使用的。镰足的葬仪在举国沉痛的气氛中进行，葬仪后镰足的遗体被葬于山科山南麓。百姓虽然不清楚镰足生前到底为自己做了些什么好事，但是每逢国家大事总是听到镰足的名字，于是他一死，百姓也觉得很难过。

镰足的死，使得近江朝廷好似失去了一根巨大的支柱，几乎所有的朝臣武将都怀有这种感觉。而最受打击的无疑是天智天皇，天皇一时难以从这份巨大的悲痛中拔脱。

随着镰足死去，天智天皇渐渐感觉庙堂完全失去了往日的氛围。现在不论何事天皇都必须同大海人皇子商议，大海人皇子已经取代镰足,成为一个令他刮目相看的重要人物出现在眼前了。

十二月,皇宫内的库房失火。向来烟火禁绝的库房竟然失火,不由得令人怀疑是有人故意放火。

"皇宫内发生原因不明的失火,这可不是闹着玩的!再说若是被百姓知道了,这也实在太让人笑话了。唉,真叫人头疼啊。"

庙堂上大海人皇子的一番话登时令天皇陡然变色,他觉得大海人皇子这是在指责自己,似乎认为天皇应当为宫内库房的失火负上责任。如果说失火是对眼下的施政方针的一种无声的抗议,那么,身为天皇的确应当为此承担责任。

——这种时候,要是镰足在多好啊。

天皇暗暗思忖道。然而,镰足不在了,取代那张温厚脸庞的,是突然变得自信起来并且威势赫赫的大海人皇子的脸。

镰足死后朝廷的第一件大事是暂时搁置的建筑高安城之事又重新提起来了。朝议时群臣中无一人反对,当即决定立即动工开建。当初镰足考虑到伴随筑城而来的征用劳役势必引起百姓反感,因此决定暂时延后,如今半岛的紧迫事态已经容不得再拖延了。大唐已经蓄势待发,随时可能向新罗挑起战端,而新罗无论如何是没有一丝胜算的,因而眼下的问题是大唐荡平新罗之后其锋芒会指向何方?也许不会向任何一个地方,但也有可能会指向昔日的敌国日本列岛。鉴于这样的情势,修筑高安城已经刻不容缓。

与此同时,另一件事情也毫无悬念得到了庙堂的一致通过,很快便付诸实行,这就是向大唐派遣通好使节。眼下这种关节,向大唐显示友好善意无疑要比交恶更胜一筹。凡是有助于减少大唐敌意的举措,必须统统尽一切可能使出来。河内直鲸被选中担任使者,配以庞大的随行人员,带着重大使命出发了。

此事过去没有多久,大和的法隆寺又发生火灾。这一次也明显是人为的放火。

"同样是放火,但这次是冲着斑鸠寺①去的。事情非同小可!竟然放火烧毁供奉佛祖的寺院,说明民心已经悖乱到了不可忽视的地步!"

庙堂之上,大海人皇子慷慨激昂地说道。大海人皇子的话没有说错,事实正是如此。此时,天智天皇又一次感觉血气直冲脑门,双颊热辣辣的。由于震怒,放在膝盖上的手微微有点颤抖。

天皇好不容易克制住自己的暴怒。假如镰足在场的话,只恐早已按捺不住了,但他也非常清楚,如今镰足不在,如果自己当场发怒,势必激惹出无法收拾的事态。

冷静下来细想,大海人皇子这番话也未见得就是在追究天皇的责任,甚至可以说并未带有丝毫讥讽挖苦的意思,只是以他以特有的口不择言的火爆的说话方式陈述事实而已。自然天皇也清楚,如今镰足不在了,大海人皇子的话便使得庙堂上的气氛变得有几分险恶。

---

① 斑鸠寺:即前出法隆寺的别称,因寺内有斑鸠宫而得名。

镰足薨逝的这年，额田非常忙碌，高安城筑城要做神事，出使大唐的使者也须为他们做神事。

坊间的传言自然也会流进额田的耳朵，虽然并没有特别值得留意的传言，但额田明显能够感觉到，自从镰足死后，百姓对朝廷的一举一动和国家今后的去向变得敏感起来了。这种时候，高安筑城一事自然引起了一部分百姓的不满，宫内库房的火灾和法隆寺火灾与此多少也有些关系。

这一年将近年末时，十市皇女诞下一名男婴，取名葛野王。也就在此时，街巷中又出现了种种奇怪的预言，又是说何时唐军将从半岛向日本列岛进攻啦，又是说何时将大规模征募兵士。虽然纯粹是捕风捉影、毫无根据的传言，却说得有鼻子有眼，煞有介事，还是令不少人信以为真。传布这类传言的人不在少数。

每当听到这类传言，额田心里就蒙上一层暗影。天皇的治世理应风平浪静，受到百姓由衷的拥戴——额田期待着这样的理想时代的到来，不仅在梦中暗自期待，同时从早到晚全心全意地为之祈祷。

天智天皇九年，京城迎来了前所未有的寒冷春天。前一年年末开始飘落的雪，开了年依旧在天空飘舞不歇，迟迟不见带来春意的和煦阳光。雪从早下到晚，可始终积不起来，与此同时却寒气逼人。湖面上翻卷着褪了色似的白浪，城内的道路上人影稀少，连流浪者的身影也看不到，不知道他们藏匿到什么地方去了。

七日，根据诏命在宫城举行了一场士大夫射箭比赛。这一天，数日来漫天飘舞的薄雪忽然变成了一场真正的大雪，射箭场上白茫茫一片，只听得弦振声声在大雪中回响。

十四日，朝廷确定相关礼仪并制成法令，于这一天公告天下，包括在道路上行人相遇，法令都规定了平民必须谦让贵人，位卑者必须谦让位尊者，年少者必须谦让年长者等等，都被写入了法令。此外，法令还命令禁止一切妖伪言行，包括流言、预言等。法令禁止即意味着假如有人违犯，将受到惩处。

百姓陡然感觉到自己处处受到束缚，变得极度不自由了。想到若是一不留神不小心说出些没巴没鼻的话来，就有可能被当作罪犯捕了去，见了面都不得不相互提醒：

——闲话休说，闲话休说。

二月朝廷公布了户籍编制的法令。户籍编制之前便已展开过，但推行过程中暴露出种种不够完备之处，此次新公布的法令旨在进一步完善。全国各地的百姓都必须按照规定报告各自的住所、年龄以及职业，且不论男女，任何人都必须依法承担纳税义务。自然，这一法令又被百姓认为极其严苛。不仅良民觉得严苛，盗贼及流氓无赖更觉得严苛了。

这一系列法令都是由镰足负责，历经多年时间慎重起草制定，并经过反复推敲斟酌的，在镰足死后终于正式公布。

关于户籍的法令公告后没过多久，据说有数量庞大的谷物及食盐被运送至新修筑的高安城，显然是为应对一旦发生战事而储备的军粮，但百姓却没有像以往那样对此公然表示出责难。差不多同一时期，还公告了即将在长门和筑紫也建造城寨的计划,同样没有听到多少百姓不满的呼声。

紧接着,三月,朝廷在远离近江都的山御井的山泉旁祭祀诸神,手捧币帛①敬献祝词。这种仪式每年都会举行,只不过今年选在了山御井这个地方,孰料百姓却有一种不同寻常的感觉。今春以来,已经相继公告了数桩实行起来难度不小的事情,想必今后朝廷还会推出什么惊天动地的施政方针来——几乎所有百姓都有这样的预感。

然而,接下来却什么事情都没有发生。漫长的冬季结束,时令进入春天,百姓们在洒照着明媚春光的街巷上行走之时,但凡遇到身份高贵的人或者朝廷衙役,都不得不低下头,站到道路边上给对方让行。

四月即将过去的某一天夜里,法隆寺再次失火,将整个寺院烧了个干干净净,没有一栋屋宇幸免。半年前法隆寺就曾发生过火灾,当时只烧毁了数栋屋宇,而此次则是整座伽蓝都化为了灰烬。伽蓝即将倾陁之时,忽然雷声大作,暴雨倾盆而下。大街小巷开始传唱起讽刺法隆寺火灾的童谣,也许本意并没有讽刺法隆寺火灾,但官府的衙役闻声而动,忙着到处缉捕传唱童谣的人。儿童们则聚集成一团齐声高唱,看见衙役的人影立刻一哄而散。

这一年的下半年总算平安无事地过去了。人们原以为会发生什么惊天动地的事件,结果却大出人们的意料。如果要说有什么事件的话,至多也就是阿云连颊垂出使新罗这种事情。

---

① 币帛:日本神道中的供神祭品的统称。

表面上,阿云连颊垂一行出使是对此前新罗派过使者来访的礼节性回访,其实不单单如此,其主要使命是摸清新罗与唐国的关系有无变化,以及半岛情势将会发生何种演变。

转过年来,纪历变成了天智天皇十年。宫中于二日举行新年贺宴,被解除筑紫职事的苏我赤兄和巨势人臣二人代表群臣上前向天皇进奏新年贺词。赤兄与人臣二人作为群臣的代表恭贺新年,也意味着镰足死后朝中臣下的序列有了新的变化。

五日,由中臣金连主持举行了庄严的祭神仪式。随后,各位重臣的新的序列以明确形式正式予以发布:

大友皇子为太政大臣,苏我赤兄为左大臣,中臣金连为右大臣,苏我果安臣、巨势人臣、纪大人臣等人同为御史大夫。

朝臣武将个个肃然默立,谁也没有出声。众人心里早已或多或少预计到了这样的人事安排,因此无人觉得奇怪,相反更多的倒是"果然如此"一类的感慨。但这种感慨却使得众人油然而生一丝隐忧,因而庙堂上一片静寂,谁都不说话。

大友皇子位于庙堂的最上座,苏我赤兄和中臣金连左右辅佐,今后应该是一切事务都由这三人最终定夺。作为三人的咨问、磋议对象,则还有苏我果安臣、巨势人臣和纪大人臣三人。

众人肃立着不敢抬头,因为大家顾忌到坐在离天皇最近的大海人皇子的存在。大海人皇子同时也是皇弟,并且理应是事实上的东宫,但是关于重臣序列的这一最新发布,却给人一种微妙的印象:大海人皇子的地位似乎被架空了。尤其是天皇的第一皇子大友皇子被拜为太政大臣,更是将大海人皇子的东宫地位远远甩到了身后。

虽说朝廷的人事安排与普通民众毫无关系,可就在当天,庙堂上登上重位执掌大权的那些人的名字便开始在大街小巷的人们口中传述开了。人们忽然冒出一个想法:日子会不会在这些人的手上得到改变呢?至于怎样变,谁也不知道,有人觉得会越变越好,也有人觉得会越变越糟糕。

要说百姓还真是触角敏感。第二天,朝廷的冠位、法度发布仪式,代表天皇主持和发布的会是大友皇子呢还是大海人皇子?坊间为了此事议论不止。

此后不久,朝廷又发布了大赦令,对罪犯所犯下的罪过一笔勾销统统宥恕了,于是百姓终于意识到此前的庙堂人事具有何等的意义。然而,对于崭露头角走上施政第一线的这位大友皇子,百姓几乎一无所知。有人猜测他是位慈蔼仁厚、具有圣人天子般气质的皇子,也有人拿他的出身背景说三道四。

无独有偶,随着庙堂的人事发布,来自半岛的渡来人①也纷纷被授予高阶官位,赋予其颇有分量的职分。

一系列的庙堂人事安排同样令额田闻之色变。发布当日,额田因主持神事不在宫内,事后听到这一消息仍大吃一惊,几乎站立不稳。此前苏我赤兄赴任筑紫前特意前来礼节性拜访,当时对大友皇子一番大肆夸赞,额田听了便有一种无以名状的不安。现在糟了,那种不安终于外现为清晰可见的形式了。

——这究竟是怎么回事情啊?

---

① 渡来人:归化人,入籍人,古代从中国、朝鲜半岛前往日本并融入当地的人。

倘使在以前，额田仍承宠于天皇，并且事先得知这一安排的话，额田一定会忍不住这样诘责。无论如何，这种事情做不得啊！

人事发布后的一连好几天，额田都沉浸在悲伤和不安交织的矛盾之中，她很为大海人皇子担心。额田自觉自己非常了解大海人皇子的为人，同样，也非常了解天智天皇的为人。二人势同水火，天皇若是火的话，大海人皇子就是水；天皇若是水的话，大海人皇子就是火。一方像火一样炽烈地燃烧起来，另一方必定像水一样森然地严冷下去。如果用这两者来比喻眼前的事态，则无疑天皇是火，大海人皇子是水。

额田很想见一见大海人皇子，安慰一下因此次人事安排而受到打击的大海人皇子。然而仔细想一想，虽说大友皇子被推到了政治舞台的最前沿，但是大家公认的东宫大海人皇子的地位即使有所动摇，也不至于有什么危险呀。由于大友皇子的横空出世，至多给人感觉大海人皇子的存在感有所淡化，其地位被架空而已。大友皇子是天皇最宠爱的第一皇子，大海人皇子则是天皇长期以来甘苦与共的手足同胞，此次的人事安排似乎透露出一个信号，也许将来天皇会排除掉大海人皇子，而将大友皇子作为自己的后继者，或者至少存有这样的念头——这一点，所有人都心知肚明。因为事实上不能不让人产生这样的感觉。然而，无论有多少理由让人产生这样的感觉，毕竟目前仍未超出臆测的范围，或许天智天皇的真实想法与此完全不同呢。问题仅仅在于，此事的人事安排确实令人产生这样的臆测。

人人抱有这样的臆测，作为当事者的大海人皇子又会如何想呢？想到这里，额田不禁感到一阵恐惧。性格暴烈的大海人皇子，冷不丁地地位受到排挤，几乎被侵夺了裁夺的权力，会不会怒从心上起、恶向胆边生呢？

额田打算会一会大海人皇子，除了安慰他，还想亲口告诉他：此次安排未见得就是最终安排，也许天皇心里还藏着另一个完全不同的考虑。然而，真正想见大海人皇子，却一直苦于没有机会。如今的额田，与大海人皇子已没有任何特殊关系，对方不邀请的话，自己不可能主动前往皇子的府邸去呀。

三月的某一天，在皇宫内展示了来自唐国的漏刻，这是自唐国归来的黄书造本实从唐国带回进献给朝廷的。额田也进宫来到宫内一间屋子观赏漏刻，出乎意料的是竟然在那里遇到了大海人皇子。

现场人多眼杂，额田向大海人皇子行礼时随口说了句："那个植有粗大枫树的庭院里，来了许多珍奇的鸟，聚在一起，煞是令人称奇呢。"

大海人皇子没有任何反应。

不过，额田仍然去到自己口中所说的那个植有枫树的庭院，等候大海人皇子的来到。

过了片响，大海人皇子果然来了。

"真是难得呀，额田竟然主动向我发出邀请，"大海人皇子笑着说道，看上去似乎很觉得奇怪，"估计是来安慰我的吧。"

"本来是想安慰您的，可现在见了您的面，我想用不着我来安慰了。"额田说。没错，正如她说的，大海人皇子的表情里没有半点的阴沉忧郁，完全不需要人安慰。

"我最近会去你的住处和你说点事情。"

"不要……"

"你是在拒绝我吗?"

大海人皇子眼里一如平常射出两道犀锐的目光,但随即神情一转,平静地说道:"与其安慰我,你还不如去安慰安慰十市皇女。你生的女儿,真叫人不省心哪。"

额田一时不明白大海人皇子的话是什么意思,但她觉得,大海人皇子似乎是在暗示,十市皇女与大友皇子夫妇间可能产生了龃龉。

二

天智天皇十年,从春至夏,从夏至秋,相对来说过得平平稳稳。先前人人都以为,年初的庙堂人事安排发布会令这一年出现比较大的骚动,所幸这样的情况并没有出现。

这一年的大事件,当数半岛原先百济国的旧地相继被归并新罗国领有。对此近江朝廷一筹莫展。新罗在半岛日渐强大,一家独大,对于近江朝廷来说显然是一大威胁,这局面也是不愿意看到的。由于不清楚唐国对此究竟是什么态度,因此近江朝廷无法拟定相应的对策,只能任由事态发展,至多在海防上加强防备,皇族栗隈王被任命为筑紫率正是这一政策的明显体现。

平安无事地迎来了秋天,孰料到了深秋时节突然发生了一件大事:天智天皇病倒了。

天皇的病情被严格保密,没有向朝臣们透露,额田因而意识到天皇的病看来非同小可。她开始每天向神祇祈祷,祈愿天皇早日康复。皇宫内笼罩了一层凝重的空气,人员进进出出也变得频繁起来,几乎每天都有僧侣入宫为天皇祈祷,几乎所有形式的祈祷全都尝试遍了。额田想入宫拜谒,探视卧病在床的天皇,心想哪怕只看一眼也好,可惜未能如愿。

进入十月,织锦百佛编织告成,被安置于西殿,并进行了首次供养佛事。这自然也与天智天皇病倒有关。此外,大量的袈裟、金钵和各种来自异国的香烛等被捐赠给飞鸟的法兴寺,并且在法兴寺的主佛前举行盛大的捐赠法会,众多僧侣纷纷从近江都出发赶往那里。此事自然也同天皇罹病有关。

事情到了这个地步,坊间也都知道了天皇患上重病的消息,于是有的大惊小怪,有的则悄悄地向神佛祈祷天皇早日病愈。毕竟是贵人罹病,普通百姓也不可能毫不关心。人人都知道碰到了棘手的事情。

额田一连数天没有回到自己住处。她从早到晚忙于奉持神事,感觉一旦天皇当真发生什么事情的话自己也活不下去了,带着这样的心情挨过了一天又一天。

这天夜里,额田因为要汲水供奉神佛,来到皇宫内的一眼泉水旁。就在这时候,她看到夜空中一颗流星拖曳着长长的尾巴,划过天空,向西方急坠而去。若干年前在蒲生野游猎的时候也看到过流星,但那是数颗星星形成一束从天空划过,而今晚却只有一颗。

额田感到一种强烈的不安。这一夜,她一直忙于神事,等到将近拂晓时才躺下,打算闭眼稍稍休息一会儿,可是怎么也睡不着。

天刚亮,额田立即赶回位于宫城内的住处,一路上却两次遇到盘问,并且到处都有全副武装的兵士。这可是以前从未有过的。回到住处,额田已经疲累得几乎无法动弹,浑身关节都发痛,她倒在床上沉沉地睡去。已经连续好几天没有更衣睡上一觉了。

醒来时已经过了午时。

侍女走来告诉她:"今天一早起,朝廷的重臣们就聚集在天皇的病房,刚刚才陆续退下。"

额田听罢吓了一跳,脸色也变了:"是不是天皇的病情……"

"那倒没有,听说气色还比平时好多了呢。好像是商量什么重要事情,等一会儿大海人皇子殿下要去天皇的病房,刚才已经派使者前往皇子殿下的住所去了。"

"大海人皇子殿下!"

额田不由得腾地爬了起来,胸口一阵强烈的悸动。一种不祥的预感从四面八方将她裹得紧紧的。不过一想,这种预感毫无根据。如果说有什么根据的话,那便是昨夜看到的流星以及今天一大早见到宫城内到处布置有全副武装的兵士,可将这两件事情和大海人皇子扯到一块考虑,简直是没道理。

可额田就是感到不安。大海人皇子会不会发生什么事情?

虽然明知这种担心毫无理由,但额田还是被拖入其中无法自拔。最近一个月,额田一心眷注着天皇的病情,根本无暇去想大海人皇子,可一旦今天从侍女口中听到大海人皇子的名字,注意力便转至大海人皇子身上,再也放心不下他来。

额田在屋子里踅来踅去转着圈子,直到侍女又走进来向她报告:

"大海人皇子殿下进了天皇的病房了!"

"怎么了你这是?"

额田话说到一半又停住了。一直以来对什么人进出天皇病房毫不关心的侍女,今天突然变得如此神经质,令额田感觉十分不可思议。本想问一问她什么缘由,可转念一想,就像自己深感不安一样,这种时候侍女感觉非常不安也很正常,于是话到一半便不再往下说了。额田害怕问下去。也许侍女知道自己是为什么不安和担心才这样做的,因为此前额田一直忙于奉持神事,对朝臣的动向全然不知情。

额田在痛苦的煎熬中一天天苦挨。每天只感觉时间过得惊人地快,但是这一天却仿佛过得特别慢。

傍晚时分,侍女再次走进屋子。

"大海人皇子殿下那边怎么样?"额田问道。

"好像还没有从天皇的病房出来。"侍女回答。

接下来又是难挨的痛苦时刻。

额田走出屋子,打算向神祈祷。情况危急。额田换好衣裳,向庭院走去。这时,有几个人影从暮色开始笼罩的庭院远处走过。

额田看不清来者是什么人。她快步朝着来人走去,转过两座人造假山,终于追上了那几个人影。没等额田出声,那几个人已经停下脚步。果然不出额田所料,正是大海人皇子和他的几名侍臣。

额田猜测不出大海人皇子会对她说些什么。大海人皇子吩咐几名侍臣离开,自己则留下来。

"皇子殿下!"

几乎随着这声唤呼,一股强烈的感情涌上额田心头,使她的声音几近呜咽。额田形容不出这究竟是一种什么感情,只是长时间以来隐约模糊地预感大海人皇子可能会发生什么事情,这种预感令她自己恐惧不安,而此刻看到大海人皇子平安无事地出现在眼前,不由得油然生出"谢天谢地!"的感慨。随着一颗悬着的心终于放下,她浑身瘫软,差一点跌坐在地上。

"皇子殿下!"额田又叫了一声。

"我得和额田告别了。这次真的是不得不和你告别了!"大海人皇子开口说道。

额田没有听明白这话的意思。她重新陷入了不安之中。

"究竟是怎么回事啊?"

"大海人为了向神佛祈祷天皇早日康复,打算出家,去吉野山。我已经向天皇报告了这件事情,刚刚从那里退出来。大海人的这个愿望,天皇自然是荃察恩允的了。"

"出家?去吉野山?"

"不错。"

额田不清楚究竟有什么样的经过,也不知道其间发生过什么事情,总之,出家、遁入吉野山,就意味着抛弃一切,抛弃天皇后继者的地位,抛弃秉政治国的发言权,一切的一切都将彻底抛弃。

"我决心已定,马上就要离开京城了。和额田今后应该再也不会见面了。今后,大友皇子将取代我坐上东宫之位。这对额田来说、对额田所生的十市皇女来说,都不是坏事。十市皇女就要成为东宫妃了。"

说到这里,大海人皇子停顿了一下,又继续说道:"你替我向十市皇女致以问候。在这个世上,十市皇女作为一个女人必须侍奉的,只有大友皇子一人。千万不能像她的母亲一样,承宠于两个男人啊。"

最后这句话大海人是带着笑用打趣的口吻说的。

"十市皇女怎么了?"

"我也不清楚,好像有点传言。不过仅只是传言,具体什么事情不知道。到底是继承了母亲的血统啊。"

后半句依旧是以玩笑的口吻说的。

"好了,我得走了。"

大海人皇子说罢准备离去。

"皇子殿下!"额田叫道。

"到了这个时候,怎么变得这么柔情啊? 你要不要出家做尼姑,和我一起去吉野山啊?"

大海人皇子丢下最后这句话,随后扬长而去。

"皇子殿下!"

额田呆呆地伫立在原地,大海人皇子头也不回。额田听着大海人皇子踏在地面的脚步声,回想起年轻时在尚未建成的难波宫前的台地,执着不舍地追逐自己时的那个脚步声,二者一模一样。

翌日,大海人皇子出家的消息在皇宫内引起了巨大震动,多数人因意外而震惊,也有人觉得果然不出所料。此事本来绝对是一大事件,然而一度有所好转的天皇的病体再度加重,令人担忧,皇宫内的气氛又变得沉重起来,大海人皇子的事情便渐渐被人抛到了脑后。

两三天后传出消息,天皇的病情又略有好转,笼罩在宫内的阴沉氛围也似乎透露出一丝的阳光,于是大海人皇子出家的事情再度被人们挂在了口头。

大海人皇子在宫内佛殿南面的回廊接受了剃发,穿上天皇御赐的袈裟,在一众朝臣的送别之下,出宫前往吉野山,随身仅带了几名随从。皇子的妃子们大多留在近江,只有鸬野皇女一人随同前往伴侍在皇子身边。这件事情经过人们口口相传,衍生出了多个版本。

到了这个时候,额田总算对整件事情的来龙去脉有了大概的了解,也形成了自己的看法。据说,大海人皇子进入天皇病房那天,天皇向其托付后事,大海人皇子坚辞不受,还建议由皇后倭姬王即位、大友皇子辅佐其执掌诸政,同时向天皇表明了自己遁入佛门的想法。额田认为这种说法应该比较接近事实。但即使这样,大海人皇子的出家依然令人感觉来得十分唐突、不自然,大家嘴上虽不说,暗地里却都在怀疑其中是否存在某种阴谋。但额田不这样认为。假如大海人皇子有意起事,他早就那样做了,但他没有,而是想通过自身退出来避免天皇驾崩后可能产生的混乱。他不是因为感觉到自身的危险为了避险而离开京城的,他之所以采取这种态度,只是为了防止说不定会出现的混乱局面。

额田对这件事情是这样看的。

进入十一月,近江的皇宫内重又笼罩在一片阴沉的气氛中。朝臣武将们聚集在回廊上,低着头,用轻得不能再轻的步履小心翼翼地移动。人们的举止全都静悄悄的,却也有意无意地透露出一种周章失措的慌乱。

十一月末,先前完工的织锦大佛被安放于西殿,朝中重臣也全部被召至佛前。每逢重臣们齐集一堂,就会令宫中所有人不由得担心天皇的病情是否又加重了,不安的气氛登时弥散开来,人们屏息静气,竖起耳朵,一句多余的话也不敢说。这天照例又是如此。然而,不知什么人在暗中斥候,到了傍晚时分西殿中重臣们的动静便传遍了宫中。到处都有人在悄声议论,说大友皇子、苏我赤兄、中臣金连、苏我果安臣、巨势人臣、纪大人臣等人聚在一起,大友皇子手捧香炉,指天起誓:

——今我六人在佛前共同发誓:绝不悖逆天皇诏策,倘有违拗,甘愿受天罚!

接着,苏我赤兄也捧起香炉起誓道:

——臣等五人在此发誓:绝不违拗天皇诏令,愿跟随大友皇子效鞍马之劳!

其余几人也一一庄严地宣誓。

这件事情发生的当天夜里,天皇病情骤然加剧,朝臣武将们都彻夜守候在宫中,额田女王也和其他女官一道守候在距离病房不远的一间屋子里。这是个寒冷的夜晚,冷到透心,众人静静地守候着,鸦雀无声,只听到远处传来的诵经声。

深夜,忽然一名女官说道:"下暴雨了!"

果然,先前还一片寂静的室外响起了雨声,雨点砸在皇宫的屋顶上发出可怕的声响。雨声越来越大,似乎是打在树枝上发出来的。四周陷入一种可怕的气氛中。

额田正要站起身,忽听得一声叫:

"失火了!"

所有人腾地站了起来。果然屋外不是雨声,而是房屋的屋顶及柱子被火烧得崩裂的声音。众人冲到回廊上一看,只见火光将庭院照得通亮,原来是库房所在的建筑着火了,火势还蔓延到了配殿,于是众人纷纷出了庭院向那边跑去。

火终于被扑灭,所幸宫殿只被烧坏一小部分。然而人们心头却是说不出的沉郁,又是烟火禁绝的地方发生火灾,同样,不能不认为是人为放火所致。

天皇驾崩发生在这个月刚刚转过去的十二月三日。此前一天的夜里,额田女王做了一个悲伤的梦:天皇站在床头枕前对自己说道,许久没有见到你了,可是来不及向你道一声别,我就要去远方旅行了。随着天皇的影子消逝,额田也腾地从床上跃起。她急急地换好衣裳,只等拂晓。这是额田这辈子经历的最难受最悲痛的一段时间。虽说对这一时刻的到来已有心理准备,但当真正到来时,却是茫然失措不知如何才好。额田想到了死。除了死,她想不出自己应该怎么办。

天一亮,果然有一名朝臣跑来向所有人报告了这个悲痛的消息。妃子们、皇子皇女们以及朝中群臣身不由己地被吸向那间氤氲着悲伤空气的屋子,额田也坐进那间屋子的一隅。

妃子们个个垂着头,泪湿满面,不时发出一两声呜咽。屋子里随处可以听到低低的啜泣声。额田从昨夜起就一直无法驱走死的念头,此刻看到众妃子无所顾忌的悲痛情形,终于让自己抛开了这个念头。眼睁睁看着她们如此悲痛,丢下这些可怜的人,自己独自追随天皇而去那算什么呀?她顿时觉得自己应当陪伴她们一同去挨过这悲痛,这可是比死更加艰难的使命啊。

接下来的数天,始终是在悲伤中度过的。天皇的陵墓选定在山科镜山。十二日,天皇之灵长眠于此。举行完大葬的这天夜里,众妃子齐聚在天皇已经不在因而显得异样空落落的宫内一室。由于连日来又是法会又是神事,每个人都已经精疲力竭,不承想这些精疲力竭的妃子又被拖进了一个新的悲痛之中,因为要向逝去的天皇敬献挽歌。

首先是宫中一名公役诵读了皇后写的挽歌:

御驾游木幡,
青旗①飘扬骋长空;
栩栩如相会,
君骋长空我伫候,
但恨绵绵难相会。

---

① 青旗:代指帝王车驾。

君之灵魂翱翔在山科木幡上空的蓝天,您那雄姿栩栩如生展现在我眼前,然而我却无法与您相会,这是何等的悲伤啊。

随着皇后写的挽歌被诵读,屋子里登时响起一阵呜咽。

第二首也是皇后写的:

> 他人或弭忘,
> 云韶声断思君绝;
> 玉发犹樽前,
> 君影时时入寤梦,
> 鸳盟无渝思永年。

别人或恐有时会将您忘却,可是我啊,君之面影在我眼前浮现又消逝,消逝又浮现,无论如何都无法将您忘怀。

这首挽歌又令众人愈加感到悲痛。

接下来又诵读了一首皇后写的长歌:

> 澹澹近江海,
> 欸乃声声海浦来,
> 欸乃声声海澳去,
> 扁舟且慢舣,
> 扁舟且轻橹,
> 共与逐流争先进,
> 勿教翻腾白浪喧,
> 可知沙鸟惊,

嘤嘤咬咬傍渚栖，
元君最是钟此情。

噢,在那近江外海,船儿顺着海浦划来,船儿靠近海岸划去,顺海浦划来的船儿就顺海浦慢慢划,靠近海岸划去的船儿就靠海岸轻轻划,同是划水而进请不要溅起那么大的浪花,因为那样会惊飞天皇夫君喜爱的鸟儿啦。

额田深深地埋下了头,她被皇后倭姬王所作的挽歌中饱含的感情打动了,这样情真意切的挽歌其他人是无法企及的。

众位妃子的作品也先后披露诵读：

一绝黄尘去，
从此登紫阙，
日日分晦明，
朝朝思我君，
美玉常在手，
榆衣不忍易；
恋君夜夜永，
君自腾骧我自恨，
昨夜又入梦中来。

这首作品没有署名。毫无疑问,这也是几位妃子中的一员写的,但此人不愿意署上自己的名字。歌的大意是：君已化成神而往,我将再也不能与您一同共度此生此世；晦明两分、阴阳为界，去往远方的君啊，每个清晨我都在思您念您；您有如美玉，我恨不能时时刻刻箍在手上；您有如华裳，我恨不能日日夜夜穿在身上，一刻也不离——昨夜我在梦中梦见了您。

额田情不自禁扫视了一眼众妃子。同样充满了深厚的感情，却有着一种额田渴望而得不到的东西，巧妙地夸示了天皇与作者特殊的亲密关系，令人嫉妒，不失为一首既充满悲伤又十分优美的作品。

    泽燕居南岸，
    终岁勤劬守山翁，
    只今却为谁，
    依旧辛勤结山标，
    须知圣君已远行。

这首挽歌的署名是石川夫人，也就是姪娘。美丽的近江国，琵琶湖南岸的守山人哟，你是为谁在山上树起岸标啊？天皇已经不在了呀。这是一首朴素、率真的作品。

终于，轮到了额田写的挽歌。

    早知今日事，
    但悔当时碧海夜；
    何不结绳索，
    任尔潮去岁云暮，
    不教御船随流逝。

倘若知道会有今朝,我会一直等候在天皇御船停泊之处,拉起界绳,不让御船划走啊。

额田听着役人诵读自己作的挽歌。与先前一样,挽歌一连诵读了两遍。

此时,额田眼前浮现出的是一片越涌越高的黑色海浪,就是她曾经吟咏"夜泊熟田津"那首和歌的熟田津外的那片海。如今回想起来,那一次乘船出征之旅,是她此生最幸福的时刻。自那以后,齐明女帝驾崩、半岛战败等等,一系列棘手的事件相继发生,而驻泊于熟田津的时候从未感受到这些令人沮丧的暗影。天智天皇当时还年轻,将一切赌注押在半岛出师上,每天忙忙碌碌,然而却不亦乐乎。额田将自己融入天皇的心里,替天皇吟咏出了那首出征歌。假如在熟田津港湾打下木桩、拉起界绳,让天皇搭乘的御船就那样一直停泊在那儿,该有多好啊——额田此时已经彻底沉浸在那样的思绪中。

歌咏结束,额田抬起了头。此时,屋子里照例四处响起了啜泣声,但是额田确信,真正能够理解这首挽歌的深意的,只有仙逝而去的天皇。悲伤之情能够传达至听者的心里,那就够了,但是真正能够理解的人却唯有天皇一人。

想到这里,额田不由得悲上心头,只想立刻冲出屋子,但她拼命克制住了自己。死都可以放弃,为什么这点悲痛就承受不了呢?额田想,自己绝不能在众多妃子们面前表现出悲痛欲绝的样子。天皇已经仙逝,这是自己与这些妃子们的最后一次暗斗了。从今往后,无人知晓的这种暗斗再也不会有了。然而这样想着,却又生出新的悲伤来。

在一片悲伤的气氛中匆匆一年过去。近江朝以年轻的大友皇子为核心,一干重臣们则在旁摄政辅佐。虽说人们心中清楚,大友皇子早晚将登上阼阶承继皇位,可是却久也不见正式公告。大街小巷对于大友皇子延迟即位出现了各种种各样的议论,说是五位心腹重臣几乎每天聚集在一起商议,却总也无法统一意见,重臣们分成了两派,大友皇子被夹在中间,只得叫苦不迭。

与此同时,坊间开始窃窃私议起大海人皇子的名字。大海人皇子已遁入吉野佛门,故此他的名字无论在朝廷还是在坊间都成为了禁语,谁也不敢提起,然而现在却半公然地挂上了人们的口头。坊间甚至还传说,大海人皇子不久就将返回近江都承继皇位,朝廷目前正在为此事进行磋商,说得煞有介事的。

街头巷尾还流传起一首奇怪的童谣:

> 吉野川的鲇鱼啊吉野川的鲇鱼,水清过好日子,傍岸过苦日子;雨久花①下、水芹菜下,我们活得好苦啊。

吉野川的鲇鱼生活在靠近岸边的地方,假如河水清澈,我们就能过得幸福,可我们却不得不在雨久花和水芹下面整日苦辛,忍受不堪的痛苦啊。

这是首描绘百姓日常生活的歌谣,一开始被传唱的时候,谁也没有关注到其中的内容,等到四处流传开来后,人们听到

---

① 雨久花:一种一年生草本植物,长于沼泽或水田,高约 30 厘米,叶呈心脏形,夏秋期间开青紫色的六瓣花,可作为观赏植物。

"吉野川的鲇鱼"几个字竟然会有一种奇怪的感觉。渐渐地,人们便将"吉野川的鲇鱼"同大海人皇子联系起来,并说只要大海人皇子归来,百姓的生活就会好起来。一首童谣居然催生出了这样的联想。

儿童们在大街小巷天真地唱着这首歌谣,有的大人听了立即上前阻止,也有的正相反,和儿童们一同高声唱起来。

漫长的冬天过去,湖水的颜色开始令人感觉到一点春天气息的时候,额田终于从天皇驾崩的悲痛中重新振作起来。额田已经做好打算,准备不再执事宫中,到死去的天皇陵墓附近傍山而居,度过余生。额田将这个时机选在大友皇子即位之时。天皇生前对自己的身后事放心不下,所以,当一切都平静下来的时候,也该是额田考虑自己安身之计的时候了——额田是这样想的。谁承想,不知为什么大友皇子即位的事情却迟迟没有公告。为了安定人心,朝廷理应尽快公告的啊,可是朝廷方面仍然一点动静都没有。

三

五月,朝廷发布公告,将正式开始营建山科陵。据传言称,这将是一项前所未有的庞大工事,所需徭役工匠的数量大得惊人。

近江的百姓觉得,近江都距离陵墓近,因此自己肯定逃不过此次徭役征召,于是人们碰面时便不免会议论到这个话题。自然不是个令人高兴的话题。可是,此事不久就有了变化,朝廷向美浓、尾张二国的国司下令,命其征召徭役以营建山科陵。此事一经传出,近江的百姓都为自己得以幸免而长长地松了口气。

这阵子,京城里的动静格外令人关注,朝臣及武将们都有些不太镇定,忽而三三两两疾步走进皇宫,忽而又从皇宫急急地出来,似乎每天都有重大消息发布而应召入宫,但到头来却不见有任何发布。几位重臣在商议什么重要事情应该不假,却始终议而不决,拿不出任何结论,这种状况只会不断地刺激着人们的神经。

五月末的一天,额田带领数名侍女乘坐舆车沿湖畔的道路去往蒲生野方向。距天智天皇七年举行的蒲生野游猎已经过去了四年,当年那回场面盛大的游猎活动是在五月初举行的,现在则是五月末。夏日的阳光比那时候更加酷烈,而从湖面吹来的风却仍旧清凉,轻拂在脸上十分惬意。

对额田来说,这是自去年年末那段悲伤的日子以来第一次外出。一方面,她想重温一下天皇生前主办的那场盛大欢快的活动,另一方面,她更期望那个欢快时光里的天皇的英姿再一次浮现在自己眼前。额田正是怀着这样的心情出宫远足的。

然而,这次远足却不得不半途中止了。出了京城,走在没入一片原野中的路上没多久,就发现前方路上有异样。起初不知道是什么,等到行近才看清,原来是一队全副武装的兵士,再举目眺望,只见一望无际的原野到处埋伏着兵士。

额田一行只得依原路返回。刚刚走出几步,几名骑马的兵士从身后追了上来,拦住她们进行盘问。好在额田一眼就被认出是宫中的女官,没受到为难很快就被放行,但还是受到了一通训斥,听到了平常不曾入耳的粗鲁话:

"马上就要开战了,当兵的都难免有些毛躁,你们没事跑出来上这种地方干什么?弄不好只能拖着副缺胳膊断腿的皮囊回家了!还是赶快躲远远的好!"

额田等人沿着湖畔的道路往回走,不一会儿又遭到一队人马的阻挡。与之前那伙兵士不同的是,他们显然是开拔去到别处的队伍。这些人个个手握长枪、背插着旌旗,看样子是奔赴前线去的。他们的前进路线是穿过平原向南突进。

额田一行只得钻进芦苇丛暂时躲避一下,等着队伍过去。队伍过完她们走出芦苇丛继续上路,可是走了不多远,又不得不再次钻入芦苇丛。

额田一行回到京城已是黄昏了。

这天额田等人在湖畔平原上遭遇武装兵士可不是小事,他们是开拔去往前线作战的兵士,以及进入备战状态的兵员布置调动。

从这一天开始,额田看到皇宫内以及大街小巷的景象骤然一变,湖色和四周群山的山色也仿佛变得不再是那么平静了。大小街道、东西阡陌看似没有什么异样,甚至是静悄悄的,但分明有无数看不见的可怕的东西像遮天大网似的正偷偷地罩拢过来。

果然,街头巷尾开始有令人不安的消息流传开来:朝廷将与吉野方面开战,吉野已经被朝廷的人马包围,各个战略要害都配属了大量兵士把守,吉野方面也在招募和聚集人马,等等,搅得人心惶惶。而自打这类消息一传出,整个京城露出了骚动不安的本色。本来在京城谋营生、过日子的百姓,此时纷纷打点起行装,装上车、驮上马,带着所有家当避逃他处。从六月的头上至中旬,街道上挤满了这样的男男女女,一片混乱。虽说有官府役人制止,但终究无济于事。只苦了那些役人,像没头苍蝇似的东冲西突的仍无法控制场面。

皇宫内也不例外。几位心腹重臣几乎每天都会聚在宫内碰头商议,其商议的情形在侍女中间被活灵活现地传述,甚至包括谁谁是吉野方面的人,谁谁已经从京城销声匿迹这类,然而,被传言已经从京城销声匿迹的人不日又出现了,令人实在难以判断什么才是真相。

进入六月下旬,一连数日下起了豪雨,白天天空乌云密布却不下雨,一到晚上则必定大雨滂沱下个不停,硕大的雨点砸向湖面和湖畔四周的山野。

久雨一歇,天空重新看到青空的时候,传来消息说吉野方面举兵起事了,大海人皇子已经率兵离开吉野向近江挺进,并一路招募人马。这次可不是传言。传令的武装骑兵络绎不绝地驰入京城。皇宫内简直像捅了马蜂窝一般纷嚣,即将开拔上前线战场的武将的进出宫一天比一天显眼。武将们个个随身携带着武器,动作仓皇,时不时还会与朝臣发生激烈的争论。

这一天,听到吉野举兵的消息,额田当即赶往十市皇女的住所打算与她会面。十市皇女坐在一间宽敞、可以饱览湖面风光的大屋子一隅,侍女抱着十市皇女与大友皇子之子葛野王站在她身旁。十市皇女吩咐侍女抱着葛野王去其他屋子,随后招呼额田。

"请过来坐吧。"

十市皇女说罢,面对湖面,神情稳静地等着额田开口。额田从来没见自己的女儿十市皇女像今天这样沉着镇定。

"眼下的情况您知道了吧?"额田问。

"知道。"十市皇女答道,"昨天夜里高市皇子殿下已经逃出近江都了。"

额田一时没有明白这话是什么意思:"逃出近江都的意思是?"

"前往吉野,助父皇子殿下一臂之力呀。"

额田沉默了。

作为高市皇子,事情走到这一步,肯定跑去自己的父亲大海人皇子那边,这是理所当然的。每个人都会从自己的立场出发,加入到这场战争中去。

"昨天夜里从住处逃出后,到我这里来向我告别。我对他说,我也是大海人皇子殿下的女儿,可处在我的立场没法施以援手,请您替我也出上一份力!众人都认为战争将以吉野方面的失败告终,我也这样觉得。此次举兵,父皇子殿下能够召集到的兵力可想而知。高市皇子殿下是想为了父皇子殿下而死于马前啊!"

额田仍然沉默不语。十市皇女说的每一句话都像打在她的脸上。十市皇女对于自己不得不以这样的方式与高市皇子诀别而感到悲戚,但以她所处的立场又不能不这样,于是含着些许怨向额田哭诉。虽然没有从口中说出来，但十市皇女一定是想说：

——作为母亲您希望我成为大友皇子殿下的妃子，我遵照您说的去做了。可我忘记不掉高市皇子殿下呀。虽然不能说责任全在于母亲您，可毕竟是您的一句话才促成了这个决定。如今，高市皇子殿下将永远离我而去，我再也见不到那个深爱我的高市皇子殿下了！

额田将视线投向湖面。由于数夜连下大雨，此刻湖面仍涌着波浪，到处溅起白色的浪花。

额田终于开口道："父皇子殿下前往吉野的时候，曾经让我转告您说，请不要忘记自己是大友皇子殿下的妃子。"

"我明白。但我的不幸却是，这场战争大友皇子殿下会取胜。"

十市皇女这句话令额田无法置若罔闻。夫君大友皇子毫无疑问将会取胜，所以自己已无必要留在这里了，应当像高市皇子一样，去到父亲大海人皇子身边，同父皇子还有高市皇子共命运——感觉这才是十市皇女想说的。

额田蓦地觉得，自己需要独自一个人好好思考那些问题。那些不能不去思考的问题，就像今天湖面上的波浪一样，一阵一阵地向上激涌。

额田辞别了十市皇女。十市皇女的屋子异样宁静，而一走出屋子，皇宫内角角落落到处都充斥着喧嚣。额田回到自己的住处后，将自己关在屋子里陷入了长时间的独自沉思。她和十市皇女不同，她无论如何也不认为吉野方面会失败，虽然关于战事她毫无知识，双方的对战她无法预计胜负，但她不想看到吉野方面战败。额田思来想去总有种感觉，要说战败，应该是一听说吉野方面起兵便陷入了一片混乱的近江朝廷啊。只要比较一下大友皇子与大海人皇子二人，胜负不是已经很明了了吗？

想到最终结局很可能是近江朝廷战败，额田的心里竟不可思议地平静下来。不管将面临什么样的命运，自己都不会离开天智天皇缔造的这座京城，不会离开天智天皇曾经居住过的皇宫，还有，自己也不会从天智天皇生前那样宠爱关心的大友皇子身边离去。

额田想，即使宫中女官们统统被勒令离去，自己也必须坚守在这里。

等到自己的事情理出了头绪，额田的脑海里便重又浮起了十市皇女。对于十市皇女，额田想无论如何也要让她接受自己的想法，这是额田作为一个母亲的真实想法。

不错，十市皇女是大友皇子的妃子，与皇子之间还育有小皇子葛野王——想到此，额田不由得脸色苍白、浑身瘫软。但十市皇女留在京城的话，等待她的命运是显而易见的。一旦近江朝廷灭亡，十市皇女就不得不为近江朝廷殉节！

对十市皇女来说，这场战争是父皇子与夫皇子之间的殊死战争。不论十市皇女怎么祈望，也不论额田怎么祈望，胜负的归属都不会因她们的意志而转移。然而现在十市皇女却认为吉野方面会在这场战争中战败，并基于这样的判断希望能和父皇子以及高市皇子一同殉难……额田面无血色，反反复复思索着、纠结着，却始终找不到一个答案。

近江朝廷在人心惶惶、纷乱失序的状况下向吉野方面发兵的同时,大海人皇子也以迅雷不及掩耳之势率兵向近江京挺进。大海人皇子从吉野揭竿而起的时候仅有二十来名舍人①跟随,完全称不上是一支军队。除了舍人,就只有鸬野皇女及几位幼女。就是这样一支人马却一路挺进一路壮大,有如神助,飞速演变为一支强大的兵团。后日柿本人麻吕如此赞叹道:

> 兵鼓齐隆隆,
> 远闻似雷动;
> 角笛摇军声,
> 壮气犹峥嵘;
> 旌旗更骋逐,
> 乱云舞飞龙;
> 健儿好身手,
> 虎豹向钣钣;
> ……

较为真实地再现了大海人皇子进军时的神威。

吉野方面举兵的消息传来的第二天夜里,高市皇子从住处成功脱逃加入吉野方面的阵营,引起近江朝廷一阵慌乱。随同高市皇子脱逃出去的朝臣也已一一查明,计有民大火、赤染德

---

① 舍人:日本律令制下,侍奉天皇以外的其他贵族的下级官僚。

足、大藏广隅、坂上国麻吕、古市黑麻吕、竹田大德、胆香瓦安倍等人。朝中群臣有的对这伙人恶言斥骂，有的听到这消息却毫无反应，而毫无反应的这部分朝臣或是拿不准在目前这混乱复杂的情势下究竟该何去何从，或是干脆觉得自己也像他们那样逃出去就好了。但不管众人心里如何打算，事到如今也无他计，只得系留在这儿了——还留在近江京的群臣都明白，等待他们的只能是这样的命运。

混乱中迎来了第三天。来自留守飞鸟旧都的国司高坂王的消息传入京城，从而得知，自吉野方面举兵以来，大和至近江一带全都陷入了混乱，人心动荡，百姓带着所有家财携妇挈子逃入山中避难，而分不清是兵还是匪的数伙人东窜西撞地轮番肆掠。高坂王的使者从这些地区经过，竟足足走了两天两夜。

这天除了高坂王的使者，还有各地的使者纷纷入京，其中有人报告说沿途驿站均被焚毁。聚集在皇宫内的朝臣们屏息静气地听着，时喜时忧，不时地吞咽唾沫。

翌日，有报告说铃鹿地方的山路已经被吉野方面的兵士占领。据此推断，只能说是国司三宅石床等人倒向了吉野阵营。这个报告令朝廷所有人都不禁愕然，因为这意味着敌兵已经迫近至铃鹿一线了。随后，又有报告说不破山口已被美浓的兵士封锁，与此同时，伊贺国司、伊势国司各自率兵加入吉野阵营的报告也传到了群臣耳朵里。

就在一片混乱之中，又有传言说年幼的大津皇子不知什么时候脱逃出京城，加入了吉野方面。听到传言出现，人们才蓦地发现，大津皇子既不在宫中，也不在自己的住所，果然行踪不明了。到了晚上才弄清楚,大津皇子是前一天夜里脱逃出去的,拥卫着年仅十岁的少年皇子逃出城的还有大分惠尺、难波三纲、山边安麻吕、小垦田猪手等人,此外还有大批朝臣、武将随大津皇子一同离去。这些人早就与大海人皇子关系密切,此次做出这样的举动可以说完全在情理之中。

次日起,皇宫内的混乱开始渐渐消歇,就像一汪浊水慢慢澄静下来。打算背弃近江朝廷的人都已经离去,剩下的都是准备与近江京共命运的人。不过也并不是所有人都是自愿留下的,多数人起初将大友皇子与大海人皇子比较来比较去,仍拿不定主意究竟应该附随哪个阵营。犹豫彷徨之中,命运已经不管三七二十一将他们囚系于湖畔的这座皇宫内了。

此前,像大津皇子那样脱逃出去的机会不是没有过,可如今,这样的机会已被彻底剥夺。无论是否愿意,只能与吉野方面开战了,没有其他办法。

近江朝廷几乎每天都会集重臣召开会议商议军事对策,但总是处于落后被动的境地,即使议定的也往往事与愿违。朝廷派出使者前往东边地区商请共同发兵以为近江应援,不承想派出的使者忍坂大麻吕、书药等人在不破山口被敌军拿捕,韦那磐锹好歹没有被捕,连滚带爬狼狈地逃回了近江京。

最惨重的打击来自尾张国的国司小子部钽钩。此前有报告说小子部钽钩将率二万兵士前来近江助阵,近江这边望穿秋水,只盼早一刻到达,却是迟迟不见援军影子,冷不丁地却突然传来大出意料的消息,说是尾张兵已经投靠吉野方面,并且配属在了近江附近的各个战略要地。

足、大藏广隅、坂上国麻吕、古市黑麻吕、竹田大德、胆香瓦安倍等人。朝中群臣有的对这伙人恶言斥骂,有的听到这消息却毫无反应,而毫无反应的这部分朝臣或是拿不准在目前这混乱复杂的情势下究竟该何去何从,或是干脆觉得自己也像他们那样逃出去就好了。但不管众人心里如何打算,事到如今也无他计,只得系留在这儿了——还留在近江京的群臣都明白,等待他们的只能是这样的命运。

混乱中迎来了第三天。来自留守飞鸟旧都的国司高坂王的消息传入京城,从而得知,自吉野方面举兵以来,大和至近江一带全都陷入了混乱,人心动荡,百姓带着所有家财携妇挈子逃入山中避难,而分不清是兵还是匪的数伙人东窜西撞地轮番肆掠。高坂王的使者从这些地区经过,竟足足走了两天两夜。

这天除了高坂王的使者,还有各地的使者纷纷入京,其中有人报告说沿途驿站均被焚毁。聚集在皇宫内的朝臣们屏息静气地听着,时喜时忧,不时地吞咽唾沫。

翌日,有报告说铃鹿地方的山路已经被吉野方面的兵士占领。据此推断,只能说是国司三宅石床等人倒向了吉野阵营。这个报告令朝廷所有人都不禁愕然,因为这意味着敌兵已经迫近至铃鹿一线了。随后,又有报告说不破山口已被美浓的兵士封锁,与此同时,伊贺国司、伊势国司各自率兵加入吉野阵营的报告也传到了群臣耳朵里。

就在一片混乱之中,又有传言说年幼的大津皇子不知什么时候脱逃出京城,加入了吉野方面。听到传言出现,人们才蓦地发现,大津皇子既不在宫中,也不在自己的住所,果然行踪不明了。到了晚上才弄清楚，大津皇子是前一天夜里脱逃出去的，拥卫着年仅十岁的少年皇子逃出城的还有大分惠尺、难波三纲、山边安麻吕、小垦田猪手等人，此外还有大批朝臣、武将随大津皇子一同离去。这些人早就与大海人皇子关系密切，此次做出这样的举动可以说完全在情理之中。

次日起，皇宫内的混乱开始渐渐消歇，就像一汪浊水慢慢澄静下来。打算背弃近江朝廷的人都已经离去，剩下的都是准备与近江京共命运的人。不过也并不是所有人都是自愿留下的，多数人起初将大友皇子与大海人皇子比较来比较去，仍拿不定主意究竟应该附随哪个阵营。犹豫彷徨之中，命运已经不管三七二十一将他们囚系于湖畔的这座皇宫内了。

此前，像大津皇子那样脱逃出去的机会不是没有过，可如今，这样的机会已被彻底剥夺。无论是否愿意，只能与吉野方面开战了，没有其他办法。

近江朝廷几乎每天都会集重臣召开会议商议军事对策，但总是处于落后被动的境地，即使议定的也往往事与愿违。朝廷派出使者前往东边地区商请共同发兵以为近江应援，不承想派出的使者忍坂大麻吕、书药等人在不破山口被敌军拿捕，韦那磐锹好歹没有被捕，连滚带爬狼狈地逃回了近江京。

最惨重的打击来自尾张国的国司小子部钽钩。此前有报告说小子部钽钩将率二万兵士前来近江助阵，近江这边望穿秋水，只盼早一刻到达，却是迟迟不见援军影子，冷不丁地却突然传来大出意料的消息，说是尾张兵已经投靠吉野方面，并且配属在了近江附近的各个战略要地。

自吉野方面举兵已经过去了十天。对近江朝廷的群臣来说,感觉时间过得实在太快了,仿佛刚刚挨过早晨,马上夜晚就降临了。一日又一日,转瞬之间就这样急逝而去。

慌乱之中,日更月替,进入了七月。夏日火辣辣的阳光照在湖面,到了傍晚,鱼鳞般的卷积云布满天空,拂过湖面的风已然含蕴了秋天的气息,只不过谁也没有注意到。

近江朝廷并没有一直陷于混乱而不能自拔。虽说本可采取攻势以求主动却被迫转为了守势,但还是在近江京周边集结了大军。与吉野方面的兵力相较,近江朝廷依旧稳占上风。不过吉野方面的兵势已经从三面对近江形成了大范围的包围,对于近江朝廷来说作战上处于极为不利的局面,尤其是近江通往他国的交通要道已全部被吉野方面的军队占据。

战机逐渐成熟。近江方面的山部王、苏我果安臣等率领数万大军出城向不破山口进发,壹伎韩国、田边小隅等则率兵迎战在近江周边地区布下战阵的吉野方面军队。

这是近江方面发起的第一波进攻。从兵力角度考虑,朝廷觉得己方并没有不利之处。然而,隔了好几日仍不见捷报传回京城,陆续传回的却都是将领战死的消息:境部药、秦友足等足堪信赖的武将一去不返,山部王和苏我果安也都死了。山部王和果安不是死于交战。不知什么原因,据说山部王竟然是被果安斩杀的,由此引起军中大乱,加上战势不利,最后果安自刃而亡。

遵照大友皇子的命令,所有尚留在宫内的妇人统统来到大议事厅集合。此时是七月中旬,眼看近江京就要化作一片战场。皇后倭姬王以及姪娘、橘娘、常陆娘、色夫古娘、黑媛娘、道君伊罗都卖、伊贺采女宅子娘等已故天智天皇的众妃子们围坐在一起。大家有意无意地将倭姬王奉为核心,众星拱月一般落了座。说起来,除了同为已故天皇的后妃这一个共同点,对于眼下这场战争,这群妇人各有各的立场。橘娘和色夫古娘各有女儿嫁作此次战争进攻方主帅大海人皇子的妃子,如今天皇已逝,她们期望近江方面取胜也很自然,期望吉野方面取胜也很自然,因而事情显得稍稍有点复杂。

在天智天皇的众妃子中,立场最特殊的不管怎样当首推大友皇子的生母伊贺采女宅子娘。天智天皇晚年,她赡受了令人意想不到的恩宠和幸运,而如今这分幸运却转为同样令人意想不到的悽惶。宅子娘一心祈盼近江军得胜,这是显而易见的。由于这一立场,她被放在了众妃子冷冷的视线的交集点上。宅子娘天生性格老实温谨,不论何种场合,总是躲在别人后面从不抢别人的风头。此时更是如此,仿佛此次事件的责任全在自己身上一样,宅子娘浑身僵直,面无血色,低垂着头一声也不言语。暗暗祈盼近江军得胜的还有常陆娘,她的父亲是近江朝廷的重臣苏我赤兄,紧挨她身边坐着她与天智天皇之间诞下的年幼骨肉山边皇女。似乎不管时代怎样天翻地覆,她都决不会让年幼的小皇女从她身边离开。在天皇的八位未亡妃子中间,常陆娘显得特别年轻。

与天智天皇的这群妃子们稍稍隔开一点距离,则是大海人皇子的妃子们,她们也紧紧围坐在一起。两组妇人的姿态截然不同。大海人皇子的妃子们说白了现在是近江朝廷的系囚、人质。大海人皇子出家去往吉野时，她们曾请求一同前往，但未被准允，只有鸬野皇女一人作为她们的代表随大海人皇子同行。大江皇女、新田部皇女、五百重娘、大蕤娘、尼子娘、梶媛娘，以及各人年幼的皇子皇女，全都紧紧地揽在身边。这其中立场最微妙的，是出京城加入吉野方面阵营的高市皇子的生母尼子娘。高市皇子现在正率领敌方精锐活跃在作战第一线，这个情况近江皇宫内已经知道了。另一个脱逃出城投奔吉野方面的大津皇子，母亲大田皇女数年前已经去世了，剩下大津皇子的姐姐、年方十二岁的大来皇女。失去怙恃的皇女此刻可怜兮兮地也在这群妇人中间，本想与弟弟大津皇子一同逃出城的，但因为是皇女，最终没有得到同意。

天智天皇的妃子与大海人皇子的妃子们各成一群，无形中分为了两个阵营。十市皇女坐在中间，只有额田坐在她身边，好像一个女佣似的。以前额田从未像今天这样子就座，但今天是特例。皇宫内的所有妇人全都遵命来到这里集合，额田想明确地向在座的人们宣示，自己是十市皇女的母亲。除此以外，十市皇女身份特殊，她是大友皇子的妃子，此刻明显处于孤立无援的位置，额田忍不住要站在她旁边为她助一把力。

额田看到，举座妇人中间十市皇女最为从容镇定。自打吉野举兵那天起，十市皇女心中各种情感一定像九级惊涛骇浪一样在翻腾，最终决定以身殉命运。额田也十分沉着镇定，十市皇女的命运就是额田自己的命运。

在三堆妇人的外围，坐着宫中的女官及侍女们，似乎将这三堆人围在中间似的。在女官的外面,则是少数朝臣落座。

大友皇子现身了。他在十市皇女的上首就座。

"战争的胜负,凡人是无法预测的,只有上天才知道。明天我将上阵作战,一口气定胜负!假如我胜了,我将割下大海人皇子的首级;假如我败了,我的首级也将被大海人皇子割下带回敌营。兵火应该不会波及这皇宫之内,因为这里既非城堡也非鹿寨,进攻这里毫无意义,烧毁这里更是难以想象。我所担心的不过是宫里可能会发生混乱,所以才配属了兵士在这里以防止混乱。兵火消歇之后,你们就会依照各自的立场或庆幸好运,或怨恨气运不佳。但是,凡是在座的各位,希望你们都顺从自己的命运,千万不要试图曲拗自己的命运。你等在座的妇人,没有一个人必须为此次的战争负上责任。我要说的就是这些,请你们安静地呆在这里等待兵火消歇。不会让你们等太久的,至多再有个十来天一定就会恢复太平的。"

大友皇子说罢立即就走了。在座的人谁都没有发声。大友皇子起身离开后,十市皇女也起身跟随在他后面离开了。作为妃子,十市皇女这样的举止是理所应当的,可是在额田看起来,十市皇女的背影既显得凛凛生威,却又满含着悲凉。

翌日,大友皇子出了皇宫,率领全军向濑田进发,朝臣及武将也尽数随皇子一同出发。朝廷方面打算在濑田一带摆开战阵,与吉野方面的主力展开一场对决,从而一举奠定决战胜势。

宫内妇人们,包括天智天皇的妃子们和大海人皇子的妃子们,将出征的大友皇子一路送到宫门口。身材魁梧、全身披挂的大友皇子,即使在一众精悍的武将中也显得格外英武。

自吉野方面举兵已经过去了十天。对近江朝廷的群臣来说,感觉时间过得实在太快了,仿佛刚刚挨过早晨,马上夜晚就降临了。一日又一日,转瞬之间就这样急逝而去。

慌乱之中,日更月替,进入了七月。夏日火辣辣的阳光照在湖面,到了傍晚,鱼鳞般的卷积云布满天空,拂过湖面的风已然含蕴了秋天的气息,只不过谁也没有注意到。

近江朝廷并没有一直陷于混乱而不能自拔。虽说本可采取攻势以求主动却被迫转为了守势,但还是在近江京周边集结了大军。与吉野方面的兵力相较,近江朝廷依旧稳占上风。不过吉野方面的兵势已经从三面对近江形成了大范围的包围,对于近江朝廷来说作战上处于极为不利的局面,尤其是近江通往他国的交通要道已全部被吉野方面的军队占据。

战机逐渐成熟。近江方面的山部王、苏我果安臣等率领数万大军出城向不破山口进发,壹伎韩国、田边小隅等则率兵迎战在近江周边地区布下战阵的吉野方面军队。

这是近江方面发起的第一波进攻。从兵力角度考虑,朝廷觉得己方并没有不利之处。然而,隔了好几日仍不见捷报传回京城,陆续传回的却都是将领战死的消息:境部药、秦友足等足堪信赖的武将一去不返,山部王和苏我果安也都死了。山部王和果安不是死于交战。不知什么原因,据说山部王竟然是被果安斩杀的,由此引起军中大乱,加上战势不利,最后果安自刃而亡。

遵照大友皇子的命令,所有尚留在宫内的妇人统统来到大议事厅集合。此时是七月中旬，眼看近江京就要化作一片战场。皇后倭姬王以及姪娘、橘娘、常陆娘、色夫古娘、黑媛娘、道君伊罗都卖、伊贺采女宅子娘等已故天智天皇的众妃子们围坐在一起。大家有意无意地将倭姬王奉为核心，众星拱月一般落了座。说起来，除了同为已故天皇的后妃这一共同点，对于眼下这场战争，这群妇人各有各的立场。橘娘和色夫古娘各有女儿嫁作此次战争进攻方主帅大海人皇子的妃子，如今天皇已逝，她们期望近江方面取胜也很自然，期望吉野方面取胜也很自然，因而事情显得稍稍有点复杂。

在天智天皇的众妃子中，立场最特殊的不管怎样当首推大友皇子的生母伊贺采女宅子娘。天智天皇晚年，她赡受了令人意想不到的恩宠和幸运，而如今这分幸运却转为同样令人意想不到的恓惶。宅子娘一心祈盼近江军得胜，这是显而易见的。由于这一立场，她被放在了众妃子冷冷的视线的交集点上。宅子娘天生性格老实温谨，不论何种场合，总是躲在别人后面从不抢别人的风头。此时更是如此，仿佛此次事件的责任全在自己身上一样，宅子娘浑身僵直，面无血色，低垂着头一声也不言语。暗暗祈盼近江军得胜的还有常陆娘，她的父亲是近江朝廷的重臣苏我赤兄，紧挨她身边坐着她与天智天皇之间诞下的年幼骨肉山边皇女。似乎不管时代怎样天翻地覆，她都决不会让年幼的小皇女从她身边离开。在天皇的八位未亡妃子中间，常陆娘显得特别年轻。

与天智天皇的这群妃子们稍稍隔开一点距离，则是大海人皇子的妃子们，她们也紧紧围坐在一起。两组妇人的姿态截然不同。大海人皇子的妃子们说白了现在是近江朝廷的系囚、人质。大海人皇子出家去往吉野时,她们曾请求一同前往,但未被准允,只有鸬野皇女一人作为她们的代表随大海人皇子同行。大江皇女、新田部皇女、五百重娘、大蕤娘、尼子娘、梶媛娘,以及各人年幼的皇子皇女,全都紧紧地揽在身边。这其中立场最微妙的,是出京城加入吉野方面阵营的高市皇子的生母尼子娘。高市皇子现在正率领敌方精锐活跃在作战第一线,这个情况近江皇宫内已经知道了。另一个脱逃出城投奔吉野方面的大津皇子,母亲大田皇女数年前已经去世了,剩下大津皇子的姐姐、年方十二岁的大来皇女。失去怙恃的皇女此刻可怜兮兮地也在这群妇人中间,本想与弟弟大津皇子一同逃出城的,但因为是皇女,最终没有得到同意。

天智天皇的妃子与大海人皇子的妃子们各成一群,无形中分为了两个阵营。十市皇女坐在中间,只有额田坐在她身边,好像一个女佣似的。以前额田从未像今天这样子就座,但今天是特例。皇宫内的所有妇人全都遵命来到这里集合,额田想明确地向在座的人们宣示,自己是十市皇女的母亲。除此以外,十市皇女身份特殊,她是大友皇子的妃子,此刻明显处于孤立无援的位置,额田忍不住要站在她旁边为她助一把力。

额田看到,举座妇人中间十市皇女最为从容镇定。自打吉野举兵那天起,十市皇女心中各种情感一定像九级惊涛骇浪一样在翻腾,最终决定以身殉命运。额田也十分沉着镇定,十市皇女的命运就是额田自己的命运。

在三堆妇人的外围,坐着宫中的女官及侍女们,似乎将这三堆人围在中间似的。在女官的外面,则是少数朝臣落座。

大友皇子现身了。他在十市皇女的上首就座。

"战争的胜负,凡人是无法预测的,只有上天才知道。明天我将上阵作战,一口气定胜负!假如我胜了,我将割下大海人皇子的首级;假如我败了,我的首级也将被大海人皇子割下带回敌营。兵火应该不会波及这皇宫之内,因为这里既非城堡也非鹿寨,进攻这里毫无意义,烧毁这里更是难以想象。我所担心的不过是宫里可能会发生混乱,所以才配属了兵士在这里以防止混乱。兵火消歇之后,你们就会依照各自的立场或庆幸好运,或怨恨气运不佳。但是,凡是在座的各位,希望你们都顺从自己的命运,千万不要试图曲拗自己的命运。你等在座的妇人,没有一个人必须为此次的战争负上责任。我要说的就是这些,请你们安静地呆在这里等待兵火消歇。不会让你们等太久的,至多再有个十来天一定就会恢复太平的。"

大友皇子说罢立即就走了。在座的人谁都没有发声。大友皇子起身离开后,十市皇女也起身跟随在他后面离开了。作为妃子,十市皇女这样的举止是理所应当的,可是在额田看起来,十市皇女的背影既显得凛凛生威,却又满含着悲凉。

翌日,大友皇子出了皇宫,率领全军向濑田进发,朝臣及武将也尽数随皇子一同出发。朝廷方面打算在濑田一带摆开战阵,与吉野方面的主力展开一场对决,从而一举奠定决战胜势。

宫内妇人们,包括天智天皇的妃子们和大海人皇子的妃子们,将出征的大友皇子一路送到宫门口。身材魁梧、全身披挂的大友皇子,即使在一众精悍的武将中也显得格外英武。

送走了大友皇子,十市皇女凑近额田女王悄声说道:

"若是模仿皇子殿下昨日所说的话来说,没有人知悉我现在心里想的是什么。除了我自己,只有天知道。早晚有一天,我会受到上天的惩罚,一定会的!"

额田听了一愣。但她装作没听见,缓缓地抬起头望向天空,蔚蓝澄澈的天空万里无云,仿佛大海一般,向着绝垠之外铺展开去。

大友皇子在濑田川以西布好战阵,附近一带的原野上铺天盖地插满了近江朝廷军的旌旗。与之相对,吉野方面转战近江东部连战连胜、势如破竹的村国男依等人则率数万兵士在濑田川的东岸排开了阵势。

对决的大幕于七月二十二日拉开并且很快又合上了。关于此次对战,《日本书纪》有如下的记载:

——旌旗遍野,尘埃蔽天,钲鼓之声数十里外也能听见。列弩齐发,矢如疾雨。

整整一天,位于湖畔的皇宫内都能听到战鼓声和交战双方的呐喊声。由于风向的关系,时而听上去仿佛交战就发生在近旁,时而又听上去似乎战场渐渐远离,但是对战况却完全一无所知。皇宫的大门紧紧关闭,所有宅门都有若干名兵士把守,并由几名朝臣统一指挥这些兵士。整座皇宫连一只狗都钻不进。

近江皇宫从未像今天这样静寂。众妃子在数名侍女的陪伴下，各自将自己关在自己的屋子里，惴惴不安地等候即将到来的命运。她们竖起耳朵，仔细倾听着命运逼近的每一串脚步声。

苏我赤兄的两个女儿大蕤娘和常陆娘在同一间屋子里。二人虽然在为父亲的命运担忧这一点上是共同的，但大蕤娘是大海人皇子的妃子，常陆娘则是已故天皇的妃子。二人静静地坐在屋内，不时地抬起头来，脸上的表情多少有些差异。

大友皇子的生母宅子娘走出屋子，迈着恍惚自失的步履来到回廊上。交战的厮杀声呐喊声吵得她坐立不安。只有宅子娘一人真正是大友皇子的支持者。两名侍女形影不离地伴侍着宅子娘。其他妃子，不管是已故天皇的妃子，还是大海人皇子的妃子，都有自己的皇子或皇女，无论发生什么样的事情，为了皇子皇女也必须活下去。宅子娘则不一样，大友皇子的命运就是她自己的命运，这两名侍女就是为了防止她发生不测而安排在她身边的。

战场传来的呐喊声和钲鼓声一直持续到黄昏，随着夜幕一起偃息。这一天匆匆结束。战况依旧不明。关着众多有气无力的妇人的皇宫，没有任何一方派使者进来通报。

这一夜，额田与十市皇女同室而卧，但额田几乎没有和十市皇女搭话，因为不论从十市皇女口中说出什么话来，都会令额田感到害怕。十市皇女心里究竟在想什么，正如她自己说的，只有天知道。既然只有天知道，额田觉得自己就不必知道了。

难以入眠的一夜终于挨过，随着东方初现鱼肚白，厮杀声呐喊声又随风传来，不过已经不如昨天那样有气势了，并且间隔越来越长，声音也越来越弱。过了中午时分，就再也听不见呐喊声和钲鼓声了，只有初秋的阳光静默地包裹着湖畔的皇宫。湖面上风平浪静，仿佛拉起一块巨大的蓝布罩在水面。不时地，成群结队的候鸟在高高的天空上由湖西向湖东飞过。

夜晚降临。从皇宫的庭院可以看到，沿湖许多地方燃点着少说有数百处的篝火，形成蔚为大观的火的队列。而与湖畔的明亮成对照的是，湖心一带却是昏黑暗汶，从皇宫高处看去，显得异样妖邪。

深夜，皇宫内骤然骚动起来，随即有两名朝臣向额田和十市皇女的屋子走来，两名朝臣都是以前见过的。

"两军对决近江方面完全占不到上风，至昨日黄昏大势已去。大友皇子殿下于今日午时前后在山前那个地方自刃身亡，实在是令人痛心啊！"

朝臣说罢便撤后退下。众人此时方才注意到，屋外门口还有几名全副武装的兵士垂首而立，后来其中一人抬起头来说道：

"在下是大海人皇子殿下派来的使者。皇子殿下特命在下前来，对大友皇子殿下的不幸深表哀悼，同时恳祈皇妃殿下节哀顺变、保重贵体，千万不要胡思乱想！"

从对方的话语中可以清楚地知道，他们是来自吉野方面的武将。

额田倏地起身，从背后撑扶起十市皇女。十市皇女眼看着随时都可能瘫倒在地。隔了好一会儿，十市皇女才自言自语似的喃呐低语道："烦劳你回禀父皇子殿下：我的生命愿听从上天审断，上天不可能放过我不予审断的。在上天做出审断之前，我会好好活下去的;为了被不幸的大友皇子殿下抛下的这个可怜的葛野王殿下,我会活下去的。"

十市皇女说的话额田听懂了。而除了额田以外,其他人是无法理解的,即使是接到回禀的大海人皇子也不例外。那名全副武装的兵士将十市皇女的话复述了一遍,然后退出屋子。

这一夜,皇宫内的众妃子身边安排了众多侍女陪伴,特别是宅子娘以及常陆娘、大蕤娘起居的房间,以防万一,除了侍女还有侍臣一同戒护。

正像无人告知交战详情一样,对于战后如何处置,皇宫内也不得而知。众妃子与皇子皇女们全都不可思议地安静,众人在湖畔皇宫中送走了这个稍显空虚的秋天。宅子娘将自己关在屋子里,除了侍女,谁的脸孔她都不想看到。

交战过去大约一个月后的八月末,近江朝廷的重臣共八人被斩首。以右大臣中臣金为首,都是在此次事变过程中发挥了重要作用的朝臣。左大臣苏我赤兄、大纳言巨势比等人的刑罚则是流放。一般人多以为近江方面一定会有大批朝臣获罪被斩,结果出乎众人意料,因事变而受牵连的牺牲者被控制在了最小限度。

这一结果还要过大约一个月之后才向囚鸟似的笼居在湖畔皇宫、成天将自己关在屋子里不与他人照面的众妃子们通报,正因为如此,皇宫内未发生任何骚动。若说是精神受到打击,至多也就是苏我赤兄的两个女儿,然而没有判处斩首而仅仅是流放,可以想象,她们只会感到庆幸。对于苏我赤兄这样的处置,其实是大海人皇子对她们一族的极大照顾了。

此次事变,对于普通百姓来说没有受到丝毫影响。国家几乎一分为二的这场纷乱,在百姓看来就像转眼即逝的噩梦,不等回味,新的现实就已经将他们推倒、丢进旋涡,使他们随波而去。

九月中旬,大海人皇子离开举兵期间设立的大本营不破山,进入大和的冈本旧宫。很快,又在冈本宫以南动工开始营造新的宫殿。近江京已经被废弃。战乱中逃出旧京城的百姓等到战火平息,又不得不跟着迁徙至大和。其中有的是先返回近江的家园,然后从近江前往大和,有的则是从避难地直接去了大和。

因战乱而荒芜的近江京及其周边地方,就这样被无情地抛弃了。日复一日,人们走出这里栖泊他乡。如今,这座旧都仿佛暴风雨过后孑立于寂寥清晨的一片小渔渚。人们像落潮一样一哄而散,剩下空无一人的破屋、院落乱七八糟地星散在各处。

进入十一月,人迹罕见的道路上每天刮着寒风,天空扬起白色飘雪的时候,那些流浪者、鸡鸣狗盗之徒便占了别人的空室强住进去。对于京城的沧桑巨变,湖畔皇宫里的妇人们完全不知,她们好像被人彻底忘记了似的丢在这里。虽然有不少兵士警卫戒护,但是大和那边却毫无音讯。

到了十二月,皇宫的大门终于打开了,已故天皇的妃子们和众皇子皇女以及伴侍的侍女等一大堆人,分乘舆车,朝大和方向行进。数天之后,大海人皇子的妃子一行人同样也走出湖畔的皇宫迁往大和,十市皇女也夹在这群人中间。

又过了数天，最后一波人乘坐舆车离开皇宫。除去少数朝廷役人和兵士仍屯驻在附近，湖畔的皇宫彻底成了一座无人的废墟。额田女王也在这最后一波从皇宫迁次的人中间。之前两次迁次都适逢天公作美，冬日的阳光懒懒地照在身上，可是这一天从清晨起就下着雪，天气又寒冷，虽然一度雪霁，但是当舆车的队列走出皇宫大门的时候，又霏霏扬扬地下了起来。看到雪片累迭翻飞、总也不肯停歇的样子，不由得令人相信，这是今冬第一场像模像样的大雪。额田掀起舆车的帘子，向近江京做最后的告别。京城的主要道路都已经荒落，野狐狸出没，此刻，白茫茫的大雪遮蔽了这早已人迹罕至的道路。

对额田而言，与湖畔旧都告别的今天是个特别的日子。从离开旧都的那一瞬间起，她就将不再是额田了，她将再也听不见神祇的声音，代神祇吟诗咏歌也不可能了，长时间以来她所专擅的特殊技能，只能弃捐在已故天皇营造的这座位于湖畔的都城了。

出了都城，沿着湖岸道路一路前行，雪片越来越大、越来越重，"啪嗒啪嗒"地从暗灰色的天空坠落下来。雪片霏微、长烟迷蒙，已经看不见湖面的光景。第一次受到大中兄皇子宠召也是在雪天，而在与那个日子极为相似的雪天，额田告别了天皇的亡灵走向新的世界。

翌年二月，大海人皇子在新建成的飞鸟净御原宫践祚即位，是为天武天皇。

天武天皇三年，已故天智天皇的山科陵建成之时，额田奉敕作歌：

> 山科镜山隈，
> 大君已长眠；
> 御陵何岧岧，
> 疑似近江阙；
> 试看百矶城①，
> 公卿日夜同号啕，
> 永别大君歌凄然。

在建有大君陵寝的山科镜山山麓，朝中众公卿日日夜夜号啕恸绝，诚惶诚恐与君永诀——歌的大意如此，听上去很是悲悲戚戚，不过其时也有人悄悄议论道，这首歌里少了点额田以往那种长哦挥洒、纵性四溢的炽情。

这也是额田留下的最后一首和歌，之后史书记载中就再也寻不见她的消息了，仅有《万叶集》中收录了一首晚年的她与天武天皇的第六皇子弓削皇子之间的唱和之作，但是额田在飞鸟新都过着怎样的生活，却无可考据。

天武天皇七年四月发生的一件事，想必对晚年的额田来说，绝对是悲恸难抑的大事件：这日天皇准备行幸斋宫②祭祀神祇，行幸队列即将出发之际，留在皇宫内的十市皇女突然病

---

① 百矶城：即宫中之意。
② 斋宫：日本古代在伊势神宫侍奉神祇的未婚皇女、公主及其住处，此处即代指伊势神宫。

发去世。当日的行幸也因此取消。由于事发突然,一部分人猜测皇女是不是自戕而亡。高市皇子为悼念十市皇女之死写了若干首和歌,这些和歌被《万叶集》收录因而至今人们仍能够欣赏到它:

三诸①有神杉,
何若一会在梦里;
长夜连短夜,
夜夜难寐夜夜伤,
终难相会在梦里。

多想在梦中和那逝去的美人相会,即使就像瞻眺三轮山的神杉那样,可叹悲楚辗转竟夜不能眠,还是无由与美人相会。

荒土三轮山,
漫野无心生苎麻;
麻线一何短,
一似美人斯须去,
但恨一何生不长。

苎麻长在三轮山野间,纺成麻线实在短,就像十市皇女的生命一样短,只恨它为什么不再长一些啊!

---

① 三诸:三诸山,三轮山的异称。

>   棠棣黄花发，
>   烁烁摇曳山涧处；
>   山涧水清清，
>   欲行每恐思美人，
>   我故不得识汲路。

棠棣花初开的山间啊，涧水清清，可是我一去到那里汲水就会念起逝去的皇女，所以我认不得去汲水的山路。

从这几首和歌中可以窥见高市皇子对于逝去的十市皇女的挚切之情。虽然无法得知二人究竟以何种形式结合在一起，但从上面三首和歌中即能清楚地看出，二人的关系绝不普通。十市皇女去世时，额天女王大约年纪四十五六岁，也是柿本人麻吕开始以宫廷歌人的身份取代额田女王逐渐活跃，终于大放异彩之时。

NUKATA NO OOKIMI
by INOUE Yasushi
Copyright © 1969 by The Heirs of INOUE Yasushi
All rights reserved.
Originally published in Japan.
Chinese (in simplified character only) translation rights arranged with
The Heirs of INOUE Yasushi, Japan
through THE SAKAI AGENCY and BARDON-CHINESE MEDIA AGENCY.
本书中文简体字版版权，浙江文艺出版社独家所有。
版权合同登记号：图字：11-2017-140号

图书在版编目（CIP）数据

额田女王／[日]井上靖著；陆求实译.—杭州：浙江文艺出版社，2019.2
ISBN 978-7-5339-5556-4

Ⅰ．①额… Ⅱ．①井… ②陆… Ⅲ．①长篇小说－日本－现代 Ⅳ．①I313.45

中国版本图书馆CIP数据核字（2019）第002492号

策划统筹：曹元勇
责任编辑：王　青
封面设计：宋　涛
责任印制：吴春娟

额田女王
[日]井上靖　著
陆求实　译

出版　浙江文艺出版社
地址　杭州市体育场路347号　邮编：310006
网址　www.zjwycbs.cn
经销　浙江省新华书店集团有限公司
印刷　杭州富春印务有限公司
开本　850毫米×1168毫米　1/32
字数　230千字
印张　13.25
插页　5
版次　2019年2月第1版　2019年2月第1次印刷
书号　ISBN 978-7-5339-5556-4
定价　68.00元

版权所有　侵权必究
（如有印、装质量问题，请寄承印单位调换）